Kerry Barrett

Das Klippenhaus

atb aufbau taschenbuch

Kerry Barrett wurde in Edinburgh geboren, zog aber als Kind mit ihren Eltern nach London, wo sie auch heute noch mit ihrem Mann und ihren beiden Söhnen lebt.
Schon als Kind war sie ein großer Bücherfan, und ihre Arbeit als Fernsehjournalistin hat den Wunsch noch verstärkt, ihre eigenen Bücher zu schreiben. Dabei liebt sie vor allem Geschichten, in denen es ein Geheimnis in vergangenen Zeiten zu entschlüsseln gibt.

Ella will mit ihrer kleinen Familie raus aus London. Das Haus mit Meerblick in Sussex scheint perfekt. Ihr Mann fängt dort seinen Traumjob an, die Kinder haben viele Freiräume, und Ella erhofft sich neue Inspiration für ihre Romane. Doch das Haus erscheint ihr merkwürdig, und auch in dem kleinen Ort hört sie sonderbare Geschichten über ihr neues Zuhause und eine gewisse Violet, die dort gewohnt haben soll. Ellas Neugier ist geweckt. Ist sie der perfekten Story für ihr neues Buch auf der Spur? Dann entdeckt sie in einem alten Schrank auf dem Dachboden eine Mappe mit Zeichnungen, darunter das Selbstporträt einer jungen Frau. Ella ist sich sicher, dass es sich um Violet handeln muss ...

Kerry Barrett

Das Klippenhaus

Roman

Aus dem Englischen
von Sonja Fehling

atb aufbau taschenbuch

Die Originalausgabe unter dem Titel
The Girl in the Picture
erschien 2017.

MIX
Papier | Fördert
gute Waldnutzung
FSC® C083411

ISBN 978-3-7466-4172-0

Aufbau Taschenbuch ist eine Marke
der Aufbau Verlage GmbH & Co. KG

1. Auflage 2025

www.aufbau-verlage.de
10969 Berlin, Prinzenstraße 85

Bei Fragen zur Sicherheit unserer Produkte wenden Sie sich bitte
an produktsicherheit@aufbau-verlage.de.
Umschlaggestaltung Rose & Chili Design
graphische Adaption www.buerosued.de, München
unter Verwendung von Motiven von © Shutterstock/Evannovostro, PANG
WRP, Arndale, riekephotos, Decha Somparn und Ines Behrens-Kunkel
Satz Greiner & Reichel, Köln
Druck und Binden CPI books GmbH, Leck, Germany

Printed in Germany

Kapitel 1

Heute

Ella

»Es ist perfekt«, sagte Ben. »Das perfekte Haus für uns.«

Als ich die Begeisterung in seiner Stimme hörte, musste ich unwillkürlich lächeln.

»Wie sieht es denn aus?«, wollte ich wissen. Ich lag im Bett, weil ich mir irgendeinen Magen-Darm-Virus eingefangen hatte, doch auf einmal fühlte ich mich wesentlich besser. Gespannt setzte ich mich auf, lehnte mich gegen das Kopfteil des Bettes und blickte aus dem Fenster auf die graue Londoner Straße hinab. Es sah nach Regen aus, und der Himmel hatte sich ziemlich verdunkelt, obwohl es noch früher Nachmittag war.

»Ich schicke dir Fotos«, entgegnete Ben. »Du wirst es lieben. Meerblick natürlich, ruhig, aber nicht zu abgeschieden …« Einen Moment lang hielt er inne. »Und …« Er gab eine seltsame Tonfolge von sich, die vermutlich eine Fanfarenmelodie darstellen sollte.

»Und was?«, hakte ich kichernd nach. »Was noch?«

Der Triumph war Ben deutlich anzuhören. »Ach, nur einen ausgebauten Dachboden.«

»Nein«, rief ich entzückt. »Das gibt's ja nicht. Dann könnte man dort tatsächlich ein Arbeitszimmer einrichten?«

»Das gibt's sehr wohl«, erwiderte Ben. »Und siehst du? Das Haus ist wie für uns geschaffen.«

Nachdenklich blickte ich zu meinem Laptop hinüber, der gefährlich weit über die Kante meiner als Schreibtisch umfunktionierten Frisierkommode ragte, die wir wiederum in eine Ecke unseres Schlafzimmers gequetscht hatten. Bisher waren wir sehr glücklich hier in diesem engen Reihenhaus gewesen. Unsere Jungs waren hier aufgewachsen, und es war wie ein sicherer Hafen für uns. Mit dem neuen Haus würden wir uns in ein ungewohntes Abenteuer stürzen – ein Gedanke, der mir gerade ziemliche Angst einjagte. Doch die Vorstellung, endlich Platz zum Schreiben zu haben ... Welch ein Luxus. Mein Blick fiel auf die Notizen für mein nächstes Buch, die überall auf dem Boden verteilt lagen, und erneut musste ich lächeln.

»Was sagen die Jungs?«, fragte ich.

»Die schlafen«, gab Ben zurück. »Es gießt in Strömen, deswegen sitzen wir noch alle im Auto. Ich hab den Makler angerufen, der ist auf dem Weg, also mache ich die Jungs gleich wach.«

»Ruf mich noch mal an, wenn er da ist«, bat ich. »Oder weißt du was – mach einen Videoanruf. Ich will mir das Haus mit euch zusammen anschauen.«

»Okay«, sagte Ben. »Das dürfte nicht mehr lange dauern.«

Damit beendete ich den Anruf und lehnte mich wieder in die Kissen zurück. Mir ging es definitiv besser, und seit einigen Stunden hatte ich mich nicht mal mehr übergeben müssen. Trotzdem war ich froh, dass ich nicht mit Ben und den Kindern nach Sussex gefahren war – mir war immer noch ein bisschen schlecht.

Ich nahm das Glas Wasser, das auf meinem Nachttisch

stand, und drückte es gegen meine heiße Stirn, während ich an das Haus dachte. Wir hatten es im Frühling während eines spontanen Wochenendtrips entdeckt. Ben hatte ein Vorstellungsgespräch bei einem Fußballverein in Brighton gehabt. Kein gewöhnliches Vorstellungsgespräch, sondern das Vorstellungsgespräch überhaupt: für seinen Traumjob als leitender Physiotherapeut in einem Profiverein – den Job, auf den er seit seiner Ausbildung hingearbeitet hatte. Mit einem großzügigen Gehalt und fantastischen Möglichkeiten.

Erst auf den letzten Drücker hatten die Jungs und ich uns entschieden mitzukommen, und während Ben sein Gespräch gehabt hatte, war ich durch die schmalen Straßen von Brighton geschlendert – mit Stanley im Buggy und dem energiegeladenen Oscar an meiner Seite. Ich weiß noch, wie sehr ich mich über die vielen glücklich wirkenden Familien um mich herum gewundert hatte, und jedes Mal, wenn ich am Ende einer Straße das Meer im Sonnenlicht hatte glitzern sehen, war meine Laune merklich gestiegen. An diesem Tag hatte ich das Gefühl gehabt, alles wäre möglich; als sollte ich jede Chance auf Glück, die sich mir bot, sofort ergreifen, weil ich nur allzu gut wusste, wie schnell es sich verflüchtigen konnte.

Am nächsten Tag – nachdem Ben die Zusage bekommen hatte – waren wir ein Stück die Küste hinunter zu einem abgelegenen Strand gefahren, hatten uns auf den Kies gesetzt und den Jungs dabei zugesehen, wie sie mit der Brandung Fangen spielten.

»Ich finde es so schön hier«, sagte ich und verlagerte meine Position so, dass ich den Kopf auf Bens Oberschenkel legen und die niedrigen Klippen über uns betrachten konnte, die den Strand umschlossen. Ich konnte die Dächer des nächsten Dorfs sehen, dessen Häuser aufs Meer hinausblickten, und auf der Spitze der Klippe entdeckte ich ein leicht windschiefes *Zu-Vermieten*-Schild.

»Ich wünschte, wir könnten hier leben«, sagte ich und deutete auf das Schild. »Da oben. Lass uns dieses Haus da mieten.«

Blinzelnd, um seine Augen vor der Frühlingssonne zu schützen, sah Ben mich an. »Ja, klar«, entgegnete er. »Ist das nicht ein bisschen zu spontan für dich?«

Ich musste schmunzeln. Da hatte er recht. Risiken einzugehen war noch nie so mein Ding gewesen. Ich war eine Planerin. Eine, die sich absicherte, die alles gründlich recherchierte. In meinem ganzen Leben hatte ich noch nie irgendwas aus einem Impuls heraus getan. Doch plötzlich wurde mir bewusst, dass ich es tatsächlich ernst meinte.

»Bei Stanleys Geburt wäre ich fast gestorben«, sagte ich, setzte mich auf und blickte Ben an. »Und Stanley auch.«

Ben sah aus, als müsste er sich gleich übergeben. »Ich weiß, Ella«, antwortete er sanft. »Das weiß ich nur zu gut. Aber du bist nicht gestorben – und Stan ist zum Glück auch hier bei uns und strotzt nur so vor Gesundheit.«

Versonnen schauten wir beide zum Wasser hinüber, wo der fast dreijährige Stanley – mittlerweile ein robuster kleiner Kerl – eine Kuhle in den Sand grub und zusah, wie sie sich mit Wasser füllte.

»Er ist gesund«, wiederholte Ben.

Entschlossen nahm ich seine Hand, wollte unbedingt, dass er verstand, was ich ihm gerade zu sagen versuchte.

»Mir ist schon klar, dass du das weißt«, entgegnete ich. »Aber nach dem, was mit meiner Mum passiert ist, hatte ich Angst, irgendwas Riskantes zu machen – deshalb habe ich mich immer für die sichere Option entschieden.«

Auf Bens Gesicht breitete sich langsam Sorge aus. »Ella«, begann er, »was willst du mir eigentlich sagen? Und wo kommt das jetzt auf einmal her?«

»Hör mir zu«, bat ich. »Hör mir einfach zu: Wir leben jetzt seit zehn Jahren im selben Haus. Ich würde mich nie zur Rush Hour in die U-Bahn setzen. In unseren Flitterwochen wollte ich nicht mal Jetski mieten. Ich bin Steuerberaterin, verdammt, ich gehe kein Risiko ein. Niemals. Aber auf einmal ist mir klar geworden, dass es doch verrückt ist, sein Leben auf diese Art zu leben. Denn wenn ich eins gelernt habe, dann, dass du noch so sehr versuchen kannst, immer den sicheren Weg zu gehen – die schlimmen Dinge passieren trotzdem. Als ich schwanger war, hab ich versucht, alles richtig zu machen: kein Alkohol, kein Weichkäse – ich hab sogar aufgehört, mir Strähnchen machen zu lassen, obwohl das totaler Quatsch ist. Und trotz dieser ganzen Maßnahmen wäre ich fast gestorben, und Oscar hätte fast seine Mum verloren, so wie ich meine. Und du hättest fast deine Frau verloren. Und unseren kleinen Stanley.«

»Und jetzt? Jetzt wirst du plötzlich drei Jahre später zur Draufgängerin?«, fragte Ben.

Ich verzog das Gesicht. »Nein«, erwiderte ich. »Jetski will ich immer noch nicht fahren. Aber ich erkenne zumindest, dass manche Dinge es wert sind, ein Risiko einzugehen.« Vielsagend deutete ich auf das Haus oben auf der Klippe. »Das da zum Beispiel.«

»Ernsthaft?« Ich konnte deutlich erkennen, dass Ben begeistert war, aber sich bemühte, es mir nicht zu zeigen, für den Fall, dass ich meine Meinung wieder ändern sollte. »Würde dir das Leben in London nicht fehlen?«

Einen kurzen Moment dachte ich darüber nach. »Nein«, antwortete ich dann langsam. »Das glaube ich nicht. Wenn wir das Stadtleben vermissen, können wir immer noch nach Brighton fahren, da ist genug los. Und den Rest der Zeit wäre ich vollauf damit zufrieden, irgendwo zu leben, wo es etwas entspannter zugeht.« Ich hielt inne. »Könnten wir es uns leisten, dass ich meinen Job aufgebe?«

»Ich schätze, schon«, sagte Ben. »Ich meine, in meinem neuen Job werde ich ganz gut verdienen und …«

»Ich hab immer noch meine Bücher«, beendete ich den Satz für ihn. Neben meiner sterbenslangweiligen Arbeit als Steuerberaterin schrieb ich Romane – über eine Privatdetektivin namens Tessa Gilroy, die all die aufregenden, gefährlichen Dinge tat, vor denen ich im wahren Leben viel zu viel Angst hatte. Mein erstes Buch war sogar recht erfolgreich gewesen, zumindest hatte es einige Aufmerksamkeit erregt. Auch mein zweiter Roman hatte sich gut verkauft. Und damit hörte es auch schon wieder auf: Seit Stans Geburt hatte ich so gut wie gar nichts mehr zu Papier gebracht. Meine Abgabetermine waren mittlerweile alle verstrichen, und meine Lektorin wurde langsam etwas gereizt.

»Vielleicht würde mir ein Tapetenwechsel ja sogar helfen«, sagte ich und war auf einmal nicht mehr ganz so verzweifelt, was meine schriftstellerische Karriere betraf. »Vielleicht ist das ja genau das, was ich brauche – meinen

Job aufgeben und aus London wegziehen –, um meine Schreibblockade zu überwinden.«

Und so hatte alles angefangen …

Ben hatte seine Stelle beim Fußballverein angetreten und pendelte seitdem jeden Tag nach Sussex, so lange, bis wir umziehen würden. Und ich hatte meine Kündigung eingereicht. Ich tauschte die langweile Welt der Steuern gegen das Schreiben ein. Zumindest hoffte ich das.

Das erneute Klingeln des Handys riss mich aus meinen Erinnerungen.

»Bereit?«, fragte Ben und lächelte mich vom Bildschirm her an.

»Ich bin nervös«, gestand ich. »Was, wenn wir es schrecklich finden?«

»Dann suchen wir uns was anderes«, sagte Ben. »Ist doch kein Problem.«

Ich hörte, wie er irgendetwas zu einem anderen Mann sagte – dem Immobilienmakler, nahm ich an –, und musste kichern, als die zerwuschelten Haarschöpfe der Jungs durchs Bild flitzten.

Natürlich hatte ich auf dem winzigen Display meines Handys nicht den allerbesten Blick, doch während Ben durchs Haus ging, konnte ich genug sehen, um zu erkennen, dass es tatsächlich perfekt war. Die Zimmer waren groß, die Küche sogar riesig, und es gab einen hübschen Garten mit Zugang zu ebenjenem Strand, an dem wir Monate zuvor gesessen hatten. Vom Wohnzimmer aus hatte man außerdem einen atemberaubenden Blick aufs Meer.

»Zeig mir mal den oberen Bereich«, bat ich und konnte es kaum abwarten, den Dachboden zu sehen.

Doch der Empfang war schlecht, und ich konnte Ben zwar noch hören, während er die Treppe hinaufging, aber nicht mehr sehen.

»Drei große Schlafzimmer und ein kleineres«, informierte er mich. »Ein etwas altmodisches Bad in bezauberndem Hellrosa-Orange …«

Ich verzog das Gesicht. Allerdings würden wir zunächst nur zur Miete wohnen – ich war noch nicht bereit, unser Haus in London zu verkaufen, solange wir uns noch nicht endgültig in Sussex niederlassen würden –, deshalb konnte ich mich schlecht über die Einrichtung beschweren.

»… und der Dachboden besteht aus einem leeren Raum mit weißen Wänden, Einbauschränken, hohen Fenstern mit Blick aufs Meer und … einem weiß gestrichenen Holzboden«, fuhr Ben fort. »Perfekt für dein Arbeitszimmer.«

Einen Moment lang konnte ich gar nichts sagen, konnte es einfach nicht glauben, dass sich alles so wunderbar fügte.

»Echt jetzt?«, fragte ich. »Mein Arbeitszimmer auf dem Dachboden?«

»Echt jetzt«, bestätigte Ben.

»Und gefällt das Haus auch den Jungs?«

»Die wollen einen Hund«, sagte Ben.

Begeistert lachte ich. »Klar holen wir uns einen Hund«, beschloss ich.

»Sie haben sich schon ihre Zimmer ausgesucht und sind beide schon so oft durch den Garten gerannt, dass sie wahrscheinlich einschlafen, sobald wir im Auto sind.«

»Dann los«, sagte ich. »Unterschreib alles, was du unterschreiben musst. Lass uns das machen.«

»Willst du das Haus denn nicht erst selbst sehen?«, fragte Ben vorsichtig. »Nach passenden Schulen suchen? Sichergehen, dass alles so läuft, wie du dir das vorstellst?«

Früher hätte ich das definitiv getan, aber diesmal nicht. Jetzt wollte ich einfach nur, dass unser neues Leben endlich begann.

»Oder willst du erst mit deinem Dad sprechen?«

»Nein.« Das wäre keine gute Idee, denn ich wusste, er würde versuchen, uns das auszureden. Bisher hatte ich ihm noch gar nichts von unserem Umzug erzählt. Er wusste nicht mal, dass ich gekündigt hatte, sondern ging davon aus, dass Ben weiter pendeln würde und mein Leben genauso weitergehen würde wie immer.

Mein ausgeprägtes Sicherheitsbedürfnis hatte ich von meinem Dad, und ich war schon fast mein ganzes Leben lang sehr bemüht, nichts zu tun, was ihm missfallen könnte. Als Teenager hatte ich nie rebelliert, hatte mich nie älter gemacht, als ich war, um in einen Pub reinzukommen, und ich war nie später als fünf Minuten nach der vereinbarten Zeit nach Hause gekommen. Auf seinen Rat hin hatte ich Jura studiert – er war Anwalt – und war anschließend ebenso seiner Empfehlung gefolgt, was meine weitere berufliche Laufbahn anging.

Unser Umzug war das Rebellischste, was ich je getan hatte, und ich wusste, Dad würde entsetzt darüber sein, dass ich meinen sicheren Job aufgab, Oscar die Schule wechselte und wir unser eigenes Haus vermieten würden. Und obwohl wir in Sussex viel mehr in seiner Nähe wohnen würden als vorher, dachte ich mir, dass es besser wäre, wenn er erst einmal so wenig wie möglich von unseren Plänen erfuhr.

»Wir könnten nächstes Wochenende noch mal herkommen«, schlug Ben vor. »Wenn es dir wieder besser geht ...«

»Nein«, entschied ich noch in dieser Sekunde. »Ich will nicht riskieren, dass uns das Haus durch die Lappen geht. Wir haben sowieso schon Glück, dass es so lange leer stand. Lass uns dieses Glück nicht überstrapazieren. Unterschreib.«

»Sicher?«, hakte Ben nach.

»Ja, ich bin mir sicher.«

»Super«, befand er, und erneut kehrte die Begeisterung in seine Stimme zurück, gepaart mit noch etwas anderem – Erleichterung vielleicht. Er war bestimmt froh, aus London wegzuziehen.

»Ella?«

»Ja?«

»Ich war wirklich glücklich in London«, sagte er leise. »Richtig glücklich mit dir und den Jungs. Aber das hier wird noch viel besser. Das verspreche ich dir. Ich weiß, das erfordert viel Vertrauen in die Zukunft und macht Angst, und ich weiß, es ist alles ziemlich spontan, aber solange wir alle zusammen sind, wird alles gut.«

Unvermittelt traten mir Tränen in die Augen. »Ja«, entgegnete ich nur.

»Wir sind stark, wir beide«, fügte Ben hinzu. »Und Oscar und Stan auch. Das ist genau das Richtige für uns.«

»Ich weiß«, sagte ich. »Wir werden dort sehr glücklich sein.«

Kapitel 2

Von diesem Zeitpunkt an blieb mir kaum ein Moment, um Luft zu holen, was eigentlich ganz gut war. Hätte ich Zeit gehabt, über das, was wir taten, nachzudenken, hätte ich sicher alles abgesagt, denn die Wahrheit war, dass der Umzug mir wahnsinnige Angst einjagte.

Auf dem Papier klang das Haus perfekt, und ich vertraute Bens Urteil. Außerdem war es ja auch nicht so, als hätte er das alles ohne mich entschieden, sagte ich mir jedes Mal, wenn ich mir Sorgen darüber machte, dass ich unser neues Zuhause noch nicht einmal besichtigt hatte. Aber ich hatte es entdeckt. Ich hatte es über Video und auf der Webseite des Immobilienmaklers gesehen. Ich war also immer an der Entscheidungsfindung beteiligt gewesen, von Beginn an.

Deshalb konzentrierte ich mich lieber auf die Tatsache, dass der neue Mieter unseres Londoner Hauses es geradezu unverschämt eilig hatte, bei uns einzuziehen. Ich rechnete mir aus, ob unser altes, abgenutztes Sofa ins neue Wohnzimmer passen würde und ob die Jungs neue Betten brauchten. Und ich erträumte mir mein eigenes Arbeitszimmer, meinen kleinen Rückzugsort auf dem Dachboden.

Der einzige Wermutstropfen war Dad, dem ich natürlich irgendwann sagen musste, dass wir wegziehen würden.

Also nahm ich mir eines Tages – etwa eine Woche bevor wir endgültig abreisen würden und kurz bevor meine Kündigung wirksam wurde – einen halben Tag frei und fuhr runter nach Kent, um ihn und Barb, meine Stiefmutter, zu besuchen.

»Ich dachte, wir könnten vielleicht zusammen im Pub essen, ein verspätetes Mittagessen sozusagen«, schlug ich direkt nach meiner Ankunft vor, mit dem Hintergedanken, dass der Tag vermutlich besser verlaufen würde, wenn ich Dad die Neuigkeiten in der Öffentlichkeit verkündete. Mir fiel ein kleiner Stein vom Herzen, als Barb und Dad sofort zustimmten, und so schlenderten wir wenig später die Straße zu ihrem Stammpub hinunter. Um ehrlich zu sein, hatte ich keine Ahnung, wie Dad reagieren würde – schließlich hatte ich bisher noch nie etwas gegen seine Zustimmung getan.

»Vielleicht findet er es ja gar nicht so schlimm«, hatte Ben gemeint. »Ich glaube, du machst dir zu viele Gedanken. Letztendlich will er doch nur, dass du glücklich bist.«

Aber da war ich mir wirklich nicht sicher. Ich hatte Angst, dass meine Beziehung zu meinem Dad ausschließlich darauf aufgebaut war, dass ich immer tat, was er wollte. Ich wusste, dass ihn das Risiko, das wir eingingen, beunruhigen würde, und er würde erwarten, dass ich mir seine Bedenken anhörte, ihm anschließend recht gab und meine Meinung änderte. Aber diesmal würde ich das nicht tun. Und genau das machte mir Sorgen.

Ich war in Tunbridge Wells aufgewachsen. In unserem Haus lebte Dad allerdings nicht mehr, weil er und Barb –

die ich unheimlich gernhatte – nach ihrer Hochzeit umgezogen waren, kurz nachdem ich angefangen hatte zu studieren. Das neue Haus war nicht weit entfernt von unserem alten, aber weit genug, wenn Sie verstehen, was ich meine.

»Und wie ist Ben mit seiner neuen Arbeit zufrieden?«, erkundigte sich Dad, nachdem wir an unserem Tisch Platz genommen hatten.

»Sehr zufrieden«, sagte ich. »Es läuft wirklich gut.«

»Aber diese Pendelei ist sicher anstrengend«, merkte Dad an.

»Ja, furchtbar«, pflichtete ich ihm bei. »Deshalb haben wir auch eine Entscheidung getroffen.«

Gespannt sahen Dad und Barb mich an, während ich tief durchatmete und ihnen dann von unseren Plänen erzählte.

»Es ist ein wunderschönes Haus«, sagte ich. »Und wir mieten erst mal nur, wobei Ben meinte, der Vermieter wäre auch bereit zu verkaufen, wenn wir das wollen.«

Barb lächelte mir zu. »Das klingt fantastisch«, befand sie. »Aber bedeutet das nicht, dass du stattdessen pendeln musst?«

»Na ja«, sagte ich. »Eigentlich …«

Dad nahm seine Brille ab, um sich über seine Nasenwurzel zu reiben, und ich spürte, wie mich langsam der Mut verließ.

»Eigentlich?«, drängte er schließlich.

»Eigentlich habe ich die Kündigung eingereicht«, räumte ich ein, griff nach meinem Wasser und kippte es runter, während ich wünschte, es wäre Gin.

Entgeistert sahen Barb und Dad sich an.

»Das ist ein großer Schritt«, sagte Barb vorsichtig.

»Ja, das stimmt«, bestätigte ich, »aber wir sind wirklich davon überzeugt, dass es die richtige Entscheidung ist. Ben verdient genug für uns alle, und ich hab ja noch meine Bücher.«

Dad nickte, als hätte er gerade einen Entschluss gefasst. »Am besten nimmst du dir ein Sabbatjahr«, riet er. »Was haben sie denn in deiner Firma gesagt, als du das vorgeschlagen hast? Falls sie abgelehnt haben, kannst du wahrscheinlich triftige Gründe geltend machen, die sie dazu bringen, sich das noch mal zu überlegen. Wenn du willst, kann ich mal mit Pete aus meiner alten Kanzlei sprechen. Er ist Experte für Arbeitsrecht …«

»Dad«, unterbrach ich ihn. »Ich habe nicht gefragt, ob ich ein Sabbatjahr nehmen kann, weil ich das nicht will. Ich gebe meinen Job auf und werde ab jetzt Vollzeitautorin. Wir haben das alles gut durchdacht.«

Einen Moment lang sah Dad mich irritiert an. »Nein, Ella«, sagte er dann. »Das ist zu riskant. Was, wenn Ben doch Probleme auf seiner neuen Stelle bekommt? Oder wenn die Jungs sich nicht richtig einleben können? Hast du dir schon eine neue Schule für Oscar angesehen? Er ist ein sehr kluger kleiner Kerl und muss gefordert werden. Und denkt bloß nicht darüber nach, euer Haus in London zu verkaufen. Wenn ihr einmal aus London raus seid, könnt ihr nie wieder zurück. Nicht bei den derzeitigen Immobilienpreisen.«

»Dad«, sagte ich erneut. »Es ist alles gut. Wir wissen, was wir tun.«

»Ich rufe Pete gleich jetzt an«, verkündete Dad. »Hm,

wo hab ich denn wieder dieses verdammte Handy hingesteckt?«

»Dad«, wiederholte ich, diesmal in einem schärferen Tonfall. »Lass das.«

Dad zuckte zusammen und verzog das Gesicht. »Schrei doch nicht so, Ella«, sagte er. »Was ist denn mit dir los?«

Kopfschüttelnd sah ich ihn an. »Ich wusste genau, dass du so reagieren würdest«, entgegnete ich. »Ich wusste, du würdest nicht wollen, dass ich meinen Job aufgebe oder dass wir umziehen.«

»Ich mache mir nur Sorgen«, sagte Dad.

Ein Funken Mitgefühl glomm in mir auf. Natürlich machte er sich Sorgen. Aber ich war nicht mehr sein kleines Mädchen, und wir mussten uns nicht mehr wie zwei Ertrinkende aneinanderklammern, so wie wir es während meiner Kindheit und Jugend getan hatten.

»Dann hör damit auf«, erwiderte ich härter, als ich es beabsichtigt hatte. »Hör auf, dir Sorgen zu machen. Mir geht's gut. Ben geht's gut. Und den Jungs auch.«

Barb legte ihre Hand auf Dads Finger, als wollte sie ihn beschwören, die Sache auf sich beruhen zu lassen, doch Dad war nun mal Dad und verstand die Andeutung nicht.

»Ich denke, ich sollte Pete trotzdem anrufen«, sagte er. »Nur zur Sicherheit.«

Mit Schwung schob ich meinen Stuhl zurück und stand auf. »Wehe, du holst dein Handy raus«, presste ich zwischen zusammengebissenen Zähnen heraus. »Wage es ja nicht.«

Dad und Barb starrten mich völlig perplex an, was nicht weiter erstaunlich war. Ich war Dad gegenüber noch nie laut geworden. Ich hatte ja noch nicht einmal seine Entscheidung infrage gestellt, welches Essen wir an unseren Filmabenden bestellen würden.

»Ella«, sagte Dad schließlich. »Ich finde, du reagierst ein wenig unverhältnismäßig.«

Doch diese Antwort machte mich nur noch entschlossener, meinen Standpunkt zu vertreten.

»Ich reagiere nicht unverhältnismäßig«, gab ich zurück. »Ich will nur, dass du verstehst, was wir machen: Ich habe meinen Job gekündigt, und wir ziehen nach Sussex. Wodurch wir übrigens näher bei euch wohnen werden als jetzt. Ich dachte eigentlich, das würde dich freuen.«

Meine Stimme wurde immer schriller, und ich stand kurz davor, in Tränen auszubrechen, trotzdem fuhr ich fort, während Dad mich, stumm vor Schreck, anstarrte. »Ich weiß, es ist riskant, aber wir haben beschlossen, dieses Risiko einzugehen, weil es uns das wert ist. Du weißt doch selbst, Dad, dass sich die Dinge innerhalb von Sekunden zum Negativen ändern können. Das weißt du besser als jeder andere.«

Dad nickte, sagte jedoch immer noch nichts.

»Also, das ist beschlossene Sache. Und ich wusste, du bist dagegen. Und es tut mir leid, wenn du mich jetzt für zickig hältst. Oder wenn du mich nicht mehr in deinem Leben haben willst, weil ich etwas tue, das dir nicht gefällt. Aber ich tue es trotzdem.«

»Ella …«, begann Dad. »Ella, ich verstehe das nicht.«

»O doch, du verstehst mich sehr gut«, widersprach ich, befeuert von all den Sorgen um den Umzug und von dem Gespräch mit Dad. Meine Stimme troff nur so vor Gift, während ich mich auf die Tischplatte aufstützte und zu Dad vorlehnte. »Du verstehst mich ganz genau. Ich war immer ein gutes Mädchen und hab brav gemacht, was du wolltest, nicht wahr?«

Dad wirkte immer noch verwirrt, und später – als ich die Unterhaltung wieder und wieder im Kopf durchging (sofern man das überhaupt als Unterhaltung bezeichnen konnte, denn eigentlich hatte nur ich geredet) – konnte ich die ehrliche Bestürzung auf seinem Gesicht sehen und den Schmerz in seinen Augen, und das brach mir das Herz. In jenem Moment allerdings dachte ich nur daran, dass ich recht hatte.

»Zum ersten Mal in meinem Leben tue ich, was ich will«, sagte ich. »Und es mag nicht das sein, was du willst, aber ich tue es trotzdem.« Ich griff nach meiner Tasche. »Und diesmal kannst du mich nicht wegschicken, weil ich nämlich freiwillig gehe.«

Ohne Dads schockierte Miene und Barbs tröstende Hand auf seinem Arm weiter zu beachten, warf ich meinen Mantel über die Schulter und stampfte aus dem Pub, marschierte die Straße hinauf zu meinem Auto, wo ich eine Weile sitzen blieb und leise in meine Hände schluchzte. Ich wusste selbst nicht genau, was gerade passiert war, aber ich hatte das schreckliche Gefühl, dass ich alles vermasselt hatte.

Kapitel 3

Auf der Fahrt von Kent nach Hause ignorierte ich das Display meines Handys, das ständig aufleuchtete, weil mein Vater versuchte, mich anzurufen. Und das Gleiche zog ich auch in den nächsten Tagen durch, wenn Dad oder Barb mich anriefen. Währenddessen packten wir Umzugskisten und verabschiedeten uns von unseren Freunden in London.

»Ruf ihn an«, sagte Ben, als ich mich für meinen letzten Tag im Büro zurechtmachte, doch ich antwortete gar nicht darauf.

»Es wird nicht spät bei mir«, verkündete ich stattdessen. »Ich habe keine Lust, noch was trinken zu gehen oder so was.«

Prüfend musterte ich mein Spiegelbild. Ich hatte das Haar ordentlich hochgesteckt, so dass es mir nicht ins Gesicht hing, dazu trug ich einen schicken Hosenanzug und flache Schuhe.

»Dieses Outfit fliegt danach raus«, fügte ich hinzu. »Und ich werde mir die Haare abschneiden lassen.«

»Schön«, ertönte Bens Kommentar. Da er sich den Tag freigenommen hatte, um in Ruhe packen zu können, saß er noch im Bett, trank eine Tasse Tee und las die Biographie eines Fußballers, von dem ich noch nie etwas gehört hatte. »Dann ruf deinen Dad vom Friseur aus an.«

Finster sah ich ihn an. »Ich telefoniere mit ihm, wenn wir uns im Haus eingerichtet haben«, entgegnete ich. »Dann lade ich ihn übers Wochenende ein. Das reicht doch.«

Wobei ich mir da ehrlicherweise selbst nicht so sicher war.

Als wir am Umzugstag vor unserem neuen Haus hielten, spürte ich ein nervöses Kribbeln in meinem Bauch. Natürlich wusste ich, wie das Haus aussah, aber nun, da ich wirklich davorstand, fühlte sich das Ganze auf einmal doch wie eine ziemlich bedeutende Entscheidung an, die ich Ben für mich hatte treffen lassen. Plötzlich kamen mir all die Warnungen von Dad in den Sinn – dass wir ein großes Risiko eingingen und kein Sicherheitsnetz hatten.

Kein besonders schönes Haus, dachte ich, während ich das Auto in unsere neue Einfahrt lenkte. Man hatte es ans Ende der Straße gesetzt, im rechten Winkel zu den anderen Häusern, mit dem Rücken zum Meer. Damals, Monate zuvor, hatten wir vom Strand aus nur die Rückseite gesehen – und die war um einiges hübscher als die Frontansicht, wie ich in diesem Moment feststellte. Die Mauern waren aus rötlich schimmernden Backsteinen gebaut, und über den drei Stockwerken thronten weiß gestrichene Giebel. An der einen Seite befand sich ein Anbau, der ebenso wenig zum Hauptgebäude passte wie dessen Fenster.

Das Haus hatte so gar nichts zu tun mit dem idyllischen Bilderbuchcottage, das sich alle ausgemalt hatten, als wir verkündet hatten, dass wir nach Sussex ziehen würden. Doch Ben hatte darauf beharrt, dass alles perfekt sei. Selbst die Tatsache, dass es die ganze Zeit leer gestanden hatte, deutete er als gutes Zeichen. Ich hatte schon gehört, wie er zu Freunden gesagt hatte, dass wir exakt das gleiche Haus für uns entworfen hätten, wenn es nicht schon dort gestanden hätte. Ich konnte nur hoffen, dass er damit recht hatte und Dad unrecht. Jetzt, da wir tatsächlich mit unserem neuen Leben beginnen würden, schien meine neu entdeckte Spontaneität mich auf einmal gänzlich zu verlassen.

Als ich die Handbremse anzog, grinste Ben mich an, und ich konnte nicht anders, als zurückzulächeln. Seine Begeisterung war ansteckend, und trotz meiner Ängste spürte ich tief in meinem Innern, dass unser Neustart etwas Gutes war. Aus dem Autofenster heraus betrachtete ich unser neues Zuhause: Es war vermutlich einmal ziemlich prächtig gewesen, auch wenn es mittlerweile etwas vernachlässigt aussah und dringend Zuwendung brauchte. Vielleicht würden wir dem Haus einen neuen Anstrich verpassen, dachte ich und überlegte sogar, ob wir, falls wir es irgendwann kaufen sollten, hinten einen Wintergarten anfügen könnten, wo wir dann sitzen und aufs Meer schauen würden.

Als ich meinen Gurt lösen wollte, nahm Ben meine Hand.

»Es ist noch nicht zu spät, deine Meinung zu ändern«, raunte er mir zu, damit die Jungs es nicht mitbekamen. »Wir können sofort umdrehen und nach London zurückfahren, wenn du das möchtest.«

Erneut verspürte ich einen nervösen Schub. Nachdem ich meine Stelle aufgegeben hatte, würden sämtliche finanziellen Verpflichtungen unserer Familie ab jetzt auf Bens Schultern lasten. Bisher war alles gut, doch er stand auch unter enormem Druck: In seinem Verein gab es eine Menge hoch dotierter Spieler, und die Beine, um die Ben sich kümmerte, waren Millionen wert. Das war seine große Chance, und er musste dafür sorgen, dass alles rundlief.

In der Zwischenzeit hatte ich meiner Lektorin Lila verkündet, dass ich – nachdem ich monatelang kein einziges Wort geschrieben hatte – nun endlich anfangen würde. Diese Zusage bereute ich mittlerweile ein bisschen, weil ich weder Ideen hatte noch sonderlich motiviert war und Lila mir nun erst recht im Nacken saß. Außerdem machte ich mir Sorgen, dass Ben sich selbst zu sehr unter Druck setzte und das Haus mit zu vielen Erwartungen überfrachtete. Was, wenn ich gar nicht mehr schreiben konnte? Was, wenn Ben seine Stelle verlor? Was, wenn das alles ein schrecklicher Fehler war – also genau das, wovor Dad mich gewarnt hatte?

Ich atmete einmal tief durch. »Natürlich will ich nicht nach London zurück«, sagte ich, zu ihm genauso wie zu mir, und drückte seine Hand. »Das hier ist das Richtige für uns.«

Ben musterte mich einen Moment lang, bevor er meine Hand ebenfalls drückte. »Na dann mal los, ziehen wir ein.«

Ich beugte mich zu Stan hinüber, um dessen Gurt zu lösen. »Es wird alles super laufen«, sagte ich mit Nachdruck.

»Du meinst, in diesem perfekten Haus, mit dieser perfekten Familie?«, fragte Ben und lachte leise – vor Erleichterung, nahm ich an. Oder war er vielleicht genauso nervös wie ich? »Wie sollte es da nicht super laufen?«

Er half Stan, aus dem Auto zu klettern, bevor er ihn hochhob und an sich drückte. »Was denkst du, kleiner Mann?«, fragte er. »Wie findest du unser neues Zuhause?«

Statt einer Antwort schlug Stan ihm mit seiner Holzfigur von Thomas, der kleinen Lokomotive, auf den Kopf. »Schön«, sagte er dann. »Das ist ein schönes Haus.«

Oscar nahm meine Hand und zog daran. »Komm. Mit. Los, Mummy.« Mit diesen Worten zerrte er mich aus dem Auto und anschließend den Weg zur Haustür hoch. »Schnellerschnellerschneller«, stieß er atemlos hervor, während er mich hinter sich her schleifte.

Stan wand sich aus der Umarmung seines Vaters und rannte zu seinem Bruder und mir herüber. Ich konnte Bens Blick auf mir spüren, als er uns folgte. Wir mussten dafür sorgen, dass dieser Neuanfang funktionierte, dachte ich. Aber er hatte ja recht: Wie konnte etwas so Perfektes nicht funktionieren?

»Die Tür müsste auf sein«, rief Ben uns hinterher.

Prompt drückte Oscar die Klinke herunter, und tatsächlich öffnete sich die Tür. »Mummy, Mummy«, keuchte mein Sohn überrascht, während wir alle buchstäblich mit der Tür ins Haus fielen. »Guck mal, die Treppe.«

»Treppe, Mummy«, wiederholte Stan.

»Mummy, können wir einen Hund haben? Daddy hat Ja gesagt. Also, können wir einen Hund haben?«

Ergeben ließ ich mich durchs Haus ziehen und musste lachen, als die Jungs und Ben fast übereinander stolperten, weil jeder der Erste sein wollte, der mir etwas zeigte.

»Guck mal, Mummy, da ist ein Kühlschrank«, verkündete Oscar stolz, als ich die riesige, wenn auch etwas in die Jahre gekommene Küche bestaunte.

Die Sonne strömte durch die blitzblanken Fensterscheiben in den Raum herein. Tatsächlich war das ganze Haus strahlend sauber. Dafür hatte der Immobilienmakler –

Mike – gesorgt, wie Ben mir erzählte. Überall glänzte es im Sonnenschein, und die Räume waren voller Licht, trotzdem spürte ich eine seltsame Dunkelheit in mir.

Ben war sichtlich stolz, während er mich herumführte; es war überdeutlich, dass er dieses Haus liebte. Und was war mit mir? Na ja, ich hatte ein merkwürdiges Gefühl. Als wären wir hier nicht richtig zu Hause. Wahrscheinlich musste ich mich erst eingewöhnen, unsere Sachen einräumen und alles einrichten. Dennoch blieb dieser komische Eindruck, dass wir nur übergangsweise hier leben würden, und das machte mich nervös.

»Es ist toll«, sagte ich und drückte Bens Arm. Da mich plötzlich das Gefühl überkam, dringend hier rauszumüssen, entschuldigte ich mich damit, dass ich mir den Garten ansehen wolle, und trat durch die mit Butzenscheiben versehenen Terrassentüren auf den Rasen hinaus.

Während die Stimmen der Jungs mir folgten, die begeistert durchs Haus rannten, schlenderte ich zum Ende des Gartens und atmete dabei tief durch, froh, das Haus wieder verlassen zu haben.

Der Rasen wurde von einer Baumreihe gesäumt, und dahinter führte ein steiniger Weg zu dem schmalen Kiesstrand hinunter, auf den rauschend die Wellen liefen.

»Wahnsinn«, entfuhr es mir. Es war einfach unglaublich: Ich dachte an unser Haus in London mit dem winzigen Garten, in dem die Jungs wie eingesperrte Tiger hin- und hergelaufen waren. Hier konnten sie rennen. Sich gefahrlos austoben. Im Meer schwimmen. Muscheln sammeln. Es würde richtig idyllisch werden, sagte ich mir im Stillen. Eine perfekte Kindheit in einem perfekten Haus.

Doch der Gedanke an das Haus ließ mich erneut schaudern. Ich wandte den Blick vom Meer ab und überquerte den Rasen bis zur Hintertür, konnte mich allerdings immer noch nicht überwinden, wieder hineinzugehen. Stattdessen hockte ich mich im Schneidersitz ins Gras und betrachtete die Rückseite des Hauses.

Hinten war es weniger unansehnlich. Im Gegensatz zu den roten Backsteinen an der Vorderseite war die Wand hier weiß gestrichen und glitzerte im hellen Sonnenlicht. Auch die Architektur wirkte nicht mehr so zusammengewürfelt. Ich stellte mich wirklich albern an, rügte ich mich innerlich. Es würde wunderschön werden, so nah am Meer zu wohnen, und das Licht war einfach toll. Vielleicht würde es mich sogar beim Schreiben inspirieren.

In diesem Moment verschwand die Sonne hinter einer Wolke, und ich hob den Blick in Richtung Dachgeschoss, um herauszufinden, welche Fenster zu dem Raum gehörten, der mein neues Arbeitszimmer werden würde.

Auf dieser Seite gab es zwei hohe Fenster im Obergeschoss, durch die viel Licht in den Raum strömen würde. Außerdem befand sich dort noch ein kleineres Fenster. Da ich auf einmal wieder neuen Tatendrang verspürte, beschloss ich, nach oben zu gehen und mir das Zimmer anzusehen; Ben war so begeistert davon gewesen, und ich dachte – oder hoffte –, dass ein bisschen von seinem Enthusiasmus auf mich abfärben und vielleicht meine Schreibblockade lösen würde. Als ich jedoch aufstand, erregte eine plötzliche Bewegung im Obergeschoss meine Aufmerksamkeit.

Blinzelnd hob ich den Kopf in die Richtung. Es sah aus,

als wäre jemand dort oben, eingerahmt von dem kleinen Dachbodenfenster. Ich konnte es nicht genau erkennen, aber es war definitiv eine menschliche Gestalt.

Meine Mund wurde ganz trocken. »Ben«, krächzte ich, in der Hoffnung, dass er da oben war. »Ben.«

Mein Mann tauchte an den Terrassentüren des Wohnzimmers auf. Verwirrt sah ich ihn an, dann wieder hinauf zum Fenster. Dort war niemand. Ich hatte es mir nur eingebildet.

»Was ist los?«, fragte Ben. »Ist was passiert?«

Ich zwang mich zu einem Lächeln. »Ach, ich dachte, ich hätte da oben jemanden gesehen«, erklärte ich. »Offensichtlich hab ich Halluzinationen – wahrscheinlich bin ich müde. Wo sind die Jungs?«

Ben kam in den Garten heraus und kniff im hellen Sonnenlicht die Augen zusammen. »In der Küche«, sagte er. »Wo hast du denn jemanden gesehen?«

Ich deutete zum Fenster hinauf, und genau in diesem Moment kam die Sonne wieder hinter der Wolke hervor und spiegelte sich in der Fensterscheibe, so dass mich das Licht blendete. »War wahrscheinlich nur die Sonne«, sagte ich blinzelnd.

»Offensichtlich, da oben ist nämlich keiner.« Ben stupste mich sanft mit dem Ellbogen an. »Komm mit rein und trink einen Tee mit mir – ich hab den Wasserkocher ausgepackt. Wir sind alle müde, und eine Pause wird uns guttun.«

Kapitel 4

Ich ließ mich von Ben zurück ins Haus führen und redete mir währenddessen ein, dass die Sonne meinen Augen einen Streich gespielt hatte. Das gab es doch – oder? –, dass das Gehirn irgendwelche abstrakten Gebilde zu menschlichen Gestalten umformte? So etwas in der Art musste es gewesen sein.

Während Ben Tee kochte, redete ich ohne nachzudenken auf die Jungs ein, erinnerte sie an den Strand und fragte sie, ob sie morgen im Meer planschen wollten. Ohne die Möbel kam mir das Haus zu groß vor, und es hallte überall. Wo blieben eigentlich die Möbelpacker?

Ich blickte mich um. Ganz rational betrachtet wusste ich, dass dieses Haus genauso perfekt für unsere Familie war wie der Garten. Es war nur ganz anders als unser altes Zuhause, und auf einmal erschien mir der Schritt, den wir gewagt hatten, so groß; viel zu groß für uns.

»Sollen wir noch ein wenig weiterschauen?«, fragte ich in dem verzweifelten Versuch, zumindest ein wenig Enthusiasmus zu entwickeln. Natürlich ergriffen die Jungs sofort ihre Chance und rasten nach oben. Ben und ich folgten ihnen in etwas ruhigerem Tempo. Ich wollte unbedingt das Arbeitszimmer sehen, war jedoch gleichzeitig nervös, weil ich nicht wusste, was ich dort vorfinden würde. Außerdem war ich mir immer noch unsicher, ob ich nicht doch jemanden am Fenster gesehen hatte.

Als die Jungs und Ben darüber zu diskutieren anfingen, welches Zimmer Oscar wollte und welches das beste Zimmer für Stan wäre, atmete ich einmal tief durch und stieg die Treppe zum Dachboden hoch.

Er war – natürlich – leer und absolut perfekt. Genervt verzog ich das Gesicht, weil Ben auch in diesem Punkt recht gehabt hatte, was sicher ein wenig unfair von mir war. Der Raum war groß und zur Vorderseite hin abgeschrägt, dort, wo das Dach verlief. An der Rückseite fiel das Licht durch die beiden hohen Fenster – das Fenster, hinter dem ich die Gestalt vermutet hatte, befand sich links. Der Boden war komplett mit Dielenbrettern ausgelegt, die man weiß gestrichen hatte. Auch die Wände waren mit weißer Farbe versehen worden, sowohl die Backsteinseite als auch die Flächen, an denen noch alte Tapeten klebten. Es herrschte eine kühle, aber helle Atmosphäre.

Ich legte die Hände um meine Teetasse und ging zum Fenster hinüber. Der Ausblick war atemberaubend und das Licht einfach unglaublich. Für mich wirkte der Raum wie das Studio eines Malers, und ich fragte mich, ob früher einmal jemand hier oben gemalt hatte. Bestimmt, oder? Einen anderen Zweck konnte ich mir für diesen Raum nicht vorstellen. Er war weder als Schlaf- noch als Gästezimmer geeignet. Die Treppe, die hier hinaufführte, war schmal und die Tür ebenfalls. Dass man ein Bett hier hinaufschaffen konnte, wagte ich zu bezweifeln, es sei denn, man zerlegte es in Einzelteile und baute es direkt im Raum auf.

Ich blickte auf den Rasen hinunter, wo ich vorhin gesessen hatte, und schaute mich dann in dem leeren Zimmer um, auf der Suche nach etwas, das wie eine Person aussehen konnte. Doch ich fand nichts.

Ich hockte mich auf den Fenstersims, wie ich es immer in London getan hatte, und nahm von hier aus das Studio noch einmal genauer unter die Lupe. Es wirkte weder bedrohlich noch angsteinflößend. Es war einfach nur ein großer, leerer Raum. Ein großer, leerer, wahnsinnig schöner Raum. Anscheinend hatte ich richtiggelegen: Das Licht musste mir einen Streich gespielt und mir eine Gestalt vorgegaukelt haben. Im Garten war der Sonnenschein so grell gewesen, dass die Strahlen sich gut in der alten Glasscheibe gespiegelt haben konnten …

Der Gedanke verhallte, als mir plötzlich etwas klar wurde. Von unten aus hatte ich zwei große und ein kleines Fenster gesehen. Hier oben gab es jedoch nur zwei hohe Fenster. Wie seltsam.

Ich stellte meine leere Tasse auf dem Sims ab und ging in den Treppenflur hinaus. Soweit ich das beurteilen konnte, war auf der anderen Seite nichts: kein weiteres Zimmer, noch nicht einmal eine Tür. Unwillkürlich stellten sich mir die Nackenhaare auf. Das war wirklich ein merkwürdiges Haus.

Ein neugieriges Kribbeln erfasste mich, und gleichzeitig war ich auch ein wenig unruhig, und so stieg ich die Treppe wieder hinunter in den ersten Stock, in dem sich die Schlafzimmer befanden.

Ben und die Jungs waren im größten Zimmer, von dem aus man ebenfalls einen Blick in den Garten hatte. Stan hatte ganz rote Wangen, während Oscar ziemlich ärgerlich aussah.

»Mummy«, sagte er, als ich hereinkam. »Ich finde, ich sollte dieses Zimmer bekommen, weil ich der Ältere bin. Aber Stan meint, er will es haben, weil er nach Piraten gucken will.« Seine Augen füllten sich mit Tränen, und er verzog das Gesicht. »Aber ich will auch nach Piraten gucken.«

»Etagenbetten«, schlug ich vor. »Ihr bekommt ein Etagenbett, und das gestalten wir so um, dass es wie ein Schiff aussieht. Dann könnt ihr abends zusammen wegsegeln und nach Piraten schauen.«

Ben warf mir einen dankbaren Blick zu, und ich lächelte ihn an.

»Ich hab was Komisches gefunden«, sagte ich ganz beiläufig. »Kannst du dir das mal ansehen?«

Ben und die Jungs folgten mir die schmale, wacklige Treppe zum Dachboden hinauf. Mitten im Zimmer blieben wir stehen und blickten aufs Meer hinaus.

»Schau mal«, sagte ich zu Ben. »Als ich im Garten war, habe ich drei Fenster in diesem Zimmer gesehen: zwei große und ein kleines, weißt du noch?«

Ben nickte, und auf seinem Gesicht machte sich Erkenntnis breit. »Aber hier sieht man nur zwei Fenster«, stellte er fest. »Das ist ja verrückt.«

Er ging zu einem der Fenster hinüber und schob es hoch, doch es ließ sich nicht weit öffnen. »Ich dachte, man könnte sich rauslehnen und das andere Fenster sehen«, sagte er. »Aber mein Kopf passt nicht durch den Spalt.«

»Meiner aber«, verkündete Oscar.

»Nein!«, protestierten Ben und ich gleichzeitig.

Oscar wirkte enttäuscht. »Vielleicht ist das Fenster ja vom Nachbarhaus«, überlegte er.

Ben wuschelte ihm durchs Haar. »Guter Gedanke, mein Sohn. Aber das Nachbarhaus ist nicht an unser Haus angebaut, so wie in London.«

Ich stand ganz regungslos da und starrte die Fenster an, während sich in meinem Magen ein leises Flattern bemerkbar machte. War das etwa Abenteuerlust?

»Das gefällt dir, hm?«, sagte Ben nach einem Blick in mein Gesicht. »So ein kleines Rätsel, und du bist ganz in deinem Element.«

Da war durchaus etwas dran.

»Ach komm«, entgegnete ich. »Jetzt tu doch nicht so, als würde dich das nicht auch reizen. Ich meine, ein verschwundenes Fenster ...«

Lächelnd sah Ben mich an und machte sich gar nicht erst die Mühe, meine Behauptung abzustreiten.

»Vielleicht gibt es ja eine Geheimkammer«, sagte ich. »Oder ein Portal nach Narnia.«

»Oder es gibt einen Lüftungsschacht in diesem alten, dicken Gemäuer.«

Ich stieß ein grunzendes Lachen aus. »Jetzt mach doch nicht gleich wieder alles kaputt.«

Ben grinste. »Wenn das Haus außen größer wäre als innen, hätten wir das sicher festgestellt«, meinte er.

»So wie die TARDIS bei Dr. Who«, rief Oscar voller Begeisterung, bevor er gleich darauf die Stirn in Falten legte. »Aber andersrum.«

Ich musste lachen. »Also, anscheinend nehmt ihr Jungs

die Sache nicht ernst«, sagte ich gespielt streng. »Dabei könnte was richtig Spannendes dahinterstecken.«

Ben nickte. »Okay«, lenkte er ein, »ich kümmere mich darum.«

Er ging zur gegenüberliegenden Wand und klopfte dagegen. Dann probierte er es an einer anderen Stelle und wiederholte das ganze Prozedere mehrmals. Ich setzte mich auf den Boden, nahm Stan auf den Schoß und sah meinem Mann zu.

»Was machst du denn da?«, fragte ich schließlich.

Mitleidig schaute Ben mich an. »Ich teste, ob es irgendwo hohl klingt«, erklärte er fachmännisch. »Das würde auf einen Raum hinweisen, der sich dahinter befindet.«

»Und? Klingt es irgendwo hohl?«

»Keine Ahnung«, gab er zu.

Ich brach in Gelächter aus.

»Also, dann sollten wir vielleicht ausprobieren, wie die anderen Wände klingen, um einen Vergleich zu haben«, schlug ich vor.

Im nächsten Moment brach ein Tohuwabohu los. Stan und Oscar rannten durchs Zimmer und hämmerten wahllos gegen die Wände, während Ben und ich lauschten und das Ganze mit einem »Hmm« kommentierten. Wir hatten zwar keinen blassen Schimmer, worauf wir achten mussten, aber es machte Spaß. Die Jungs riefen aufgeregt durcheinander, während wir uns kaputtlachten, und irgendwann kam mir der Gedanke, dass vielleicht doch alles gut werden würde.

Kapitel 5

1855

Violet

Beinahe wäre ich auf den Felsen ausgerutscht, während ich mühevoll den Weg zum Strand hinunterkletterte, obwohl ich schon Hunderte Male hier entlanggegangen war. Meine Staffelei war nicht schwer, aber unhandlich, und die Tasche mit den Farben und Pinseln, die ich ebenfalls trug, schlug mir gegen die Beine. Schließlich jedoch fand ich den perfekten Platz. Es war warm dort, und die Sonne blendete nicht so stark, während die frische Seeluft tief in meine Lungen drang.

Rasch baute ich meine Staffelei auf und befestigte das Papier daran. Meine Farben legte ich auf dem Felsblock hinter mir ab, in der Reihenfolge, die ich vorgesehen hatte. Dann schob ich mir eine Haarsträhne hinters Ohr, die sich gelöst hatte, und griff nach einem Pinsel. Einen kurzen Augenblick hielt ich inne, um den Moment in mich aufzunehmen. Ich war vollkommen zufrieden. Genau so hatte ich mir meine Arbeit erträumt, bereits seit … hm, Monaten, vielleicht sogar Jahren. Endlich, endlich fühlte ich mich wie eine richtige Malerin. Natürlich war mein Zimmer auf dem Dachboden auch ganz wunderbar, und ich würde Philips auf ewig dankbar sein. Der junge Mann aus dem Dorf erledigte all die kleinen Aufgaben im Haus und Garten und hatte mir dabei geholfen, mir heimlich ein eigenes Atelier einzurichten.

Unwillkürlich legte ich die Stirn in Falten, als ich an Vater denken musste, dem es nicht gefiel, wenn ich malte. Er hielt es für gewöhnlich. Seiner Ansicht nach sollte ich heiraten und ein für eine Frau angedachtes Leben führen. Ein langweiliges Leben, wie ich fand. Oberflächlich. Ohne Sinn.

Hier draußen jedoch, an der Seeluft, die ich tief einsog, hatte ich das Gefühl, etwas Sinnvolles zu tun. Ich erzählte eine Geschichte durch meine Arbeit, und es kam mir vor, als hätte ich darauf mein ganzes Leben gewartet. Jahrelang hatte ich nichts anderes gezeichnet als mich – und die Katzen, die unsere Küche besuchten. Ein nicht enden wollender Strom an Selbstporträts, die zweifellos dazu beigetragen hatten, meine Technik zu verbessern, mich aber ehrlicherweise zu Tode gelangweilt hatten.

Dann, eines Tages, hatte ich mir Vaters *Times* genommen und einen Artikel über eine neue Gruppe von Künstlern gelesen, die als die Präraffaelitische Bruderschaft bekannt waren. Sie malten Geschichten – aus der Bibel, Stücke von Shakespeare und dergleichen – und bedienten sich dafür real existierender Modelle. Als ich das las, war es, als hätte jemand in meinem Kopf ein Licht angezündet. Plötzlich wusste ich, was ich tun wollte: Ich wollte wie diese Künstler sein. So malen wie diese Künstler. Das gleiche Leben führen wie sie.

Von diesem Moment an verschlang ich jeden Artikel über die Präraffaeliten in Vaters Zeitung und las außerdem die *Illustrated London News* und sogar den *Punch*, wenn ich eine bekommen konnte. Vater schätzte dieses satirische Magazin nicht besonders. Ich dagegen behielt jede Ausgabe, in der etwas über Kunst geschrieben stand, und versteckte sie dort, wo ich auch meine Malutensilien aufbewahrte.

Die *Times* – und manchmal auch die anderen Blätter – äußerte sich oft kritisch über meine Helden, die sich entschlossen hatten, die Kunstwelt in Aufruhr zu versetzen. Doch je mehr Kritik über sie ausgeschüttet wurde, desto mehr bewunderte ich sie. Diese Künstler waren so aufregend und dachten so fortschrittlich. Genau so sollte mein Leben aussehen.

In meinen Träumen stellte ich mir vor, wie es wäre, in London zu wohnen, und wie ich mit anderen Künstlern darüber diskutierte, was gute Kunst ausmachte; mit Dante Gabriel Rossetti zum Beispiel, der auf den Bildern in den Zeitungen unwahrscheinlich attraktiv aussah, oder mit John Millais, der ein liebevolles, freundliches Gesicht hatte. Ich musste zugeben, dass meine Vorstellung von den Orten, an denen diese Debatten stattfinden sollten, in meinem Kopf noch ziemlich nebulös waren. Ein eher unangenehmes Gefühl sagte mir, dass die Maler, die ich so bewunderte, sehr viel Zeit in Wirtshäusern verbrachten. Aber ich wusste ganz sicher, dass ich mich bereits lebendig fühlen würde, wenn ich mich nur in ihrer Gegenwart aufhielte.

»Meine liebe Miss Hargreaves«, hörte ich Dante oder John sagen, »die Kunstwelt sollte sich wahrlich vor Ihnen in Acht nehmen.«

Doch ich bewunderte nicht nur die Männer. Ich hatte gelesen, dass Elizabeth Siddal – die für die Maler Modell stand und über die das Gerücht ging, Rossetti unterhalte eine Liebesbeziehung zu ihr – ebenfalls malte. Oh, wie sehnte ich mich danach, so zu sein wie sie. Manchmal, wenn ich in eine besonders eitle Stimmung verfiel, bildete ich mir ein, ihr ein wenig ähnlich zu sehen, weil ich langes rotes Haar hatte, genau wie sie.

Einige Leute hingen dem Aberglauben an, rotes Haar brächte Unglück, doch an Lizzie sah es wunderschön aus. Sie versteckte es weder, noch drehte sie es unter ihrem Hut zu einem Knoten zusammen, wie ich es immer getan hatte. Nun dagegen trug ich es ebenfalls offen, wann immer es möglich war. Abseits von Vaters missbilligendem Blick. Es fiel mir zwar ins Gesicht und war mir oft lästig, aber ich betrachtete es als Teil meines Plans. So wie ich mich heimlich an den Strand schlich, um zu malen. Wenn Lizzie Siddal Malerin sein durfte, warum dann nicht auch ich, Violet Hargreaves?

Während ich meinen Träumen von einer erfolgreichen Zukunft nachhing, malte ich mit raschen Bewegungen, ließ meinen Pinsel geradezu über das Papier fliegen. Heute würde ich nur den Hintergrund malen. Ich hatte bereits eine Skizze von Philips angefertigt, gehüllt in ein Bettlaken, das ich so festgesteckt hatte, dass es wie eine königliche Robe ausgesehen hatte, und mit einer Krone auf dem Kopf, die ich in meiner Truhe mit alten Verkleidungen gefunden hatte. Dabei stand er in einer Zinnschale mit Wasser, das ihm bis zu den Knöcheln reichte. Er hatte sich ohne zu zögern bereit erklärt, mir Modell zu stehen. Er war so gut zu mir, und obwohl ich mich darüber freute, dass er so freundlich war, fragte ich mich von Zeit zu Zeit, ob er vielleicht Gefühle für mich hegte, die – möglicherweise – unangemessen waren. Vater wäre sehr aufgebracht.

Wohlgemerkt wäre er auch sehr aufgebracht, wenn er wüsste, was ich gerade tat, dachte ich. Er gestattete mir zähneknirschend, meiner Liebe für die Kunst nachzugehen, solange ich im Haus war und er mich nicht sah. Wäre er nicht für eine Woche nach London gefahren, hätte ich es nie gewagt, zum Strand hinunterzugehen.

Ich verwischte weiße Farbe auf den Wellen, die ich gemalt hatte, und trat dann einen Schritt zurück, um das Meer hinter der Staffelei zu betrachten.

»Knut der Große, der versucht, die Flut aufzuhalten?«, ertönte unvermittelt eine Stimme hinter mir.

Erschrocken zuckte ich zusammen und spürte, dass eine tiefe Röte meinen Hals hinaufstieg und meine Wangen erreichte. Ich hatte nicht erwartet, dass mir jemand beim Malen begegnen würde, und war bestürzt, dass offenbar jemand auf mich aufmerksam geworden war.

»Verzeihen Sie, ich wollte Sie nicht erschrecken.« Die Stimme gehörte zu einem Mann, der älter war als ich – und attraktiv, mit einem freundlichen, intelligenten Gesicht und strahlend blauen Augen. Ich senkte den Blick auf meine Füße, nicht sicher, was ich erwidern sollte. Dass Vater meine Malerei so missfiel, tat weh, deshalb hatte ich außerhalb des Hauses noch nie mit jemandem darüber gesprochen.

»Das ist sehr gut«, befand der Fremde. »Ist das Ihre Arbeit?«

Ich nickte und konnte spüren, wie der Blick des Mannes über mich glitt. Verlegen scharrte ich mit den Füßen im Sand.

»Interessant, wie Sie die alte Legende in eine realistische Landschaft einbetten«, sagte er.

»Ich habe mich von der Präraffaelitischen Bruderschaft inspirieren lassen.«

Erneut betrachtete der Fremde mein Bild und nickte dann langsam. »Natürlich«, fuhr er fort. »Das erkenne ich.«

Überrascht keuchte ich auf. Er konnte es erkennen? Vielleicht machte ich tatsächlich etwas richtig.

»Ich bewundere sie«, erzählte ich, und die Worte purzelten nur so aus meinem Mund. »Sie sind so wundervoll. Ich möchte so detailreich malen wie sie. Die Farben und die Formen … so natürlich …« Ich verstummte, weil mir auf einmal bewusst wurde, dass ich vor mich hin plapperte und das, was ich sagte, kaum Sinn ergab.

Doch der Mann fasste sich an den Hut und lächelte mich an. »Edwin Forrest«, stellte er sich vor.

Nachdem ich die Fassung wiedergewonnen hatte, neigte ich leicht den Kopf. »Ich bin erfreut, Ihre Bekanntschaft zu machen, Sir«, log ich, während ich im Stillen wünschte, er würde wieder gehen.

»Verzeihen Sie mir«, sagte Mr Forrest, »es ist sehr heiß, und ich bin schon eine Weile gewandert. Würde es Ihnen etwas ausmachen, wenn ich mich hier ausruhe?« Er wartete gar nicht erst auf meine Antwort, sondern nahm seinen Hut ab und setzte sich auf einen großen Felsbrocken, etwas abseits von mir.

Entsetzt sah ich ihm zu. Ich wollte keinen Zuschauer, während ich malte. Und noch weniger wollte ich, dass mir ein Mann – noch dazu ein attraktiver Mann – über die Schulter blickte. Ich war ohnehin scheu und fühlte mich nicht wohl in der Gegenwart von Fremden. Bei Männern, die mir unbekannt waren, verstärkte sich dieses Gefühl noch zu einem großen Unbehagen.

»Bitte fahren Sie fort«, sagte Mr Forrest. »Ich würde sehr gern zusehen, wie Sie arbeiten.«

Befangen griff ich zum Pinsel. Ich wollte mich keiner Diskussion mit ihm aussetzen, deshalb versuchte ich, die Wellen weiterzumalen, doch ich konnte mich nicht konzentrieren, solange Mr Forrest mich beobachtete. Ich spürte seine Blicke auf mir, die sich so heiß anfühlten wie die Sonnenstrahlen, und während ich die Farbe auf dem Papier verteilte, fing meine Hand an zu zittern.

Schließlich atmete ich einmal tief durch. »Ich möchte nicht unhöflich sein, Sir«, sagte ich, »aber würde es Ihnen etwas ausmachen, Ihren Spaziergang fortzusetzen?«

Ich konnte es selbst nicht glauben, dass ich meine Gedanken so freiheraus geäußert hatte. Aber mir war bewusst, wie schrecklich schnell die Zeit verging, und ehe ich mich's versah, würde Vater zurückkommen, und meine Gelegenheit, draußen zu malen, wäre vorbei.

»Ich bitte vielmals um Entschuldigung, Miss ...«

Ich zwang mich zu einem leisen Lächeln. »Hargreaves. Violet Hargreaves.«

»Miss Hargreaves, ich bitte Sie untertänigst um Verzeihung, dass ich Sie aufgehalten habe.« Mr Forrest tätschelte den Platz neben sich auf dem Felsen. »Ich bin mir bewusst, dass Ihre Zeit kostbar ist, dennoch frage ich mich, ob Sie sich vielleicht einen Moment mit mir unterhalten würden. Ich interessiere mich sehr für die Kunst und glaube, wir könnten einander vielleicht von Nutzen sein.«

Er schenkte mir ein strahlendes Lächeln, und erneut ertappte ich mich bei dem Gedanken, dass sein Äußeres sehr anziehend war. Trotz meines Drangs, unbedingt malen zu wollen, setzte ich mich neben ihn und zog meinen Rock über die Knöchel. Am Strand war es warm, und plötzlich verspürte ich die Sehnsucht, meinen Unterrock auszuziehen und mich ins kalte Wasser zu stürzen. Ich warf meinem Gegenüber einen scheuen Seitenblick zu und fragte mich, was er wohl tun würde, wenn ich meinem Bedürfnis nachgäbe.

»Ich habe viele Freunde in London, die Gefallen an der Kunst finden«, sagte er in diesem Moment.

»Ja?«, fragte ich aus Höflichkeit.

Mr Forrest richtete seinen Blick aufs Meer hinaus, als versuchte er, sich an irgendetwas zu erinnern. »Da wäre zum Beispiel John Everett ...« Er verstummte, und ich konnte dem Reiz einfach nicht widerstehen.

»Millais?«, fragte ich nach. »Sprechen Sie etwa von John Everett Millais?«

Mr Forrest bedachte mich mit einem weiteren atemberaubenden Lächeln. Mir wurde ein wenig schwindlig, und ich fragte mich, ob ich mich wohl zu lange in der Sonne aufgehalten hatte.

»In der Tat«, antwortete Mr Forrest. »Sie kennen seine Arbeiten?«

Mein Herz schien einen Moment lang auszusetzen, und ich hatte das Gefühl, kaum sprechen zu können. Er kannte Millais? Meinen Helden? »Millais?«, brachte ich keuchend hervor. »Natürlich kenne ich seine Arbeiten.«

»Ich weiß, dass es ihm ein Anliegen ist, junge Talente zu fördern. Daher habe ich mich gefragt, ob Sie noch mehr haben«, fuhr Mr Forrest fort. »Mehr Bilder wie dieses?«

Ich nickte. Ich hatte noch drei vollendete Bilder und viele Zeichnungen. Mir schwirrte der Kopf.

»Dürfte ich sie mitnehmen, um sie John zu zeigen?«

»Sie ... Sie wollen ihm meine Bilder zeigen?«, stammelte ich.

»Ja, ich denke, die würden ihn sehr interessieren«, bestätigte Mr Forrest. »Er und auch die anderen in der Bruderschaft sind stetig auf der Suche nach begabten Künstlern.«

»Frauen haben es allerdings sehr schwer«, erwiderte ich, weil ich das Bedürfnis hatte, von Anfang an mit offenen Karten zu spielen. Trotz meiner Träumereien war ich mir schmerzlich der Tatsache bewusst, dass meine Möglichkeiten eingeschränkt waren. »Es gibt nicht viele weibliche Künstlerinnen.«

»Nein«, bestätigte Mr Forrest gedankenvoll. »Aber ich glaube, einige gibt es durchaus. Erst kürzlich habe ich von einer Elizabeth ... gelesen.«

Wieder erfasste mich das Gefühl einer nahenden Ohnmacht. »Elizabeth?«, fragte ich. »Lizzie Siddal?«

»Genau die. Sie stand zunächst nur Modell, aber wie ich gelesen habe, malt sie nun auch.« Damit erzählte Mr Forrest mir nichts, was ich nicht bereits gewusst hätte, doch irgendwie verlieh es der Information mehr Gewicht, wenn sie aus dem Mund dieses Mannes kam. »Wie es scheint, ist sogar dieser Kritiker, Ruskin, an ihren Werken interessiert.« Er warf mir einen Blick zu. »John sagt, sie sei sehr gut«, fügte er wie beiläufig hinzu.

Oh, wie sehr hatte ich mich danach gesehnt, auf so sachliche Weise mit jemandem über meine Arbeit sprechen zu können. Ich konnte gar nicht glauben, dass dieser Mann meine Werke in einem Atemzug mit meiner Heldin Lizzie Siddal nannte. Es kam mir vor, als würden sich endlich all meine Träume erfüllen, als wären all die Stunden, die ich allein in meinem Atelier mit Malen verbracht hatte, während ich gleichzeitig angstvoll auf Vaters Schritte auf der Treppe gelauscht hatte, nicht sinnlos gewesen. Und die gesellschaftlichen Konventionen würden mich nicht davon abhalten, Mr Forrest von meinen Gefühlen zu erzählen.

Ich trug mein Herz auf der Zunge, als ich ihm gestand, wie sehr ich mich danach sehnte, nach London zu ziehen und Teil der Kunstwelt zu werden. Wenn ich doch nur einen Mäzen fände, sagte ich, jemanden, der an mich glaubte und für meinen Lebensunterhalt sorgte, während ich malte ... Dann wäre es mir möglich.

Lächelnd sah Mr Forrest mich an. »Mein liebes Fräulein«, sagte er, »Ihr Talent ist unbestreitbar. Ich werde Ende des Monats in London erwartet. Vielleicht erlauben Sie mir, eins Ihrer Bilder mitzunehmen?«

Ohne das geringste Zögern willigte ich ein, obwohl ich nicht wusste, was Vater sagen würde, wenn er davon erführe. Konnte ich das hinter seinem Rücken tun?

»Möchten Sie, dass ich mit Ihren Eltern spreche?«, erkundigte sich Mr Forrest.

»Nein«, schrie ich beinahe, bevor ich die Fassung wiedergewann. »Meine Mutter ist verstorben«, erklärte ich. »Und Vater ist ... nun, er ist der Meinung, ich sollte nicht malen.«

Verstehend nickte Mr Forrest. »Manche Leute in einem gewissen Alter sind immer noch der Ansicht, dass Frauen keine eigene Stimme haben sollten.« Er legte seine Hand dicht neben meine, die auf dem Felsen ruhte. »Ich sehe das anders. Ich denke, Sie haben eine ganz besondere Begabung. Miss Hargreaves. Erlauben Sie mir, diese Begabung zu formen.«

Ein Gefühl der Freude und des Glücks erfasste mich. Ich blickte hinaus aufs Meer und genoss den aufregenden Schauer, der durch meinen Körper lief. Der Moment war gekommen: Mein Leben würde endlich beginnen.

Kapitel 6

1855

Frances

Frances stieg gerade die Treppe hoch, als sie ihn durch das Fenster im Treppenhaus sah. Er saß auf einem Felsen neben einer jungen Frau, die kaum älter als zwanzig sein konnte und ihn mit bewunderndem Blick anschaute.

Sie seufzte. Sie lebten doch erst seit einigen Wochen hier. Fing es tatsächlich wieder an, und das so früh?

Langsam überwand sie die übrigen Stufen und betrat ihr Ankleidezimmer. Von dessen Fenster aus konnte sie den Strand nicht mehr einsehen, konnte sich demzufolge auch nicht mit Beobachtungen quälen. Stattdessen setzte sie sich an ihren Toilettentisch und betrachtete sich prüfend im Spiegel. Sie neigte den Kopf zur Seite und untersuchte den blauen Fleck an ihrem Hals. Er verblasste allmählich, endlich. Behutsam zog sie ihr Kleid herunter und beugte sich näher an den Spiegel heran. Auch die Prellungen an ihrem Schlüsselbein und auf ihrer Brust gingen zurück. Eine Welle der Erleichterung durchströmte sie, als sie erkannte, dass sie erneut davongekommen war.

Sie ließ die Hand nach unten zu ihrem Bauch wandern, der immer noch flach war, und dachte an das winzige Leben, das in ihr heranwuchs. Diesmal würde es anders werden. Diesmal würde sie vorsichtig sein. Ein Schauder lief durch ihren Körper bei der Erinnerung an Edwins Gesichtsausdruck, als sie ihm das letzte Mal von ihrer Schwangerschaft erzählt hatte. Er hatte nichts gesagt, sie nur angestarrt, ohne einen Hauch von Regung in seinen kalten blauen Augen. Später jedoch, als er nach seinem Besuch im Klub nach Hause gekommen war, nach Brandy riechend und mit Feuer im Bauch, wusste sie, dass sie einen Fehler begangen hatte.

Der erste Schlag – auf ihren Hinterkopf, als sie das Zimmer verlassen wollte – schleuderte sie aufs Sofa. Und als sie ihn anflehte: »Bitte, Edwin, das Kind …«, flammte Wut in seinen Augen auf. Erneut schlug er zu, und als sie zu Boden stürzte, trat er sie brutal in den Bauch. Wimmernd kroch sie in eine Ecke des Zimmers und rollte sich dort ganz klein zusammen, während Edwin sich an den Kamin setzte, die Zeitung las und ihr leises Schluchzen ignorierte.

Als sie jedoch einen Schwall von Blut zwischen ihren Beinen spürte und trotz aller Bemühungen um Fassung laut aufschrie, zeigte er sich bestürzt. Liebevoll wie eh und je trug er sie die Treppe hinauf in ihr Zimmer und legte sie ins Bett, deckte sie zu, strich ihr über die Stirn und bedeckte sie mit Küssen.

»Verzeih, Liebste«, flüsterte er. »Wir versuchen es erneut. Es tut mir leid, Liebste.«

Als der Doktor kam, schlüpfte Edwin ganz und gar in die Rolle des besorgten Ehemanns. Doch der Doktor ließ sich nicht täuschen. Als Edwin das Zimmer verlassen hatte, sah er sie grimmig an. Er hob ihr Nachthemd an, um ihren Bauch abzutasten, und sah den dunkelvioletten Fleck an ihrer Seite.

»Ihr Gatte hat ein jähzorniges Naturell, nicht wahr?«, fragte er, während er sanft gegen ihren Unterleib drückte.

Frances sog vor Schmerz die Luft ein, sagte jedoch nichts. Scham durchflutete sie.

»Sie müssen besser aufpassen«, fuhr der Doktor fort. »Er ist sehr beschäftigt, Ihr Gatte. Ein wichtiger Mann. Reizen Sie ihn nicht.«

In diesem Moment erkannte Frances, dass sie vollkommen allein dastand. Genau aus diesem Grund hatte sie auch ihren Plan gefasst. In dem Augenblick, als ihr bewusst geworden war, dass sie erneut guter Hoffnung war, hatte sie gewusst, dass sie von hier weggehen musste. Nachdem Edwin sie am Anfang ihrer Ehe noch mit einer Art freundlichen Desinteresses behandelt hatte, brachte er ihr inzwischen nur noch bösartige Abscheu entgegen, und wenn er bemerkte, dass sie schwanger war und sich danach sehnte, Mutter zu werden, würde er sie bestrafen. Soweit sie wusste, erfüllte ihn die Aussicht, Vater zu werden, mit keinerlei besonderen Gefühlen, weder in die eine noch in die andere Richtung. Erkannte er jedoch, dass ein Kind Frances glücklich machte, würde er es ihr nehmen. Aus purer Grausamkeit.

Sie legte Geld beiseite, nahm sich heimlich etwas vom Haushaltsgeld und versteckte es unter einem losen Dielenbrett, das sie kurz nach ihrem Einzug in ihrem Zimmer entdeckt hatte. Eigentlich sparte sie schon seit einigen Jahren. Beinahe noch am Tag ihrer Hochzeit hatte sie damit begonnen, Münzen zu sammeln. Ihr war von Anfang an bewusst gewesen, zu welcher Art von Mann Edwin gehörte, doch ihr Vater hatte darauf bestanden, dass sie heirateten, und Frances hatte sich seinem Willen nicht widersetzen können.

Seit ihr Vater verstorben war und Edwin die Anwaltskanzlei der Familie übernommen hatte, die einst Frances' Großvater gegründet hatte – die Kanzlei, auf die Edwin von Beginn an ein Auge geworfen hatte und die, so dachte Frances, ihr Schicksal als seine Braut besiegelt hatte, noch bevor sie einander begegnet waren –, hatte er keinen Grund mehr gesehen, sein wahres Naturell vor ihr zu verbergen.

Als sie hierhergezogen waren und sie erkannt hatte, dass ihre morgendliche Übelkeit eine erneute Schwangerschaft ankündigte, hatte sie begonnen, einen Plan zu schmieden. Genauso stark wie ihr Wunsch, dieses Kind zu bekommen, war auch ihr Entschluss, dass Edwin seinen Sohn oder seine Tochter niemals kennenlernen würde. Sie musste von hier fliehen – und dieses Ziel trieb sie an. Ihr Plan war, so lange zu bleiben, wie sie konnte; ihr Korsett so weit zu lockern, wie es ging, bevor ihr Zustand auffiel. Erst dann würde sie handeln. Es war wichtig, alles geregelt zu haben, bevor sie ging, damit ihr Vorhaben funktionierte. Sie konnte es sich nicht erlauben, dass irgendetwas schiefging.

Nachdem sie mit einigen Leuten im Dorf gesprochen hatte, wusste sie, was sie zu tun hatte. Die Maßnahme mochte ein wenig drastisch anmuten, doch sie wollte sicherstellen, dass Edwin nicht auf den Gedanken kommen konnte – oder würde –, sie zu suchen. Deshalb plante sie, einige Kleider zum Strand zu bringen und sie dort bei den Felsen abzulegen. Vielleicht würde sie sogar einen Hut ins Meer werfen und hoffen, dass er an der richtigen Stelle an Land gespült werden würde. Sie könnte auch an einem scharfen Stein ein Stück Stoff von einem ihrer Kleider abtrennen. Im Meer herrschte eine tückische Strömung, die schon viele Menschen das Leben gekostet hatte. Ebenso konnte auch sie ins Meer hinausgezogen werden. Wenn das Glück ihr wohlgesinnt war, würde sie einfach als eine weitere bedauernswerte ertrunkene Spaziergängerin in die Geschichte eingehen.

Ihren Koffer würde sie einige Zeit vorher zwischen den Felsen verstecken, und nachdem sie alles Weitere sorgfältig vorbereitet hatte, würde sie sich einfache Kleidung anziehen – die Kleider eines Hausmädchens oder einer Gouvernante –, ihr Haar unter einem Hut verbergen und zum Bahnhof gehen. Ihr Äußeres war unauffällig, das wusste sie. Schlicht, hatte ihre Großmutter es immer genannt. Früher hatte sie sich deswegen wertlos gefühlt, nun jedoch dachte sie, dass es ihr das Leben retten könnte, wenn sie keine Blicke auf sich zog.

Sobald sie im Zug saß, würde sie sich erneut umkleiden, nur für den Fall, dass sich jemand an ihren Umhang oder Hut erinnerte, so unscheinbar ihre Kleidung auch sein würde. Und sie würde so weit fahren, wie sie es sich leisten konnte. Gen Norden natürlich – von Sussex aus ging es nicht weiter nach Süden, sofern man in England bleiben wollte, und sie sprach kein Französisch. Weiter als bis zu diesem Punkt hatte sie noch nicht gedacht. Für sie war es lediglich von Bedeutung, von hier fortzukommen.

Sie ging ins Treppenhaus zurück und schaute erneut aus dem Fenster auf den Strand. Edwin war noch näher an die junge Frau herangerückt, und während Frances ihn beobachtete, legte er seine Hand auf die des Mädchens. Frances hing kurz der Phantasie nach, dass Edwin mit diesem Mädchen davonlaufen und sie, Frances, für immer in

Ruhe lassen würde. Doch sie wusste, dass diese Phantasie niemals Wirklichkeit werden würde.

Als ein breiter Sonnenstrahl auf das Gesicht der jungen Frau traf, sah Frances, dass sie sogar noch jünger war, als es den Anschein gehabt hatte. Achtzehn vielleicht. Nicht älter. Genauso alt, wie Frances zu der Zeit gewesen war, als Edwin ihr den Hof gemacht hatte. Vielleicht lag es an dem Kind in ihrem Bauch, dass sie diese Empfindungen hatte, zumindest wurde sie plötzlich von einem starken Muttergefühl für dieses Mädchen mit den leicht fallenden Röcken und dem wilden roten Haar erfasst. Sie konnte – und würde – nicht zulassen, dass Edwin ihr ebenfalls wehtat.

Kapitel 7

Heute

Ella

Wie sich herausstellte, hatte ich nur einen Hauch von Geheimnis wittern müssen, um mich langsam in unserem Haus in Sussex wohlzufühlen. Selbst die vierundzwanzig Stunden ohne Möbel (»Das Navi«, hatten die Männer vom Umzugsunternehmen sich schwammig herausgeredet, als Ben wissen wollte, wo sie so lange gewesen waren) hatten mir nicht viel ausgemacht, es sei denn, man zählte den steifen Nacken dazu, den ich mir vom Schlafen auf dem Boden geholt hatte.

Während die Möbelpacker alles ausluden, spielte ich im Garten mit den Jungs und ging dabei im Geiste alle möglichen Gefahrenherde durch. Es dauerte nicht lange, bis ich einen gefunden hatte. Am Ende unseres Gartens befand sich ein Tor, das auf einen sandigen Pfad hinausführte. Dieser Weg wand sich ein kurzes Stück am Rand der Klippe entlang, bevor er steil nach unten zum Strand abfiel. Prüfend sah ich mir die Stelle an. Der Zaun am Ende unseres Gartens war stabil, aber die Holzpforte wurde lediglich mit einem Riegel verschlossen. Einem Riegel, den ein kleiner neugieriger Junge ziemlich leicht öffnen konnte.

»Vorhängeschloss«, sagte ich und klatschte in die Hände. »Kommt, Jungs, wir schauen uns mal den Ort an.«

Heron Green war zwar ein kleines Dorf, aber dennoch mit guter Infrastruktur. Wir kamen an einem Pub vorbei, und ich wusste, dass sich am anderen Ende, nicht weit von der neuen Schule entfernt, noch ein zweiter befand. Außerdem gab es einen kleinen Supermarkt, eine Bäckerei mit einem engen Café-Bereich, einen Zeitungsladen und zum Glück auch ein Haushaltswarengeschäft. Davor hing eine Auswahl an Bürsten und Besen und diverser Mülleimer in verschiedenen Größen.

»Okay, versuchen wir es mal hier«, sagte ich zu den Jungs und nahm Stan an die Hand.

Im Innern des Ladens herrschte eine fröhliche Atmosphäre, und zwischen den übersichtlich angeordneten Regalen schlenderten mehrere Kunden hindurch. Nachdem ich mich umgesehen hatte, beschloss ich, am besten direkt zum Verkaufstresen zu gehen, hinter dem ein älterer Mann stand und sich mit einem etwas jüngeren Mann unterhielt, der gerade eine Großpackung Nägel begutachtete. Der Ältere hatte grau meliertes Haar und trug ein kariertes Hemd, in dessen Brusttasche eine Brille steckte, obwohl bereits eine auf seiner Nasenspitze thronte. Er erinnerte mich so sehr an meinen Dad, dass sich mein Herz einen Moment lang schmerzhaft zusammenzog.

»Was kann ich für Sie tun, Sir?«, fragte der Mann Oscar und lehnte sich dabei über den Tresen.

Ich schenkte ihm ein Lächeln, während mein Sohn ein ernstes Gesicht aufsetzte.

»Wir brauchen ein Schloss für das Tor am Ende von unserem Garten«, sagte er. »Damit Stan und ich keinen Blödsinn machen und ohne Mummy zum Strand runtergehen.«

Anerkennend nickte der Mann. »Sehr vernünftig«, meinte er, bevor er hinter sich griff und ein Vorhängeschloss aus einem Regal nahm. »Hier habe ich genau das Richtige für Sie, junger Mann. Das macht dann neun Pfund neunundneunzig.«

Er hielt die Hand auf, was Oscar dazu veranlasste, ihn entsetzt anzusehen. »Mummy bezahlt immer«, sagte er.

Ich lachte. »Das stimmt.«

Während der ältere Mann den Preis in die Kasse eintippte, blickte der jüngere, der sich anscheinend nicht zwischen den verschiedenen Packungen mit Nägeln entscheiden konnte, mich an.

»Sind Sie ins Klippenhaus eingezogen?«, fragte er.

Ich nickte, während ich dem Verkäufer eine Zehn-Pfund-Note gab.

»Das nehme ich an«, erwiderte ich. »Zumindest ist es das Haus oben auf den Klippen. Wir nennen es schlicht Nummer Zehn.«

Lächelnd sah er mich an. »Und? Wie gefällt es Ihnen?«

»Gut«, antwortete ich. »Es ist perfekt für uns.«

Der Verkäufer streckte mir den Kassenbon entgegen und gab Oscar das Wechselgeld, das nur aus einem Penny bestand.

»Ich auch«, rief Stan.

Grinsend öffnete der Mann die Kasse wieder und reichte auch Stan einen Penny herüber.

»Danke schön«, sagte Stan in schönstem Londoner Dialekt.

»Aber?«, fragte der jüngere Mann und tauschte einen Blick mit dem Verkäufer aus.

Überrascht richtete ich meine Aufmerksamkeit auf den Kunden und kniff verwirrt die Augen zusammen. »Aber?«

»Es klang, als käme da noch ein Aber«, erklärte er. »›Perfekt für uns, aber …‹«

Ich fragte mich, wie lange die beiden wohl schon in dem Ort lebten und ob sie irgendetwas über die Geschichte unseres Hauses wussten.

Verschwörerisch beugte ich mich ein Stück vor. »Es ist ein komisches Haus«, sagte ich. »Etwas merkwürdig.«

Der jüngere Mann, dessen dichtes dunkles Haar kreuz und quer abstand und dessen Nase aussah, als wäre sie nicht nur einmal gebrochen gewesen, nickte. »Sie haben also schon die Geschichten gehört?«

Erneut spürte ich dieses aufgeregte Flattern in meinem Bauch. »Nein«, entgegnete ich interessiert. »Was für Geschichten?«

Der Verkäufer stieß ein missbilligendes Geräusch aus. »Ach, hören Sie nicht auf ihn«, riet er. »Hal erzählt gerne Gruselgeschichten.«

»Grusel?«, fragte ich begeistert. »Spukt es etwa in dem Haus? Der Geist von jemandem, der auf tragische Weise ums Leben gekommen ist?«

Hal blickte mich ernst an. »Nicht vor den Toten sollten Sie sich fürchten. Eher vor den Lebenden«, zitierte er mit Grabesstimme den Serienmörder John Wayne Gacy und brachte mich damit zum Kichern.

»Da haben Sie recht.«

»Ich hab gehört, es wurde mal jemand in dem Haus umgebracht«, fuhr Hal fort. »Diese Geschichte kennst du doch auch, oder, Ken?«

Der Verkäufer nickte. »Die stimmt allerdings nicht«, sagte er. »Ich wohne hier seit den Siebzigern, und in der Zeit wurde nie einer umgebracht.«

Gedankenversunken starrte Hal vor sich hin. »Aber es könnte ja auch davor passiert sein«, überlegte er. »In den Sechzigern vielleicht. Oder im Krieg?«

»Oder das Ganze ist einfach nur Mumpitz«, entgegnete Ken.

Der Ausdruck entlockte mir ein Lächeln, doch gleichzeitig wollte ich nicht, dass er das Thema wechselte. Dafür war ich viel zu neugierig.

»Vielleicht war es gar kein Mord«, sagte ich, »sondern ein ganz anderes Verbrechen.«

»Ein Raubüberfall«, mutmaßte Hal voll morbiden Entzückens. »Oder Kindesentführung.«

»Piraten«, ergänzte Oscar, der uns aufmerksam zuhörte.

Hal wuschelte ihm durchs Haar. »Auf jeden Fall Piraten«, sagte er. »Und Schmuggler.«

»O ja«, pflichtete ich ihm bei und musste an die Romane von Daphne du Maurier denken, die ich als Teenager mehrmals verschlungen hatte. »Strandräuber.«

Nun lachte Ken in sich hinein, während er mich interessiert musterte. »Ach, jetzt fällt es mir wieder ein«, sagte er und nickte. »Meine Frau hat mir erzählt, dass Sie Schriftstellerin sind.« Er blickte zu Hal. »Sie schreibt Bücher«, erklärte er. »Krimis.«

Nachdem ich so viele Jahre im anonymen London gelebt hatte, machte mich diese erste Erfahrung mit dem Dorfleben so perplex, dass ich nur murmeln konnte: »Na ja, also ... äh ... eigentlich sind es eher Thriller.«

»Gute?«, erkundigte sich Hal. »Sind Sie so bekannt, dass ich sie schon mal gelesen habe?«

»Also, ich hoffe doch, dass sie gut sind«, sagte ich verlegen, wie immer, wenn mich die Leute auf meine Autorinnentätigkeit ansprachen. »Sie verkaufen sich ganz ordentlich. Aber ob Sie schon mal einen gelesen haben, da bin ich mir nicht sicher. Ich könnte Ihnen ein Leseexemplar geben, wenn Sie mögen. Dann würde ich es einfach hier hinterlegen?«

Grinsend sah Hal mich an. »Ich werd's lesen und Ihnen anschließend sagen, ob's gut ist.«

Ich erwiderte sein Grinsen. »Oder«, erwiderte ich, »Sie sagen einfach, dass der Thriller gut ist, auch wenn Sie ihn schrecklich finden.«

Damit sammelte ich die Jungs und das Vorhängeschloss ein, verabschiedete mich, und wir verließen den Laden.

»Wie wäre es, wenn wir mal nachschauen, ob die in der Bäckerei auch Kuchen haben?«, schlug ich vor, und Oscar klatschte begeistert in die Hände.

»Entschuldigung?« Beim Klang der Stimme drehte ich mich um. Hinter uns stand eine Frau, die mir schon beim Betreten des Eisenwarengeschäfts aufgefallen war, und winkte uns zu. Sie war groß und hatte eine sportliche Figur. Ihr pechschwarzes Haar hatte sie zu einem Pferdeschwanz zusammengebunden, und sie war unübersehbar schwanger, schätzungsweise im siebten Monat.

»Ach, Gott sei Dank sind Sie stehen geblieben«, sagte sie, während sie auf uns zugewatschelt kam. »Ich weiß nicht, ob ich Sie sonst eingeholt hätte.«

Ihrem Dialekt nach zu urteilen kam sie aus der Gegend

von Manchester, und sie strahlte uns mit einem breiten Lächeln an.

»Ich bin Priya«, stellte sie sich vor und streckte mir die Hand entgegen.

»Ella«, sagte ich zurückhaltend. Ich mochte ja nach Sussex gezogen sein, aber im Herzen war ich immer noch eine vorsichtige Londonerin.

»Ich hab gehört, was Sie eben im Laden gesagt haben«, erklärte sie leicht außer Atem. »Dass Sie Krimis schreiben.«

»Thriller«, verbesserte ich sie, zwar höflich, falls sie eine meiner Leserinnen war, aber trotzdem wachsam. Gleichzeitig griff ich nach Stans Hand.

»O Gott, Sie halten mich bestimmt für gestört oder so was. Keine Angst, das bin ich nicht«, sagte sie lachend. »Ich schwöre.« Sie atmete einmal tief durch. »Ich bin bei der Polizei – derzeit allerdings zu leichtem Bürodienst verdammt, wegen dem hier …« Vielsagend deutete sie auf ihren Bauch. »Und ich langweile mich zu Tode. Deshalb dachte ich, vielleicht kann ich Ihnen helfen – bei der Recherche oder Ähnlichem.«

Nicht sicher, was ich davon halten sollte, starrte ich sie nur schweigend an.

»Wir wohnen auch noch nicht lange hier«, fügte sie hinzu. »Und Sie waren mir sofort sympathisch, wie jemand, mit dem ich mich anfreunden könnte. Deshalb wollte ich Sie unbedingt erwischen, bevor ich den Mut verliere und Sie doch nicht anspreche.« Erneut lachte sie, diesmal klang es allerdings etwas nervöser. »Okay, ich fang noch mal an«, verkündete sie. »Hallo, ich bin Priya Sansom, Kommissarin bei der Sussex Police.«

Wieder hielt sie mir die Hand hin, und ich schüttelte sie ein weiteres Mal, während ich meine neue Bekannte nun offen anlächelte.

»Ella Daniels«, stellte ich mich vor. »Autorin, Mutter und Ex-Steuerberaterin. Und noch nicht an die berühmte Herzlichkeit der Landbevölkerung gewöhnt.«

Lächelnd blickten wir einander an. Priya hatte recht – auch sie wirkte auf mich wie jemand, mit dem ich mich anfreunden könnte. Ich war froh, dass sie mich angesprochen hatte.

»Mummy, Kuchen.« Stan zog mich am Arm.

»Wir wollten gerade das Café austesten«, sagte ich zu Priya. »Lust auf eine Tasse Tee?«

Kapitel 8

Priyas Schwangerschaft war noch gar nicht so weit fortgeschritten, wie ich gedacht hatte.

»Fünfter Monat«, erzählte sie, gedämpft durch das Stück Zimtstreusel, das sie im Mund hatte. »Zwillinge. War ein kleiner Schock.«

»Hast du schon Kinder?«

Sie nickte. »Zwei«, erwiderte sie. »Und zwei Stiefkinder. Alles Mädchen.«

»Puh«, sagte ich. »Trotzdem herzlichen Glückwunsch.«

Sie lächelte. »Ich freue mich total, aber mein Mann hat echt Panik, dass es wieder Mädchen werden. Er ist Direktor der Sussex Lodge School – einer Privatschule nur für Jungs. Da können wir nicht mal den Nachlass auf die Schulgebühren nutzen, den er kriegt.«

Ich musste kichern. Priya gefiel mir jetzt schon.

»Erzähl mal von deinen Büchern«, sagte sie. »Woran arbeitest du gerade?«

Ich verzog das Gesicht. »Eigentlich sollte ich längst an meinem dritten Roman sitzen, dem nächsten Band über Tessa Gilroy. Das ist eine recht unkonventionelle Privatdetektivin, die immer zufällig auf irgendwelche Familiengeheimnisse stößt.«

»Und damit kommst du nicht gut voran?«

»Ich komme überhaupt nicht voran«, gab ich zu. »Ich hoffe darauf, dass der Umzug hierher mir dabei hilft, meine Blockade zu lösen.«

»Bitte lass mich dir helfen«, bettelte Priya. »Ich sterbe wirklich vor Langeweile.«

»Langeweile?«, fragte ich. »Bei vier Kindern und zwei weiteren auf dem Weg?«

Sie winkte ab, als wäre die Tatsache, dass sie sechs Kinder hatte, lediglich eine kleine Unannehmlichkeit.

»Jas studiert schon«, berichtete sie, »und Millie ist in der Oberstufe, aber sowieso die meiste Zeit bei ihrer Mum. Die zwei sind also pflegeleicht. Layla ist acht und will unbedingt so sein wie ihre großen Schwestern. Amber dagegen benimmt sich mit ihren fünf Jahren wie eine Prinzessin, und ich glaube, es wird ihr ganz guttun, bald nicht mehr die Jüngste zu sein.«

»Ich bin auch fünf«, verkündete Oscar.

Priya sah ihn an. »Dann kommst du in Ambers Klasse in der Schule. Wenn wir uns das nächste Mal treffen, bringe ich sie mit, und ihr zwei könnt zusammen spielen.«

Es freute mich, dass sie ein nächstes Mal in Betracht zog.

»Ich liebe meinen Job«, fuhr Priya fort, »aber ich hab nichts zu tun. Ich schiebe nur Papiere von links nach rechts, weil ich als Hochrisikoschwangere eingestuft wurde und nichts machen darf. Bitte, lass mich dir helfen.«

Ich griff nach meiner Teetasse. »In London«, entgegnete ich, »hatte ich einen braven Polizisten im Ruhestand – Reg, ein alter Freund meines Dads. Wir haben uns immer auf einen Kaffee getroffen, und er hat mir von den Fällen erzählt, an denen er früher gearbeitet hat.«

»Und dadurch bist du auf Ideen für deine Geschichten gekommen?«, fragte Priya mit einem Leuchten im Gesicht. »Das kann ich auch machen. Und wenn du irgendwelche verfahrenstechnischen Infos brauchst, kann ich dir die auch besorgen.«

»Das wäre super«, freute ich mich. »Um ehrlich zu sein, hab ich mir schon Gedanken gemacht, wie ich hier neue Kontakte zur Polizei bekommen soll. Ich hatte mir sogar überlegt, Tessas nächsten Fall ans Meer zu verlegen, damit ich gezwungen bin, bei der Polizei in Brighton zu recherchieren.«

»Wo ermittelt Tessa denn normalerweise?«

»In Camden«, sagte ich mit gedehntem Londoner Akzent.

Priya kicherte. »Ich kann dir tausend Geschichten aus meiner Zeit in Manchester erzählen«, erwiderte sie. »Und Brighton hat auch eine düstere Seite.«

»Kann ich mir vorstellen.« Ich musste an das denken, was Hal erzählt hatte. »Hast du mitbekommen, was die beiden Männer noch gesagt haben?«, erkundigte ich mich bei Priya. »Im Laden, meine ich?«

»Über deine Bücher?«

»Nein, davor – über unser Haus.«

Ausdruckslos sah Priya mich an. »Das hab ich anscheinend verpasst«, antwortete sie. »Offensichtlich war ich zu sehr mit der Auswahl an Türklingeln beschäftigt.«

»Hal hat gesagt, dass in unserem Haus wohl mal ein Mord passiert sei. Zumindest erzählt man sich das.« Ich senkte die Stimme, damit die Jungs mich nicht verstehen konnten. »Aber Ken meinte, er würde hier schon seit den Siebzigern wohnen und hätte noch nie was davon gehört.«

In Priyas Augen blitzte Neugier auf, was ich allein deshalb erkannte, weil ich es oft genug bei mir selbst erlebt hatte.

»Ich hab mir überlegt, das wäre vielleicht ein guter Anfang«, fügte ich hinzu. »Für Tessa.«

Priya musterte mich prüfend. »So, so, für Tessa?«

Ich grinste. »Für mich auch.«

Bedeutungsvoll griff Priya nach ihrer Teetasse und stieß sie gegen meine. »Ich forsche mal nach«, verkündete sie. »Wirst sehen, bald wissen wir mehr.«

Kapitel 9

1855

Violet

Beinahe eine Woche verging, bis ich Mr Forrest wiedersah, obgleich ich oft an ihn gedacht hatte. In meinen Erinnerungen an unsere Begegnung am Strand war er fast zu einer Art Engel geworden mit seinem blonden Haar und dem Sonnenlicht, das ihn von hinten bestrahlt hatte. Ein Schutzengel, der mein Talent fördern und auf mich aufpassen würde; der mir helfen würde, von hier zu entkommen.

Und dann, am Sonntag, als ich an Vaters Arm die Kirche betrat, war er plötzlich da, um einiges wirklichkeitsnäher als in meinen Träumen, doch nicht weniger attraktiv. Die Erleichterung, dass ich mir unsere Begegnung am Strand nicht eingebildet hatte, hob meine Stimmung merklich, denn ich hatte bereits Angst bekommen, dass alles lediglich meiner Phantasie entsprungen war.

Unsere Bank befand sich weiter vorn als die von Mr Forrest, und als wir an ihm vorbeigingen, ließ er sich nicht anmerken, dass er mich kannte. Während des Gottesdienstes ließ ich den Blick nach vorn gerichtet, doch meine Gedanken waren nur bei ihm. Ich spürte die Wärme seines Blicks in meinem Nacken und hörte kaum, was der Pfarrer sagte.

Als ich sah, dass Mr Forrest – der in Begleitung einer Frau war – nach der Messe beim Pfarrer stehen blieb und diesen ansprach, ergriff ich meine Chance.

»Vater«, sagte ich und zog ihn am Arm, »dort drüben sind die Leute, die ins Willow Cottage eingezogen sind. Wir sollten uns Ihnen vorstellen.«

Ich verspürte ein aufgeregtes Flattern in meinem Brustkorb, das vielleicht von Nervosität herrührte oder ein vollkommen neues Gefühl war, während ich Vater zu Mr Forrest hinüberführte.

»Ah«, begrüßte uns Reverend Mapplethorpe. »Das sind Ihre neuen Nachbarn: Marcus Hargreaves und seine Tochter Violet.«

Vater schüttelte Mr Forrest kräftig die Hand, während ich leicht den Kopf beugte, so wie ich es am Strand getan hatte.

»Edwin Forrest«, stellte Edwin sich vor. »Und meine Frau, Frances.«

»Angenehm«, sagte die Frau mit tiefer, freundlicher Stimme. Überrascht blickte ich sie an. Ich war verwirrt. Seine Frau? Ich hatte angenommen, sie sei seine Schwester. Als wir uns am Strand begegnet waren, hatte ich eine Verbindung zwischen uns gespürt – eine Verbindung, die bei einem verheirateten Mann sicher nicht da gewesen wäre. Oder? Ich fühlte, wie ich errötete, während ich befürchtete, dass ich die Situation falsch gedeutet hatte.

Mr Forrest sprach weiter. »Frances ist leider nicht bester Gesundheit, wissen Sie, daher hatten wir noch keine Gelegenheit, jemanden kennenzulernen«, erzählte er Vater.

Ich betrachtete Mrs Forrest. Sie wirkte nicht krank. Sie war adrett gekleidet mit einem weiten Rock und eng geschnürter Taille. Ihr dunkles Haar hatte sie sich im Nacken zu einem Dutt zusammengebunden.

»Viel besser, danke der Nachfrage«, sagte sie gerade zu Vater. Dabei verzog sie keine Miene. Eine Woge von Mitgefühl für den lebensfrohen Mr Forrest durchflutete mich. Mit solch einer langweiligen Frau verheiratet zu sein war sicher schwierig für ihn.

»Konnten Sie schon den Strand besuchen?«, erkundigte ich mich kühn bei Mr Forrests Frau.

Mrs Forrest sah mich nur an, durchbohrte mich mit ihren scharfen Blicken, doch Mr Forrest lächelte.

»Es ist wunderschön dort«, fuhr ich fort, nicht sicher, was ich von meiner Gesprächspartnerin erwartet hatte. »Ein Spaziergang am Meer ist sehr zuträglich für die Gesundheit, Mrs Forrest.« Trotzig starrte ich Mrs Forrest an, als wollte ich sie zu dem Geständnis bringen, dass sie nicht krank war.

»Das ist sehr freundlich von Ihnen«, sagte Mrs Forrest und wich meinem Blick aus. »Ich werde dorthin gehen, sobald es meine Zeit erlaubt.«

»Aber nicht heute«, wandte Mr Forrest ein, und sein entschlossener Tonfall schien keinen Widerspruch zu dulden. »Heute musst du dich ausruhen.«

Mrs Forrest nickte nur, woraufhin Mr Forrest sich erneut Vater zuwandte.

»Ich bin der Natur sehr zugetan«, erzählte er, während wir langsam den Kirchhof verließen und Reverend Mapplethorpe zum Abschied zunickten. Mr Forrest lehnte sich zu Vater hinüber, als wollte er ihm ein Geheimnis anvertrauen. »Ich habe Gefallen an der Kunst gefunden, Tierzeichnungen im Besonderen. Es wird mir ein Vergnügen sein, die Meeresvögel zu zeichnen.«

Sie setzten das Gespräch fort, und Vater stellte Mr Forrest erstaunlich versierte Fragen zu dessen Passion, während ich mir meinen Zorn nicht anmerken ließ. An meiner Kunst zeigte Vater niemals ein solches Interesse; zumindest seit vielen Jahren nicht und nie, ohne mir währenddessen in herablassender Manier den Kopf zu tätscheln.

Mrs Forrest und ich gingen schweigend hinter meinem Vater und Mr Forrest her, und als wir uns dem Haus näherten, in dem unsere Nachbarn wohnten, blieben die Männer stehen, damit wir zu ihnen aufschließen konnten.

»Ich sagte gerade zu Ihrem Vater, dass ich gedenke, Ihrem Rat zu folgen und einen Spaziergang am Strand zu unternehmen«, berichtete Mr Forrest. Er blickte in den Himmel hinauf. »Wobei es jetzt sehr heiß ist. Ich denke, später wird es angenehmer – vielleicht gegen siebzehn Uhr.«

Er sah mich so eindringlich an, dass ich den Blick senkte. War das eine Einladung? Unter meinen Wimpern hinweg schaute ich zu ihm hoch, und in diesem Augenblick nickte er kaum merklich mit dem Kinn. Erneut spürte ich, wie mir die Röte ins Gesicht stieg, und ich wandte den Kopf ab, damit es ihm nicht auffiel.

Vater verabschiedete sich, bevor er den Weg zu unserem Haus fortsetzte, und Mr Forrest ging ebenfalls zu seinem Cottage hinauf. Doch als auch ich mich abwenden wollte, ergriff Mrs Forrest, nach einem Blick in Richtung ihres sich entfernenden Mannes, meine Hand. Überrascht keuchte ich auf, aber Mrs Forrest ließ nicht los.

»Miss Hargreaves«, raunte sie mir leise und in einem dringlichen Tonfall zu. »Bitte geben Sie auf sich acht.« Dann drehte sie sich um und eilte schnell aufs Cottage zu.

Verwirrt sah ich ihr nach. Ich fragte mich, ob die Erkrankung, die Mrs Forrest heimsuchte, möglicherweise geistiger und nicht körperlicher Natur war. Vielleicht litt sie an Hysterie. Darüber hatte ich einen Artikel in Vaters *Times* gelesen. Wie schwer musste dies für den armen Mr Forrest sein.

Ich folgte Vater ins Haus und hörte ihm kaum zu, während er mir sagte, dass ich meine Röcke steifer tragen solle, so wie Mrs Forrest, und dass ich mein Haar ordentlicher frisieren solle, so wie Mrs Forrest, und dass ich zurückhaltender sprechen solle, so wie Mrs Forrest. Ich dagegen konnte nur daran denken, dass ich mich später davonschleichen würde, um Mr Forrest am Strand zu treffen.

Nach einem für diese Jahreszeit unüblich schweren Mittagessen aus gebratenem Hammelfleisch und Siruptorte, zogen Vater und ich uns in den Salon zurück. Während Vater die Zeitung las, wählte ich ein Stück aus, das ich auf dem Klavier spielen wollte. Zu meinem Bedauern war ich keine besonders talentierte Musikerin, und ich spürte förmlich, wie Vaters Ärger wuchs, während ich wiederholt die falschen Tasten erwischte. Schließlich setzte ich mich zu ihm und las ihm aus der Zeitung vor, bis ich sah, dass sein Kopf sich langsam senkte und er die Augen schloss.

Leise faltete ich die Zeitung zusammen und legte sie auf die Armlehne seines Stuhls, bevor ich aus dem Zimmer huschte und die Tür hinter mir schloss.

»Mabel«, rief ich nach unserer Haushälterin, während ich vergeblich versuchte, mein widerspenstiges Haar einzudrehen. »Ich habe meine Handschuhe in der Kirche vergessen, aber es ist so ein schöner Tag. Ich werde einen

Spaziergang unternehmen und sie holen.« Es überraschte mich, wie leicht mir die Lüge über die Lippen kam, doch ich verspürte keine Scham. Ich war so versessen darauf, endlich mit meiner Laufbahn als Künstlerin zu beginnen, dass es sich anfühlte, als seien beinahe alle Mittel gestattet.

Nachdem ich meinen Hut aufgesetzt hatte, schlenderte ich ruhig den Pfad hinunter und schloss das Tor hinter mir. Dann schlug ich den Weg zur Kirche ein, doch in dem Augenblick, als mich vom Haus aus niemand mehr sehen konnte, duckte ich mich in den Schutz eines Cottages, raffte meine Röcke und lief den Pfad zum Strand hinunter.

Ich entdeckte ihn, noch bevor er mich bemerkte. Er saß auf den Felsen, ein Stück entfernt von der Stelle, an der wir uns das erste Mal begegnet waren. Außer Sichtweite von Vater, wie ich voller Erleichterung feststellte.

»Und seiner Frau«, fügte eine untreue Stimme in meinem Kopf hinzu. Ich schob den Gedanken beiseite und konzentrierte mich stattdessen darauf, den steilen Weg hinunterzuklettern, der zum Strand hinabführte.

Als ich den Strand erreicht hatte, blieb ich kurz stehen, um Atem zu schöpfen und mein Haar zu richten, das an einigen Stellen aus dem Hut herauslugte – eine vergebliche Liebesmüh. Mr Forrest saß mit dem Rücken zu mir und beobachtete die Wellen. Einen Moment lang betrachtete ich ihn, bewunderte seine breiten Schultern und die Art, wie sich sein Haar unterhalb seiner Hutkrempe lockte.

Als spürte er, dass ich hinter ihm stand, wandte Mr Forrest sich in diesem Augenblick um, und beim Anblick seines Lächelns hüpfte mir das Herz.

»Liebste Miss Hargreaves«, sagte er. »Ich hatte schon befürchtet, Sie würden sich nicht davonstehlen können.«

Seine informelle Anrede trieb mir die Röte in die Wangen. »Vater ist eingeschlafen«, gab ich dann zu.

Mr Forrest lächelte erneut, so dass sich in seinen Augenwinkeln kleine Fältchen bildeten. »Dann sollten wir das Beste aus der Zeit machen, die wir haben«, sagte er. Mit diesen Worten streckte er mir den Arm entgegen, und ich hakte mich bei ihm unter. Ich kam mir sehr erwachsen vor und zur gleichen Zeit sehr jung. Wir spazierten über den Sand, hielten uns in stillem Einvernehmen im Schutz der niedrigen Klippen auf, die den Strand säumten, und vergewisserten uns, dass wir von oben aus nicht zu sehen waren.

Mr Forrest stellte mir Fragen über meine Malerei, und ganz schwindlig vor Freude, dass ich darüber sprechen konnte, versuchte ich ihm zu erklären, warum ich eine solche Passion für das Malen empfand.

»Es ist, als hätte ich es mir nicht selbst ausgesucht«, gestand ich und hatte Mühe, die richtigen Worte zu finden. »Es ist wie das Atmen. Ein Teil von mir.«

Verlegen wandte ich mich ab, als Mr Forrest mich musterte.

»Ich wünschte, ich würde über Ihr Talent verfügen«, sagte er dann. »Doch was mir an Begabung fehlt, gleiche ich mit Leidenschaft wieder aus. Ich bin überzeugt, Ihnen steht eine glänzende Zukunft bevor.«

»In London?«, fragte ich mit angehaltenem Atem.

»Wenn dies Ihr Wunsch ist«, entgegnete Mr Forrest. »Nun rühme ich mich ein wenig, aber man hat mir gesagt, ich hätte ein gutes Auge, und ich bin mir gewiss, wenn Ihre Arbeit schon mich mit Begeisterung erfüllt, wird sie meine Freunde in der Bruderschaft erst recht begeistern.«

Er nahm meine Hand, und seine Berührung brannte so heiß wie die Sonne auf meiner Haut. Der einzige Mann, der mich je berührt hatte, war Vater.

»Dies ist Ihr Ausweg, Violet«, sagte er und umschlang meine Finger. Es war, als könnte er in meine Seele blicken, und plötzlich fühlte ich mich verwundbar. Entblößt. Woher kannte er meine Gedanken? Verwirrung durchströmte mich.

»Ich ... ich muss gehen«, stammelte ich. »Vater ...«

Abrupt entzog ich ihm meine Hand. Mr Forrest protestierte nicht. Stattdessen tippte er sich an den Hut.

»Miss Hargreaves«, sagte er höflich. Dann wandte er sich ab und ging den Strand hinauf.

Ich blickte ihm hinterher. Meine Hand brannte immer noch von seiner Berührung, und in meinem Innern breitete sich das unerträgliche Gefühl aus, etwas verloren zu haben.

Kapitel 10

Heute

Ella

Die ersten Tage in Sussex waren chaotisch, und die Zeit zog in einem Rausch aus Kartons, Möbelrücken und Bilderaufhängen an mir vorbei. Zum Glück hatten wir herrliches Wetter, so dass die Jungs die ganze Zeit draußen im Garten verbrachten, Fußball spielten, auf ihrem Trampolin sprangen oder einfach herumtobten. Ich schaute ihnen zu, fasziniert von ihrer schier unerschöpflichen Energie und gleichzeitig erleichtert, dass ich das Schloss für das Gartentor gekauft hatte.

Das Leben hier war anders als in London und ganz anders, als ich es erwartet hatte, wenn man bedachte, wie abgeschieden wir wohnten. Unser Haus lag am Ende der Straße, hier gab es keinen Verkehr, und es war wahnsinnig ruhig. In den ersten Nächten hatten Ben und ich sogar Probleme gehabt einzuschlafen, weil wir so an das ewige Rauschen der vorbeifahrenden Autos gewöhnt waren, im Gegensatz zu der vollkommenen Stille auf dem Land.

Ich war zwar fest entschlossen, mich hier wohlzufühlen, doch in diesen ersten Tagen fiel es mir wirklich schwer. Ben hatte direkt wieder angefangen zu arbeiten, so dass ich die meiste Zeit mit den Kindern allein war, was nicht gerade half. Tief in meinem Innern hatte ich Angst, dass wir eine schreckliche Fehlentscheidung getroffen hatten.

Was, wenn es ein großer, schwerwiegender, nicht mehr gutzumachender Fehler gewesen war, aus London wegzuziehen und meinen sicheren, wenn auch langweiligen Job aufzugeben?

Immer wieder musste ich an das denken, was Dad gesagt hatte: dass es besser gewesen wäre, wenn ich ein Sabbatjahr genommen hätte, so dass ich noch einen Job hätte, in den ich jederzeit zurückkehren könnte. Ich bekämpfte den Drang, ihn anzurufen und ihm heulend zu gestehen, dass er recht gehabt hatte. Schließlich wusste ich, dass er, sobald ich auch nur irgendeinen Zweifel anmeldete, sagen würde, dass es noch nicht zu spät sei. Dass ich in null Komma nichts wieder eine Stelle als Steuerberaterin bekommen könne, weil er jemanden kenne, der jemanden kenne, der in seiner Kanzlei nachfragen könne – und flugs würde ich wieder irgendwo in der Stadt hinterm Schreibtisch sitzen, im festen Griff der Steuerbehörde.

Und wenn ich wirklich darüber nachdachte, war das ehrlich gesagt nicht das, was ich wollte. Mir fiel es nur schwer, mit einer so großen Veränderung klarzukommen. Ich würde mich schon eingewöhnen. Und irgendwann auch aufhören, meinen Dad so sehr zu vermissen. Oder?

Ben dagegen stürzte sich geradezu in unser neues Leben. Im Fußballverein gab es viel zu tun – die neue Saison hatte zwar noch nicht begonnen, aber er lernte die neuen Spieler kennen und half beim Vorsaisontraining, den Medizinchecks und Leistungstests. Ich wusste, wie sehr er seine Arbeit liebte, und ich wollte ihm nicht die Freude verderben.

Außerdem juckte es mich in den Fingern, endlich mit

dem Schreiben anzufangen. Gleichzeitig hatte ich jedoch wahnsinnige Angst davor, dass ich, sobald ich mich an den Schreibtisch setzte, feststellen würde, dass ich eigentlich nichts zu erzählen hatte. Irgendwie hing von diesem Buch eine ganze Menge ab, zumindest fühlte es sich so an. Es war der erste Roman, bei dem mir genügend Zeit zum Schreiben zur Verfügung stand. Wenn ich das versaute, konnte ich es weder auf meine mangelnde Konzentration schieben noch auf meinen Job als Steuerberaterin. Diesmal wäre es ganz allein meine eigene Schuld. Zum ersten Mal in meinem Leben arbeitete ich hauptberuflich als Autorin. Aber ich wollte gar nicht schreiben. Was, wenn ich es nicht mehr konnte? Bei dieser Vorstellung lief mir ein Schauder über den Rücken.

Die Männer von der Umzugsfirma hatten meine Schreibsachen nach oben ins Arbeitszimmer gebracht, aber ich hatte sie noch nicht ausgepackt. Bisher hatte ich mich damit herausgeredet, dass ich auf die Jungs aufpassen müsse. Und das Gleiche sagte ich auch zu Ben, als er mir behutsam vorschlug, mich doch an meinen Laptop zu setzen.

»Die Jungs«, antwortete ich vage und deutete mit dem Arm in Richtung Garten. »Wahrscheinlich sollten wir uns mal Gedanken über die Kinderbetreuung machen.«

Grinsend sah Ben mich an. »Ich hab mir schon Gedanken gemacht«, verkündete er.

»Ja?«

»Margaret«, gab er zurück. »Die Frau von Mike.«

»Wer ist Mike?«

»Der Immobilienmakler, der uns das Haus vermietet hat«, erinnerte mich Ben. »Seine Frau war Hilfslehrerin an der Schule hier im Dorf, aber inzwischen ist sie in Rente, und er meinte, sie sucht eine Teilzeitstelle.«

Begeisterung machte sich in mir breit. »Das klingt nach der perfekten Frau«, sagte ich. »Ruf sie an.«

Ben setzte meine Bitte direkt in die Tat um, und Margaret war genauso angetan von dem potenziellen Job, wie er vermutet hatte.

»Sie kommt gleich vorbei«, verkündete er, während er hektisch seine Autoschlüssel suchte – er musste einen weiteren Spieler auf einen weiteren Medizincheck vorbereiten. »Sie meinte, sie würde sich total freuen, auf die Jungs aufzupassen.«

»Noch kennt sie die beiden nicht«, sagte ich grinsend, während Ben sich verabschiedete.

Kaum hatte ich Margaret jedoch kennengelernt, wusste ich, dass wir sie unbedingt beschäftigen mussten. Sie konnte einfach wahnsinnig gut mit Kindern umgehen. Während ich Tee kochte, saß sie am Küchentisch und brachte Stan zum Lachen.

Sie hatte kleine Packungen mit Legofiguren für Oscar mitgebracht und ein Furzkissen für Stan, und die Jungs waren jetzt schon ganz vernarrt in sie. Mir gefiel sie auch.

»Sie müssen eigentlich nur nachmittags kommen«, erklärte ich ihr. »Zur Schule und in den Kindergarten kann ich die Jungs selbst bringen, und mittags hole ich Stan ab und mache ihm Essen. Wenn Sie einfach nach dem Essen kommen und auf ihn aufpassen könnten, dann Oscar um drei aus der Schule holen und den beiden Abendbrot machen würden, wäre das toll. Ich wäre dann hier, im Arbeitszimmer, und Bens Arbeitszeiten im Fußballverein schwanken, also wird er wahrscheinlich auch zwischendurch zu Hause sein. Falls Sie uns also brauchen, können Sie einfach schreien. Würde das für Sie passen?«

»Das würde mir sogar sehr gut passen«, erwiderte Margaret. Sie war schätzungsweise Ende fünfzig, hatte glattes blondes Haar und eine tolle Figur. Ich stellte eine Tasse Tee vor ihr ab und bot ihr Kekse an.

»Und? Haben Sie sich schon ein bisschen eingelebt?«, erkundigte sie sich, während sie mich eingehend musterte. Ich kämpfte gegen den Drang an, die Nase zu rümpfen – leider vergeblich.

»Ja, alles gut«, entgegnete ich. »Es ist wunderschön hier. Ben ist total begeistert. Und die Jungs auch.«

»Und Sie?«

»Na ja, weniger«, gab ich zu und strich mir mit der Hand übers Haar. »Ich bin irgendwie unruhig und mache mir Sorgen, weil wir unser Leben in London – wo wir übrigens sehr gerne gewohnt haben – für dieses neue, unbekannte aufgegeben haben.«

»Manchmal ist es gut, ins kalte Wasser zu springen«, sagte Margaret.

Ich nickte. »Ja, für Ben war es auch definitiv der richtige Schritt. Er hat seinen Traumjob bekommen. Seit ich ihn kenne, hatte er immer den Wunsch, eines Tages den Physiobereich in einem Profifußballverein zu leiten. Er ist also voll in seinem Element.«

»Und Sie wollen ihm nicht sagen, dass es Ihnen hier nicht gefällt?«

»Oh, es ist nicht so, dass es mir hier nicht gefallen würde«, widersprach ich. »Ehrlich nicht. Es ist einfach nur anders, und ich war immer schon ein Mensch, der nicht gerne Risiken eingeht, und spontane Entscheidungen sind auch nicht mein Ding. Na ja, der Umzug hierher war sowohl riskant als auch spontan, insofern ist es kein Wunder, dass ich ein wenig überfordert bin. Aber wegziehen will ich nicht. Zumindest denke ich das ...«

Margaret tätschelte mir die Hand. »Mit der Zeit wird es besser«, sagte sie. »Wenn die Jungs erst mal in der Schule beziehungsweise im Kindergarten sind und sich alles eingespielt hat. Und wenn Sie ein paar nette Leute aus dem Dorf kennengelernt haben.«

Ich nickte. Tatsächlich gaben mir ihre Worte ein wenig Trost. »Eine sympathische Frau hab ich schon kennengelernt«, erzählte ich. »Priya.«

»Ach ja«, erwiderte Margaret. »Die Schwangere?«

Ich grinste. »Hochschwanger. Und mit Ken aus dem Haushaltswarenladen habe ich mich auch schon nett unterhalten.«

»Der ist unser Nachbar«, sagte Margaret. »Das ist wirklich praktisch, wenn im Haus irgendwas repariert werden muss.«

Wieder einmal staunte ich über die Tatsache, dass hier jeder jeden kannte. »Sein Freund Hal war auch da«, fuhr ich fort. »Und er meinte, er hätte schon einige Geschichten über unser Haus gehört.«

Verwundert sah Margaret mich an. »Geschichten?«, fragte sie. »Was für Geschichten?«

»Ach, nur über einige Vorfälle, die hier passiert sein sollen«, entgegnete ich vage. Bevor ich ihr erzählte, was ich gehört hatte, wollte ich erst herausfinden, was sie wusste.

Sie nickte. »Ich fand schon immer, dass dieses Haus etwas Trauriges an sich hat.«

»Traurig«, murmelte ich. »Wie kommen Sie auf traurig?«

Nun wirkte Margaret verlegen. »Ach, das ist nur dummes Getratsche«, sagte sie.

Ich bot ihr noch einen Keks an, doch sie schüttelte den Kopf.

»Mein Großvater hat mir mal erzählt, dass hier irgendetwas Schlimmes passiert ist. Ich weiß nicht mehr genau, was, aber ich glaube, jemand ist gestorben. Vielleicht sogar mehrere Leute.«

»Ein Mord?«, fragte ich, vermutlich ein wenig zu begeistert.

Margaret warf mir einen scharfen Blick zu. »Möglicherweise«, antwortete sie. »Oder ein tragisches Unglück.«

»Ihr Großvater also«, sagte ich mehr zu mir selbst als zu Margaret. »Dann muss es ja weit vor den Siebzigern passiert sein. Ich könnte mal bei der Polizei nachfragen …«

In diesem Moment wurde mir bewusst, dass Margaret mich völlig entsetzt anstarrte und aussah, als wollte sie gleich gehen – anscheinend hielt sie mich für eine mordlüsterne Kriminelle.

»Ich bin Autorin«, sagte ich hastig. »Ich schreibe Krimis.«

»Lesen hat mich nie richtig interessiert«, gab Margaret zu und wirkte sehr zufrieden damit. Vielleicht war sie aber auch nur froh darüber, dass die Neue im Dorf sie nicht kaltblütig umbringen würde.

Ich schenkte ihr mein strahlendstes Lächeln. »Hal und Ken haben auch gehört, dass hier ein Mord passiert sein soll, aber wir sind davon ausgegangen, dass es noch nicht so lange her ist. Wenn Ihr Großvater allerdings schon davon wusste, könnte es jedoch viel früher passiert sein. Ich würde gerne mehr über die Geschichte des Hauses erfahren und herausfinden, ob hier irgendwas Mysteriöses geschehen ist.«

Auf Margarets Stirn bildeten sich Falten, während sie konzentriert nachdachte. »Ich wünschte, ich könnte mich an mehr erinnern«, sagte sie. »Ich glaube, mein Großvater hat gesagt, dass man nie herausgefunden hat, was genau passiert ist. Es muss aber tatsächlich sehr lange her sein. Noch vor seiner Geburt, denke ich.«

»Da forsche ich mal nach«, verkündete ich. »Das wird mich eine Weile beschäftigen.«

»Haben Sie noch viel zu tun?«, fragte Margaret unvermittelt.

»Ja, tatsächlich schon.« Darüber, dass ich immer noch einen ganzen Roman schreiben musste, wollte ich lieber gar nicht nachdenken. Aber vielleicht konnte ich das Haus einfach googeln oder herausfinden, wer hier vor Jahrzehnten gelebt hatte und ob es Berichte über ein Verbrechen gab …

»Und ist Ihr Mann gerade zu Hause?« Suchend blickte Margaret sich um.

Ich schüttelte den Kopf. »Irgendwelche Vorsaison-Fitnesstests oder so was«, sagte ich.

»Wie wäre es, wenn ich mit den Jungs in den Garten gehe, damit Sie eine Stunde für sich haben?«, schlug Margaret vor. »Sie könnten die Zeit nutzen, und die Jungs und ich könnten uns besser kennenlernen.«

Nachdem ich mich tagelang um die Arbeit gedrückt hatte, überraschte es mich, wie sehr ich mich doch über Margarets Angebot freute. Dankbar sah ich sie an.

»Das wäre großartig«, sagte ich. »Aber macht es Ihnen wirklich nichts aus?«

»Na, nun gehen Sie schon«, forderte Margaret mich auf. »Nehmen Sie sich Zeit für sich.«

Kapitel 11

Ich hüpfte geradezu nach oben. Der Dachboden war riesig, er nahm das ganze Obergeschoss des Hauses ein. Es gab also eine Menge Platz. Zwischen diesem Arbeitszimmer und meiner Kombination aus Schreibtisch und Frisierkommode in unserem alten Haus lagen Welten.

Ich blieb an der Tür stehen und ließ den Blick durch den Raum schweifen. Meinen Schreibtisch würde ich zwischen die beiden hohen Fenster stellen. Von dort aus hatte man einen atemberaubenden Ausblick, der mich hoffentlich inspirieren würde. An der gegenüberliegenden Wand rahmten Einbauregale die kleinen Fenster ein, die auf die Straße hinausgingen. Rechts von mir befand sich die Wand, an die Ben geklopft hatte, um zu prüfen, ob sie hohl war – die mit dem Lüftungsfenster nach draußen. An ihr konnte ich vielleicht ein paar Bilder anbringen. Zu meiner Linken gab es einen Einbauschrank, dessen Tür man so überstrichen hatte, dass sie nicht mehr aufging. Ich kniff die Augen zusammen und betrachtete sie eingehend. Diese Tür würde nicht lange geschlossen bleiben, so viel stand fest.

Die Möbelpacker hatten alle meine Sachen daneben aufgestapelt, und ich beschloss, als Erstes die Kartons auszuräumen, die auf dem Schreibtisch lagerten, bevor ich ihn zwischen die Fenster schob.

Dann stöpselte ich meinen Computer und den Drucker ein und druckte einige Fotos von den Jungs aus, die ich anschließend an die Wand rechts von mir hängte. Während ich sie befestigte, klopfte ich ein-, zweimal gegen die Mauer, um selbst zu überprüfen, ob es dahinter hohl war, doch ich konnte es immer noch nicht sagen.

Obwohl ich eigentlich an der Handlung meines nächsten Tessa-Buchs arbeiten sollte, öffnete ich stattdessen meinen Internetbrowser und suchte nach den Volkszählungsdatenbanken von England. Ich dachte an Margarets ungefähres Alter und listete einige Jahreszahlen in meinem Notizblock auf. Nach meinen Berechnungen musste ihr Großvater ungefähr um die Jahrhundertwende geboren worden sein.

»Hmm«, murmelte ich in den Raum hinein. »Hat Margaret nicht gesagt, dass es noch vor seiner Geburt passiert ist?«

Ich tippte unsere Adresse in das Suchfeld ein und stellte zu meiner Freude fest, dass die entsprechenden Datenbanken bis ins Jahr 1841 zurückreichten.

»Okay, fangen wir ganz vorn an«, sang ich im Stil von Julie Andrews leise vor mich hin, während ich auf den ersten Eintrag klickte.

Zunächst verwirrte es mich ziemlich, dass unserem Dorf nur eine einzige Seite ohne Adressen zugeordnet war. Dank der Pubs, die anscheinend schon immer am selben Platz gestanden hatten, fand ich allerdings heraus, dass die Volkszähler am anderen Ende des Dorfs angefangen und sich dann Haus für Haus in Richtung Küste vorgearbeitet hatten. Unser Haus musste also das Letzte auf der Liste sein. Ich scrollte nach unten und fand es.

Marcus Hargreaves, las ich. *Männlich. Vierunddreißig Jahre. Fabrikant.*

Unter Marcus stand seine Frau, Harriet, deren Alter mit dreißig angegeben worden war, und ein kleines Mädchen, Violet. Sie war erst vier gewesen.

»Oh, eine kleine Familie«, sagte ich. »Hattest du noch mehr Kinder, Marcus? In diesem Haus hätten viele Kinder Platz.«

Ich klickte auf den Eintrag für das Jahr 1851.

Marcus Hargreaves, las ich erneut. *Männlich. Vierundvierzig Jahre. Fabrikant.*

Doch unter Marcus wurde keine Harriet mehr erwähnt. Stattdessen war nur Violet aufgelistet, inzwischen vierzehn Jahre alt. Darunter standen eine Frau namens Elizabeth Pringle, die als Gouvernante bezeichnet wurde, eine Hausdame namens Betsy Bolton und ein Hausmädchen – das erst sechzehn war – mit dem Namen Mabel Jonas.

Aber wo war Harriet, fragte ich mich, während mich ein unerklärliches Gefühl von Traurigkeit überkam. Trotzdem wurde ich gleichzeitig von Neugier gepackt. War sie vielleicht das Mordopfer?

Ich klickte wieder zu den Suchergebnissen zurück und wählte diesmal das Jahr 1861. Unter dem Eintrag war unser Haus allerdings als unbewohnt angegeben. Dasselbe galt für 1871.

»Keiner mehr«, sagte ich laut. »Wo seid ihr denn alle hin?«

Ich schloss die Webseite der Volkszählungsdatenbank und fand eine andere, in der auch Geburtstage, Hochzeitsdaten und Totenscheine verzeichnet waren. Doch diese

Seite enthielt keine Infos zu meiner Suchanfrage. Stattdessen wurde mir vorgeschlagen, für diesen Zeitraum in den Kirchenbüchern nachzusehen.

Enttäuscht saß ich einen Moment lang reglos an meinem Schreibtisch. Dann gab ich es auf, so zu tun, als würde ich heute noch an meinem Buch arbeiten, schnappte mir stattdessen mein Notizbuch und einen Stift und lief nach unten.

Margaret und die Jungs spielten im Garten Ball. Als ich heraustrat, blickte Margaret sich zu mir um.

»Schon fertig?«, fragte sie. »Das ging ja schnell.«

»Nicht wirklich«, gab ich zurück. »Ich muss nur mal kurz weg – ich kann die Jungs mitnehmen, aber wenn es Ihnen nichts ausmacht, noch ein bisschen zu bleiben, wäre ich schneller fertig …«

»Gehen Sie ruhig«, sagte Margaret, ohne zu zögern. »Wir haben hier viel Spaß zusammen.«

Froh, endlich mal über etwas anderes nachdenken zu können als Dad und den Umzugsstress, ging ich die Straße hinunter in Richtung Dorfkirche.

Bisher war ich noch nie darin gewesen, aber wir hatten das Gebäude schon auf unserem Weg zum Einkaufen bewundert. Es war eine wunderschöne normannische Kirche mit quadratischem Glockenturm, und auf dem Friedhof daneben befanden sich uralte Grabsteine. Die schwere Holztür stand offen, und ich huschte hinein.

Zu meinem Glück war der Pfarrer da und gerade damit beschäftigt, im Vorraum eine Bekanntmachung am Schwarzen Brett anzubringen. Als ich hereinkam, lächelte er mir zu.

»Ah, hallo«, grüßte er mich.

Ich stellte mich vor und erzählte ihm von meinem Anliegen. Der Pfarrer führte mich in einen Nebenraum, in dem die Kirchenbücher aufbewahrt wurden. Er war wesentlich jünger, als ich es normalerweise bei einem Pfarrer erwartet hätte, und bat mich, ihn Rich zu nennen.

»Das sind wirklich faszinierende Dokumente«, sagte er. »Manchmal suche ich mir einfach irgendeinen Namen aus und verfolge dessen Ahnenreihe, um zu sehen, wie weit sie zurückreicht. Viele Familien leben schon seit Generationen hier.«

Er nahm die Bücher für mich aus dem Regal, während ich es mir am Schreibtisch bequem machte.

Natürlich gestaltete sich die Suche nicht so leicht wie die im Internet, trotzdem brauchte ich nicht lange, bis ich das Taufdatum der kleinen Violet von 1837 gefunden hatte. Im Jahr 1842 stieß ich auf das Todesdatum von Violets Mutter. Laut Eintrag war Harriet an Fieber im Kindbett gestorben.

Also kein Mord, dachte ich, enttäuscht darüber, dass dieses düstere Geheimnis gar keins war.

»Haben Sie gefunden, wonach Sie gesucht haben?«, fragte Rich und lugte mir über die Schulter.

»Ja«, sagte ich. »Aber sie wurde nicht ermordet, sondern ist im Kindbett gestorben.«

»Das Baby auch«, merkte Rich an und deutete auf die Zeile unter Harriets Eintrag. »Ein kleiner Junge. Da, schauen Sie.«

»Frederick Hargreaves«, las ich laut vor. »Er wurde gerade mal zwei Tage alt.« Bei den letzten Worten bekam ich einen Kloß im Hals. »Oh«, fuhr ich fort, »Violet war fünf.«

»Violet?«, fragte Rich.

»Harriets Tochter«, erklärte ich. »Sie war erst fünf, als Harriet starb. Meine Mum ist auch gestorben, als ich fünf war.« Ich schwieg kurz. »Und mein kleiner Bruder auch.«

Mitfühlend legte der Vikar mir eine Hand auf die Schulter. »Das tut mir leid«, sagte er. »Sie meinten, Sie sind Autorin?«

Ich nickte, den Blick immer noch auf den Eintrag im Kirchenbuch gerichtet.

»Vielleicht hilft Ihnen das Aufschreiben dieser Geschichte dabei, Ihre eigene Lebensgeschichte zu verarbeiten«, überlegte er.

»Ja, möglich«, sagte ich. »Das könnte vielleicht wirklich helfen.«

Ich bedankte mich bei ihm und versprach, ein anderes Mal wiederzukommen und meine Recherche fortzusetzen. Während des Heimwegs gingen mir tausend Gedanken durch den Kopf über die arme Harriet und das Mädchen namens Violet, das genau wie ich seine Mutter verloren hatte.

Ich war gerade einmal zwei Minuten zu Hause und noch damit beschäftigt, die Jungs und Margaret zu begrüßen, als ich hörte, wie die Haustür aufging. Kurz darauf kam Ben in den Garten, mit einem kleinen Bündel auf dem Arm. In meinem Bauch machte sich ein aufgeregtes Kribbeln bemerkbar, als er das Bündel sanft vor den Jungs im Gras absetzte.

»Vorsichtig«, sagte er zu Oscar, der begeistert auf und ab sprang. »Er ist noch ganz klein.«

»Mummy!«, brüllte Oscar fast vor lauter Begeisterung. »Mummy! Es ist ein Welpe! Komm, guck mal!«

Ich wechselte einen Blick mit Margaret.

»Wie es aussieht, bleiben Sie hier«, sagte sie lächelnd.

Ich nickte. »Ja, sieht ganz so aus«, entgegnete ich.

Kapitel 12

1855

Violet

Nachdem ich am Strand vor Mr Forrest davongelaufen war, betrat ich das Haus durch die Küche – ich wollte Vater nicht begegnen, ganz gleich, ob er schlief oder wach war – und ging sofort nach oben auf den Dachboden. Dort ließ ich mich in den Stuhl sinken und nahm meinen Hut ab. Ich konnte es kaum ertragen, aus dem Fenster zur Klippe hinunterzuschauen, dorthin, wo ich so unhöflich zu Mr Forrest gewesen war. Ich hatte ihn vor den Kopf gestoßen und seine freundliche Geste zurückgewiesen.

Erneut stieg mir die Röte ins Gesicht, wenn ich daran dachte, dass er direkt in meine Seele geblickt hatte. Woher hatte er wissen können, dass ich mich so gefangen fühlte? Dass ich mir wünschte, er würde mir helfen zu fliehen? Ich wusste, dass ich bisher viel Glück gehabt hatte, weil Vater mich nicht mit dem ersten Mann verheiratet hatte, der Interesse an mir gezeigt hatte. In der letzten Zeit sprach er jedoch immer wieder von einem Mann namens John Wallace, mit dem er bei einem seiner wohltätigen Projekte zusammenarbeitete. Vater hatte erwähnt, wie klug dieser Mr Wallace sei, wie gut er mit Geld umgehen könne und wie hervorragend er sein Unternehmen führe. Und ich wusste, dass Vater diese Qualitäten bewunderte. Qualitäten, die aus seiner Sicht einen guten Ehemann ausmachten.

Bisher hatte ich mich all seinen Bemühungen, eine Begegnung zwischen Mr Wallace und mir zu arrangieren, widersetzen können, doch es würde nicht mehr lange dauern, dachte ich verzweifelt, bis Vater ihn hierher nach Sussex einlud, und damit wäre es besiegelt.

Ich wusste, dass ich mit Vater sprechen sollte. Dass ich ihm sagen sollte, was ich fühlte; dass ich malen wollte und Mr Forrest meine Arbeiten ernst zu nehmen schien. Denn er mochte mir noch so oft vorschlagen, meine Bilder mit nach London zu nehmen, in Wahrheit wusste ich, dass ich ohne Vaters Einwilligung nichts würde ausrichten können. Doch was würde er sagen, wenn ich ihm all das gestand? Der Gedanke ließ mich schaudern.

Alles in allem hatte Vater meine Liebe zur Kunst stets gefördert. Viele Mädchen wie ich bekamen Zeichenunterricht, und mich hatte eine grauhaarige Dame aus dem Ort unterrichtet, die viel Wert auf die Technik gelegt hatte. Sie hatte mich zum Strand hinuntergeschickt, um Dinge zu sammeln – Muscheln, Federn oder Stöckchen –, und mich dann angewiesen, sie wieder und wieder zu zeichnen, nur mit Kohle. Farben durfte ich nie benutzen.

Und trotz des immer gleichen Ablaufs erledigte ich die Aufgabe mit großer Freude. Die Stunden machten mir weit mehr Freude als der Unterricht bei meinen Gouvernanten und deren Nachfolgerinnen, die endlose Vorträge über Könige und Königinnen hielten und mir auftrugen, Gedichte aufzusagen. Wenn ich dagegen malte, hatte ich das Gefühl, das zu tun, wofür ich geboren worden war.

Nach dem Unterricht zog ich mich stets in mein Zimmer zurück und zeichnete weiter. Anfangs skizzierte ich Körperteile von mir – einen Fuß oder eine Hand. Dann ging ich dazu über, mich im Spiegel zu betrachten und mein Gesicht zu zeichnen, wieder und wieder, und es fiel mir schwer, mein Haar richtig abzubilden.

Zeichnungen von Vater fertigte ich ebenfalls an, und er rief voller Entzücken aus, dass ich seine Gesichtszüge »ganz recht« getroffen hätte, und tätschelte mir stolz den Kopf. Meistens nahm er mich sogar einmal im Jahr mit in die Royal Academy und amüsierte sich darüber, wenn ich sprachlos vor Staunen die Gemälde dort betrachtete.

Als ich jedoch älter wurde, schwand Vaters Nachsicht mit meiner Passion für die Kunst.

»Schluss mit dem Geschwätz übers Malen, Violet«, sagte er, wenn ich versuchte, mit ihm darüber zu sprechen. »Es schickt sich nicht für eine junge Frau, ihr Interesse nur auf eine Sache auszurichten. Du musst deine Fertigkeiten erweitern. Deinen Rechenkünsten täte es gut, wenn du ihnen nur halb so viel Aufmerksamkeit schenken würdest wie dem Zeichnen.«

Wenn er mich mit einem Blatt Papier oder einem Zeichenstift sah, schüttelte er missbilligend den Kopf, und wenn ich ihn fragte, wann wir ein weiteres Mal die Royal Academy besuchen würden, verweigerte er mir die Antwort. Aus diesem Grund zeichnete ich von nun an ausschließlich in meinem Schlafzimmer und verlegte es nur in den Salon, der wesentlich besseres Licht hatte, wenn Vater auf einer seiner häufigen Geschäftsreisen war.

Die einzigen Menschen, die meine Arbeiten kannten – bis Edwin mir an jenem Tag am Strand begegnet war –, waren Mabel, unsere Hausdame, und Philips, der sich um die

Reparaturen im Haus und den Garten kümmerte. Mabel betrachtete meine Zeichnungen mit einem Anflug von Bewunderung – zumindest für kurze Zeit.

»Oh, wie schön, hier haben Sie die Augen Ihres Vaters aber gut getroffen«, sagte sie, wenn ich ihr eine Zeichnung präsentierte. »Sie sind so begabt. Und nun machen Sie bitte Platz, damit ich den Boden wischen kann.«

Philips zeigte mehr Interesse. Er stellte mir Fragen zu meiner Arbeit und merkte es an, wenn Details nicht stimmten – und auch, wenn ich mich verbessert hatte. Ich hatte mich mehrfach über das schlechte Licht in meinem Schlafzimmer beklagt und ihm erzählt, dass ich mir einen eigenen Raum wünschte, in dem ich malen könnte. Eines Tages, als Vater nach Manchester gefahren war, führte Philips mich die brüchigen Stufen zum Dachboden hinauf, auf dem Koffer, Bettwäsche und alte Möbel aufbewahrt wurden.

»Schauen Sie«, sagte er und trat zur Seite, damit ich mir den Raum ansehen konnte.

Vor Entzücken sog ich laut den Atem ein. Philips hatte den ganzen Trödel hinausgeschafft und im Schuppen im Garten verstaut, wie er mir später erzählte. Außerdem hatte er den Holzboden gereinigt und die Wände getüncht. In einer Ecke stand eine abgenutzte Chaiselongue (»Wer hätte geahnt, dass man so was hier oben findet?«, sagte Philips mit einem freundlichen Lächeln), und daneben befanden sich eine Schüssel und ein Krug.

»Ich habe mir gedacht, das wäre ein guter Platz«, hatte er gesagt. »Hier kommt viel Sonne herein, sehen Sie?«

Ich war überwältigt von Dankbarkeit und Vorfreude gewesen. Von da an hatte ich endlich richtig arbeiten können.

Das war vor beinahe zwei Jahren gewesen. Der Dachboden blieb mein Geheimversteck vor Vater. Ich hatte ihn zwar nicht belogen, aber ich hatte ihm auch nie davon erzählt, und er hatte nie gefragt. Vermutlich ging er davon aus, dass der Raum immer noch als Speicher genutzt wurde. Philips half mir auch weiterhin. Er reparierte die Treppe, damit ich gefahrlos hinauf- und hinuntergehen konnte. Wenn ich ihn darum bat, brachte er mir sogar Farben und Pinsel aus Brighton mit, und er erwies sich als nützlicher Spiegel für meine Gedanken über die Kunst.

Vater schien erleichtert zu sein, dass ich – zumindest aus seiner Sicht – die Kunst aufgegeben hatte. Stattdessen begann er, mit mir über meine Fähigkeiten als Ehefrau zu sprechen, doch die meiste Zeit über hörte ich gar nicht hin. Ich wusste nichts über Männer. Genau genommen wusste ich auch wenig über Frauen. Ich hatte keine Freunde und nur einen Cousin, mit dem ich einige Jahre zusammengelebt hatte, als ich noch jünger gewesen war. Doch der hatte mich kaum beachtet, und mittlerweile war die Verwandtschaft weggezogen, und ich hatte sie seit Jahren nicht mehr gesehen. Da Vater so oft auf Reisen war, bekamen wir selten Besuch, und wenn doch, war es in der Regel ein Mann in Vaters Alter. Dann aß ich schweigend mit den beiden zu Abend, während sie übers Geschäft sprachen, und nach dem Essen zog ich mich in mein Zimmer zurück. Die Vorstellung, verheiratet zu sein, war so seltsam für mich, dass ich keine Gedanken daran zuließ.

Nun jedoch, da Vaters unbestimmte Äußerungen über meine Fähigkeiten als Ehefrau sich konkretisiert hatten und er immer wieder Mr Wallace erwähnte, wusste ich, dass ich mich an einem Scheideweg befand. Wenn ich mich Vater gegenüber nicht behauptete, würde ich innerhalb eines Jahres Mrs Wallace sein, und ich war mir nicht sicher, ob ich ein solches Leben führen könnte. Die Alternative war jedoch ebenso erschreckend: die bloße Vorstellung, Vater von meinen wahren Sehnsüchten zu erzählen.

Vater und ich waren stets gut miteinander ausgekommen. Auch wenn er streng war, wusste ich, dass er mich liebte. Er fehlte mir, wenn er auf Reisen war, was häufig vorkam. Meine Mutter dagegen vermisste ich nicht. Nicht mehr. Ich war noch so jung gewesen, als sie gestorben war, dass ich mich kaum an sie erinnerte.

Lediglich in einem noch nicht lange zurückliegenden Moment hatte ich mir einmal gewünscht, meine Mutter wäre bei mir. Ich hatte durch das Dachbodenfenster aufs Meer hinausgeblickt, als ich Gelächter gehört hatte, das von der Vorderseite des Hauses zu mir heraufdrang. Neugierig war ich auf die andere Seite des Zimmers gegangen, um dort aus einem der kleinen Fenster zu sehen, was vor sich ging.

Draußen sprach Mabel gerade mit einer älteren Frau, die ihr sehr ähnlich sah. Sie war nur ein wenig kleiner und untersetzter. Das musste ihre Mutter sein. Auf der Straße spielten zwei kleine Mädchen, die so schnell auf und ab liefen, dass ihr Haar im Wind wehte. Es war ihr Lachen, das ich gehört hatte. Ein etwas älterer Junge, dessen Haar genauso blond war wie das von Mabel, lehnte an einem Baum und beobachtete die Mädchen – seine Schwestern, wie ich annahm – mit einem Ausdruck von Verachtung im Gesicht.

Mabel war die Älteste der Geschwister, wie ich wusste. Sie schien sehr eindringlich auf ihre Mutter einzureden und fuchtelte dabei energisch mit den Händen herum. Die ältere Frau hörte ihr ruhig zu, und als sie antwortete, nahm sie Mabels Hände und hielt sie fest. Noch während sie sprach, strich sie Mabel eine Haarsträhne aus der Stirn und steckte sie wieder unter deren Haube fest.

Schließlich nickte Mabel, und ich sah zu, wie sie die Arme um ihre Mutter schlang. Als ihre Mutter sich aus der Umarmung löste, gab sie Mabel einen Kuss auf die Wange und ging dann in Richtung Dorf davon. Die kleinen Mädchen rannten ihr hinterher, nachdem sie sich fröhlich winkend von Mabel verabschiedet hatten, und einige Augenblicke später salutierte der Junge vor Mabel – eine Geste, die sie erwiderte –, bevor er seiner Familie folgte.

Mabel blickte ihnen nach, dann rückte sie ihre Haube zurecht und ging lächelnd ins Haus zurück.

Während ich am Fenster stand, hatte ich mich gefragt, wie es wäre, eine Mutter zu haben, die sich meine Sorgen anhörte, mir Ratschläge gab und sich darum bemühte, dass mein Haar stets ordentlich aussah. Ich stellte mir vor, kleine Schwestern zu haben, die mit mir spielten, oder einen jüngeren Bruder, den ich ärgern könnte. Ich malte mir aus, wie es klingen würde, wenn Lärm und Gelächter durch unser Haus hallten, wenn in jedem Zimmer Kinder wären und meine Mutter sich um alle kümmern würde, und auf einmal breitete sich in meinem Herzen ein so starker Schmerz aus, dass ich mich einen Moment lang auf den Boden setzen musste.

»Ich vermisse meine Mutter«, flüsterte ich vor mich hin.

Eine Weile war ich noch auf dem Boden sitzen geblieben und hatte mich ganz allein und verlassen gefühlt. Dann war ich aufgestanden, hatte den Staub von meinem Rock gewischt und die Arbeit an meinem Bild fortgesetzt.

Kapitel 13

Heute

Ella

Der Welpe wurde auf den Namen Dumbledore getauft. Stan hatte sich zwar stark dafür eingesetzt, dass er Batman heißen sollte, doch als Oscar Dumbledore vorgeschlagen hatte, war der kleine Hund wild über die Wiese gesprungen, woraufhin wir uns alle einig gewesen waren, dass er sich damit seinen Namen selbst ausgesucht hatte.

Einige Tage später saß ich mit ihm auf dem Schoß in der Küche, als Priya vorbeikam. Mike war gerade bei uns, um die klemmende Hintertür zu reparieren, und wir unterhielten uns über irgendetwas Belangloses, während er arbeitete.

Als es an der Tür klingelte, bewegte sich Dumbledore leicht auf meinem Schoß. Behutsam hob ich ihn hoch – schließlich war er noch ein winziges Bündel aus Fell mit zu langen Ohren – und setzte ihn vorsichtig in seinem Körbchen ab, wo er sofort weiterschlief. Erst dann eilte ich zur Haustür.

Schon seitdem ich angefangen hatte, Thriller zu schreiben, wollte ich mir ein großes Whiteboard anschaffen, auf dem ich Ideen für meine wendungsreichen Handlungen notieren und so überprüfen konnte, ob alles Sinn ergab. Ich hatte es mir immer so vorgestellt wie diese Tafeln, die ich in den Räumen der Kripo gesehen hatte, auf denen der

Tathergang eines Verbrechens veranschaulicht wurde; nur dass es sich bei den Infos auf meiner Tafel um fiktive Verbrechen und keine echten Kriminalfälle handeln würde. Somit war ich natürlich völlig aus dem Häuschen, als ich sah, dass Priya sich in unserer Einfahrt damit abmühte, genau so ein Board aus dem Kofferraum ihres schlammbespritzten Autos zu hieven.

»Meine Dienststelle zieht um, deshalb rangieren wir alles aus«, sagte sie. »Ich dachte, du könntest das hier vielleicht gebrauchen.«

Vor lauter Begeisterung fehlten mir die Worte.

»Das ist total toll«, entgegnete ich. »Was bekommst du dafür?«

Ablehnend schüttelte Priya den Kopf. »Gar nichts. Das Ding wäre sonst im Container gelandet, ehrlich.«

»Nimmst du wenigstens eine Tasse Tee an?«

Erneut schüttelte sie den Kopf.

»Termin bei der Hebamme«, erklärte sie und deutete auf ihren Bauch, der in den wenigen Tagen seit unserer letzten Begegnung noch weiter gewachsen zu sein schien.

»Dann nachher?«, fragte ich.

»Auf jeden Fall«, sagte sie. »Oder weißt du was? Komm mich doch diese Woche mal auf der Wache besuchen. Ich brauche mehr Infos über dein Rätsel, damit ich da nachforschen kann.«

»Abgemacht«, beschloss ich.

Mike half mir, die Tafel nach oben auf den Dachboden zu tragen, und lieh mir seine Bohrmaschine, damit ich das Board aufhängen konnte. Ich wählte dafür die hintere Wand des Zimmers, die mit dem Extrafenster oder Lüftungsschacht. Zugegebenermaßen rechnete ich halb damit, dass der Bohrer direkt durchgehen würde, weil die Wand nur aus Sperrholz zu bestehen schien, aber das passierte nicht. Die Mauer war definitiv aus Ziegelsteinen gebaut. Der Staub, der auf den Boden rieselte, bewies das eindrucksvoll. Leicht enttäuscht darüber, dass unser rätselhaftes Fenster wohl tatsächlich der Belüftung diente, steckte ich die Dübel in die Bohrlöcher und schraubte anschließend mit weiterer Unterstützung von Mike die Tafel an die Wand.

»Nicht schlecht«, befand ich, nachdem ich einen Schritt zurückgetreten war, um mein Werk zu bewundern.

»Kerzengerade«, pflichtete Mike mir bei. »Wofür brauchen Sie das?«

»Zum Geschichtenspinnen«, sagte ich grinsend.

Während Mike sich wieder an seine Arbeit machte, schaute ich nach dem Welpen und ging dann wieder nach oben; bewaffnet mit einer Tasse Tee, ein paar Keksen und – obwohl ich mir etwas albern dabei vorkam – Stans altem Babyfon, damit ich es hören würde, falls Dumbledore aufwachte. Meine Heldin, Tessa Gilroy, war Privatdetektivin und ermittelte hauptsächlich in Scheidungsfällen. Von Zeit zu Zeit allerdings wurde sie, meist ungewollt und zufällig, in etwas gefährlichere Verbrechen verwickelt. Mir war nur allzu sehr bewusst, wie gefragt mein Genre derzeit war. Das hieß, mein nächstes Buch würde so gut sein müssen, dass es den Leserinnen und Lesern im Gedächtnis blieb und sich von all den anderen Thrillern abhob.

Ich hatte mir Artikel über Verbrechen und Rätsel ausgeschnitten und mir Notizen zu den Geschichten gemacht, die Reg mir über viele Monate hinweg erzählt hatte. Außerdem hatte ich angefangen, eine Idee grob auszuarbeiten, in der einer Frau irgendetwas angelastet wurde. Wahrscheinlich ein Mord, hatte ich mir überlegt, doch das vermeintliche Opfer sollte noch am Leben sein. Die »Mörderin« würde Tessa vom Gefängnis aus kontaktieren und sie bitten zu beweisen, dass das Opfer nicht tot war …

Ich packte die Whiteboard-Stifte aus, die Priya mitgebracht hatte, und spürte, wie sich die eingerosteten Rädchen in meinen Gehirnwindungen langsam zu drehen anfingen, während ich einige Ideen auf der Tafel notierte. Trotzdem hatte ich die ganze Zeit über, während ich schrieb, die Informationen im Kopf, die ich über unser Haus bekommen hatte, und die Geschichte der Familie Hargreaves mit der armen Violet, die ohne Mutter aufgewachsen war.

»Na, wie läuft's?«, fragte Ben, als er etwa eine Stunde später den Kopf durch die Tür meines Arbeitszimmers steckte.

Erschrocken zuckte ich zusammen. Ich saß gerade über meinen Laptop gebeugt und versuchte, eine Zusammenfassung von Tessas Geschichte zu schreiben. Mit Ben hatte ich noch gar nicht gerechnet.

»Ich fahre gleich wieder zum Trainingsgelände«, sagte er. »Ich musste nur ein paar Sachen in Brighton abholen und dachte, ich schaue kurz rein und sage Hallo. Du wirkst ganz vertieft. Kommst du voran?«

»Sagen wir, es läuft ganz okay«, entgegnete ich, wie immer unwillig, über einen Roman zu sprechen, solange ich noch dessen Handlung zusammenbastelte.

»Ich dachte mir, du kannst bestimmt noch eine Tasse Tee gebrauchen«, sagte Ben, während er zu meinem Schreibtisch herüberkam, einen Becher neben meinem Untersetzer abstellte und dabei auf den Bildschirm meines Laptops spähte.

Ich beförderte die Tasse demonstrativ auf den Untersetzer und klappte den Laptop zu.

»Nicht gucken«, sagte ich. »Das ist noch nicht so weit, dass du's lesen darfst.«

Ben lachte leise. »Worum geht's?«

Vielsagend blickte ich ihn an. »Tessa ermittelt in Sussex«, entgegnete ich. »Mehr musst du jetzt noch nicht wissen.«

Ben grinste mich an. »Du schreibst also?«

Ich nickte und verzog dann das Gesicht. »Ja, ich hab tatsächlich was geschrieben«, sagte ich. »Aber ich bin noch nicht so richtig davon überzeugt.«

»Es sieht besser aus hier drin«, meinte Ben. »Als hättest du dich schon eingerichtet.«

»Hab ich auch«, sagte ich zufrieden und blickte mich im Raum um. »Aber ich würde gerne den Schrank da drüben öffnen. Da könnte ich ganz gut ein paar Bücher und so was unterbringen.«

Ich deutete auf den Schrank, der in eine Ecke unterhalb der Dachtraufe eingebaut war und dessen Tür man überstrichen hatte.

»Mike ist noch unten«, informierte Ben mich. »Wenn du willst, frage ich ihn, ob er sich das mal ansehen kann.«

»Ach, das wäre super«, sagte ich. »Wahrscheinlich muss man einfach nur mal kräftig dran ziehen.«

Es erforderte schon ein bisschen mehr als das, doch am Ende bekam Mike den Schrank tatsächlich auf. Er entfernte die Farbe mit einem Spachtel von den Kanten der Tür, wischte dann noch mit Abbeizmittel darüber, und schließlich ließ der Schrank sich öffnen.

Im entscheidenden Moment war ich gerade unten und versuchte, Wäsche in die Maschine zu füllen, ohne dass Dumbledore in die Trommel sprang, als Mike »Ella! Der Schrank ist offen« übers Treppengeländer rief.

»Toll«, rief ich zurück, nahm den Welpen auf den Arm und eilte die Treppe hoch. Bei diesen vielen Stufen würde ich definitiv fit bleiben. Als ich im Arbeitszimmer ankam, stand Mike vor der offenen Schranktür und schüttelte den Kopf.

»Ich fürchte, ich hab Ihnen nur noch mehr Arbeit beschert«, sagte er.

Ich blickte in den Schrank. Er war nicht leer, wie ich es erwartet hätte. Stattdessen waren die Einlegeböden vollgestopft mit Büchern und Zeitungen.

»Wenn Sie wollen, kann ich jemanden aus der Firma kommen lassen, der das alles ausräumt«, bot Mike an.

»Auf gar keinen Fall«, rief ich. »Schauen Sie sich doch mal die ganzen Sachen an. Vielleicht gehören die jemandem.«

»Jemandem, der sie nicht mehr wollte«, stellte Mike fest.

»Trotzdem«, sagte ich. »Wir können das nicht einfach wegschmeißen. Ich werde es durchgehen und mal schauen, was das überhaupt ist.«

Unwillkürlich sträubten sich mir die Nackenhaare. »Ich hab schon ein paar Geschichten über dieses Haus gehört«, erzählte ich Mike. »Über ein Verbrechen. Vielleicht haben die Sachen hier irgendwas damit zu tun. Vielleicht hat man den Schrank nicht ohne Grund überstrichen.«

Mike warf mir einen mitfühlenden Blick zu. »Oder irgendein Faulpelz hatte einfach keine Lust, ihn richtig zu streichen«, sagte er.

Doch ich ließ mich nicht von meinen Gedanken abbringen. Stattdessen griff ich in den Schrank und zog eine Mappe aus dickem Karton heraus, die mit Papieren gefüllt und mit einer Kordel zusammengebunden war. »Ich fange mal hiermit an«, verkündete ich.

Es dauerte allerdings noch eine Weile, bis ich dazu kam, die Mappe durchzusehen, doch spät am Abend, als die Jungs gebadet waren und im Bett lagen und Ben nach einem schnellen Abendessen zu Hause wieder zum Training nach Worthing gefahren war, machte ich es mir auf dem Sofa gemütlich und öffnete die Mappe.

Zunächst stellte sich der Inhalt als kleine Enttäuschung heraus. Es waren hauptsächlich vergilbte und schon zerbröselnde Zeitungsseiten.

Ich nahm mir eine von oben und las sie durch.

Die Meinungen über die neuesten Werke der selbst ernannten Präraffaelitischen Bruderschaft sind geteilt, las ich. *Mr Charles Dickens verabscheut ihre Arbeiten und äußerte sich über die Darstellung der Heiligen Jungfrau Maria in John Everett Millais' Werk* Christus im Hause seiner Eltern *mit den Worten, sie sei »fürchterlich hässlich«. Andere loben die kühne Farbgebung und Abbildung der Wirklichkeit …*

Vor einer Ewigkeit hatte ich in der Oberstufe Kunstgeschichte belegt und erinnerte mich noch vage an die Präraffaelitische Bruderschaft. Viel wusste ich nicht mehr, wenn ich ehrlich war, und ich hatte das dumpfe Gefühl, dass sie mich nicht sonderlich interessiert hatte. Falls nötig konnte ich sie natürlich googeln oder – noch besser – mit meinem alten Studienfreund George telefonieren, der inzwischen Dozent für Kunstgeschichte an der University of St. Andrews war.

Ich blätterte die Ausschnitte durch, las hier und da einen der Artikel und musste über einige Formulierungen lachen. Vermutlich würde ich hier nichts finden, das auf ein Verbrechen schließen ließ, trotzdem war es faszinierend, so alte Zeitungen zu lesen. Die Ausgaben, die mit Datum versehen waren, stammten alle aus den Jahren 1854 und 1855 – also nachdem Harriet Hargreaves gestorben war –, und ich wusste nicht, ob ich je etwas so Antikes angefasst hatte. Abgesehen von dem Haus selbst natürlich.

Ganz unten in der Mappe fand ich ein weiteres vergilbtes Blatt. Dieses bestand allerdings aus einer anderen Art von Papier. Im Laufe der Jahre war es ganz dünn geworden, und es sah aus, als hätte es jemand aus einem Skizzenbuch gerissen. Es war die Bleistiftzeichnung einer jungen Frau.

Sie schien noch keine zwanzig Jahre alt gewesen zu sein. Auf der Zeichnung trug sie ein langes Kleid mit Blümchenmuster und einem locker fallenden Rock – keinen dieser steifen Reifröcke wie auf den Bildern, die ich in den Zeitungen gesehen hatte. Die junge Frau hatte ihr lockiges Haar hochgesteckt, doch an ihren Wangen schlängelten sich einzelne Strähnen hinunter, als hätte sie diese nicht bändigen können. Im Gesicht hatte sie Sommersprossen, und sie schaute den Betrachter mit klarem Blick an, während sie die Lippen zu einem fröhlichen Lächeln verzogen hatte.

Ich lächelte zurück, ich konnte einfach nicht anders. Sie sah so glücklich aus. Nun wollte ich unbedingt wissen, was sich noch alles in der Mappe befand, und ich legte das Bild gerade zur Seite, als mir der Hintergrund der Zeichnung ins Auge fiel: Die junge Frau stand zwischen zwei hohen Fenstern, durch die das Meer zu erkennen war. Sie hatte in meinem Arbeitszimmer Modell gestanden. Hier, in diesem Haus.

Gepackt von Neugier, nahm ich das Bild wieder hoch und betrachtete es genauer. Unten am Rand stand in wunderschöner Handschrift: *Selbstporträt. Juni 1855.*

»Selbstporträt von wem?«, sagte ich laut zu der jungen Frau auf dem Bild, während ich mithilfe meiner Finger nachrechnete, dass Violet Hargreaves 1855 achtzehn Jahre alt gewesen sein musste. »Bist du Violet? Ging es bei dem mysteriösen Vorfall vielleicht um dich und nicht um deine arme tote Mutter?«

Mit der Zeichnung in der einen Hand und der Mappe in der anderen stieg ich die Treppe zum Dachboden hoch und stellte mich auf den Platz, wo sich die junge Frau auf dem Bild gezeichnet hatte. Der Ausblick aus den Fenstern war der gleiche wie damals, 1855, und in meinem Bauch regte sich erneut das aufgeregte Flattern.

Auf mein Whiteboard hatte ich *Tessa in Sussex* geschrieben und darunter ein paar Stichwörter zu dem Mord, der keiner war. Jetzt allerdings griff ich mir spontan einen Lappen und wischte meine Notizen weg.

Stattdessen schrieb ich auf die nun wieder leere Tafel die Worte *RÄTSEL UM DAS KLIPPENHAUS*. Dann befestigte ich das Selbstporträt mit einem Magneten in der Mitte des Boards und notierte darunter: *Ist das Violet Hargreaves?*

Ich war entschlossen, mehr darüber herauszufinden.

Kapitel 14

»Du glaubst also, diese Frau hat irgendwas mit dem mysteriösen Todesfall zu tun?«, fragte Ben, während er das Selbstporträt an meiner Tafel betrachtete.

Ich zuckte die Achseln. »Keine Ahnung. Aber die Familie Hargreaves hat definitiv 1851 hier gewohnt, als die Volkszählung gemacht wurde – zumindest Violet und ihr Vater. Die Mutter war zu der Zeit schon gestorben.«

Stirnrunzelnd sah Ben mich an. »Aber das war nicht der mysteriöse Todesfall?«

»Ich denke nicht. Sie ist im Kindbett verstorben. Und 1861 hat hier niemand mehr gewohnt. Kann sein, dass die Familie einfach weggezogen ist, aber ich finde es seltsam, dass sie diese ganzen Sachen hiergelassen haben. Und ich frage mich, ob Margarets Großvater davon gesprochen hat.«

»Faszinierend«, sagte Ben. »Glaubst du, die Geschichte eignet sich für einen Roman?«

Nun runzelte ich die Stirn. »Wahrscheinlich nicht«, überlegte ich. »Eigentlich sollte ich auch weiter an Tessa arbeiten. Aber ich würde einfach so gerne mehr herausfinden. Ich will wissen, wer diese junge Frau war, ob das Violet ist und ob es irgendeinen Zusammenhang zwischen ihr und diesem Vorfall gibt.« Ich streckte die Hand aus und berührte das Porträt. »Vielleicht gibt es auch gar keinen rätselhaften Fall«, sagte ich, weil ich mir plötzlich ein bisschen dumm vorkam. »Aber der Pfarrer meinte, die Recherche würde mir vielleicht helfen, meine eigene Lebensgeschichte besser zu verarbeiten. Ich hab ihm erzählt, dass meine Mum auch früh gestorben ist, und er hat mir geraten, Violets Geschichte aufzuschreiben.«

Aufmunternd drückte Ben meine Hand. »Schaden kann es nicht«, sagte er. »Und vielleicht klärt sich dadurch auch einiges mit deinem Dad.«

Ich verzog das Gesicht. Ich wollte nicht über Dad sprechen. »Priya hat angeboten, mir zu helfen. Na ja, genauer gesagt hat sie mich angefleht, sie helfen zu lassen. Ich besuche sie morgen in der Polizeidienststelle.«

Ben grinste mich an. »Du freundest dich mit Leuten an«, sagte er. »Du löst Geheimnisse. Klingt, als würdest du dich schon gut einleben hier in Sussex.«

Ich schlang die Arme um ihn. »Es ist alles gut«, versicherte ich ihm. »Es war eine gute Entscheidung.«

Erschrocken zuckte ich zusammen, als das Handy in meiner Hosentasche zu klingeln begann. Schnell zog ich es heraus und warf einen Blick aufs Display, bevor ich auf »Anruf ablehnen« tippte und das Telefon wieder in meine Jeans steckte.

Fragend sah Ben mich an. »Wer war denn das?«, wollte er wissen.

»Nur Dad«, erklärte ich. »Anscheinend hat er gespürt, dass du über ihn gesprochen hast. Aber noch ist nicht der richtige Zeitpunkt, um mit ihm zu reden.«

»Ich finde, du solltest es endlich tun«, sagte Ben.

Erneut verzog ich das Gesicht. »Ich will aber nicht«, entgegnete ich, obwohl ich wusste, dass ich mich anhörte wie Stan.

»Er vermisst dich.«

Ich warf Ben einen finsteren Blick zu. »Hast du etwa mit ihm gesprochen?«

»Nein«, sagte Ben. Dann zog er die Nase kraus. »Gemailt«, gab er zu.

»Ben«, rief ich, verärgert, weil er sich eingemischt hatte. »Das ist mein Problem, und ich regle das selbst.«

Doch Ben ließ sich nicht beirren. »Du musst mit ihm sprechen«, sagte er.

»Ja, das mache ich auch.« Wütend fing ich an, einige lose Blätter auf meinem Schreibtisch zusammenzuschieben. »Aber dann, wenn ich es will, und nicht, wenn du es bestimmst.«

Ben wollte etwas erwidern, doch ich hielt ihn mit einem bösen Blick auf.

»Okay«, sagte er. »Ich hab's kapiert.« Der Gesichtsausdruck, mit dem er mich bedachte, ließ allerdings vermuten, dass er es nicht kapiert hatte. Trotzdem gab er mir einen Kuss auf die Schläfe. »Ich lasse dich dann mal weiter recherchieren«, verkündete er und verschwand durch die Tür.

Ich beachtete ihn gar nicht. Das war wahrscheinlich kindisch, aber ich war sauer, weil er mit Dad Kontakt gehabt hatte. Ich holte mein Handy heraus und starrte die Nachricht über den verpassten Anruf auf dem Display an, bevor ich das Telefon wieder einsteckte. Dann änderte ich meine Meinung und nahm es noch einmal heraus. Aber nur, weil ich im Internet nach dem Porträt suchen wollte, das ich gefunden hatte, und nicht, weil Dad noch mal anrufen könnte. Nein.

Während ich das Selbstbildnis ein paarmal abfotografierte, ertappte ich mich dabei, dass meine Gedanken erneut zu Dad abschweiften. Eigentlich durfte ich es ihm nicht übel nehmen, dass er so überbehütend war, das musste ich zugeben. Schließlich hatte er unvorstellbar gelitten, als Mum gestorben war. Seit ihrem Tod hatte er sich fast grundlegend verändert – was kein Wunder war.

Ich konnte mich kaum mehr an meine Mummy erinnern. Ich war fünf gewesen, als sie den tödlichen Autounfall gehabt hatte; im achten Monat schwanger mit meinem Bruder. Er hatte ebenfalls nicht überlebt, obwohl die Ärzte ihn auf die Welt geholt und alles getan hatten, um ihn zu retten. Als der Unfall passiert war, war ich in der Schule gewesen, und auch von den darauffolgenden Tagen wusste ich nur noch wenig.

Es war, als wäre ich an dem einen Tag schlafen gegangen – glücklich behütet, mit einer Mum, die mich liebte, und einem Geschwisterchen, das bald auf die Welt kommen würde – und wäre am nächsten Tag an einem beängstigenden, kalten Ort aufgewacht, ohne Mum und Geschwisterchen, dafür mit einem geschockten Dad.

Meine erste Erinnerung an diese schwierige Zeit war ein Moment, in dem ich auf der Treppe saß und meinen kleinen weißen Kater an mich drückte. Er hieß Flöckchen, und ich hatte ihn von Mummy und Daddy geschenkt bekommen.

»Der gehört dir«, hatte Mummy gesagt. »Den brauchst du nicht mit dem Baby zu teilen. Er ist nur für dich.«

Doch dann war Mummy nicht mehr da und das Baby auch nicht, und ich saß allein mit Flöckchen auf der Treppe, verwirrt und traurig.

Unser Haus war voller Menschen. Wir waren alle an einem Ort gewesen, wo wir auf Wiedersehen gesagt hatten zu Mummy und dem Baby, das Billy hieß und jetzt auch im Himmel war. Er und Mummy hatten in derselben Kiste gelegen, die man Sarg nannte. Billy hatte ich nie kennengelernt, aber das war mir auch egal. Ich hasste ihn, weil er bei Mummy war und ich nicht. Und ich hasste Mummy, weil sie einfach gegangen war, ohne auf Wiedersehen zu sagen. Und ich verstand nicht, wieso Daddy mich dauernd viel zu fest und viel zu lange an sich drückte.

Deshalb saß ich mit meinem Katerchen auf der Treppe und versteckte mich vor den vielen Leuten im Haus, die mich dauernd küssen wollten.

»Wie kommt Ella damit zurecht?«, hörte ich eine Frau fragen. Ich glaube, das war meine Tante Sally.

»Sie ist sehr still«, antwortete Daddy, und ich rutschte auf meiner Stufe weiter nach hinten, damit er mich nicht sah. Diesen neuen Daddy, der dauernd weinte und nicht wusste, wie er mir einen Zopf flechten sollte, mochte ich nicht. »Und natürlich versteht sie die Welt nicht mehr«, fuhr Daddy fort. »Sie vermisst ihre Mum.«

Daddys Stimme klang komisch, irgendwie gepresst und als würde er gleich weinen. »Ich weiß nicht, was ich mit ihr machen soll, Sal. Wie soll ich mich um sie kümmern? Ich hab doch keine Ahnung von kleinen Mädchen.«

»Ach, Jim«, sagte Tante Sally. »So darfst du nicht denken. Du liebst sie doch. Mehr braucht es nicht.«

Durchs Geländer blickte ich auf Daddy hinunter. Er sah so traurig aus, dass ich ihn am liebsten geknuddelt hätte. Doch stattdessen drückte ich Flöckchen noch enger an mich.

»Ich kann das nicht«, sagte Dad. »Sie braucht eine Mutter.« Er rieb sich über die Nase. »Kannst du sie nicht nehmen, Sal? Dich um sie kümmern? Bitte, Sally, du musst sie zu dir nehmen.«

»Jim«, erwiderte Tante Sally, »was redest du denn da?«

In diesem Moment wurde die Haustür geöffnet, und ihre Stimmen verschwanden in Richtung Einfahrt, aber ich hörte ihnen sowieso nicht mehr zu. Daddy wollte mich nicht. Und wie sich später herausstellen würde, wollte Sally mich auch nicht. Wenigstens hatte ich nicht bei ihr leben müssen, wie es Dad damals offensichtlich lieber gewesen wäre. Ich war zu Hause geblieben, bei meinem traurigen Vater, und wir hatten uns gemeinsam durchs Leben gekämpft.

Doch wie immer hing diese Erinnerung wie eine dunkle Wolke über mir: die Erinnerung daran, dass er seine Schwester gebeten – ja geradezu angefleht – hatte, mich mitzunehmen, weg von ihm. Gleichzeitig nagte die Erkenntnis an mir, dass meine Tante seiner Bitte nicht gefolgt war. Was hatte denn nicht mit mir gestimmt?, fragte ich mich zum wiederholten Mal. Was war so schlimm an mir gewesen, dass mein eigener Vater mich nicht gewollt hatte – und meine Tante auch nicht?

Meine ganze Kindheit und Jugend lang war ich in dem Wissen aufgewachsen, dass ich Dad auf keinen Fall verärgern durfte, weil ich sonst riskierte, dass er mich wegschickte. Deshalb machte ich immer brav alles, worum er mich bat: vom Ins-Bett-gehen-ohne-mich-zu-beschweren bis hin zu den Hausaufgaben. Ich lernte fleißig für die Schule. Ich rebellierte nie. Ich gab nie Widerworte und hatte auch keine Trotzanfälle. Ich war ein liebes Mädchen gewesen und hatte mich angestrengt, ihm keinen Grund zu geben, mich loswerden zu wollen.

Gedankenversunken streckte ich die Hand aus und griff nach dem Pinsel, den Oscar auf meinem Schreibtisch hatte liegen lassen. Mein persönlicher Raum zum Schreiben war jetzt schon von den Jungs eingenommen worden. Abwesend drückte ich die Borsten des Pinsels gegen meine Wange. Ich konnte mich zwar kaum noch daran erinnern, wie meine Mum ausgesehen hatte, aber ich wusste noch, dass sie ihr Haar oft zu einem langen Zopf geflochten hatte, den sie dann über eine Schulter hatte fallen lassen. Ich war häufig auf ihren Schoß geklettert und hatte das dicke Ende ihres Zopfes an meine Wange gepresst, genauso wie ich es gerade mit dem Pinsel tat.

Tatsächlich war das der Grund, warum ich überhaupt angefangen hatte zu schreiben, wie mir in diesem Moment einfiel. Einige Monate nach dem Unfall war ich – immer noch trauernd – in der Schule gewesen und hatte mit dem Daumen über die Borsten eines Pinsels gestrichen, als mich plötzlich ein schmerzliches Glücksgefühl durchströmt hatte, weil mich dieser Augenblick an Mummy erinnert hatte.

Meiner Lehrerin, einer lieben älteren Dame namens Mrs Williams, war aufgefallen, dass ich stocksteif dastand und den Pinsel festhielt, und sie hielt mir freundlich ein paar Blätter Papier vor die Nase.

»Wie wäre es, wenn du mir ein Bild malst?«, schlug sie vor. »Könntest du deinen Dad für mich malen?«

Ich schüttelte den Kopf. Menschen waren mir zu schwierig, um sie zu zeichnen.

»Okay … hm, vielleicht magst du dann eine Geschichte aufschreiben?«, sagte Mrs Williams. »Über deinen kleinen Kater zum Beispiel?«

Also machte ich stattdessen das: Ich schrieb eine Geschichte über Flöckchen. Und dann noch eine. Und noch eine. Ich ließ Flöckchen all die aufregenden, gefährlichen, spannenden und frechen Dinge tun, die ich mich nicht zu machen traute. Die Dinge, die Dad mich nicht tun ließ, weil er Angst hatte, dass mir etwas passieren könnte. Die Dinge, an die ich nicht mal im Traum dachte, weil Dad sich darüber aufregen und mich wegschicken könnte. Und so begann mein eingefrorenes Herz langsam aufzutauen.

Es taute sogar noch mehr auf, als Dad Barbara heiratete. Damals war ich siebzehn und stand kurz davor, zum Studieren wegzuziehen, somit war Barbara nie ein Ersatz für Mum. Allerdings genoss ich ihre warmherzige Art und die sanften Stupser, die sie mir verpasste, damit ich anfing, mein eigenes Leben zu leben. Barb war Anwältin, genau wie Dad, doch im Gegensatz zu ihm liebte sie Kunst, Musik und Literatur. Sie war die erste Person, die meine Geschichten las und mich ermutigte weiterzuschreiben. Dad gab immer nur ein unwilliges Knurren von sich. Barb dagegen brachte mich auf die Idee, mich an der Uni einer Autorengruppe anzuschließen.

»Dad hat kein Interesse an kreativen Tätigkeiten«, sagte

ich während eines Wochenendbesuchs zu Hause, an dem ich ihr meine jüngste Kurzgeschichte zeigte.

Barb lachte daraufhin leise und erwiderte: »Immerhin liest er.«

»Ja, Bücher über Militärgeschichte und die *Financial Times*«, merkte ich an.

»Etwas von dir würde er auch lesen«, sagte Barb. »Er ist sehr stolz auf dich.«

Ich schüttelte den Kopf. Dad war stolz, weil ich Jura studierte, wie er es vorgeschlagen hatte, dachte ich bei mir. Fürs Schreiben hatte er sich nie sonderlich interessiert, deshalb wollte ich nicht, dass er merkte, welche Bedeutung es für mich hatte. Was, wenn ihm das nicht gefiel?

Barb ließ allerdings nicht locker. Sie drängte mich immer wieder, Dad doch die Geschichten zu zeigen, die ich in der Universitätszeitung veröffentlicht hatte, und sie erzählte Dad auch, wie toll sie meinen Tessa-Roman fand, nachdem sie die erste Fassung gelesen hatte. Sie war meine persönliche Cheerleaderin. Offensichtlich versuchte sie, eine Brücke zwischen Dad und mir zu bauen, und dafür liebte ich sie. Ich fand, dass Dad und ich sehr viel Glück hatten, sie in unserem Leben zu haben, und sie versicherte mir, dass sie das umgekehrt genauso empfand.

Jegliche Spannung zwischen Dad und mir – bis auf meinen Ausraster im Pub – existierte also nur in meinem Kopf. Wobei ich trotzdem nicht vergessen konnte, dass er Sally gebeten hatte, mich mitzunehmen. Sosehr ich mich auch bemühte. Allerdings hatte ich ihm nie gesagt, wie ich mich deswegen fühlte. Er konnte nicht wissen, dass ich mit meinem perfekten Benehmen nur die Angst kaschiert hatte, von ihm weggeschickt zu werden: zu Tante Sally oder irgendeiner unbekannten Verwandten, in irgendein schreckliches Internat oder Gott weiß wohin. Das konnte ich nicht riskieren.

Nachdenklich drehte ich Oscars Pinsel an meiner Wange und strich dann mit dem Daumen über die Borsten wie damals vor vielen Jahren in Mrs Williams' Klasse. Ben hatte recht, musste ich zugeben. Ich sollte Dad anrufen. Ich würde Barb und ihn zu uns einladen. Er liebte die Jungs, und wenn er sah, wie glücklich sie in ihrem neuen Zuhause waren, würde er merken, dass unser Umzug richtig gewesen war. Und ich würde mich für all die Dinge entschuldigen, die ich ihm an den Kopf geworfen hatte. Vielleicht würde ich ihm auch von dem seltsamen Vorfall erzählen. Er war ein logisch denkender, methodisch vorgehender Mensch und konnte mir wahrscheinlich sogar bei der Recherche helfen.

Ja, ich würde ihn anrufen. Aber nicht heute. Morgen vielleicht. Oder übermorgen. Aber nicht heute.

Kapitel 15

Ich nahm einen großen Schluck Tee und verzog das Gesicht.

»Ach ja, hab vergessen, dich vorzuwarnen, dass der Tee hier ziemlich eklig schmeckt«, sagte Priya, während sie in der trostlosen Polizeikantine von Brighton mir gegenüber Platz nahm. Sie schob mir einen Muffin zu. »Hier, iss einen Bissen davon, das überdeckt den Geschmack.«

Lächelnd sah sie mich an und musterte mich aus ihren dunklen Augen heraus. Sie würde sich sicher nie von einem Verdächtigen hinters Licht führen lassen, dachte ich.

»Und? Hat dir der Nachmittag was gebracht?«

Ich nickte kauend. »Sehr viel«, entgegnete ich. »Es ist gut zu sehen, wie ihr hier unten im Süden arbeitet.«

Vor dem Hintergrund der Geschichte um Tessa war ich Priya durch die Abteilungen der Kripo gefolgt, hatte mit einigen der Detectives gesprochen und mir tonnenweise Notizen gemacht, jeden noch so kleinen Unterschied zwischen der Arbeitsweise in Sussex und London aufgeschrieben. Doch obwohl Tessas Ermittlungen langsam in meinem Kopf Gestalt annahmen, kehrte ich in Gedanken immer wieder zu dem »Rätsel um das Klippenhaus« zurück, wie ich es mittlerweile nannte.

Und so grinste ich Priya über den Tisch hinweg an. »Ich

hab noch was über unser Haus rausgefunden«, verkündete ich.

Begeistert klatschte Priya in die Hände. »Erzähl, ich will alles wissen«, sagte sie.

Ich nippte noch ein weiteres Mal an dem furchtbaren Tee, bevor ich Priya in alles einweihte, was ich über die Familie Hargreaves erfahren hatte – Marcus, Harriet und Violet. Während ich erzählte, notierte sich Priya die Namen auf einem Block.

»Und dann hab ich einen Haufen Papier in einem alten Schrank gefunden«, sagte ich, griff in meine Tasche und holte eine Mappe heraus. »Die Jahreszahlen passen genau in die Zeit, in der die Hargreaves gelebt haben. Es ist zwar nur eine Vermutung, aber ich glaube, die Sachen könnten irgendwas mit dem Kriminalfall zu tun haben. Wieso sollten sie sonst so lange in dem Schrank gelegen haben, unberührt, seit hundertfünfzig Jahren?«

Ich nahm das Selbstporträt aus meiner Mappe und legte es vor Priya auf den Tisch. »Ich glaube, das auf der Zeichnung ist Violet«, sagte ich.

Priya nahm das Bild und betrachtete es eingehend. Dann legte sie es zurück und blätterte interessiert die Zeitungsausschnitte durch. »Gott, es ist echt unglaublich, dass die so lange erhalten geblieben sind«, meinte sie. »Wahnsinn.«

»Ja, das alles ist schon ziemlich lange her«, sagte ich und zog die Augenbrauen hoch. »Reicht euer Archiv überhaupt so weit zurück?«

Priya nickte. »Klar«, verkündete sie, drückte auf das Ende ihres Kugelschreibers und schrieb erneut etwas auf ihren Notizblock. »Allerdings gibt es die Aufzeichnungen nicht digital. Die Akten lagern eingeschlossen im Hauptquartier.«

»Könnte ich die einsehen?«

»Wenn du weißt, was genau du brauchst, kann der Archivar es dir raussuchen. Du kannst dich nur nicht dort hinsetzen und dich durch die gesammelten Fallakten von fünfzig Jahren durchwühlen, um irgendwas zu finden, das vielleicht mal in deinem Haus passiert ist. Die Berichte werden sorgfältig aufbewahrt. Und nach bestimmten Stichworten suchen wie am Computer geht natürlich auch nicht.«

Das enttäuschte mich. Genau darauf hatte ich nämlich gehofft. »Dann muss ich wohl versuchen, das Ganze genauer einzugrenzen«, sagte ich. »Rausfinden, ob damals wirklich was passiert ist. Allerdings hab ich keine Ahnung, wie ich mit den wenigen Infos weitermachen soll.«

Priya nickte verstehend, war aber anscheinend noch nicht bereit aufzugeben. »Ich werde mal ein bisschen rumfragen und schauen, ob irgendjemand was weiß«, entgegnete sie. »Für einen Polizisten gibt es nichts Spannenderes als ein unaufgeklärtes Verbrechen, selbst wenn das schon vor hundertfünfzig Jahren passiert ist. Vielleicht fällt ja irgendwem ein, dass er mal was darüber gehört hat.«

Ich hatte mich gerade erst ins Auto gesetzt, als mein Handy klingelte und Priya dran war. »Hab ich was vergessen?«, fragte ich.

Sie lachte. »Ich hab was über das Verbrechen rausgefunden«, sagte sie.

Nun war ich wirklich beeindruckt. Gleichzeitig kamen

mir leichte Zweifel. »Gibt's ja nicht«, erwiderte ich deshalb vorsichtig. »Lass hören.«

»Anscheinend ist der Vorfall geradezu legendär«, erzählte Priya. »Aber da ich ja noch nicht so lange hier bin, hatte ich bisher nichts davon gehört …«

Ich kramte in meiner Tasche herum und fand schließlich mein Notizbuch und einen Stift. Mit klopfendem Herzen presste ich das Handy an mein Ohr, um mir Notizen zu machen, während Priya redete.

»Also, Marcus Hargreaves hat euer Haus erbaut«, begann sie. »Offensichtlich war er einer dieser Philanthropen aus der viktorianischen Zeit. Er hat irgendwo einen Haufen Geld gemacht – wahrscheinlich in den Kolonien – und ist dann nach Hause zurückgekehrt, um sein Vermögen hier auszugeben. Aber er hatte zumindest ein Gewissen.«

Ich kritzelte wie wild in mein Buch. »Ja, und weiter?«, trieb ich Priya an.

»Er lebte mit seiner Tochter zusammen, deiner Violet, schätze ich. Keine Ahnung, wie alt sie war, als es passiert ist, aber auf jeden Fall ist sie verschwunden. Hat sich einfach in Luft aufgelöst. Schwupps, weg war sie und ist nie wieder aufgetaucht.«

Abrupt hielt ich inne. »Sie ist weggelaufen«, vermutete ich.

»Möglich«, sagte Priya. »Aber am selben Tag, als sie verschwunden ist, hat sich ein grausames Verbrechen ereignet, genau vor ihrem Haus.«

»Du hast Interesse an dieser Geschichte, oder?«, neckte ich Priya, weil sie sich nicht einmal die Mühe machte, ihre

Begeisterung zu verbergen. »Was für ein grausames Verbrechen?«

»Ein Mord«, sagte sie in schlecht gespieltem Entsetzen. »Und eine Schlägerei.«

Ich war schon dabei, aus dem Auto auszusteigen. »Du, ich stehe noch auf dem Parkplatz«, teilte ich ihr mit. »Ich komme zurück.«

»Also, die Nachbarn«, erzählte ich später Ben, während wir auf dem Sofa saßen, und suchte in meinem Notizbuch nach den Namen, »Edwin und Frances Forrest, wurden genau am selben Tag überfallen.« Ich war zwar immer noch sauer auf Ben, weil er hinter meinem Rücken mit Dad gesprochen hatte, aber ich bemühte mich redlich, das Ganze wie eine Erwachsene zu handhaben.

»Und die wurden umgebracht?« Ben beugte sich zu mir herüber und versuchte zu entziffern, was ich geschrieben hatte. »Gott, deine Schrift ist echt furchtbar.«

Ich scheuchte ihn weg. »Geduld«, sagte ich. »Also, Mr Hargreaves war auf Reisen, und in der Zeit ist es passiert: Sein Nachbar Edwin Forrest wurde ermordet, und dessen Frau wurde so heftig zusammengeschlagen, dass alle dachten, sie würde es nicht überleben.«

»Und? Hat sie's?«

»Ja, sie hat sich wieder erholt.«

»Und die Tochter, also die von Mr Hargreaves – deine Violet –, was ist mit der passiert?«

»Die ist verschwunden«, sagte ich mit Grabesstimme.

»Vielleicht wurde sie ja auch ermordet?«, schlug Ben vor.

»Vielleicht. Das weiß eben niemand.«

»Und wie sollen wir das dann je rausfinden?«

»Tja«, entgegnete ich, »zum Glück hast du ja eine Frau mit einem hervorragenden detektivischen Gespür geheiratet.« Bedeutungsvoll klappte ich meinen Laptop auf und fuhr ihn hoch.

Ben wirkte nicht überzeugt. »Was hast du vor?«

Ich warf ihm einen triumphierenden Blick zu. »Ich google Mr Hargreaves.«

»Genial«, sagte Ben in einem Tonfall, der nur so vor Sarkasmus triefte.

Während ich »Marcus Hargreaves« in die Suchmaschine eingab, ertönte von oben ein Weinen. Stan. Einen Moment lang schauten Ben und ich uns nur an und warteten, ob unser Sohn sich wieder beruhigen würde oder wer von uns als Erstes schwach werden und nach oben gehen würde. Natürlich verlor ich den Kampf. Wie immer. Ich drückte Ben meinen Laptop in die Arme und machte mich auf den Weg nach oben.

»Guck mal, was du findest«, sagte ich noch beim Gehen.

Als ich Stan beruhigt hatte und darauf wartete, dass seine Atemzüge wieder gleichmäßig wurden, hatte Ben schon diverse Informationen über Marcus Hargreaves, den Mann, der unser Haus hatte erbauen lassen, gefunden. Anscheinend hatte er einen eigenen Wikipedia-Eintrag, wurde auf mehreren Geschichtsseiten erwähnt, und in irgendeiner freudlosen Ecke im Südosten Londons gab es sogar eine Schule, die nach ihm benannt war – zumindest bis zum letzten Jahr, als man den Namen in Excellence Academy umgeändert hatte. Ben gab ein belustigtes Grunzen von sich, als er mir von der Hochleistungsakademie erzählte.

»Lies mal laut vor«, wies ich ihn an, während ich mich wieder neben ihn setzte.

Ben klickte erneut auf den Wikipedia-Eintrag.

»Marcus Hargreaves«, begann er zu lesen, »1807 bis 1871, war ein Industrieller aus Sussex …«

»Was schreiben die denn über seine Tochter?«, wollte ich wissen.

Unwillig verzog Ben das Gesicht. »Jetzt warte doch mal ab«, sagte er, und ich musste mich mühsam zusammenreißen. Meine Ungeduld hatte immer zur Folge, dass er erst recht nervtötend langsam wurde.

»Er war ein Industrieller, der offensichtlich einen Haufen Geld damit verdient hat, Maschinen in die Kolonien zu exportieren.« Ben ließ den Blick über die Seite schweifen. »Also kein fieser Sklavenhalter, wie ich dachte, als du erzählt hast, dass er in der Karibik gearbeitet hat.«

»Wenn er ein Sklavenhalter gewesen wäre, hätte man wohl kaum eine Schule nach ihm benannt«, merkte ich an.

»Ja, Klugscheißerin.« Ben stupste mich mit meinem Laptop an. »Er hat anscheinend gesehen, wie viel Armut damals im East End, also in der Hafengegend, geherrscht hat. Gott, er würde staunen, wenn er sehen würde, was für eine reiche Gegend das jetzt ist. Dann hat er eine Schule und ein Waisenhaus für die Kinder der Hafenarbeiter errichtet.«

Ich war beeindruckt. »Steht da auch was über sein Privatleben?«

Ben scrollte weiter runter. »Jepp, er hat Harriet geheiratet, und die beiden haben Violet 1837 bekommen.«

»Was steht da noch?«, fragte ich. »Irgendwas über das Verschwinden seiner Tochter?«

»Okay, das war's«, verkündete Ben.

»Lass mich mal schauen.« Ich riss ihm den Laptop vom Schoß, und im selben Moment wurde der Bildschirm schwarz.

»Ach, Shit«, fluchte ich. »Der muss aufgeladen werden. Und das Ladegerät ist im Auto.«

Ben bedachte mich mit einem so enttäuschten Blick, dass ich lachen musste. Dann zog er mich in eine Umarmung, und für eine kleine Weile war Mr Hargreaves vollkommen vergessen.

Kapitel 16

1855

Violet

Im Atelier auf dem Dachboden war es heiß und stickig, und ich konnte mich nicht konzentrieren. Stattdessen saß ich auf der Chaiselongue und dachte an Mr Forrest, den ich seit Tagen nicht mehr gesehen hatte, und an Vater und Mr Wallace. Ich fragte mich, was aus mir werden würde.

Matt fächelte ich mir mit meinem Hut Luft zu. Der Tag würde bald in den Abend übergehen, doch es war noch immer warm und die Luft schwer. Alles wartete darauf, dass ein Gewitter losbrechen und die Schwüle vertreiben würde. Ich stieß einen Seufzer aus. Es kam mir vor, als würde ich ebenfalls warten; zusehen und darauf warten, dass mein Leben begann. Unvermittelt stieg ein Bild vor meinem geistigen Auge auf, und mit neu erwachter Energie sprang ich auf und lief zu dem Schrank in der Ecke des Raumes hinüber, in dem ich all meine kostbaren Kunstbände, Farben und Bilder aufbewahrte.

Auf die Innenseite der Tür hatte ich einen Druck der *Mariana* meines Helden John Everett Millais gehängt. Ich hatte ihn vor einigen Jahren aus dem Katalog der Royal Academy ausgeschnitten, nachdem ich das Originalwerk gesehen hatte. Vater hatte mich zu der Ausstellung mitgenommen und sicher nicht erwartet, dass er damit meine Liebe zur Kunst auf so leidenschaftliche Weise entzünden würde. Die Vorstellung, dass ausgerechnet Vater meinen Drang zu malen ausgelöst hatte, entlockte mir ein Lächeln.

Nun betrachtete ich die kleine Kopie des Bildes. Sie wurde dem Original, das sich für immer in mein Gedächtnis eingebrannt hatte, in keinster Weise gerecht, doch sie zeigte das Wesentliche: die Mariana – aus Shakespeares *Maß für Maß* –, die auf ihren Verlobten wartet; wartet und wartet auf den Mann, der sie zurückgewiesen hatte, nachdem sie ihre Mitgift durch einen Schiffbruch verloren hatte. Gequält von Langeweile steht sie vor einem Buntglasfenster und schaut hinaus, doch sie würde sein Schiff niemals erspähen, weil er nicht kommen würde. Sie war dazu verdammt, auf ewig zu warten.

Im Museum hatten einige Zeilen aus Tennysons Gedicht über die arme Mariana neben dem Gemälde gehangen.

Als ich die Worte »Mein Loos ist traurig, er denkt nicht meiner Noth« las, hatte ich mich sofort darin wiedergefunden.

Das bin ich, dachte ich in diesem Moment, während ich das Bild in eine Ecke meiner Staffelei pinnte. Nur mit dem Unterschied, dass ich nicht auf einen Verlobten wartete, sondern auf das Leben.

Ich zeichnete die Umrisse der Mariana, des Fensters und des Herbstlaubs, das den Fortgang der Zeit symbolisierte. Dann nahm ich meine Farben und begann, die leuchtenden Rot-, Orange- und Blautöne einzufügen, die Millais verwendet hatte. Marianas Gesicht ließ ich jedoch leer.

Als das Tageslicht im Raum verblasste, hörte ich auf und ging zum Abendessen nach unten. Dort sprach ich kaum mit Vater und zog mich früh zum Schlafen zurück. Am nächsten Morgen bei Anbruch der Dämmerung stieg ich die Stufen zum Dachboden wieder hinauf und setzte meine Arbeit fort.

Erst als der Nachmittag in den Abend übergegangen war, streckte ich mich und trat einen Schritt zurück, um mein Werk zu betrachten. Mit zusammengekniffenen Augen begutachtete ich meine Interpretation des Gemäldes. Sie war gut, das sah ich. Dennoch musste ich mir eingestehen, dass die Komposition und die Farben denen von Millais glichen. Doch wenigstens hatte ich eine eigene Besonderheit hinzugefügt. Statt Marianas langen Gesichts und ihres glatten, ordentlichen Haars hatte ich meine runden Apfelwangen mit den vielen Sommersprossen und meine widerspenstigen roten Locken gemalt. Ich war Mariana, der »so schaurig war« – wie es im Gedicht stand –, während sie auf etwas wartete.

Das war bei Weitem das beste Bild, das ich je gemalt hatte. Auch mein *Knut der Große* war gut, doch dieses neue Gemälde war besonders, das konnte selbst ich erkennen. Erneut musste ich an Mr Forrest denken, und ich fragte mich, wann er wohl nach London fahren würde, um Millais zu treffen. Wenn ich mein Leben ändern wollte, würde ich es selbst in die Hand nehmen müssen. Ich musste Mr Forrest dazu bringen, meine Arbeit in London bekannt zu machen, und dafür sollte er dieses neue Gemälde mitnehmen. Vielleicht noch einige weitere Bilder, doch dieses auf jeden Fall. Um ihn dazu zu bewegen, sie mitzunehmen, würde ich allerdings meine Scham überwinden und ihn wiedersehen müssen.

Abermals betrachtete ich das Bild, schaute mich selbst an in der Hoffnung, dass mir eine Erleuchtung käme, die sich jedoch nie einstellte, und so traf ich schließlich eine Entscheidung. Ich würde nicht mehr länger warten. Ich würde zu ihm gehen. Noch an diesem Abend. Und ich würde ihm sagen, dass ich ein Werk fertiggestellt hätte, und ihn bitten, es sich anzusehen. Allein bei der Vorstellung, so verwegen zu sein, lief mir ein Schauder über den Rücken.

Dennoch setzte ich etwas später meinen Hut auf, zog meine Handschuhe über und machte mich dann auf den Weg zum Cottage nebenan. Die Luft des Sommertags war immer noch stickig und schwer, und über dem Meer hingen drohende Sturmwolken. Mir war ein wenig schwindlig, doch ich wusste nicht, ob dies an der Atmosphäre lag oder an der Nervosität, die mein Besuch bei Mr Forrest in mir auslöste.

Mit klopfendem Herzen ging ich den Pfad zum Cottage hinauf und betätigte den Türklopfer. Das Geräusch hallte durchs Haus, dann trat vollkommene Stille ein. Erst einige Zeit später hörte ich Schritte im Innern, und so wiederholte ich in Gedanken die Worte, die ich sagen wollte, sobald die Hausdame die Tür öffnen würde. Die Schritte kamen näher, und im nächsten Moment wurde der Riegel zurückgeschoben.

Doch es war nicht die Hausdame, sondern Frances Forrest, die mir öffnete. Vorsichtig steckte sie ihr langes blasses Gesicht durch den Türspalt, als erwartete sie einen unwillkommenen Gast. Ein Schatten fiel über ihre Augen, als sie mich erblickte.

»Miss Hargreaves«, begrüßte sie mich.

Ich war so überrascht, sie zu sehen, dass ich meine gute Erziehung vergaß. »Oh«, sagte ich nur.

Ein leichtes Lächeln umspielte Mrs Forrests Mundwinkel. »Ich nehme an, Sie haben Edwin erwartet«, entgegnete sie, während sie die Tür weiter öffnete und mich ins Haus winkte. »Er ist abwesend.«

Da ich meine Sprache verloren zu haben schien, sagte ich nichts. Auch fielen mir keine Entschuldigungen ein, warum ich das Haus nicht betreten könnte, und so folgte ich Mrs Forrest widerstrebend in den kühlen Eingangsbereich. Über uns ertönte ein Donnergrollen.

»Er ist nach Brighton gefahren«, fuhr Mrs Forrest fort, während sie mich in den Salon führte. »Der Grund ist mir entfallen. Sicher hat es etwas mit der Arbeit zu tun. Bitte setzen Sie sich doch.«

Ich gehorchte, zog meine Handschuhe aus und umklammerte sie anschließend mit den Fingern. Meine Handflächen waren schweißgetränkt.

»Himmel, wie dunkel es auf einmal geworden ist«, sagte Mrs Forrest und huschte an mir vorbei, um eine der Öllampen anzuzünden, die neben mir standen. »Gleich wird das Gewitter losbrechen. Dafür bin ich sehr dankbar. Ein wenig Regen wird dem Garten guttun.«

Sie ging zur Tür hinüber und steckte den Kopf heraus. »Agnes«, rief sie, »ich habe Besuch von einer Freundin bekommen. Bringen Sie uns doch bitte einen Tee.«

Aus der Küche drang ein gedämpftes Rufen zurück.

Mrs Forrest nahm mir gegenüber Platz und runzelte die Stirn. »Sie hat fürchterlich schlechte Manieren«, gestand sie. »Aber ihr Kuchen ist wunderbar.«

In diesem Moment wurde mir bewusst, wie albern diese Situation war – ein höflicher Plausch beim Tee –, obgleich ich doch nur Mr Forrest mein Bild übergeben wollte. Der Gedanke, in Gesellschaft dieser seltsamen Frau mit den traurigen Augen Tee trinken zu müssen, war mir gar nicht gekommen.

»Ich freue mich sehr, dass Sie vorbeigekommen sind«, sagte Mrs Forrest gerade. »Ich wollte Sie ohnehin besser kennenlernen. Edwin ist sehr angetan von Ihnen.«

Diese Offenbarung entsetzte mich. Hatte er seiner Frau von unserer Begegnung am Strand erzählt?

»Ich … ähm … a… auch von ihm«, brachte ich stotternd heraus und hielt inne, als Agnes geräuschvoll ein Tablett mit Tee zwischen uns auf dem Tisch abstellte.

»Ich schenke selbst ein, danke«, sagte Mrs Forrest, und Agnes marschierte polternd aus dem Zimmer, während sie irgendetwas vor sich hin murmelte. Erneut lächelte Mrs Forrest mir zu, diesmal offener. Es ließ sie deutlich jünger wirken.

»Sie sehen so erschrocken aus«, merkte sie an. »Fühlen Sie sich nicht wohl?«

Ich beschloss, dass es am besten war, bei der Wahrheit zu bleiben. »Ich bin enttäuscht darüber, Ihren Mann nicht anzutreffen«, sagte ich. »Er bat mich …« Ich verstummte, bevor ich schließlich fortfuhr: »Ich bin Malerin.« Es war das erste Mal, dass ich die Worte laut aussprach.

Höflich reichte Mrs Forrest mir eine Tasse Tee, sagte jedoch nichts.

Ich atmete tief durch und versuchte es erneut: »Mr Forrest hat Interesse an meiner Arbeit bekundet und mich gebeten, meine Bilder nach London mitnehmen zu dürfen, um sie dort seinen Freunden zu zeigen«, erklärte ich.

Mrs Forrest lehnte sich in ihrem Stuhl zurück. Auf einmal wirkte sie sehr müde. »Ach«, sagte sie, »seinen Freunden.«

»John Everett Millais«, erwiderte ich.

»John Everett Millais?«, wiederholte Mrs Forrest.

Allmählich verlor ich die Geduld. Entweder missverstanden wir einander aufs Äußerste, oder Mrs Forrest war tatsächlich recht begriffsstutzig.

Langsam sprach ich weiter. »Er sagte, er werde John Everett Millais meine Arbeiten zeigen.« Ohne auch nur an dem Tee genippt zu haben, setzte ich die Tasse ab. »Wären Sie so freundlich, ihm mitzuteilen, dass ich hier war? Ich empfange ihn sehr gerne bei uns zu Hause.« Dass Vater nur selten anwesend war, ließ ich unerwähnt.

Dann erhob ich mich. »Vielen Dank für den Tee«, sagte ich. »Bitte machen Sie sich keine Umstände, ich finde den Weg.«

Als ich zu Hause ankam, ging ich unverzüglich nach oben in mein Atelier. Inzwischen war der Himmel schwarz, und über dem Meer konnte ich Blitze aufscheinen sehen. Sie erhellten die Wand, an die ich meine Variante der *Mariana* gehängt hatte. Ich wusste, dass sie gut war. Ich wusste es einfach. Nun benötigte ich noch ein anderes Werk von mir – keine Kopie –, das Mr Forrest mitnehmen konnte.

Ich legte mich auf die Chaiselongue und stellte mir vor, wie ich in einem Kaffeehaus saß und mich mit Millais und dessen Freunden über Kunst unterhielt. Ich würde diese klugen Männer bezaubern, sie mit meinen geistreichen Bemerkungen und originellen Einfällen bezirzen. Dass ich in meinem ganzen Leben noch nie etwas Geistreiches oder Originelles gesagt hatte, bedeutete ja nicht, dass ich es nicht könnte, wenn die Situation es verlangte.

Vater war der Ansicht, die von mir favorisierten Künstler seien gefährlich, doch dieser Meinung konnte ich mich nicht anschließen. Schon bald würden sie mir aus der Hand fressen, so wie die Löwen in der Bibelgeschichte von Daniel. Erneut erleuchtete ein Blitz das Zimmer, genau in dem Augenblick, als ich nach meinem Bleistift griff. *Daniel.* Ich schlug mein Skizzenbuch auf und begann zu zeichnen.

Kapitel 17

1855

Frances

Frances blickte ihr hinterher. Die leicht hängenden Schultern waren das Einzige, was auf ihre Enttäuschung darüber hindeutete, dass sie Edwin nicht angetroffen hatte.

Frances fragte sich, ob Edwin Millais tatsächlich kannte. Das war unwahrscheinlich, obgleich: Wer wusste schon, was er in London tat. Sie jedenfalls nicht; ebenso wenig, wie sie wusste, was ihn dazu veranlasst hatte, nach Brighton zu fahren. Sie vermutete, dass er eine Prostituierte aufsuchte. Doch das machte ihr nicht einmal etwas aus. Wenn er sich dadurch von ihr fernhielt, umso besser.

Nur um Violet machte sie sich Sorgen. Edwin konnte sehr charmant sein, und sie verstand, welchen Ausweg er für eine hübsche, kluge und talentierte junge Frau versprach. Violet war nicht die erste Frau, die Edwin in dieser Weise betrachtete, doch sie wusste nicht, welche Gefahr er gleichzeitig für sie bedeutete.

Frances war hin- und hergerissen zwischen ihrem Drang, ihr ungeborenes Kind zu schützen, indem sie so viel Abstand wie möglich zu ihrem Mann hielt, und ihrem Wunsch, Violet davor zu bewahren, sich zu intensiv auf Edwin einzulassen. Sie fühlte sich hilflos.

Kapitel 18

1855

Violet

Aufgebracht warf ich meinen Pinsel zu Boden. »Ich bin einfach der Ansicht, dass es so besser aussehen würde«, sagte ich.

Philips verzog das Gesicht. »Das ist sicher richtig, Miss«, pflichtete er mir bei, »aber wenn Ihr Vater davon erfährt, verliere ich meine Arbeit.«

Überrascht starrte ich ihn an. Ich war daran gewöhnt, dass Vater meine Vorschläge ablehnte, doch diese Situation war neu für mich. Für gewöhnlich widersetzte sich Philips meinen Anweisungen nicht. Erneut stieß ich einen Seufzer aus. Es war an der Zeit, eine andere Taktik anzuwenden.

»Lieber Philips«, sagte ich und blickte ihn unter meinen gesenkten Lidern hindurch an, »es würde mir so viel bedeuten.«

Nun lächelte er, so dass sich in seinem hübschen Gesicht Grübchen bildeten und sein abgebrochener Vorderzahn zum Vorschein kam. »Miss«, entgegnete er, »Sie wissen, ich helfe Ihnen jederzeit, wenn es mir möglich ist. Aber mein Hemd auszuziehen geht mir einen Schritt zu weit.«

»Daniel hat aber sicher kein Hemd getragen«, wandte ich ein, und erneut stieg Ärger in mir auf.

»Das glaube ich gern«, stimmte Philips mir abermals zu.

Doch seine Gelassenheit entfachte erst recht meinen Zorn. Trotzig hob ich das Kinn. »Ich befehle Ihnen, Ihr Hemd auszuziehen.«

Immer noch ruhig stand Philips auf und trat auf mich zu. Er kam so nah an mich heran wie noch nie zuvor, und ich konnte seinen Geruch von Garten und Schweiß wahrnehmen. »Und ich befehle Ihnen, Ihre gute Erziehung nicht zu vergessen, junge Dame«, sagte er. Dann drehte er sich um und verließ den Raum. Seine schweren Schritte hallten durch das Haus, während er die Treppe hinunterpolterte.

Verzweifelt warf ich mich auf die Chaiselongue. Dies war meine letzte Chance, dachte ich. Vater war nach Manchester gefahren – er würde längere Zeit fortbleiben. Und er hatte mir deutlich zu verstehen gegeben, dass er mir nach seiner Rückkehr Mr Wallace vorstellen wollte. Ich war mir sicher, dass er mich noch vor Weihnachten verheiraten würde, früher als ich es je für möglich gehalten hätte. Und damit wären meine Träume von einer Künstlerlaufbahn vorbei. Es sei denn, ich könnte Mr Forrest vorher dazu bewegen, meine Bilder nach London mitzunehmen.

Ich hatte vorgehabt, Philips als Daniel in der Löwengrube zu malen. Seine schlanke Gestalt war geradezu ideal für die Haltung, die ich mir vorgestellt hatte, doch ich war fest davon ausgegangen, dass mein Daniel lediglich Hosen tragen würde. Und Philips hatte sich geweigert, sein Hemd auszuziehen, ganz gleich, wie sehr ich ihn angefleht hatte. Ich wusste nicht, wie der Körper eines Mannes aussah, zumindest nicht in der Wirklichkeit. Bisher hatte ich seine Form ausschließlich auf Gemälden angeschaut. Wie sollte ich etwas zeichnen, das ich noch nie gesehen hatte?

Philips gegenüber so unhöflich zu sein hatte mir jedoch auch nicht geholfen. Im Gegenteil: Er war mein einziger Verbündeter – mein einziger wirklicher Freund, so traurig sich das anhören mochte –, und ohne ihn war ich verloren. Ich beschloss, mich bei ihm zu entschuldigen. Mir war schmerzlich bewusst, dass ich mich durch meine Sehnsucht, als Malerin zu leben, ganz anders verhielt als sonst. So viel wie in der letzten Zeit hatte ich noch nie gelogen, und so grob und forsch war ich ebenfalls nie gewesen. Es war, als würde dieser Drang mein ganzes Leben bestimmen; als würde die schiere Verzweiflung darüber, dass ich nicht tun konnte, was ich wollte, alles ins Gegenteil verkehren. Und dennoch schien es all dies wert zu sein. Die Kunst war mir so wichtig, dass ich mir ein Leben ohne sie nicht einmal für einen kurzen Moment vorstellen konnte.

Umso mehr musste ich mein Problem um Daniel lösen. Ich stand auf und betrachtete die Leinwand. Es stimmt nicht, dachte ich. Das Bild wirkte nicht natürlich. Seufzend lehnte ich mich gegen den Fenstersims und blickte erneut auf mein Werk. Nein. Philips sah schlicht aus wie Philips in der Löwengrube. Doch ich brauchte Daniel. Ich brauchte ein anderes Modell.

Während ich die Stirn gegen die kühle Fensterscheibe drückte, starrte ich aufs Meer hinaus. Draußen braute sich ein weiterer Sturm zusammen. Dicke Regentropfen prasselten gegen das Glas. Mein Blick fiel auf eine Gestalt unten am Strand.

Mr Forrest, dachte ich. Ohne zu zögern und ohne einen Hauch des Schamgefühls, das ich bei unserer letzten Begegnung empfunden hatte, nahm ich mein Schultertuch von der Chaiselongue, sprang die Treppenstufen hinunter und eilte hinaus auf den Weg. Der Regen peitschte auf die verbrannte Erde und durchnässte meinen Rocksaum, dennoch verlangsamte ich meine Schritte nicht, ging unbeirrt weiter und kletterte den steilen Pfad so behände hinunter wie noch nie zuvor. Doch der Strand war verlassen. Enttäuscht blieb ich einen Moment stehen und sah zu, wie die grauen Wellen auf den Strand aufschlugen, während ich vor Kälte und Nässe unter meinem dünnen Tuch zitterte.

»Violet?«

Ich blickte mich um. Hinter mir stand Mr Forrest, im Schutz eines herausragenden Felsens, der das Dach zu einer schmalen Höhle bildete und den Regen abhielt. Mit einer Bewegung seines Kopfes bedeutete er mir, zu ihm zu kommen, und ich schlüpfte dankbar unter das Steindach, froh, dem Regen zu entfliehen.

»Es wird immer schlimmer.« Mr Forrest blickte nicht mich an, sondern schaute auf die dunkelvioletten Wolken hinaus, die drohend über den Wellen hingen.

Lautes Donnergrollen hallte durch die Luft, und der Regen verstärkte sich. Auch mein Zittern nahm zu, und als Mr Forrest mich ansah, zeichnete sich Besorgnis auf seinem Gesicht ab.

»Oh, meine liebe Violet, Sie frieren ja«, sagte er und zog seinen Mantel aus. Dann nahm er das Tuch von meinen Schultern und legte stattdessen seine warme Jacke um mich, bevor er mein Tuch an einen Vorsprung an der Felswand hängte. »Es sollte bald wieder trocken sein«, meinte er.

Lächelnd blickte ich ihn an und zitterte nun nicht mehr vor Kälte, sondern von der Erinnerung an seine Berührung auf meiner nackten Haut. »Danke, Mr Forrest«, sagte ich.

Er winkte ab. »Nennen Sie mich Edwin«, bat er. »Ich denke, wir können uns als Freunde bezeichnen, finden Sie nicht auch?«

Ich nickte, was Edwin zu erfreuen schien.

Er ließ sich auf den sandigen Boden der Höhle sinken und lehnte sich mit dem Rücken gegen die Felswand. Nach einem kurzen Moment tat ich es ihm gleich und breitete meine nassen Röcke um mich herum aus, damit sie besser trocknen konnten. Es fühlte sich an, als wären wir in unserer eigenen kleinen Welt, weitab von den allgemeinen Regeln der Gesellschaft, die es Edwin verboten hätten, mich Violet zu nennen. Ganz zu schweigen davon, dass ich mich niemals hätte neben ihn setzen können, ohne von den wachsamen, aber auch schützenden Augen einer Gouvernante beobachtet zu werden. Gespannte Erwartung erfüllte mich, und mir wurde ganz schwindlig davon. An diesem Ort konnte alles geschehen. Alles, was man sich vorstellen konnte.

»Also, Violet«, ergriff Edwin das Wort, »was führt Sie hier heraus bei diesem Gewitter?«

»Verzweiflung«, gestand ich ehrlich. »Ich habe mit einem neuen Bild begonnen, und es gelingt mir nicht gut.«

Edwin runzelte die Stirn. »Erzählen Sie mir davon«, sagte er.

Mir stieg die Röte ins Gesicht, als ich daran dachte, wie rüde ich mit Philips umgegangen war. »Ich habe Schwierigkeiten mit dem Modell«, gab ich zu. Zögernd beschrieb ich, was ich mit Philips vorgehabt hatte, und Edwin lachte.

»Das war nicht amüsant«, sagte ich verletzt. Dann jedoch wurde mir bewusst, dass es das sehr wohl war, und ich musste ebenfalls lachen.

Ungezwungen wie zwei alte Freunde saßen wir beieinander und unterhielten uns über mein Bild, während der Sturm über den Strand peitschte. Edwin machte mir Vorschläge, wie ich mein Werk anders gestalten könnte, und ich bemühte mich, seine Einfälle im Gedächtnis zu behalten.

Erst nach einer Weile fiel mir auf, dass er mir ganz unbefangen den Arm um die Schultern gelegt hatte. Ich wusste, dass ich von ihm abrücken sollte, doch es fühlte sich so natürlich an, dass ich es einfach nicht über mich brachte, meine Position zu verändern.

»Und Ihr Modell?«, fuhr Edwin fort. »Gibt es tatsächlich keine Möglichkeit, ihn dazu zu überreden, Ihrem Wunsch zu entsprechen?«

Ich schüttelte den Kopf. »Nein, leider nicht. Er hat zu viel Angst vor meinem Vater. Und das kann ich ihm nicht verdenken.«

Edwin drehte mir den Kopf zu und schaute mich an. Sein Gesicht war nun sehr dicht vor meinem. Abermals erfasste mich der Gedanke, dass ich mich entfernen sollte, und wieder rührte ich mich nicht von der Stelle.

»Ich«, sagte Edwin, »habe vor nichts Angst. Weder vor dem Donner.« Sein Gesicht bewegte sich noch weiter auf mich zu. »Noch vor dem Blitz.« Er kam immer näher. »Und ganz sicher nicht vor Ihrem Vater.« So sanft, dass ich es kaum bemerkte, legte er die Lippen auf meinen Mund. »Ich sitze Ihnen gerne Modell, süße Violet.«

Mir war ganz schwindlig. Ob es an dem Kuss lag, an der Freude darüber, ein neues Modell gefunden zu haben, oder an der Schwüle, die innerhalb der Höhle herrschte, vermochte ich nicht zu sagen.

Ich war so viele Jahre lang ein gutes Mädchen, dachte ich, während ich mich in Edwins Arme sinken ließ. Ich habe folgsam jedermanns Wünsche erfüllt, nur meine eigenen nicht. Doch das hat nun ein Ende.

Kapitel 19

Heute

Ella

Am nächsten Tag strahlte die Sonne nur so vom Himmel, und es war angenehm warm. Wir waren definitiv zur richtigen Jahreszeit nach Sussex gezogen. Inzwischen war es schon August, und so langsam machte ich mir Gedanken darüber, Stan auf den Kindergarten vorzubereiten und Schuluniformen für Oscar zu kaufen. Der Wechsel von der weitläufigen Londoner Vorschule an die kleine, viel intimere Grundschule im Dorf würde eine große Veränderung für ihn bedeuten, aber ich hoffte, dass er sich schnell einleben würde. Unsere Begegnung mit Priya würde definitiv dazu beitragen, da Oscar deren Tochter Amber schon kannte und Priya versprochen hatte, vor dem Schulbeginn einige Spielenachmittage mit anderen Kindern aus der Klasse zu organisieren.

Ben fuhr zum letzten Training vor Saisonstart, und er war so hibbelig und nervös, dass ich froh war, ihn einige Stunden los zu sein. Ich hatte mir vorgenommen, noch ein bisschen an meinem Plot zu arbeiten und anschließend auf den Klippen spazieren zu gehen, um nach einem Ort Ausschau zu halten, an dem der vermeintliche Mord in meinem Roman stattfinden könnte. Beschwingt ging ich nach oben, schob die Fenster des Arbeitszimmers auf und lächelte, als ich das Geschrei der Kinder hörte, die draußen im Garten mit Margaret und dem Hündchen Dumbledore spielten. Dann machte ich mich an die Arbeit.

Nach etwa einer Stunde wischte ich mir den Schweiß von der Stirn und las mir meine Notizen durch. Ich hatte die gesamte Handlung des Romans umrissen und war sehr zufrieden damit. Trotzdem war ich mir immer noch nicht sicher, ob ich mit dieser neuen Geschichte wirklich warm wurde.

Ich überlegte, die Zusammenfassung meiner Agentin zu mailen und ihre Meinung abzuwarten, bevor ich weiterschrieb. Während ich die Handlung ausgearbeitet hatte, hatte ich mich mehrfach dabei ertappt, dass ich zu dem Selbstporträt hinüberblickte, das ich wieder in die Mitte meines Whiteboards gepinnt hatte, und mich fragte, ob die junge Frau darauf die verschwundene Violet war. Ein paarmal hatte ich sogar die Namen durcheinandergebracht und »Hargreaves« in meinen Text geschrieben. Vielleicht sollte ich lieber diese Geschichte aufschreiben, dachte ich. Es war wirklich schade, dass ich keine Ahnung hatte, was damals passiert war.

Ich stand auf, streckte mich und ging dann zum Fenster, wo ich die warme Spätsommerluft einatmete. Unwillkürlich musste ich lächeln. Als ich sah, dass die Kinder alle zusammen ins Haus liefen – vermutlich, um etwas zu trinken –, beschloss ich, mich zehn Minuten zu ihnen zu setzen, bevor ich zu meinem Spaziergang aufbrach. Während ich mich jedoch vom Fenster wegdrehte, fiel mein Blick erneut auf den Schrank in der Ecke. Die Tür stand offen, nur einen winzigen Spaltbreit, als wollte sie mich einladen hineinzusehen. In dem Schrank gab es noch weit mehr zu entdecken, das wusste ich. Bisher hatte ich nur an der Oberfläche all dessen gekratzt, was seit so vielen Jahren darin eingeschlossen gewesen war. Und natürlich konnte ich nicht widerstehen.

Der Wandschrank war ziemlich groß, obwohl die Rückseite schräg bis zum Boden verlief. Drinnen roch es muffig und nach Staub, und der Boden war mit einem alten, abgenutzten Teppich ausgelegt. Ich stellte fest, dass ich, wenn ich mich ein wenig duckte, sogar hineingehen konnte, und genau das tat ich, hielt dabei allerdings die Tür auf, damit sie nicht zuschlug und ich versehentlich eingeschlossen wurde. Auf den Regalbrettern standen Bücher, und in einer Ecke lehnte hochkant ein Bündel aus zusammengerolltem Papier, das mit einer Schnur zusammengehalten wurde. Ich nahm die Rolle heraus, verließ den Schrank wieder und schloss die Tür. Mein Herz klopfte wie wild.

Neugierig setzte ich mich auf den Boden und schob die Schnur über die Rolle nach unten. Sofort öffneten sich die Blätter. Ich zog sie auseinander und verteilte sie um mich herum auf dem Boden.

Es handelte sich um ein großes Gemälde und mehrere kleinere Bleistiftzeichnungen. Ich strich sie glatt, doch sie rollten sich beharrlich wieder zusammen, deshalb ging ich schließlich zu meinem eigenen Regal hinüber und holte ein paar dicke Bücher heraus, um die Blätter zu beschweren.

Die Skizzen zeigten alle einen Mann, etwa um die vierzig. Auf einer Zeichnung trug er einen Anzug und ein Hemd mit hohem Kragen, auf den anderen saß er mit freiem Oberkörper auf dem Boden und war umringt von vage umrissenen Tiergestalten. Sie erinnerten mich ein wenig an große Katzen, Löwen vielleicht. Der Mann war durchaus attraktiv mit seinen breiten Schultern und dem dichten Haar, und auf den meisten Bildern wirkte er ruhig und gelassen. Nur auf dem, auf dem er den Anzug anhatte, hatte er etwas Freches, fast schon Herausforderndes an sich. Ich fragte mich, ob diese Skizze ihn so zeigte, wie er wirklich war – seinen wahren Charakter sozusagen.

Die Zeichnungen waren ziemlich gut. Anscheinend waren es Übungen, vorbereitende Entwürfe für ein größeres Werk, und irgendwie schienen sie mir etwas zu erzählen. Es kam mir vor, als gäbe es eine Geschichte dazu, die ich kannte, an die ich mich jedoch nicht mehr richtig erinnern konnte.

Ich betrachtete das Gemälde. Es war, wie gesagt, größer als die Skizzen und in gedeckten Orange- und Rottönen gehalten. Im Sonnenlicht, das durch die Fenster fiel, glühte es geradezu.

Auf dem Gemälde war eine Frau in einem blauen Kleid abgebildet, die vor einem Buntglasfenster stand. Sie hatte sich leicht zurückgelehnt und massierte mit einem recht gelangweilten Gesichtsausdruck den unteren Bereich ihres Rückens.

Ich schaute mir das Bild noch genauer an. Irgendwie kam es mir bekannt vor. Ich hatte es erst vor Kurzem irgendwo gesehen …

Aus einem plötzlichen Impuls heraus sprang ich auf und ging zu meinem Schreibtisch zurück, auf dem noch die Ausgabe der *Illustrated London News* lag, die ich im Schrank gefunden hatte. Vorsichtig blätterte ich durch die vergilbten, weichen Seiten, auf der Suche nach dem Bild, das ich suchte. Schließlich fand ich es.

Mariana *von John Everett Millais*, las ich. *In dieser Ausgabe möchten wir Ihnen ein neues Gemälde von Millais vorstellen, das derzeit in der Royal Academy zu besichtigen ist …*

Was war dann dieses Bild? Das Original? Das konnte doch nicht sein, oder? Ich hatte zwar nicht viel Ahnung, aber von Millais hatte ich durchaus schon mal gehört und wusste, dass er ein bekannter britischer Maler war. War ich hier etwa auf ein unentdecktes Meisterwerk gestoßen? Gehörte ich vielleicht zu diesen Leuten aus den Trödelshows im Fernsehen, die geschockt aufkeuchten, wenn sie erfuhren, wie viel ihr Fundstück wert war (die Tatsache, dass dieses Haus nicht uns gehörte und wir jegliche Einnahmen sofort an unseren Vermieter würden weitergeben müssen, ignorierte ich geflissentlich).

Mit zusammengekniffenen Augen nahm ich das Bild erneut unter die Lupe, suchte nach einer Signatur und stieß geräuschvoll den Atem aus, als ich in einer Ecke den Namen Violet Hargreaves las.

»Violet Hargreaves«, sagte ich laut. Dann waren diese Werke also tatsächlich von Violet. Marcus Hargreaves' verschwundene Tochter war eine Künstlerin gewesen. Ich würde zwar nicht reich werden, weil ich einen verschollenen Millais gefunden hatte, aber das hier war sogar noch besser – ein weiteres Puzzlestück im rätselhaften Fall Hargreaves.

Ich stemmte mich vom Boden hoch und nahm das Selbstporträt von der Tafel. Selbst mein ungeübtes Auge konnte erkennen, dass es eindeutig von derselben Künstlerin stammte. Die junge Frau im Blümchenkleid mit dem lieblichen Lächeln im Gesicht war also tatsächlich Violet.

»Hallo, Vi«, sagte ich. Die junge Frau auf dem Bild starrte mich an.

Nun war meine Neugierde vollends geweckt, und ich setzte mich wieder an meinen Laptop, um die Worte »*Mariana* von John Everett Millais« in die Suchmaschine einzugeben. Dabei stieß ich auf eine Seite über die Präraffaelitische Bruderschaft, auf der das Gemälde mit der gleichen gelangweilt dreinblickenden Frau im blauen Kleid abgebildet war.

Ich zog den Laptop näher heran und sah mir das Bild genauer an. Dieses war von John Everett Millais signiert worden, und unter dessen Namen standen die Initialen PRB. Violet Hargreaves hatte eine ziemlich gute Kopie davon angefertigt.

In diesem Moment hörte ich unten die Haustür ins Schloss fallen, während der Welpe anfing zu bellen und Stan laut »Daddy!« schrie.

Ben findet das bestimmt genauso spannend, dachte ich. Behutsam rollte ich die Bilder wieder zusammen, nahm das Selbstporträt und meinen Laptop und ging nach unten, um Ben von meinen neuesten Entdeckungen zu berichten.

Kapitel 20

Ben lehnte in seinem Vereinstrikot und Shorts an der Küchenspüle und trank ein Glas Wasser. Stan und Oscar waren noch im Garten und riefen sich irgendwas zu, während Margaret auf der Terrasse saß und sie beim Spielen beaufsichtigte. Sie winkte mir zu, als ich in die Küche kam, und ich winkte zurück.

Bei meinem Anblick hob Ben eine Augenbraue. »Was hast du denn da?«, fragte er.

»Wie lief's beim Training?«, erkundigte ich mich, während ich die Bilder auf dem Küchentisch ausrollte und seine Frage ignorierte.

»Gut«, sagte er. »Alle sind fit und bereit für die neue Saison.«

»Und? Bist du schon nervös?«

Er winkte ab. »Nö.«

Grinsend blickte ich ihn an. »Und jetzt die ehrliche Antwort.«

»Ich mache mir vor Angst fast in die Hose.«

Tröstend küsste ich ihn auf den Mund. »Es wird schon alles gut gehen«, sagte ich. »Du bist ein fantastischer Physiotherapeut, und die können sich glücklich schätzen, dich zu haben.«

Ben schenkte mir ein schwaches Lächeln. »Und was ist

jetzt das hier alles?«, wollte er wissen. »Versuchst du, mich mit alten, verstaubten Dokumenten abzulenken?«

In gespieltem Entsetzen riss ich den Mund auf. »Das hier sind nicht irgendwelche alten, verstaubten Dokumente«, erklärte ich geduldig. »Ich habe noch mehr Bilder gefunden. Violet war definitiv Malerin, und das da auf dem Selbstporträt ist tatsächlich sie.«

Ich rollte auch den Rest der Bilder aus und beschwerte sie mit unseren Salz- und Pfefferstreuern und Stans Plastikbecher. Als Oscar und Stan bemerkten, dass drinnen irgendetwas Interessantes zu passieren schien, kamen sie beide in die Küche gerannt und drängten sich um den Tisch, um sich alles anzuschauen. Margaret hob Stan hoch, damit er besser sehen konnte.

»Das hier sind Zeichnungen, die Violet gemacht hat – da, schaut, sie hat sie alle unterschrieben«, erzählte ich. »Und dieses Bild hier hat sie auch gemalt. Sie hat ein Werk von John Everett Millais kopiert. Das Original ist hier …«

Ich öffnete meinen Laptop und drehte ihn um, damit alle das Bild sehen konnten, während Ben die Zeichnungen von Violet unter die Lupe nahm.

»Ich bin ja kein Experte«, sagte er, »aber die sind ziemlich gut, oder?«

Ich nickte. Gedankenversunken strich ich Violets Kopie der *Mariana* glatt, als mir etwas auffiel. »Oh, schau mal«, rief ich und zeigte erst auf das Gesicht der Frau auf dem Original, dann auf die Kopie. »Als ich mir das Bild oben angesehen habe, ist mir das gar nicht aufgefallen, aber sie sieht anders aus.«

Ben schlang von hinten die Arme um mich und lugte mir über die Schulter. »Du hast recht«, sagte er.

Die Frau auf dem Original hatte ein langes blasses Gesicht und glattes, am Hinterkopf befestigtes Haar. Auf Violets Kopie war das Gesicht der Frau dagegen runder, sie hatte kleine Apfelbäckchen und eine wilde Lockenmähne.

Oscar zog an Bens Arm.

»Das ist die Frau da«, sagte er und zeigte auf das Selbstporträt von Violet. »Dieselbe Frau.«

»Stimmt, du hast recht«, bestätigte ich, während ich zwischen Violets Kopie der *Mariana* und ihrem Selbstporträt hin- und herblickte. »Sie hat ihr eigenes Gesicht in das Bild eingefügt. Aber wieso?«

»Das werden wir wohl nie erfahren.«

Ich warf Ben den Blick zu, mit dem ich ihn immer bedachte, wenn er was Falsches gesagt hatte. »Es gibt sicher Möglichkeiten, das herauszufinden«, entgegnete ich schärfer als beabsichtigt.

Dann las ich mir den kurzen Informationstext auf der Webseite durch.

Mariana *ist ein Ölgemälde des britischen Malers John Everett Millais von 1851. Es basiert auf der Figur der einsamen Mariana aus dem Stück* Maß für Maß *von William Shakespeare und dem gleichnamigen Gedicht von Alfred Lord Tennyson. Die Mariana in der Geschichte steht kurz vor ihrer Hochzeit, wird jedoch von ihrem Bräutigam verlassen, als das Schiff mit ihrer Mitgift versinkt. Verzweifelt wartet sie von nun an darauf, dass ihr Geliebter zurückkommt.*

»Vielleicht hat sie sich mit dieser Mariana identifiziert«, überlegte Ben in dem offensichtlichen Bemühen, seinen Fauxpas von eben wiedergutzumachen. »Vielleicht hat sie auch auf irgendjemanden gewartet.«

»Oder auf irgendetwas«, sagte ich und berührte vorsichtig das Gesicht der jungen Frau auf der Kopie. »Arme Violet.«

»Was ist mit den anderen Zeichnungen?«, wollte Ben wissen.

Oscar war mittlerweile auf einen Stuhl geklettert und hatte sich über die Zeichnung des Mannes gebeugt, der umgeben von den riesigen Katzen auf einem Hocker saß. »Das ist Daniel«, rief er.

»Wer ist Daniel?«, fragte Ben.

»Daniel in der Löwengrube«, erklärte Oscar. »Da, guck mal. Eigentlich müsste er vor den Löwen Angst haben, aber die haben sich alle hingesetzt. Gott hat gemacht, dass sie ihn nicht fressen wollen.«

Ben und ich, die höchstens mal zu Hochzeiten in die Kirche gingen, tauschten über Oscars Kopf hinweg einen Blick aus. Unser Sohn seufzte, offensichtlich genervt von der Begriffsstutzigkeit seiner Eltern.

»Das ist Daniel«, wiederholte er in einem übertrieben geduldigen Tonfall und deutete auf den Mann. »Und das hier sind die Löwen.«

Ben betrachtete die Zeichnung genauer. »Ich denke, er hat recht«, verkündete er. »Das ist zwar eine Bibelgeschichte, sieht aber ziemlich realistisch aus.«

Verstehend nickte ich. »In einer der Zeitungen, die ich gefunden habe, stand was über die Präraffaeliten«, erzählte ich. »Die haben oft biblische Motive gemalt, aber dafür echte Modelle genommen. Das hat damals anscheinend für ziemlich viel Furore gesorgt.«

Oscar hatte bereits das Interesse verloren. »Es wäre viel spannender, wenn die Löwen Daniel essen würden«, befand er. »Roooaaaaarrrr!« Er tat so, als wollte er Stan in die Füße beißen, und sein Bruder quiekte vor Vergnügen. Lachend schob Margaret die Kinder wieder durch die Hintertür nach draußen.

Ben musterte erneut die Bilder. »Heißt das dann, dass Violet auch zu den Präraffaeliten gehörte?«, fragte er. »Was weißt du noch über die?«

Grübelnd zog ich die Nase kraus. »Nur das bisschen, was mir aus der Schule noch im Gedächtnis geblieben ist. Und das, was George mir während des Studiums über sie erzählt hat. Nur Bruchstücke«, sagte ich. »Aber genug, um zu wissen, dass die nicht mein Ding gewesen wären. Und ich kann mir auch nicht vorstellen, dass Violet zu denen gehört hat – zu der Zeit hätte eine Frau aus der Mittelschicht niemals als Künstlerin arbeiten dürfen. Ich meine auch, das war ein Haufen versoffener junger Männer, die sich abends überlegt haben, welches ihrer schönen Modelle als Nächstes vernascht wird.«

»Klingt nach einem schönen Leben«, befand Ben und grinste, als ich ihn mit einem finsteren Blick strafte.

»Vielleicht wollte Violet trotzdem Künstlerin werden«, merkte er an. »Talent scheint sie ja gehabt zu haben.«

»Wie traurig, oder?«, sagte ich. »Sie hatte das Talent, konnte es aber nicht nutzen, weil sie eine Frau war. Das ist so unfair.«

Nachdenklich nahm ich die Zeichnung des Mannes hoch, der nur noch Hemd und Hose anhatte. »Ich frage mich, wer ihr Modell war. Sie muss ihn schon ziemlich gut gekannt haben, wenn sie ihn halb nackt malen durfte. Aber ihr Mann kann er nicht gewesen sein, weil sie immer noch Hargreaves hieß. Und auf dem Selbstporträt ist sie höchstens achtzehn.«

»Vielleicht gab es ja einen Skandal«, mutmaßte Ben mit leuchtenden Augen. »Vielleicht wurde sie aus der Gesellschaft ausgestoßen und ist deshalb verschwunden.«

»Und genau das werde ich herausfinden«, beschloss ich in diesem Moment. »Ich werde herausfinden, was mit Violet passiert ist.«

»Na ja, eigentlich kann es doch nicht so schwer sein, mehr Infos über sie zu sammeln«, meinte Ben. »Vielleicht findest du sogar ein Foto von ihr.«

Ich schüttelte den Kopf. »Ich glaube, damals gab es noch keine Fotos«, sagte ich, weil ich an die Zeitungen aus dem Schrank denken musste, die alle nur mit Zeichnungen bebildert waren. »Aber ich schätze, irgendwo gibt es sicher noch ein Porträt von ihr.«

Ich stellte mich auf die Zehenspitzen, um Ben einen Kuss zu geben.

»Ich werde sie finden«, bekräftigte ich.

Kapitel 21

In Zeiten des Internets, in denen man Informationen mit einem Mausklick abrufen konnte, vergaß man ganz, wie arbeitsintensiv eine Recherche sein konnte. Und nachdem ich einige Tage später über eine Stunde in der Stadtbibliothek von Brighton verbracht hatte, begann ich meinen Entschluss, Violet Hargreaves zu suchen, langsam zu bereuen.

Mein Fehler war, dass ich versuchte, den Einkauf der Schuluniformen und meine Recherche miteinander zu verbinden. Zumindest dachte ich das, während ich umgeben von Büchern auf dem Spielteppich in der Bibliothek saß. Die Jungs und ich waren verschwitzt, müde und angeödet. Ich hatte mir vorgestellt, dass wir uns hier in der klimatisierten Bibliothek von den vollen Läden erholen und eine angenehme Pause einlegen könnten, doch wie sich herausstellte, war das keine gute Idee.

Ich hatte einen Stapel Schulbücher über die Geschichte der Gegend gefunden, die ich nun durchblätterte, auf der Suche nach irgendeinem Hinweis auf Marcus Hargreaves oder Violet. Bisher hatte ich allerdings nichts Relevantes entdeckt, dafür eine Menge über Sussex in der viktorianischen Zeit gelernt und definitiv zu viel über die Einführung der Eisenbahn in Brighton gelesen. Um ehrlich zu sein, langweilte es mich zu Tode. Auch die Kinder hatten keine Lust mehr, hier herumzusitzen, und Stan fielen schon fast die Augen zu. Wenn ich verhindern wollte, dass es heute Abend beim Zubettgehen ein Drama gab, musste ich aufpassen, dass er nicht einschlief.

»Nur noch fünf Minuten, Jungs«, sagte ich. »Danach gibt's für jeden ein Eis.«

Oscar blickte nicht einmal von seinem Buch über Dinosaurier auf. »Kann ich ein Schokoeis haben?«, wollte er wissen.

»Und ich Erdbeer?«, fragte Stan, der auf einem Sitzsack lag und irgendeine Ausgabe vom *Grüffelo* durchblätterte.

»Jepp«, versprach ich, bevor ich mir das nächste Buch nahm und das Stichwortverzeichnis aufschlug, um es nach dem Namen Hargreaves durchzugehen. Diesmal hatte ich Glück. In einem weiteren Abschnitt über den Ausbau der Eisenbahn wurde tatsächlich Marcus Hargreaves erwähnt. Auch dort stand, dass Marcus ein Philanthrop gewesen sei und dass die Erweiterung des Schienennetzes es ihm ermöglicht habe, durchs Land zu reisen, um seinen zahlreichen Geschäften nachzugehen. Gähn. Dann, weiter unten auf der Seite, fiel mein Blick auf etwas Interessantes.

Freunde von Marcus Hargreaves glaubten, sein soziales Engagement sei durch eine Reihe von Schicksalsschlägen in seinem Privatleben begründet gewesen. Er hatte seine Frau Harriet verloren, woraufhin seine kleine Tochter für eine gewisse Zeit bei Verwandten aufwuchs. Später wurde ebendiese Tochter Opfer eines gewaltsamen Verbrechens und verschwand spurlos. Sie wurde nie gefunden.

Perplex starrte ich die Seite an. Violet wurde also weggeschickt, dachte ich. Ihr Vater hatte sie zu Verwandten gegeben, genau wie es mein eigener Vater mit mir vorgehabt hatte. Das arme Mädchen. Erneut spürte ich diese seltsame Verbundenheit zu dieser längst verstorbenen jungen Frau. Ich musste unbedingt herausfinden, was mit ihr passiert war.

Ich fragte mich auch, was für ein Mensch Violet wohl gewesen war und ob ihr Vater ihre künstlerische Neigung gefördert hatte. Irgendwie bezweifelte ich das – Töchtern philanthropischer Industrieller aus der viktorianischen Mittelschicht war garantiert keine Künstlerkarriere gestattet worden. Vielleicht war ihr Vater dagegen gewesen, dass sie malte, und sie hatte es trotzdem getan. Vielleicht hatte sie sich auch keine Sorgen darüber machen müssen, dass er sie wegschickte, weil er es längst getan hatte. Oder es war ihr egal gewesen. Eine Welle des Stolzes durchflutete mich.

»Gut gemacht, Kleine«, flüsterte ich vor mich hin. »Dass du dir das nicht hast verbieten lassen. Super.«

Oscar blickte auf und warf mir einen tödlichen Blick zu.

»Ein Buch noch«, sagte ich, »dann gehen wir. Versprochen.«

Ich legte das Buch, in dem Marcus erwähnt wurde, beiseite, um es später auszuleihen, und nahm mir das letzte Schulbuch, das ich gefunden hatte. Wieder schlug ich zuerst das Stichwortverzeichnis auf und suchte nach dem Namen Hargreaves, doch ich blieb erfolglos. Ach, na ja, es war sowieso Zeit, Schluss zu machen. Wahllos blätterte ich durch die Bilder in der Mitte des Buches, ohne zu wissen, was ich eigentlich suchte, und hielt überrascht inne, als ich auf eine Zeichnung Violets von dem attraktiven Mann stieß. Er hatte eine etwas andere Pose eingenommen, aber er trug die gleichen Sachen, und das Bild war ganz offensichtlich in der passenden Zeit entstanden.

»Schau mal, Oscar«, sagte ich und drehte das Buch um, damit er die Seite sehen konnte.

Es dauerte etwas, bis er sich von dem Bild eines T-Rex losreißen konnte und einen Blick in mein Buch warf. »Das ist der Mann aus dem Bild von Daniel«, sagte er ohne großartiges Interesse.

Liebevoll wuschelte ich ihm durchs Haar, bevor ich meine Aufmerksamkeit wieder auf die Seite richtete und den Text überflog, bis ich den Abschnitt über den Mann gefunden hatte.

Edwin Forrest (gezeichnet, Künstler unbekannt), Anwalt aus Sussex, wurde 1855 ermordet. Bei einem vermeintlichen Raubüberfall wurde seine schwangere Frau Frances ebenfalls angegriffen und schwer verletzt. Zur gleichen Zeit verschwand eine Nachbarin des Ehepaars, Violet Hargreaves. Man vermutete, dass sie im Meer ertrunken war, obwohl ihr Leichnam nie gefunden wurde. Einige Zeitgenossen glaubten, sie sei von demselben Angreifer ermordet worden wie ihr Nachbar. Der Täter wurde jedoch nie gefasst.

Noch mehr Puzzleteile fügten sich zusammen. Der Name des mysteriösen Modells war also Edwin Forrest. Und er war der Nachbar, der ermordet worden war.

Eine unglaubliche Traurigkeit erfasste mich. Die arme Violet. Sie war nie in die Geschichte eingegangen und als unbekannte Künstlerin gestorben. Nun war ich noch entschlossener, herauszufinden, was ihr zugestoßen war. 1855 war sie noch so jung gewesen – noch ein Teenager. War sie wirklich ertrunken? An der Küste unterhalb unseres Hauses war das Meer unberechenbar und rau, wie es da in all seiner Gewalt gegen die Felsen schlug. In der Vergangenheit hatte es bestimmt diverse Unfälle gegeben, da war ich mir sicher. Vielleicht war sie aber auch tatsächlich von dem Angreifer ermordet worden, der ihren Nachbarn und dessen Frau umgebracht hatte. Ich las noch einmal den Text durch. Nein, die Frau war nicht gestorben. Sie war schwer verletzt worden. Wie furchtbar, überfallen zu werden, wenn man schwanger war. Ob sie das Kind verloren hatte? Wahrscheinlich, dachte ich schaudernd.

Die Geschichte interessierte mich sehr, und es juckte mich in den Fingern, sie aufzuschreiben. Zum ersten Mal gestand ich mir ein, dass Tessas nächster Fall noch eine Weile würde warten müssen, weil mich Violets Schicksal so sehr in seinen Bann zog, dass ich es nicht länger als Nebensache betrachten konnte. Ich spürte eine so starke Verbindung zu dieser jungen Frau, die so lange Zeit vor mir gelebt hatte und längst gestorben war, und ich wusste, dass es an unseren Gemeinsamkeiten lag: Wir hatten beide unsere Mütter verloren und waren bei unseren Vätern aufgewachsen, und nun, da ich erfahren hatte, dass sie tatsächlich weggeschickt worden war, faszinierte mich ihre Geschichte noch mehr.

Erneut betrachtete ich das Bild in dem Buch, mit der Gewissheit, dass ich mehr über Edwin Forrest herausfinden musste, um das Rätsel zu lösen. Schließlich klappte ich den Band zu, klemmte ihn mir zusammen mit dem anderen unter den Arm und schnappte mir meine Tasche.

»Okay, Jungs«, sagte ich, »wer hat Lust auf ein Eis?«

Als wir wieder zu Hause waren, rief ich sofort Priya an, die gerade in ihrer Dienststelle war.

»Und somit haben wir zusätzlich zu den Namen der Opfer auch ein Datum«, erzählte ich ihr.

Vom anderen Ende der Leitung drang ein Lachen an mein Ohr. »Du ermittelst ja noch besser als wir«, sagte Priya. »Ich hab allerdings leider inzwischen rausgefunden, dass Fälle aus dieser Zeit nicht mehr in unserem Archiv im Hauptquartier lagern. Das befindet sich alles in Lewes. Wenn du willst, maile ich denen dort mal und sage ihnen, dass du gerne vorbeikommen und Einsicht in die entsprechenden Akten haben würdest. Ich kann dich dann anrufen, sobald alles geregelt ist.«

»Das wäre toll«, sagte ich dankbar.

Ben war mit den Jungs zum Supermarkt gegangen, um Milch zu kaufen – und den armen Stan vom Schlafen abzuhalten –, deshalb war es ganz still im Haus, und ich verspürte eine innere Unruhe. Eigentlich sollte ich schreiben, das wusste ich, aber ich konnte mich einfach nicht auf Tessas Geschichte konzentrieren, während mich Violets viel mehr interessierte. Also kochte ich mir einen Kaffee und schlenderte anschließend ziellos mit der Tasse durch den Garten.

Ich ging bis zum Ende des Rasens, machte dann kehrt und blickte zum Haus zurück. Das kleine Fenster im Dachgeschoss schaute mir leer entgegen. Soweit ich das sehen konnte, befand es sich über dem Schlafzimmer der Jungs. Das Fenster war wirklich winzig, höchstens ein oder zwei Backsteine breit, und es lag tiefer als die anderen Dachbodenfenster. Ich ging das Stück ums Haus herum zu der entsprechenden Seite und starrte nach oben. An dieser Wand gab es nichts. Keinerlei Hinweise darauf, welchen Zweck dieses Fenster haben könnte. Es musste tatsächlich zur Lüftung des Dachgeschosses gehören, wie Ben gesagt hatte. Wenn die Sonne schien, wurde es ziemlich heiß dort oben.

Mit einem leicht schlechten Gewissen, weil ich mir wünschte, dass es ein paar Grad kälter werden würde, stieg ich die Treppe hoch und blickte durch die Fenster auf die Stelle im Garten, wo ich gerade noch gestanden hatte.

Dann öffnete ich eins der großen Fenster, lehnte mich so weit nach draußen, wie ich mich traute, und verrenkte mir fast den Hals, um mir das Fenster anzusehen, das zu keinem Zimmer gehörte. Doch auch das brachte mich nicht weiter. Es war wirklich frustrierend.

»Ella.« Ben war unbemerkt neben mich getreten. Ich hatte gar nicht mitbekommen, dass er wieder zu Hause war, wobei ich jetzt das Geschrei der Jungs unten hören konnte. »Die Jungs haben gesagt, ihr wart in der Bibliothek? Bist du fündig geworden?«

»Ja, bin ich«, sagte ich, stolz auf meine Entdeckung. Ich hatte die Zeichnungen ans Whiteboard gehängt, neben Violets Selbstporträt und die wunderschöne Kopie der *Mariana*. Triumphierend deutete ich auf eine der Skizzen von Daniel.

»Das ist Edwin Forrest«, verkündete ich, »der Mann, der an dem Tag ermordet wurde, als Violet verschwunden ist.«

Ben schien beeindruckt zu sein. »Wow«, sagte er, »das ist ein richtiger Kriminalfall, oder?«

»Aber so was von«, entgegnete ich grinsend. »Ich will unbedingt wissen, was mit Violet passiert ist, das heißt, ich muss mehr über diesen Edwin und den Mord rausfinden. Glaube ich zumindest. Ich werde zum Polizeiarchiv fahren und dort die alten Akten durchgehen. Priya meinte, sie kann das organisieren.«

Nun wirkte Ben etwas verstört. »Gut«, murmelte er.

»Und ich werde George eine Mail schreiben«, fuhr ich fort. George war der Freund, der sich mit Kunstgeschichte auskannte. »Ich brauche seinen fachlichen Rat. Er schuldet mir sowieso noch was, nachdem ich Ordnung in sein Steuerchaos gebracht habe.«

Lächelnd sah Ben mich an. »Und was ist mit Tessa?«

Ich zuckte die Achseln. »Die ist auch noch da, wenn ich mehr über Violet rausgekriegt habe.«

»Dann tu das«, sagte Ben. »Ich glaube nämlich, dass du die Geschichte für dein nächstes Buch schon gefunden hast.«

Kapitel 22

1855

Violet

Nach dem Kuss am Strand während des Sturms berührte Edwin mich über Tage hinweg gar nicht mehr. Das war die süßeste Folter, die ich je erfahren hatte, da ich ihn beinahe jeden Tag sah. Bevor ich ein Bild malte, fertigte ich immer Skizzen zur Übung an, und Edwin hatte sich bereit erklärt, auch dafür Modell zu stehen. Ich wollte ihn besser kennenlernen, jeden Bereich seines Körpers erfassen – die golden glänzenden Härchen auf seinen sehnigen Unterarmen; das dichte, wellige Haar auf seinem Kopf, das ihm dieses löwengleiche Äußere verlieh und ihn zu einem idealen Daniel machte; die breiten Schultern und seine schmale Taille.

Zunächst gingen wir erneut an den Strand. Zu dieser Jahreszeit, da der Herbst vor der Tür stand, war es an diesem Ort gewöhnlich einsam, und die wenigen Menschen, die am Ufer entlangschlenderten, blieben auf dem festeren Sandstück dicht am Wasser, auf dem das Gehen leichter fiel.

Am ersten Tag stellte ich meine Staffelei im Schatten eines Felsens auf und zeichnete die Landschaft, während ich auf Edwin wartete. Mein Magen zog sich zusammen, ob aus Beklommenheit oder Aufregung oder einer Mischung aus beiden, vermochte ich nicht zu sagen. Ich versuchte mich auf meine Skizze zu konzentrieren, beobachtete, wie die Wellen sich am Ende des Strandes an den Klippen brachen, und bemühte mich, die Bewegung mit Bleistiftstrichen einzufangen. Als ein Stein den Klippenpfad herunterrollte, zuckte ich vor Schreck zusammen, doch als ich den Blick hob, sah ich, dass Edwin auf mich zukam. Er nickte mir zur Begrüßung zu und lüftete seinen Hut.

»Miss Hargreaves«, sagte er förmlich, als hätte er mich nicht erst gestern mit seinen Lippen berührt, nur wenige Meter von der Stelle entfernt, an der wir uns gerade befanden.

»Violet«, entgegnete ich. »Bitte nennen Sie mich Violet.«

Daraufhin lächelte er mich an; ein Lächeln, das mein Herz zum Hüpfen brachte und meine Knie erzittern ließ. War das Liebe? Ich wusste es nicht.

»Sollen wir beginnen?«, fragte Edwin abrupt. »Ich habe noch Arbeit zu erledigen.«

In diesem Moment wurde mir bewusst, dass ich ihn regelrecht anstarrte. Röte stieg mir in die Wangen, und ich griff rasch zu meinem Bleistift. »Natürlich«, sagte ich. »Könnten Sie sich auf diesen Felsen setzen?« Ich deutete auf den entsprechenden Stein. Edwin folgte meiner Bitte, wirkte jedoch in seinem adretten dunklen Anzug recht deplatziert hier am Strand.

»Wenn Sie eine Weile in dieser Position bleiben könnten«, bat ich, während ich meinen Bleistift über das Papier tanzen ließ. »Versuchen Sie, sich nicht zu bewegen.«

Ich arbeitete schnell. Das tat ich immer, doch noch nie hatte ich mein Objekt so eindringlich wahrgenommen. Wenn Edwin den Atem ausstieß, tat ich es ihm gleich, und in jeder Sekunde spürte ich das Gewicht seines Blicks auf mir.

Nach etwa einer Stunde stand Edwin auf. »Ich muss gehen«, sagte er und klopfte sich den Sand von seiner Hose. »Frances wird sich bereits wundern, wo ich bleibe.«

Ich verstand die unausgesprochene Bemerkung, dass Edwins Frau nicht wissen sollte, wo er sich aufhielt, und diese Erkenntnis ängstigte und erregte mich zugleich.

Über den Rand meiner Staffelei hinweg sah ich Edwin an. »Wäre es Ihnen möglich, morgen wiederzukommen?«, fragte ich, selbst erstaunt über meinen Wagemut. »Ich würde Sie gerne noch einmal zeichnen.«

Edwin nahm seinen Hut. »Ich werde es versuchen«, sagte er. »Guten Tag.«

Ich blickte ihm hinterher und fragte mich, wie ich die Stunden überstehen sollte, bis ich ihn wiedersah.

Nach dieser Begegnung verliefen meine Tage in einer immer gleichen Abfolge: Jeden Tag nach dem Frühstück machte ich mich auf den beschwerlichen Weg zum Strand hinunter und stellte dort meine Malutensilien auf. Inzwischen stieß ich bei meinen Zeichnungen auf ein großes Hindernis – ich war so erpicht darauf gewesen, ein Modell für den Daniel zu finden, dass ich nicht bedacht hatte, wie schwierig es sich gestalten würde, einen Löwen zu malen. Mir blieb nichts anderes übrig, als die Hunde zu studieren, die jeden Tag den Strand entlangrannten, sich gegenseitig jagten oder die Wellen anbellten.

Da Edwin natürlich zu arbeiten hatte, wusste ich, dass wir einander am Morgen nicht begegnen würden. Wenn die Schatten jedoch länger zu werden begannen und die

Sonne ihre Reise hinter den Horizont antrat, blickte ich hoffnungsvoll den Pfad hinauf, und wenn ich ihn dann entschlossenen Schrittes über den Sand auf mich zukommen sah, fing mein Herz an, schneller zu pochen.

Auch der zweite Tag verging, ohne dass er mich berührt hatte. Als er sich am Abend von mir verabschiedet hatte, fühlte ich mich ermattet und verwirrt. Hatte ich mir unsere Zeit in der Höhle lediglich erträumt? Hatte ich mir das Gefühl seiner Lippen auf meinem Mund nur eingebildet?

Am dritten Tag erschien er gar nicht, und ich war so von Enttäuschung erfasst, dass ich glaubte, nicht mehr atmen zu können. Wo war er? Mein gesamter Körper schmerzte vor lauter Sehnsucht. Meine Haut fühlte sich ganz empfindlich an, und ein grausames Kribbeln durchlief mich. Ich konnte an nichts anderes denken als an Edwin. Alles andere war mir gleich. Er bestimmte mein ganzes Sein.

Erst am nächsten Tag kam Edwin an den Strand, gerade als ich zu fürchten begann, dass ich ihn nie wiedersehen würde. Nur unter größten Mühen konnte ich mich davon abhalten, ein kleines Tänzchen zu vollführen, als ich ihn vorsichtig den steilen Pfad herunterklettern sah.

»Violet«, sagte er, bevor er meine Hand ergriff und sie an seine Lippen hob, so dass die Stoppeln seines Bartschattens über meine Haut kratzten. Scharf sog ich den Atem ein. Ich nahm ihn so intensiv war – seine Präsenz, seine maskuline Aura. Heute war Edwin legerer gekleidet und hatte sich ein luftig fallendes Hemd angezogen. Er wirkte sorgenfrei, und das verlieh ihm eine enorme Attraktivität. Mein Bleistift flog nur so übers Papier, während ich ihn einfing, in seiner sitzenden Haltung auf dem Felsen, den Blick in meine

Richtung gehoben und mit einem zarten Lächeln auf seinen rosigen Lippen.

Als ich später meine Utensilien zusammenpackte, kam Edwin zu mir herüber.

»Darf ich es sehen?«, fragte er und betrachtete bereits die Skizze, die ich an meiner Staffelei befestigt hatte.

Der Meereswind blies mir durchs Haar und wehte es mir ins Gesicht. Edwin streckte die Hand aus und schob sanft die Strähnen hinter mein Ohr. Ich erstarrte. Ein Prickeln lief durch meinen Körper, in Erwartung seines Kusses. Zärtlich strich Edwin mir über die Wange, ich hob mein Gesicht und … Er lächelte.

»Adieu, Violet«, sagte er.

Kapitel 23

Ich musste mich verliebt haben. Das war die einzige Erklärung für meine Gefühle. Meine Gedanken kreisten ständig um Edwin. Ich verbrachte Stunden damit, auf meinem Bett zu liegen und mir ein gemeinsames Leben mit ihm zu erträumen. Ich fragte mich, an welcher Krankheit Frances leiden mochte, und stellte mir vor, dass sie daran starb. So furchtbar dies auch klingen mochte: Ich hoffte tatsächlich, dass sie daran sterben würde. Einen flüchtigen Moment lang – einen sehr flüchtigen Moment lang – spürte ich mein Gewissen, als ich mir in meiner Phantasie ihr Begräbnis in unserer Dorfkirche erdachte. Es würde regnen, entschied ich. Eine Handvoll Trauergäste würden anwesend sein, nicht viele. Ich glaubte nicht, dass Frances Freundinnen hatte. Edwin würde mit zusammengepressten Lippen an ihrem Grab stehen, gramvoll, aber zugleich tapfer und voller Gleichmut.

Ich malte mir aus, wie ich Edwin, dem trauernden Witwer, Trost spenden würde, bis wir – nach einer angemessenen Zeitspanne – gemeinsam zu Vater gehen und ihm sagen würden, dass wir Gefühle füreinander entwickelt hätten und heiraten wollten. Selbst unsere Kinder stellte ich mir vor. Zwei Jungen, die genauso aussahen wie Edwin, und ein kleines Mädchen.

Ich wusste nicht sehr viel über das, was zwischen Männern und Frauen geschah, war jedoch auch nicht vollkommen ahnungslos, immerhin war ich auf dem Land aufgewachsen. Ich hatte gesehen, wie Tiere beisammen waren, doch es gelang mir nicht, dieses Bild in meinem Kopf mit Männern und Frauen in Einklang zu bringen. Für einen Augenblick überlegte ich, Mabel danach zu fragen, doch diese Unterhaltung verursachte schon in meiner Vorstellung so viel Schamgefühl, dass es mich schauderte. Aus diesem Grund vertraute ich stattdessen darauf, dass Edwin mich führen würde. Schließlich war er verheiratet. Er würde wissen, was zu tun war.

In der Nacht, wenn Dunkelheit in meinem Zimmer herrschte, erlaubte ich mir, an unseren Kuss zu denken. An das Gefühl seiner Lippen auf meinen. Seinen Atem auf meinem Gesicht. Und daran, wie mein Körper darauf reagiert hatte. Ich hatte ein Ziehen in meinem Unterleib gespürt, ein Pochen zwischen meinen Beinen und ein Prickeln in meiner Brust. Ich stellte fest, dass ich diese Empfindungen erneut hervorrufen konnte, durch die schiere Erinnerung an jenen Moment, doch das genügte mir nicht. Ich wollte es noch einmal erleben. Ich wollte mehr, auch wenn ich wusste, dass es falsch war.

In den Augenblicken, in denen meine Vernunft wieder einsetzte, respektierte ich, dass Edwin Distanz zu mir hielt. Ich verstand, dass er sich vermutlich dazu entschlossen hatte, sein Ehegelübde zu befolgen, bis wir zusammen sein konnten. Doch das machte es nicht leichter – besonders dann nicht, wenn wir so viel Zeit miteinander verbrachten und ich seinen Körper so genau studierte.

Auf der Suche nach Beschäftigung ging ich eines Tages ins Dorf hinunter und spazierte gerade am Gemüsehändler vorbei, als mir Edwin entgegenkam. Zu meinem Schrecken war er in Begleitung von Frances, doch noch während ich den beiden entgegenblickte, betrat Frances die Metzgerei, und Edwin blieb draußen stehen. Dann entdeckte er mich. Als unsere Blicke sich trafen, musste ich lächeln – ich konnte nichts dagegen tun –, und Edwin erwiderte mein Strahlen.

Im Dorf herrschte viel Trubel. Leute schlenderten an uns vorbei, betraten die Geschäfte oder blieben stehen, um zu plaudern. Daher war unsere Begegnung nicht wie sonst, wenn wir allein am Strand waren, doch ich war so erfreut, ihn zu sehen, dass es mir nicht viel ausmachte.

Als ich mich ihm näherte, lüftete er seinen Hut.

»Miss Hargreaves«, grüßte er.

»Guten Morgen, Mr Forrest«, antwortete ich und war erstaunt darüber, dass meine Stimme wie gewöhnlich klang, während mein Herz wie wild klopfte.

»Sie machen Besorgungen?«, erkundigte er sich.

»Ich vertreibe mir die Zeit«, gestand ich. »Vater ist erneut auf Reisen, und ich langweile mich elendig.«

Mitfühlend sah Edwin mich an. »Im Augenblick ist es schwierig für mich fortzukommen«, raunte er mir leise zu. »Frances ist sehr fordernd und beharrt darauf, dass ich die ganze Zeit über bei ihr bin.«

Ich spähte durch das Schaufenster ins Geschäft hinein, wo Frances gerade mit dem Metzger plauderte und lachte. Für mein Empfinden wirkte sie sehr fröhlich und ausgeglichen, doch Edwin würde mich niemals anlügen.

Noch während ich ihr zusah, reichte Frances dem Metzger einige Münzen und erhielt dafür ein in Papier eingewickeltes Päckchen. Als mir bewusst wurde, dass sie im nächsten Moment aus dem Geschäft kommen würde, lächelte ich Edwin rasch zu.

»Ich muss gehen«, sagte ich und bedachte ihn mit einem bedeutungsvollen Blick. »Zurück in mein einsames Zuhause.«

Edwin lüftete abermals seinen Hut. »Es war eine Freude, Sie zu sehen«, sagte er. »Ich hoffe, unsere nächste Begegnung lässt nicht allzu lange auf sich warten.«

Ich wandte mich ab, und während ich langsam zurückging, verspürte ich den Drang, vor Verzweiflung laut zu schreien. Edwin wusste nun, dass Vater abwesend war, und ich hoffte, er würde kommen. Ich sehnte mich so danach, mit ihm allein zu sein. Verborgen vor neugierigen Blicken.

Kapitel 24

1855

Edwin

Ein Lächeln umspielte Edwins Lippen, während er Violet hinterhersah. Er hatte sie an der Angel, dachte er bei sich. Es würde nicht mehr lange dauern, bis sie sich ihm vollkommen hingeben würde.

Seine Blicke folgten ihr, während sie sich immer weiter von ihm entfernte, und streiften bewundernd über ihre schlanke Taille und die Kurven ihrer Brüste. Sie war wie frisch gefallener Schnee, noch rein und unberührt. Bisher. Das erregende Gefühl, ihr Erster zu sein, würde ihn für dieses mühevolle Werben entschädigen. Für diese aufwendige Beutejagd.

Diesmal würde er klüger vorgehen, dachte er, als die Erinnerung an Beatrice hochkam. Diese Affäre war fürchterlich missglückt, auch wenn Beatrice am Ende selbst ihr Schicksal bestimmt hatte. Was das betraf, hatte Edwin ein reines Gewissen.

Als Frances aus der Metzgerei kam und sie weitergingen, musste Edwin an seine erste Begegnung mit Beatrice denken. Sie war die Tochter eines vermögenden Mandanten, Mr Sanderson, gewesen. Eine von zwei Töchtern, um präzise zu sein. Er war ihnen bei verschiedenen Gelegenheiten begegnet: zwei jungen Frauen mit dunklem Haar und leuchtenden braunen Augen. Sie waren stets zusammen, flüsterten einander etwas ins Ohr und kicherten anschließend.

Zunächst hielt er die beiden für Zwillinge. Dieser Gedanke bestimmte eine Weile seine nächtlichen Phantasien; die Vorstellung, beide zur selben Zeit in seinem Bett zu haben und ihren nichts ahnenden Vater am nächsten Tag um großzügige Geldsummen zu erleichtern.

Dann jedoch begleitete Beatrice ihren Vater allein in die Kanzlei, und Edwin erfuhr, dass ihre Schwester Louisa – die, wie sich herausstellte, drei Jahre älter war – geheiratet hatte und nach Norfolk gezogen war.

Während Mr Sanderson mit einem seiner Kollegen in einem angrenzenden Raum eine größere Anzahl von Dokumenten durchsah, plauderte Edwin mit Beatrice, die ihre Schwester vermisste und ihr einsames Leben leid war. Beatrice war jünger, als er geglaubt hatte, erst siebzehn Jahre alt, doch sehr hübsch und angenehm empfänglich für die Aufmerksamkeit, die er ihr schenkte.

Wie sie ihm anvertraute, hatte sie eine Vorliebe für Musik und Tanz. Besonders Konzerte gefielen ihr, und sie sehnte sich danach, die Canterbury Music Hall zu besuchen – das neu errichtete Konzerthaus, das derzeit in aller Munde war – und sich die dortigen Vorstellungen anzusehen, doch ihr Vater erlaubte es nicht. Während sie mit ihm sprach, fuhr Edwin verstohlen mit seinen Blicken die Wölbungen ihrer Brust und ihrer vollen Lippen entlang und wünschte, er könnte ihr das Korsett gleich hier, an Ort und Stelle, aufschnüren. Dann würde er sie rücklings auf seinen Schreibtisch drücken und ...

»Mr Forrest, geht es Ihnen gut?«, fragte Beatrice. Sie war

verstummt und starrte ihn voller Sorge mit weit aufgerissenen Augen an.

Edwin lächelte. »Bitte verzeihen Sie«, sagte er und brachte seine Gedanken wieder unter Kontrolle. »Ich musste gerade an einen Freund denken, der Eigentümer eines Konzerthauses ist, The Berwick Rooms. Es ist nicht so grandios wie das Canterbury, aber wenn es Ihnen möglich wäre, das Haus zu verlassen, wäre es mir eine Freude, Sie einen Abend lang dorthin auszuführen.«

Beatrice blickte rasch zu der verschlossenen Tür hinüber, die sie von ihrem Vater trennte. »Ich denke, das geht nicht«, sagte sie dann.

»Oh, natürlich nicht. Nein, Sie haben vermutlich recht«, entgegnete Edwin, während er sich an ein Plakat erinnerte, das er an diesem Morgen auf dem Weg zur Arbeit gesehen hatte. »Wirklich sehr schade. Wie ich erfahren habe, tritt die Sängerin Rose Roberts dort auf, und man hört, sie sei sehr gut. Mein Freund ist ganz versessen darauf, Sie mir vorzustellen …«

»Rose Roberts?«, fragte Beatrice ungläubig. »Sie meinen, ich könnte Rose Roberts kennenlernen?«

»Das könnte ich sicher arrangieren«, antwortete Edwin lächelnd. »Ich könnte bei Ihrem Vater um Erlaubnis bitten.«

»Nein«, sagte Beatrice eilig. »Sprechen Sie nicht mit ihm. Ich werde mich selbst darum kümmern.«

Danach verlief alles nach Plan. Edwin verbrachte einige Abende mit der verzückten Beatrice im Konzerthaus und erzählte ihr, sein Freund (der natürlich gänzlich seiner Phantasie entsprungen war) sei auf Reisen, werde aber bald zurückkehren und eine Begegnung arrangieren. Eines Abends dann – nach einer Vorstellung, von der Beatrice vollkommen hingerissen war, während Edwin sie als blamabel empfunden hatte – küsste er sie und applaudierte sich in Gedanken, als sie in seine Arme sank.

Von diesem Moment an war es schlicht eine Frage der Zeit, bis ihre leidenschaftlichen Küsse in dunklen Ecken fordernder wurden. Zu Hause wandte Frances sich zu seinem Ärger wiederholt von ihm ab, weil sie ein Kind verloren hatte und sich noch schwach fühlte. Aus diesem Grund nahm er sich ein Zimmer in einer Pension und brachte Beatrice eines Abends dorthin. Anfangs leistete sie natürlich Widerstand, als er die Schnüre ihres Korsetts löste, genauso, wie er es sich in seiner Phantasie ausgemalt hatte. Doch nicht lange.

»Ich liebe dich, ich liebe dich, ich liebe dich«, raunte sie ihm die ganze Zeit über ins Ohr, während er auf ihr lag. Edwin sagte nichts.

Nach einigen Monaten jedoch begannen die Schwierigkeiten. Inzwischen war Edwin seiner Affäre überdrüssig geworden und erfand Ausreden, um Beatrice nicht sehen zu müssen. Frances sei krank, und er könne sie nicht allein lassen. Das verstimmte Beatrice, und sie wurde immer dünner. Als sie eines Tages zusammen mit ihrem Vater in die Kanzlei kam, bemerkte Edwin – zu seinem Missfallen –, dass ihre Kurven fast gänzlich verschwunden waren. Andererseits gab ihm diese Feststellung die Gewissheit, dass er die richtige Entscheidung getroffen hatte, als er aufgehört hatte, um sie zu werben, denn nun hatte sie keinerlei Reize mehr für ihn. Als sie versuchte, seinen Blick aufzufangen, wich er ihr aus und bot stattdessen ihrem Vater an, mit ihm einige Dokumente durchzusehen, um ihr keine Gelegenheit zu bieten, mit ihm allein zu sein.

Beatrice werde heiraten, unterrichtete ihn ihr Vater, während er in Edwins Büro seine Unterlagen unterschrieb. Einen Mann namens Walter James. Edwin lächelte innerlich ob der Erkenntnis, dass Beatrice ihm von nun an keine Schwierigkeiten mehr bereiten würde.

Doch dann erschien Walter James höchstselbst in der Kanzlei. Er marschierte einfach herein und verlangte, mit Edwin zu sprechen – und das ausgerechnet an einem Tag, an dem Edwins Schwiegervater sich ebenfalls in der Kanzlei aufhielt.

»Meine Verlobte Beatrice Sanderson hat mir gestanden, dass sie Ihnen in Liebe zugeneigt sei, Forrest«, verkündete Walter James. »Sie hat gesagt, sie könne mich nicht heiraten, weil Sie der einzige Mann seien, den sie wolle.«

Zum Glück missdeutete Edwins Schwiegervater, der das fürchterliche Drama mitansah, den entsetzten Ausdruck in Edwins Gesicht als Verständnislosigkeit und glaubte Edwin, als der beteuerte, Beatrice erst wenige Male begegnet zu sein.

Unter dem Einfluss von Edwins charmantem Naturell ließ Walter sich erweichen.

»Ich habe, das muss ich zugeben, mit ihr ausgiebig über ihre Passion für die Musik geplaudert«, gestand Edwin. »Schlicht, um sie zu unterhalten, während ihr Vater eine geschäftliche Besprechung wahrnahm. Vielleicht hielt sie mein Interesse an ihrer Leidenschaft für Interesse an ihrer Person?«

Walter, der sich leicht von der Schwachheit des weiblichen Gemüts überzeugen ließ, pflichtete ihm bei. Einige Wochen später wurden er und Beatrice vermählt. Und damit war diese Angelegenheit erledigt. Dachte Edwin zumindest.

Beatrice schien diesbezüglich allerdings anderer Auffassung zu sein.

Als Edwin am Abend zur gewohnten Zeit die Kanzlei verließ, kam sie unvermittelt auf ihn zu, lief neben ihm die Straße entlang und flehte ihn an, sie aus dieser Ehe zu befreien. Sagte ihm, dass sie ihn liebe. Eines Tages erschien sie sogar vor seinem Haus und drohte ihm, Frances zu erzählen, was sie während der Nächte in der Pension getan hatten.

Auch in Brighton sah er sie wiederholt. Sie war wie Banquos Geist – lauerte hinter jeder Ecke, ganz gleich, wohin er ging. Sie saß auf der Mauer vor seiner Kanzlei und starrte manches Mal für Stunden zu ihm herauf. Sie folgte Frances, wenn diese das Haus verließ, um eine Freundin zu besuchen. Es war gelinde gesagt keine ideale Situation.

Eines Tages war Edwin schließlich gezwungen, etwas zu unternehmen. An jenem Morgen wartete Beatrice erneut vor der Kanzlei auf ihn.

»Edwin«, sagte sie verzweifelt, als er an ihr vorbeiging. »Edwin, Liebster, bitte …«

Kalte Wut erfasste ihn.

Er wandte sich zu Beatrice um und betrachtete sie, bemerkte, wie dünn sie geworden war, wie hohl ihre Wangen aussahen und wie fahl ihre einst rosige Haut wirkte.

»Beatrice«, sagte er. »Meine Liebste. Meine einzige wahre Liebe.«

In diesem Moment fing Beatrice zu weinen an. »Oh, Edwin«, schluchzte sie. »Ich wusste, du würdest genauso empfinden. Ich wusste es.«

Edwin hielt ihr seinen Arm hin. »Lass uns gemeinsam deinen Ehemann aufsuchen«, schlug er vor. »Wir werden ihm alles erklären.«

In dem Augenblick jedoch, als sie Walter James' Lagerhaus erreichten, ließ Edwin seinem kalten Zorn freien Lauf.

»Ihre Frau«, zischte er James zu, der im Angesicht solch rasender Wut zurückwich, »zerstört mein Leben. Sie ist verrückt. Eine Wahnsinnige. Sie quält mich und meine geliebte Frau, die vor lauter Sorge ganz krank geworden ist. Sie müssen Ihre Gattin einsperren, zu ihrem eigenen Schutz.«

James stammelte Entschuldigungen, während Beatrice sich auf den Boden des Lagerhauses setzte und – umgeben von Sägemehl und den verwunderten Blicken der Arbeiter – erneut zu schluchzen begann.

Am darauffolgenden Tag stürzte sie sich von der Hafenmauer und ertrank.

Frances hatte die Angelegenheit erstaunlich gleichmütig aufgenommen, dachte Edwin jetzt, während sie gemeinsam nach Hause spazierten. Sie hatte ihn lediglich mit einem resignierten Blick angesehen und dann die Achseln gezuckt, als ihr Vater ihr erklärt hatte, dass Edwin keine Schuld trage; an nichts, was diesen Vorfall betreffe. Beatrice sei offensichtlich geistesgestört gewesen und habe sich auf Edwin fixiert, obwohl ihre Gefühle für ihn nicht erwidert worden seien. Daraufhin hatte Frances ihm schlicht gesagt, dass sie nicht mehr länger in ihrem gemeinsamen Haus mit dem wunderschönen Ausblick auf die Hafenmauer leben könne. Sie wolle an einen ruhigeren Ort ziehen, weit entfernt vom Gerede der Leute.

Kurze Zeit später war ihr Vater verstorben, hatte Edwin die Kanzlei vermacht und ihnen damit den Weggang aus Brighton erleichtert. So waren sie hierhergekommen, nach Heron Green, wo es ruhig und friedlich zuging. Seither erschien Frances ihm, wenn vielleicht auch nicht glücklicher, dann doch zumindest ausgeglichener.

»Und ich«, dachte Edwin, während er die Straße zu Violets Haus hinaufblickte, »habe einen neuen Zeitvertrieb gefunden, um mich gut zu unterhalten.«

Kapitel 25

1855

Violet

Nie hätte ich mir vorstellen können, jemals so glücklich oder so verzweifelt zu sein. Ich lag auf meinem Bett und wiederholte jedes Wort, das ich zu Edwin gesagt hatte, im Stillen, analysierte im Geiste jede noch so kleine Regung von ihm. Wie er gestanden hatte, wie er gegangen war oder wie er seine Hand an meine Wange gelegt hatte. Warum nur hatte er mich nicht erneut geküsst? Warum, warum, warum? Ich glaubte, die Verwirrung würde mich umbringen.

Edwin war verheiratet, das war die schreckliche, unabänderliche Wahrheit. Vielleicht war dies der Grund, warum er mich nicht mehr berührt hatte. Ich empfand großes Mitgefühl für ihn, weil er in einer lieblosen Ehe gefangen war; gezwungen, seine Tage in der Gesellschaft dieser langweiligen Frau zu verbringen. Er war so ehrenhaft, dachte ich. Wie loyal er war, dass er die Verbindung, die zwischen uns bestand, verleugnete und dagegen ankämpfte. Und all das, um eine Ehe zu bewahren, in der er keinerlei Freude verspürte.

Ich liebte Edwin, daran hegte ich keinen Zweifel. Natürlich wusste ich nicht viel von der Liebe, das musste ich zugeben. Ich hatte keine Freundinnen, mit denen ich über diese Dinge hätte sprechen können. Mit Mabel würde ich niemals darüber reden. Obgleich ich wusste, dass Mabel ein

Auge auf einen jungen Mann aus dem Dorf geworfen hatte und mir wahrscheinlich genau den Rat geben könnte, den ich benötigte, war die Scham, sie zu fragen, zu groß.

Ich fragte mich, ob Vater und Mamá die gleichen Empfindungen füreinander gehabt hatten. Ob Vaters Küsse ebensolche Gefühle in Mamá ausgelöst hatten wie Edwins Küsse in mir. Als würde ich jeden Moment in Flammen aufgehen, während mir zur gleichen Zeit so eiskalt war, dass ich zu zittern anfing. Das erschien mir unwahrscheinlich. Vater hatte mich noch nie berührt – selbst als ich klein gewesen war, hatte er mich nie in den Arm genommen oder mir einen Kuss gegeben. Deshalb konnte ich mir nicht vorstellen, dass er meine Mutter je mit zärtlichen Gesten bedacht hatte. Tatsächlich hatte ich keinerlei Erinnerungen daran, die beiden je zusammen gesehen zu haben. Ohnehin hatte ich nur wenige Erinnerungen an Mamá, und die waren eher ein Gefühl denn verlässliche Bilder.

Ich wusste noch, wie sie geduftet hatte und wie weich sich ihre Wange an meiner angefühlt hatte. Im Gegensatz zu Vater war Mamá sehr liebevoll gewesen. Doch sie hatte auch ein scheues Wesen gehabt. Aus diesem Grund hatte sie sich dafür entschieden, in Sussex zu leben, während Vaters Geschäfte ihn zu Reisen durch ganz England verpflichteten. Ich konnte mich nicht daran erinnern, dass Mamá je an Bällen teilgenommen oder Vater auf seinen Reisen begleitet hätte. Stattdessen war sie bei mir geblieben, war mit mir am Strand spazieren gegangen oder hatte mich ermuntert, wenn ich im Kinderzimmer Bilder auf die Schiefertafel gezeichnet hatte, die ich sonst zum Lernen der Buchstaben benutzte.

Ich war fünf gewesen, als Mamá gestorben war. Allerdings war sie bereits eine Weile kränklich gewesen, bevor sie schließlich entschlafen war. Sie hatte an einem Fieber gelitten, das – so hatte es Betsy, unsere damalige Hausdame, gesagt – von dem Kind in ihrem Bauch ausgelöst worden war. Ich hatte das Kind gehasst.

Eines Nachts wurde ich von den Schreien meiner Mutter geweckt und hörte jemanden die Treppe hinaufrennen. Voller Angst kniete ich mich vors Fenster, und als ich in die Nacht hinausblickte, kam ein Mann auf einem Pferd angeritten und wurde ins Haus eingelassen. Das war der Doktor, wie ich später erfuhr. Doch ganz gleich, wer es war: Ich spürte so oder so, dass ein nächtlicher Besucher nichts Gutes bedeutete.

Am Morgen herrschte Stille im Haus, und als ich barfuß hinunterging, noch im Nachthemd, sah ich, dass Betsy schwere Vorhänge vors Fenster hängte und dabei weinte. Als sie mich bemerkte, zog sie mich in ihre Arme, und ich spürte, wie ihre Tränen auf meine noch vom Schlaf zerzausten Locken tropften.

»Deine Mamá ist von uns gegangen«, sagte Betsy schniefend. »Deine Mamá und der kleine Junge in ihrem Bauch.«

Blinzelnd schaute ich sie an und verstand sie zunächst nicht. Später ging ich dann zu Vater, der am Fenster seines Arbeitszimmers in seinem Ledersessel saß und aufs Meer hinausblickte.

Ich war so traurig und verwirrt und fühlte mich so allein, dass ich auf seinen Schoß klettern und mich an seine Brust schmiegen wollte. Ich wollte von ihm hören, dass alles wieder gut werden würde, dass ich nichts zu befürchten hätte und er mich niemals verlassen würde, so wie meine Mutter es getan hatte. Doch er schaute mich nicht einmal an. Stattdessen sprach er in einem abweisenden Tonfall mit mir.

»Du wirst von nun an bei deinem Onkel Alistair und deiner Tante Gertrud wohnen.«

Ich verspürte den Drang zu protestieren. Zwar liebte ich meine Tante Gertrud, die Mamás Schwester war, doch ich fürchtete mich vor Onkel Alistair, der einen kitzelnden Schnauzbart hatte und mit einem merkwürdigen schottischen Akzent sprach; und meinen Vetter Peter, der mich ständig zwickte und drangsalierte, konnte ich nicht ausstehen. Der entschlossene Zug um Vaters Mund ließ mich meinen Widerstand jedoch aufgeben. Es stand fest, dass ich gehen würde, ob ich wollte oder nicht.

Allerdings fügte es sich so, dass ich lediglich einige Monate in dem zugigen Haus von Onkel Alistair und Tante Gertrud in Tunbridge Wells verbrachte, da Onkel Alistair nach Indien entsandt wurde und Vater nicht wollte, dass ich die Familie begleitete, obgleich es beinahe so gekommen wäre. Meine Fahrkarte war bereits gekauft und meine Kabine auf dem Schiff bestätigt, als Vater entschied, dass ich bleiben sollte. So kam ich stattdessen wieder nach Hause, wo ich von Betsy versorgt und hin und wieder von wechselnden Gouvernanten unterrichtet wurde, von denen eine verkniffener war als die andere.

Ich hatte mich danach gesehnt, zur Schule zu gehen, doch Vater wollte, dass ich zu Hause blieb, wo ich keine Freunde hatte, keine Mutter und genau genommen auch keinen Vater, da er so häufig verreiste. Ich hatte mich nach Zuneigung und Aufmerksamkeit gesehnt. Und nun gab

Edwin mir beides. Ich lechzte nach seiner Liebe wie eine Wüste, die es nach Regen dürstete, dachte ich. Und ich wusste – ich wusste einfach –, dass er meine Gefühle erwiderte, ungeachtet dessen, dass er verheiratet war.

Auch in diesem Moment dachte ich wieder an ihn. Daran, wie der Meereswind durch sein rotgoldenes Haar wehte; an seine starken Arme, die von Sommersprossen übersät waren; oder daran, wie seine blauen Augen sich verdunkelten, wenn er mich anschaute.

Während ich auf dem Bett lag, in dem ich schon seit Kindertagen schlief, strich ich mit den Händen über meinen Körper und fragte mich, wie es sich wohl anfühlen würde, wenn es Edwins Hände wären. Ich musste an die Bücher denken, die Mabel las und in die ich heimlich einen Blick geworfen hatte, und ich stellte mir vor, dass ich die Rolle der Heldinnen einnahm. Doch diese Geschichten waren für mein Empfinden nicht detailliert genug beschrieben, und ich wusste, ich würde nicht eher ruhen, bis Edwin mich erneut küssen würde.

Als ich am darauffolgenden Tag eine weitere Zeichnung am Strand angefertigt hatte, trat ich schließlich von meiner Staffelei zurück und atmete tief durch. »Würden Sie es gerne ansehen?«, fragte ich Edwin.

Er lächelte mir zu, bevor er knirschend über den Kieselstrand schritt und auf die andere Seite der Staffelei trat. »Exzellent«, sagte er, während er dicht neben mir stand. »Sie sind in der Tat sehr talentiert.« Ich sog den Duft seines Eau de Colognes ein. Mir war die Fähigkeit, zu sprechen, abhandengekommen. Als Edwin meine Hand nahm, dachte ich einen Moment lang, mir würden die Sinne schwinden.

»Violet«, sagte er. »Du bedeutest mir so viel.«

Dann neigte er den Kopf zu mir herunter und küsste mich. Mir wurden die Knie weich, und ich spürte erneut dieses Pochen zwischen meinen Beinen – was geschah hier?

In diesem Augenblick löste Edwin sich wieder von mir.

»Ich muss gehen«, sagte er. »Frances erwartet mich zum Abendessen.«

Ganz matt vor Verlangen, sank ich auf einen Felsblock und blickte Edwin nach, während er den Weg zum Haus hinaufkletterte, ohne sich noch einmal nach mir umzudrehen.

Ich liebte ihn unsagbar, das wusste ich nun. Ich war ihm vollkommen verfallen.

Kapitel 26

Heute

Ella

Von: elladaniels@writemail.com
An: ggriffiths@unimail.com
Betreff: Recherche!

Grandioser George,

wie läuft's bei dir an der Uni? Sehen die StudentInnen alle wahnsinnig jung aus? Weißt du noch, wie erwachsen wir uns damals vorkamen?
Wir sind mittlerweile in Sussex angekommen, und eigentlich sollte ich längst an meinem nächsten Roman sitzen. Stattdessen bin ich allerdings auf einen mysteriösen Kriminalfall gestoßen! Ich habe herausgefunden, dass 1855 eine Künstlerin in unserem Haus gelebt hat, die dann spurlos verschwunden ist. Damals sind die Leute davon ausgegangen, dass sie einfach weggelaufen ist, aber ich glaube, es ist irgendetwas Schlimmes mit ihr passiert.
Ihr Name war Violet Hargreaves, und sie war offensichtlich eine Anhängerin deiner geliebten Präraffaeliten (über die habe ich übrigens in letzter Zeit eine Menge gelesen und fange langsam an, sie zu mögen – ich dachte mir, das freut dich bestimmt).

Ich habe versucht, mehr über Violet herauszufinden, aber es gibt so viele Bücher über die Präraffaeliten, dass ich keine Ahnung habe, wo ich anfangen soll – und wenn wir ehrlich sind, wurde über Malerinnen ja sowieso kaum etwas geschrieben. Deshalb habe ich eine Riesenbitte an dich: Könntest du mal schauen, ob du irgendwas über meine Violet findest? Bitte, bitte! Du würdest mir damit einen großen Gefallen tun. Sie hat übrigens ziemlich viele Bilder von einem Mann namens Edwin Forrest gemalt – falls dir das weiterhilft.
Und wenn du irgendwann mal ein Wochenende am Meer verbringen willst (am Ärmelkanal, meine ich, und nicht an der rauen Nordsee), dann bist du hier jederzeit willkommen. Ich hänge dir ein paar Bilder vom neuen Haus und den Kindern an.

Alles Liebe
E
Xxx

Kapitel 27

1855

Violet

»Und es macht dir auch wirklich nichts aus?« Fragend blickte ich Edwin über den Rand meiner Staffelei hinweg an.

Er schenkte mir sein schiefes Lächeln, das ich von Mal zu Mal mehr liebte, und schüttelte den Kopf. »Welche Opfer ich für die Kunst doch erbringen muss«, sagte er und lachte über mein sorgenvolles Gesicht, während er herüberkam, mich küsste und damit heiße Schauer durch meinen Körper sandte.

»Meine liebste Vi«, fügte er hinzu, »natürlich macht es mir nichts aus.«

Vater war immer noch in Manchester, und ich wollte die Zeit ohne ihn auskosten. Inzwischen war ich daran gewöhnt, Edwin zu zeichnen, und seine Körperhaltung war mir vertraut. Er war ein geborenes Modell, wusste um seine Attraktivität, und ich spürte, dass er sich seiner Wirkung auf mich ebenso bewusst war. Bisher hatte ich ihn stets in Stellungen gezeichnet, die ich als für ihn typisch erachtete: sitzend auf einem Felsen oder stehend, die Hände hinter dem Rücken verschränkt, den Blick nach vorn gerichtet, so, wie er es bei unserer ersten Begegnung getan hatte.

An diesem Tag jedoch hatte ich entschieden, dass es an der Zeit war, mit den Skizzen für mein großes Werk zu beginnen. Ich musste Edwin in meinem Atelier zeichnen, und dafür würde er sein Hemd ausziehen müssen.

Wie gewöhnlich hatte ich ihn an diesem Nachmittag am Strand getroffen, ihn dort allerdings gebeten, mich ins Haus zu begleiten. Er hatte sich einverstanden erklärt, war mir jedoch erst fünf Minuten später gefolgt, um sicherzustellen, dass uns niemand zusammen sah.

»Die Dorfbewohner lieben Klatsch und Tratsch«, erklärte er. Ich fragte mich, ob er nicht vermeiden wollte, dass Frances ihn sah, doch ich sprach ihn nicht darauf an.

Stattdessen wartete ich hinter der Eingangstür auf ihn, ließ ihn herein und drängte ihn dann eilig die Treppe hinauf, bevor Mabel uns bemerkte. Dann jedoch musste ich Philips bitten, uns einen Hocker zu bringen. Er brachte das Gewünschte widerstandslos und blickte nur stumm zu Edwin hinüber, als er an diesem vorbeiging.

»Ist alles in Ordnung, Miss?«, erkundigte er sich dann.

»Alles in bester Ordnung, danke, Philips«, entgegnete ich. Die Situation war mir unangenehm. Ich wusste, es war albern, doch ich war immer noch gekränkt von seiner Zurückweisung, als ich ihn gebeten hatte, für mich Modell zu stehen.

Als Philips gegangen war, positionierte ich Edwin auf dem Hocker.

»Stell dir vor, du hättest die ganze Nacht in der Löwengrube zugebracht«, sagte ich, »doch die Tiere hätten dir kein Haar gekrümmt.« Ich zog ihn nach vorn, so dass er sich mit den Unterarmen auf den Knien abstützte. Dabei strich er flüchtig mit der Hand über die Rückseite meines Rockes, und ich errötete. »Nun sieh zu mir«, fuhr ich fort. Edwin blickte mich unter seinen langen Wimpern hervor an, und ich biss mir unwillkürlich auf die Lippe. Er war wahrlich ein stattlicher Mann. Diesen Moment nutzte ich, um ihn zu bitten, sein Hemd auszuziehen, und er kam zu mir herüber, um mich zu küssen.

Dann stellte er sich neben mich, ganz dicht, und zog zunächst seine Schuhe und Socken aus, bevor er seine Krawatte löste und sich das Hemd aufknöpfte. Ich sog seinen Geruch ein, als er sein Hemd über seine breiten Schultern gleiten ließ.

Er war schlank, doch sein Bauch war muskulös, und seine Brust war mit goldenem Flaum bedeckt. Es verlangte mir jegliche Willensstärke ab, die ich noch besaß, nicht die Hand auszustrecken und ihn zu berühren. Als er bemerkte, dass ich ihn betrachtete, lächelte er erneut.

»Setz dich wieder auf den Hocker«, sagte ich mit zittriger Stimme, und mir schwindelte regelrecht von seinem Anblick. Es war das erste Mal, dass ich den Körper eines Mannes in dieser Form sah. Rasch zog ich mich hinter meine Staffelei zurück, nutzte sie wie einen Schutzschild zwischen uns.

Ohne den Blick von mir abzuwenden, ließ Edwin sich auf dem Hocker nieder und nahm beinahe die gleiche Stellung ein wie zuvor, doch seine Armhaltung war eine andere.

»Noch ein kleines Stück nach vorn«, sagte ich.

»Zeig mir, wie.«

Ich trat erneut auf ihn zu und umfasste seine Oberarme. Im Kontrast zu seinen ausgeprägten Muskeln wirkten meine Finger regelrecht winzig, während ich ihn leicht nach vorn zog. Und dann – als hätten meine Hände ein Eigenleben entwickelt – strich ich sanft über seine Haut, hinauf bis zu seinen Schultern.

»Violet«, sagte Edwin. Er lehnte sich vor und legte seinen Kopf an meine Brust, während er die Arme um meine Taille schlang. Zärtlich streichelte ich seinen Rücken.

In dieser Haltung verharrten wir eine Weile, eng umschlungen, bis Edwin schließlich, ohne die Arme von mir zu lösen, aufstand, den Kopf herunterbeugte und mich küsste.

Bis zu diesem Moment waren seine Küsse eher zurückhaltend gewesen. Nun jedoch war alles anders. Edwins Lippen drängten sich gegen meine, bis ich den Mund öffnete.

»Edwin«, keuchte ich überrascht. »Ich …«

»Sch, meine Liebste«, sagte er. »Niemand muss davon erfahren.«

Voller Entsetzen erkannte ich, dass Edwins starke Finger sich an den hinteren Knöpfen meines Kleides zu schaffen machten. Er küsste meinen Hals, während er mich rückwärts auf die Chaiselongue zuschob, auf der sein Hemd lag.

Mit einer geübten Bewegung zog er mir das Kleid über die Arme und drängte mich auf die Liege.

»Edwin«, keuchte ich erneut. Ich wollte, dass er aufhörte, doch ich wusste nicht, wie ich das anstellen sollte. Ich hatte diese Situation selbst initiiert, und nun schien ich machtlos, sie zu beenden. In diesem Augenblick strich ein Luftzug über meine nackten Arme, und ich erschauerte, fühlte mich schrecklich entblößt.

Mit flinken Händen zog mir Edwin meine Unterkleidung aus und entledigte sich seiner Hose.

»Meine Schöne«, sagte er und ließ die Hände über meinen Körper gleiten. Es war genauso, wie ich es mir in den einsamen Nächten in meinem Bett vorgestellt hatte, nur dass es hier in der Wirklichkeit weder romantisch noch liebevoll anmutete. Nur furchterregend. Ich schloss die Augen. Ich wollte nicht sehen, wie er mich ansah.

Dann lag er plötzlich auf mir, und ich bekam kaum noch Luft. Ein scharfer Schmerz durchfuhr mich, und Edwin stöhnte, während er sich zu bewegen begann. Ich blieb regungslos liegen, wie gelähmt vor Angst, während Edwin noch ein weiteres Mal mit aller Macht in mich stieß und sich dann auf mich fallen ließ.

Ich begann zu weinen, heiße Tränen, die in mein Haar hinunterrannen, während ich auf der Chaiselongue lag.

Edwin setzte sich auf. »Liebste Vi«, sagte er, »was ist mit dir?«

In dem Bemühen, mich wie die erwachsene Frau zu verhalten, die ich nun vermutlich war, zwang ich mich zu einem Lächeln. »Nichts von Bedeutung«, antwortete ich.

Dann wischte ich mir die Tränen fort, zog meine Unterkleidung wieder an und unterdrückte ein Keuchen, als ich Blutflecken auf dem Polster der Chaiselongue bemerkte. Edwin rieb mit seinem Taschentuch darüber.

»Beim nächsten Mal wird es nicht mehr so schmerzhaft sein«, sagte er, während er sich ebenfalls wieder anzog.

Mir fehlten die Worte. Stumm saß ich auf der Liege und starrte auf den Boden. Erneut lief mir eine Träne über die Wange.

»Liebste«, sagte Edwin. »Verzeih, dass es so schnell geschah. Deine Schönheit hat mich regelrecht überwältigt.«

Er zog mich an sich, und ich war so bestürzt über das, was gerade geschehen war, dass ich mich an ihn klammerte. Sanft küsste er meine Tränen weg, strich mir übers Haar und murmelte mir Worte der Zuneigung ins Ohr, bis ich zu weinen aufhörte. Dann half er mir behutsam, mein Kleid überzuziehen, als wäre ich ein Kind, und küsste mich erneut zärtlich auf die Wange.

»Ich muss gehen«, sagte er. »Aber ich werde morgen wiederkommen – sofern du mich weiter empfangen möchtest?«

Ich nickte. In meinem Kopf herrschte ein Durcheinander aus Liebe und Schmerz, doch unter all dem wusste ich, dass ich ihn immer noch malen wollte.

»Adieu, süße Violet«, sagte er und nahm sein Jackett von der Chaiselongue. »Bis morgen.«

Kapitel 28

1855

Frances

Frances war in ein Buch vertieft, als Edwin nach Hause kam. Er steckte den Kopf zur Tür des Salons herein und lächelte ihr strahlend zu.

»Hallo, meine Liebe«, sagte er. »Es kam mir gerade in den Sinn, ein Bad zu nehmen. Würdest du Agnes bitten, mir eins einzulassen?«

Frances nickte und legte ihr Buch beiseite. »Ich werde sie hochschicken«, entgegnete sie in dem Wissen, dass Agnes über diese Bitte zetern und schimpfen würde.

Sie hörte Edwin singen, während er die Treppen hinaufstieg, und wusste, dass sein Werben um die junge Violet erfolgreich gewesen war. Er war unheimlich berechenbar, dachte Frances, während sie sich auf die Suche nach Agnes machte. Wenn Edwin sie betrog, ging er stets nach dem gleichen Muster vor. Es hatte eine Zeit gegeben, in der es ihr das Herz gebrochen hätte, dass er einer anderen seine Zuneigung schenkte. Doch im Laufe ihrer Ehe war diese Situation so häufig vorgekommen, dass es Frances gleichgültig geworden war.

Diesmal war sie sogar beinahe erfreut darüber. Solange er Violet umwarb, schenkte er seiner Ehefrau keine Beachtung, und sie konnte weiterhin Geld verstecken und ihre Flucht planen, obschon sie nach den Vorfällen in Brighton durchaus besorgt um die arme Violet war. Sie war noch sehr jung, und wenn sie ihr ganzes Leben in diesem idyllischen Dorf verbracht hatte, war sie sicher nicht sehr welterfahren, wie Frances befürchtete. Womöglich war sie nicht in der Lage, mit Edwin umzugehen, der – in der Annahme, alles haben zu können, was er begehrte – ohne jede Rücksicht vorging.

Einmal mehr verspürte Frances einen beinahe mütterlichen Beschützerinstinkt gegenüber dem unbeholfenen Mädchen, das im Haus nebenan wohnte, und sie versuchte, dieses Gefühl zu unterdrücken. Sie musste von nun an ausschließlich an sich denken, an sich und das ungeborene Kind in ihrem Bauch, nicht an die junge Frau, die von ihrem Ehemann verführt worden war.

Frances wartete, bis sie hörte, wie Agnes die Treppe hinaufstapfte und Edwin sich in sein Ankleidezimmer zurückzog, in dem sich seine Badewanne befand. Dann ging sie in ihr eigenes Zimmer, schloss die Tür, schob einen kleinen Tisch davor und löste das Dielenbrett. Darunter hatte sie einen Beutel mit Geld verstaut – einer inzwischen stattlichen Summe –, außerdem ein Tagebuch und eine Reiseerzählung.

In der Erzählung ging es um Schottland, das Ziel, für das sie sich endgültig entschieden hatte. Ihr gefiel, was sie über eine kleine Stadt namens North Berwick gelesen hatte, die in der Nähe von Edinburgh lag, doch sie wusste auch, dass der Weg bis dorthin weit war und sie einige Zeit dafür brauchen würde. Sie plante, zunächst nach Manchester zu reisen, dann von dort aus nach Glasgow und anschließend weiter gen Osten. Sie hatte Bekanntschaft mit dem Bahnhofsvorsteher von Brighton geschlossen und ihr Interesse an dem sich immer weiter ausdehnenden Streckennetz bekundet, um ihn, ohne Verdacht zu erregen, nach dem besten Weg zu fragen.

In ihrem Tagebuch hatte sie geübt, ihren neuen Namen zu schreiben. Sie hatte entschieden, sich Florence zu nennen, nach einer Großtante, für die sie viel Zuneigung empfunden hatte. Und als Nachnamen hatte sie Bennett gewählt. Beide Namen erschienen ihr ausreichend unauffällig. Mit diesem Gedanken griff sie nach ihrem Fountain Pen und schrieb erneut kunstvoll *Florence Bennett* ins Tagebuch. Auch eine neue Biographie hatte sie für sich ersonnen. Sie war eine Witwe aus Manchester. Ihr erfundener Ehemann – Alfred – war bei einem Fabrikunfall getötet worden, und sie hatte sich entschieden, mit ihrem Kind ein neues Leben an einem anderen Ort zu beginnen, weit entfernt von den tragischen Erinnerungen und näher an ihrer imaginären Familie, die irgendwo an der Grenze lebte.

Frances verlagerte ihre Position auf dem Stuhl und löste das Taillenband an ihrem Rock. Sie wurde eindeutig runder um die Mitte. Schon bald würde sie ihre Unterröcke um einen reduzieren müssen, dann um noch einen, während das Kind in ihr weiter wuchs. Sie war sich sicher, dass sie dadurch genügend Zeit gewinnen würde, um ihren Fluchtplan zu vervollkommnen.

»Frances?« Edwin rief aus dem Nebenzimmer nach ihr und riss sie damit aus ihren Tagträumen. Rasch legte sie ihr Tagebuch, ihre Dokumente, den Geldbeutel und das Buch zurück in ihr Versteck, verschloss das Loch mit dem Dielenbrett und stellte den kleinen Tisch wieder darauf. Dann ordnete sie ihr Haar und verließ das Zimmer, um nach ihrem Ehemann zu sehen.

Kapitel 29

1855

Violet

Nach dem ersten furchtbaren Mal suchte Edwin mich jeden Tag auf. Ich war ganz durcheinander. Es gefiel mir außerordentlich, ihn zu malen. *Daniel in der Löwengrube* versprach, ein prächtiges Werk zu werden, und die schiere Freude darüber, jeden Tag malen zu können, erweckte den Drang in mir, vor Glückseligkeit zu singen.

Edwin gegenüber hegte ich widerstreitende Gefühle. Einerseits fühlte ich mich in seiner Gegenwart besonders; er nannte mich Liebste und Schönste, machte mir Komplimente zu meinem Gemälde, meinem Wesen und meiner Schönheit. Im Anschluss jedoch, wenn ich mit dem Malen fertig war, überwältigte er mich mit seinen harten Küssen, so dass sein Atem heiß auf meinem Gesicht brannte, bevor das Unweigerliche geschah und er mich auf die Liege presste.

Nach dem ersten Mal hatte ich all meinen Mut zusammengenommen und versucht, mit ihm darüber zu sprechen.

Während ich meine Pinsel ausgewaschen hatte, war er hinter mich getreten und hatte die Arme um mich gelegt.

»Meine Liebste«, sagte er und küsste meinen Hals.

Ich erstarrte. Ich wollte das nicht. Nicht noch einmal. »Liebster Edwin«, entgegnete ich, und meine Stimme klang dünn und zittrig, »ich bin dir sehr zugetan, doch ich fürchte … Wir dürfen nicht vergessen, dass du verheiratet bist …«

»Frances ist krank«, antwortete Edwin, während er meinen Unterrock herunterzog. »Ihre Nerven sind angegriffen. Sie kann mir nicht geben, was ich brauche. Wer könnte es mir da verdenken, dass ich dich will?«

Ich wollte vor ihm zurückweichen, doch ich war gefangen zwischen dem Tisch, auf dem meine Pinsel lagen, und der Wand. Angst erfasste mich und sandte einen kalten Schauder durch meinen Körper. »Aber Edwin«, protestierte ich.

»Sch…« Edwin presste seine Lippen mit solcher Gewalt auf meinen Mund, dass ich mir sicher war, er würde dort einen Bluterguss hinterlassen. Ich spürte Panik in mir aufsteigen und stemmte meine Hände gegen seine Oberarme.

»Edwin«, rief ich. »Nein.«

Mit aller Kraft drückte ich ihn von mir, doch er hielt dagegen und stieß mich gegen die Wand. Ich fühlte ihre Kälte an meinem Rücken. Drohend baute sich Edwin vor mir auf, und mir wurde erneut bewusst, wie klein ich war im Verhältnis zu ihm. Wieder packte mich die nackte Angst.

»Liebste Violet«, knurrte Edwin und drängte abermals seine Lippen gegen meine.

Ich musste an den Schmerz denken, den ich am vorherigen Tag verspürt hatte, und daran, wie es sich angefühlt hatte, als er auf mir gelegen hatte. Gleichgültig, was ich für ihn empfand, das wollte ich nicht noch einmal erfahren. Ich sammelte all meine Kräfte, kreuzte die Arme und stieß ihn so stark von mir, wie ich konnte. Er taumelte zurück, und in seinen Augen flammte heiße Wut auf.

Rasch duckte ich mich unter seinen Armen hindurch; der

einzige Fluchtweg, der mir blieb. »Bitte verzeih mir«, bat ich, den Tränen nah. »Es ist nur … Ich kann das nicht …«

In diesem Moment sah ich Edwins Faust auf mich zuschnellen. Schmerz durchzog meinen Kiefer, und unvermittelt fand ich mich auf dem Boden wieder. Ich brauchte einen Augenblick, um die Situation zu erfassen, und während ich versuchte zu verstehen, was geschehen war, blieb ich zusammengekrümmt auf dem weißen Dielenboden liegen. Bestimmt war das alles ein Versehen. Edwin hatte sicher nicht beabsichtigt, mich zu verletzen.

Als ich zu ihm hochblickte, wurden seine Gesichtszüge weicher. Er kniete sich neben mich und schlang die Arme um mich. Genau wie letztes Mal klammerte ich mich an ihn wie eine Ertrinkende und schluchzte, während er mir über den Rücken strich und tröstende Worte in mein Haar murmelte.

»Liebste«, wisperte er. »Violet, mein Engel. Bitte verzeih, Schönste. Bitte verzeih.«

Es sei die Hitze, erklärte er. Und Sorgen auf der Arbeit. Außerdem habe er sich so darauf gefreut, Zeit mit mir zu verbringen – und dann diese Enttäuschung, nun ja …

Als meine Schluchzer verebbten, hob er mich sanft vom Boden auf und trug mich zur Chaiselongue hinüber. Dort setzte er mich ab und begann, behutsam mein Kleid aufzuknöpfen, während er weiter auf mich einsprach. »Mein Engel«, flüsterte er und drückte einen Kuss auf mein entblößtes Schlüsselbein. »Du bist so wunderschön.«

Ich zitterte. Mein Gesicht schmerzte, und die Seite meines Körpers, auf die ich bei meinem Sturz gefallen war, fühlte sich ganz wund an. Mit bebenden Händen berührte ich meinen Kiefer und stieß ein Wimmern aus, als ich eine zarte Schwellung ertastete. Ungeachtet dessen war Edwin immer noch damit beschäftigt, meine Röcke hochzuschieben, bevor er mich rücklings auf die Chaiselongue drückte. Als er sich auf mich legte, begann ich erneut zu weinen und wandte mein Gesicht ab, damit er meine Tränen nicht bemerkte. Nach all dem, was vorgefallen war, wollte ich ihn nicht weiter verstimmen.

Hinterher küsste Edwin mir die Tränen vom Gesicht, die mir immer noch über die Wangen liefen, und gab mir abermals zu verstehen, wie viel ich ihm bedeutete. Diesmal half er mir jedoch nicht beim Ankleiden. Stattdessen ließ er mich einfach so liegen, wie ich war – derangiert und übersät mit Wundmalen –, und betrachtete mich stumm, während er seine Hose anzog und sich das Haar glatt strich.

»Ich habe die Absicht, am Ende der Woche nach London zu fahren«, sagte er, als er sein Jackett aufhob.

Ich versuchte zu lächeln, doch meine geschwollene Wange verhinderte jede Regung. »Wirst du Mr Millais aufsuchen?«, fragte ich, und meine Stimme klang ganz schrill, während ich gegen neuerliche Tränen ankämpfte. Würden all die Qualen am Ende doch zu etwas nutze sein?

»Ich will es in jedem Fall versuchen«, beteuerte Edwin. »Wirst du bis dahin fertig sein?«

In diesem Moment fühlte ich mich zwar, als könnte ich nie wieder malen, dennoch nickte ich.

»Gut«, sagte Edwin. »Bis morgen, süße Violet.«

Als er die Treppe hinunterging, hörte ich ihn pfeifen. Ich blieb sitzen, nur halb bekleidet, und fragte mich, was geschehen war. War so die Liebe? War es so, wenn man erwachsen wurde? Und war dies der Preis, den ich zu zahlen hatte, um als Künstlerin arbeiten zu können?

Als die Sonne im Meer versank und sich die Dunkelheit auf das Zimmer herabsenkte, zwang ich mich endlich, aufzustehen und meine Bluse zuzuknöpfen. Alles schmerzte. Mein Gesicht war geschwollen und meine Hüfte ganz steif. Langsam humpelte ich nach unten in die Küche, wo ich Mabel antraf.

Sie stieß ein entsetztes Keuchen aus, als sie mein Gesicht sah, und begann unverzüglich, mich zu versorgen.

»Oh, Miss Violet«, sagte sie, während sie mich zu einem Schemel führte und mich daraufschob. »Was um Himmels willen ist denn geschehen?«

Sie war so gut zu mir, dass meine Augen erneut zu brennen anfingen. »Ich bin ausgerutscht«, log ich. »Oben.«

Mabel musterte mich genau, stellte jedoch keine weiteren Fragen. »Wir müssen etwas Kühles darauflegen«, sagte sie, bevor sie nach einem Stofffetzen griff und diesen in kaltes Wasser tauchte. Dann faltete sie das Tuch zusammen und hielt es an meine schmerzende Wange.

Das eiskalte Wasser rann meinen Hals entlang, und erschöpft lehnte ich meinen Kopf an Mabels Brust, fühlte mich zum ersten Mal seit dem Vorfall wieder beschützt.

Tröstend strich Mabel mir übers Haar, bemutterte mich, obwohl wir beinahe im selben Alter waren.

»Alles wird gut«, säuselte sie. »In einigen Tagen werden Sie es schon kaum mehr spüren.«

»Wie sind Sie ausgerutscht?« Ich hatte gar nicht bemerkt, dass Philips in einer Ecke der Küche damit beschäftigt war, eine Schranktür zu reparieren.

»Ich weiß es selbst nicht genau«, stammelte ich.

Philips kam zu mir herüber, und als er vor mir stehen blieb und in all seiner Größe vor mir aufragte, fühlte ich mich einen angstvollen Moment lang an Edwin erinnert. Instinktiv wich ich zurück und wünschte sofort, ich hätte es nicht getan.

»Zeigen Sie mal her«, sagte Philips.

Mabel nahm den Stofffetzen von meiner Wange, und Philips sog hörbar die Luft ein.

»Sieht schmerzhaft aus«, befand er. »Erinnert mich daran, wie der Bursche, der weiter unten in der Straße wohnt, ein paar Bier zu viel intus hatte und auf mich los ist.«

»Ich bin ausgerutscht«, wiederholte ich, riss Mabel das Tuch aus der Hand und legte es wieder auf meine Wange.

Vorsichtig strich Philips mir die Locke aus der Stirn, die mir wie gewöhnlich ins Gesicht gefallen war, und begutachtete eingehend meine Wange.

»Geben Sie auf sich acht, Miss Violet«, sagte er schließlich. »Geben Sie immer gut auf sich acht.«

Von da an wehrte ich mich nicht mehr gegen Edwin. Er kam jeden Tag ins Haus, und ich malte ihn. Anschließend, wenn er des Stehens oder Sitzens überdrüssig wurde, richtete er sich auf, ging zum Fenster hinüber und schüttelte seine Glieder aus. Dann wusste ich, was als Nächstes geschehen würde.

Ich legte meinen Bleistift oder Pinsel beiseite und setzte mich aufs Sofa. Dort knöpfte ich mein Kleid auf und zog meinen Unterrock aus. Ich hatte mir angewöhnt, weniger Stoffschichten zu tragen, damit es rascher vorbeiging, und ich hatte einen Weg gefunden, wie ich mich gedanklich vom Geschehen entfernen konnte. Dann schloss ich die Augen und stellte mir vor, dass ich die Royal Academy besuchte und dort mein eigenes Bild betrachtete. Auf die gleiche Weise gelang es mir, Edwins heißen Atem an meiner Wange nicht mehr wahrzunehmen, ebenso wenig wie das Gewicht seines Körpers auf mir und die Schmerzen, die er mir zufügte, wenn er in mich stieß.

Anschließend ging Edwin stets pfeifend die Treppe hinunter, und ich sah ihm aus dem Fenster im Treppenhaus nach, bis er durch das Tor zu seinem Garten getreten war. Dann nahm ich mir eine Schüssel mit Wasser, trug diese hinunter zum Abort und wusch mich sauber. Auf eine makabre Weise zog ich so etwas wie Trost aus dieser Gewohnheit; ich stellte mich wieder her, nachdem Edwin mich zerstört hatte.

Inzwischen fühlte ich mich vollkommen allein. Vater war immer noch fort, und Philips, der lange Zeit mein Vertrauter gewesen war, hielt Abstand zu mir. Ohnehin hätte ich mich ihm in dieser Angelegenheit nicht anvertrauen können. Dies war zu schamvoll, zu schmutzig, um darüber zu sprechen. Zu weit entfernt von Plaudereien über meine künstlerischen Ambitionen oder Philips' Pläne, eines Tages seine eigene Gärtnerei zu eröffnen.

In den ersten Tagen, nachdem Edwin mich geschlagen hatte, blieb ich im Haus. Das Dorf war klein, und die Leute waren zu empfänglich für Klatsch, als dass ich es gewagt hätte, mich draußen sehen zu lassen. Schließlich jedoch, nach rund einer Woche, stellte ich mich vor den Spiegel und begutachtete meine Verletzungen.

Edwin hatte meinen Kiefer getroffen, und vom Kinn bis

zu meiner Wange hinauf war ein gelblicher Bluterguss zu sehen. Doch das Schlimmste war vorüber, und ich war mir sicher, dass es niemandem mehr auffallen würde. Sollte einer der Dorfbewohner doch zu neugierig sein, würde ich schlicht sagen, dass ich ausgerutscht war, und anschließend das Thema wechseln.

Seit dem letzten Gewitter an dem Tag, an dem ich Edwin in der Höhle begegnet war – oh, wie lange her erschien mir das inzwischen; damals war ich noch ein Kind gewesen –, hatte der Sommer sich kampflos dem Herbst ergeben und war von dannen gezogen. Zum Schutz gegen den kühlen Wind legte ich mir ein Tuch um die Schultern, setzte meinen Hut auf und steckte ihn fest, bevor ich trotzig das Kinn vorstreckte und mit erhobenem Haupt das Haus verließ.

Es war gut, nach so langer Zeit wieder draußen an der frischen Luft zu sein. Ich spazierte ins Dorf und betrachtete die Auslagen der Geschäfte. Als ich einem Freund meines Vaters begegnete, blieb ich stehen, um mit ihm zu plaudern, und fühlte mich wieder mehr im Reinen mit mir als während der ganzen vergangenen Woche.

Da ich Mabel versprochen hatte, die saubere Leinenwäsche abzuholen, ging ich zur Reinigung hinüber. In dem Moment jedoch, als ich das Geschäft betreten wollte, kam ausgerechnet Frances Forrest heraus. Mein Herz hämmerte gegen meinen Brustkorb, während ich ihr die Tür aufhielt, und ich senkte den Blick, aus Angst, dass sie mir ansehen könnte, was ich mit ihrem Ehemann getan hatte.

»Guten Tag, Miss Hargreaves«, grüßte sie.

Vor lauter Sorge, dass jegliche Form der Erwiderung mich verraten würde, nickte ich nur stumm und ging an ihr vorbei. Doch wie es schien, genügte schon dieses schlichte Nicken, um mein Verderben einzuleiten, denn als ich das Geschäft wieder verließ, wartete Frances draußen auf mich. Übelkeit stieg in mir hoch. Hatte Frances womöglich gewartet, um mich darüber auszufragen, wo Edwin sich jeden Tag aufhielt?

Ich senkte den Kopf und eilte an ihr vorbei, doch Frances schloss zu mir auf.

»Miss Hargreaves«, rief sie. »Violet.«

Ohne sie zu beachten, ging ich weiter. Das schlechte Gewissen fraß mich innerlich auf, und ich wusste nicht, was ich fühlen sollte, wie ich reagieren oder was ich sagen sollte.

»Bleiben Sie stehen.« Frances zog mich am Arm, und ich hielt an.

Zögernd hob ich den Blick, und zu meinem Erstaunen lag in Frances' Augen nichts als Besorgnis – nicht der Hass oder die Streitlust, die ich erwartet hatte.

Stattdessen streckte sie den Arm aus und legte sanft ihre Hand an meine Wange, auf die Stelle, an der Edwins Faust den Bluterguss hinterlassen hatte.

»Oh, mein armes Mädchen«, sagte sie. »Mein armes Mädchen.«

Erschrocken wich ich vor ihren Fingern zurück. Die Stelle schmerzte nicht mehr allzu sehr, doch das Mitgefühl in Frances' gütigem Gesicht war zu viel. Seit Tagen hatte ich mich gezwungen, meine Empfindungen zu verbergen, doch in diesem Moment durchflutete mich eine Welle von Emotionen. Ich fühlte mich schrecklich schuldig, und zur selben Zeit überkam mich ein seltsames Sehnen danach, mich in Frances' Arme zu stürzen und von ihr trösten zu lassen; mich von dem Mitgefühl umhüllen zu lassen, mit dem sie gerade meine Wange berührt hatte.

»Bitte verzeihen Sie«, flüsterte ich.

Doch Frances schüttelte den Kopf. »Das ist vollkommen unbedeutend«, sagte sie. »Für mich ist es bald vorbei. Aber Sie müssen auf sich achtgeben.«

Verwirrung und Unruhe erfassten mich. War ihr bewusst, was Edwin getan hatte, wenn er nicht bei ihr gewesen war? Angst überkam mich, große Angst davor, dass sie über alles Bescheid wusste und Edwin darauf ansprechen würde. Würde er zornig werden? Würde er vielleicht nie wieder mit mir sprechen? Da ich nicht die passenden Worte zu finden vermochte, entschied ich mich, Unwissenheit vorzutäuschen.

»Geht es Ihnen gut, Mrs Forrest?«, fragte ich. Sie machte keinen kränklichen Eindruck – hatte sie in der ganzen Zeit nicht, seit ich sie kannte –, doch Edwin sprach häufig von ihrem schwachen Zustand.

»O ja, mir geht es bestens«, entgegnete Frances. »Ich bin eher besorgt um Ihr Wohlergehen. Violet, Sie müssen …«

Mühsam kämpfte ich gegen den inneren Drang an, die Flucht zu ergreifen. Eine Erinnerung an Edwin, wie er mit heruntergelassenen Hosen, schwer atmend und mit rotem Kopf auf mir lag, tauchte vor meinem geistigen Auge auf, und ich glaubte, vor Scham sterben zu müssen. Warum nur war Edwins Frau so freundlich zu mir?

»Ich fühle mich tatsächlich ein wenig matt«, unterbrach ich sie. »Ich muss gehen.«

Rasch drückte ich das Wäschebündel an mich, wandte mich um und eilte davon.

Kapitel 30

1855

Frances

Frances fühlte sich vollkommen hilflos. Edwins Wundmale erkannte sie auf den ersten Blick, dafür hatte sie seine Faust zu häufig selbst zu spüren bekommen. Bei der jungen Violet war es jedoch sehr früh geschehen. Gewöhnlich umwarb er seine Opfer über Monate, bevor er sein wahres Gesicht zeigte.

Langsam folgte Frances Violet die Straße hinauf, während sie sich fragte, ob die junge Frau sich Edwins Avancen widersetzt hatte. Vielleicht hatte er sie deshalb geschlagen. Das wäre gut, dachte sie. Diese Wehrhaftigkeit konnte das Mädchen beschützen. Frances wünschte, sie hätte nur einen Funken von Violets Eigensinn gehabt, vielleicht wäre sie dann gar nicht erst Edwins Charme erlegen.

Doch es blieb ein Rest von Zweifel, was Violets Verbindung zu Edwin betraf. Frances konnte nicht mit Gewissheit sagen, ob die junge Frau verstanden hatte, was sie ihr zu vermitteln versucht hatte. Die Situation war heikel. Sollte sie offen sein und ihr sagen: »Ich weiß, dass Sie Beziehungen zu meinem Ehemann pflegen, aber er ist gefährlich. Halten Sie sich von ihm fern.«

Falls sie sich irrte, stellte ihre Behauptung einen schrecklichen Affront dar.

Falls sie allerdings richtig lag – und dessen war sie sich

ziemlich sicher –, konnte es sein, dass Violet ihr keinen Glauben schenkte. Edwins Charme war beachtlich. Eine junge Frau, die zum ersten Mal dem Feuer der Liebe erlegen war, würde sich nur schwer vorstellen können, dass eine andere Frau ihren Mann nicht so sehr begehrte wie sie. Violet könnte zu der Annahme gelangen, sie – Frances – sei nur eine verbitterte und verschmähte alte Ehefrau. Und was, wenn Violet Edwin erzählte, was sie zu ihr gesagt hatte? Er würde rasen vor Wut.

Frances machte sich Sorgen um Violet, daran bestand kein Zweifel, doch ihre größte Sorge galt ihrem eigenen Kind. Nun, da sie die Verantwortung für ein anderes Wesen hatte, konnte sie nichts unternehmen, was ihn oder sie gefährden würde. Wenn sie mit Violet sprach, riskierte sie, dass ihr Fluchtplan scheiterte – und damit ihre einzige Chance auf ein Leben ohne Edwin.

Wie es schien, würde sie mit ihrer behutsamen Annäherung fortfahren müssen. Zumindest für den Moment. Nachdenklich blickte sie die Straße hinauf, wo Violet mit wehenden Röcken und wirbelndem Haar auf die Eingangstür ihres Hauses zueilte. Sie hoffte nur, dass die junge Frau ihre Warnungen verstehen würde.

Kapitel 31

Heute

Ella

Von: ggriffiths@unimail.com
An: elladaniels@writemail.com
Betreff: Fündig geworden!

Liebste Ella,

wow, was für ein Haus! Sieht kuschlig aus. Freut mich, dass es bei dir – und deinem Wahnsinnsmann – so gut läuft. Ich habe tatsächlich mit Interesse die letzten Spiele seines Vereins verfolgt. Wer hätte gedacht, dass Fußball so aufregend sein kann.
Was deine mysteriöse Künstlerin angeht, habe ich eine gute und eine schlechte Nachricht. Zu Violet Hargreaves habe ich nichts gefunden. Absolut gar nichts. Wenn sie damals wirklich gemalt hat, dann anscheinend nur zu ihrem Privatvergnügen und nicht professionell. Tut mir leid.
Bei Edwin Forrest hatte ich mehr Glück. Ich bin auf zwei Werke von ihm gestoßen – nicht über ihn, wie du wolltest. Ich habe die Bilder angehängt. Sie sind ziemlich gut. Eins heißt Knut der Große, *der versucht, die Flut aufzuhalten (das hängt im Jermyn Club, einem dieser exklusiven Privatklubs in London), und das andere zeigt* Daniel in der

Löwengrube (*es gehört zur Sammlung des Unimuseums in Manchester*).

Offensichtlich war seine Künstlerlaufbahn ziemlich schnell wieder vorbei, weil er, kurz nachdem sie angefangen hatte, brutal ermordet wurde. Ich schätze, das hängt mit deinem Kriminalfall zusammen? Davon musst du mir unbedingt mehr erzählen, ich will alles wissen.

Ich hoffe, das hilft dir weiter. Wenn du noch was brauchst, gib einfach Bescheid. Übrigens kann ich es kaum erwarten, mir dein neues Domizil anzuschauen und deine Jungs zu sehen. Ich rufe dich die Tage mal an.

Pass gut auf dich auf,
George x

Ich öffnete die beiden Anhänge, die mein Studienfreund mir zusammen mit seiner E-Mail geschickt hatte, und starrte überrascht auf die Bilder.

Ben war in unserem Schlafzimmer, wo er eine neue Kommode zusammenbaute, deshalb verließ ich meinen Arbeitsplatz und lehnte mich übers Treppengeländer.

»Ben«, rief ich. »Ben, komm mal rauf und guck dir das an.«

Er kam aus dem Schlafzimmer und blickte zu mir hoch. »Ich hab ziemlich viel zu tun hier«, sagte er und wedelte mit dem Schraubenzieher in meine Richtung. »Momentan gibt's da drin ein kleines Montageanleitungsdesaster.«

Ich lachte. »Tja, tut mir ja leid, dass ich dich störe, aber könntest du trotzdem kurz raufkommen und dir ansehen, was George mir geschickt hat?«

Ben nahm zwei Stufen auf einmal – so eilig hatte er es, von seiner Montageanleitung wegzukommen.

Er hockte sich auf den Schreibtisch neben ein Blatt Papier, auf dem ich Namen mit Pfeilen verbunden hatte – in dem Versuch, mich auf Tessas Geschichte zu konzentrieren, anstatt mich mit Violet zu befassen.

»Handlungsbögen?«, fragte er.

»Handlungsbögen am Arsch«, sagte ich und schob das Blatt zur Seite. Dann zeigte ich Ben die Bilder, die George mir geschickt hatte.

»Er schreibt, die hätte Edwin Forrest gemalt«, erklärte ich. »Aber die sind eindeutig von Violet. Zumindest eins davon, deshalb denke ich, das andere ist es auch.«

»Bist du dir sicher?«, fragte Ben.

»Das ist *Daniel in der Löwengrube*«, gab ich zurück. »Das fertige Bild, von dem wir die Skizzen haben. Und die hat sie signiert.«

»Oha. Was für ein gerissener Mistkerl«, sagte Ben. »Glaubst du, er hat Violets Werke als seine eigenen ausgegeben?«

»Sieht ganz so aus«, entgegnete ich und kaute auf meiner Unterlippe herum. »Allerdings könnte sie natürlich auch davon gewusst haben. Vielleicht war es sogar ihre Idee. Nach allem, was ich so gelesen habe, wurden weibliche Künstlerinnen zu der Zeit nicht gern gesehen.«

»Und wenn die alle in Wirklichkeit von Edwin sind?«, überlegte Ben. »Auch die Skizzen?«

Ich schüttelte den Kopf. »Das glaube ich nicht. Es ist ziemlich offensichtlich, dass diese Bilder hier vom selben Künstler stammen wie die Skizzen, und wie ich schon sagte: Die hat Violet signiert. Und mir ist schon klar, dass viele Maler Selbstporträts von sich anfertigen, aber ich fände es seltsam, wenn ein Künstler sich selbst in eine Geschichte hineinmalen würde – so wie hier als Daniel. Ich hab ziemlich viel über diese Präraffaeliten gelesen, und so was hab ich da nicht gefunden.«

»Aber Violet hat sich auch als *Mariana* gemalt«, merkte Ben an.

»Stimmt«, sagte ich. »Allerdings nicht, wenn das Bild doch von Edwin stammt.«

Ich kniff die Augen zusammen, während ich mich an das zu erinnern versuchte, was ich über die Künstler zu der Zeit gelesen hatte. »Ich glaube aber, dass Violet das Bild gemalt hat. Soweit ich weiß, sollte Millais' *Mariana* eine Art Stellungnahme zur damaligen Rolle der Frau in der Gesellschaft sein. Und Violet hat ganz sicher davon gewusst, das war damals ziemlich umstritten. Es gab einen langen Artikel darüber in der Zeitung, die ich gefunden habe. Vielleicht hat sie sich als Mariana gemalt, weil sie sich genauso gefühlt hat wie sie. In der Geschichte geht es doch um eine Frau, die auf einen Mann wartet und nicht selbst aktiv werden kann, weil sie das nicht darf.«

Ich drehte den Laptop wieder zu mir und scrollte durch die beiden Bilder auf dem Monitor, bis ich die Signatur sehen und vergrößern konnte. Dort stand eindeutig *Edwin Forrest*, in selbstbewusster blauer Handschrift.

Ich schüttelte den Kopf. »Ich glaube einfach nicht, dass Edwin Künstler war«, sagte ich. »Violet hat die Bilder gemalt. Ganz sicher hat sie …« Mir kam ein Gedanke. »Vielleicht war sie sauer, weil Edwin die Lorbeeren für ihre Arbeit eingeheimst hat«, überlegte ich. »Vielleicht hat sie ihn ja umgebracht?«

»Was denn für Lorbeeren?«, wollte Ben wissen. »War er überhaupt erfolgreich?«

»Ach so«, murmelte ich und erinnerte mich an Georges E-Mail. »Nee, nicht wirklich. Okay, das widerlegt meine Theorie. Anscheinend hat er nur zwei Bilder insgesamt verkauft.«

»Weil er danach ermordet wurde«, stellte Ben fest. »Mit seinem Tod war seine Künstlerlaufbahn beendet.«

»Wohl eher Violets Laufbahn«, sagte ich. »Also wieso hätte sie ihn umbringen sollen, wenn er quasi ihr Tor zum Erfolg war?«

»Vielleicht ist sie deshalb abgehauen, um sich den Traum vom Leben als Malerin zu erfüllen«, meinte Ben.

»Möglich«, entgegnete ich zweifelnd. »Ich fände es ja toll, wenn sie tatsächlich weggelaufen wäre und den Rest ihres Lebens als Malerin verbracht hätte, aber …«

»Aber?«

»Na ja, zuerst mal hat George keinerlei Werke von Violet Hargreaves gefunden«, sagte ich.

»Sie könnte aber auch ihren Namen geändert haben.«

»Ich fürchte, dass diese Geschichte kein Happy End hatte. Das hab ich irgendwie im Gefühl …«

»Aber ich kann mir das ja trotzdem wünschen«, erwiderte Ben.

»Du Softie«, sagte ich zärtlich. Dann zog ich mein Notizbuch und meinen Stift zu mir, schrieb die Namen Violet und Edwin auf das Papier und verband sie mit einem Pfeil.

»Wenn ich diese Geschichte schreiben würde«, sagte ich, »hätten die beiden eine Affäre.«

»Ergibt Sinn«, stimmte Ben mir zu. »Das würde auch erklären, wieso sie ihn gemalt hat und wie sein Name auf ihre Bilder gekommen ist.«

»Also wurde Edwin vielleicht von seiner Frau umgebracht, aus Eifersucht«, meinte ich und notierte den Namen *Frances*. Stirnrunzelnd betrachtete ich, was ich geschrieben hatte. »Das wäre allerdings ein wenig zu offensichtlich.«

»Vielleicht hatten sie eine Dreiecksbeziehung«, sagte Ben.

Ein unerklärliches Gefühl von Enttäuschung machte sich in mir breit, und ich stieß einen Seufzer aus. »Eine Dreiecksbeziehung«, wiederholte ich.

»Vielleicht hatte Violet tatsächlich eine Affäre mit Edwin«, fuhr Ben fort, »und Frances hat's rausgefunden und beide umgebracht – Edwin und Vi.«

»Nein.« Ich schüttelte den Kopf. Irgendetwas an seinem Vorschlug passte nicht zu den Informationen, die ich hatte. Ich blätterte mein Notizbuch durch, bis ich die Seite fand, nach der ich gesucht hatte. »Priya hat gesagt, Edwin wurde umgebracht, und Violet ist verschwunden, aber Frances wurde schwer verletzt. Sie wurde so heftig zusammengeschlagen, dass sie fast auch gestorben wäre. Das hat sie sich schlecht selbst zufügen können.«

Mein Eifer brachte Ben zum Lächeln. »Schreibst du diese Geschichte schon im Kopf?«

»Ein bisschen schon«, gab ich zu. »Ich kann mich einfach nicht auf Tessa konzentrieren. Das hier ist viel interessanter.«

»Okay, und was hast du jetzt vor?«, wollte Ben wissen.

»Wir müssen herausfinden, was genau passiert ist«, entgegnete ich. »Priya hat gesagt, sie kann mir Zutritt zum Polizeiarchiv in Lewes verschaffen. Ich rufe sie gleich mal an und frage sie, ob sie schon einen Termin für mich hat.« Mein Blick fiel erneut auf Georges E-Mail. »Und ich schaue mal, ob George vielleicht Lust auf einen Ausflug nach London hat«, sagte ich halb zu mir selbst. »Ich möchte mir Violets Bild gerne im Original ansehen.«

Kapitel 32

»Und? War dein Vater schon mal hier?«, fragte Priya einige Tage später. Es war wieder ziemlich heiß draußen, und wir saßen im Garten, wo wir meinen Jungs und ihren Mädchen beim Toben im Planschbecken zusahen.

Unbehaglich rutschte ich auf meinem Liegestuhl hin und her. »Noch nicht«, sagte ich dann. »Es ist ein bisschen schwierig momentan.«

Priya blickte mich an, sagte aber nichts.

»Wir hatten einen kleinen Streit«, gab ich schließlich zu. »Und ich hab ein paar wirklich schlimme Sachen zu ihm gesagt. Er hat schon mehrfach versucht mich anzurufen, aber ich bin nie drangegangen.«

»Ach, Ella«, sagte Priya. »Wenn ich in meinem Job irgendwas gelernt habe, dann, dass das Leben morgen vorbei sein kann. Warte also nicht zu lange, bis du mit ihm sprichst.«

Ich seufzte. »Ja, ich weiß. Du hast recht, ich muss ihn anrufen.«

Spontan griff Priya sich mein Handy und streckte es mir entgegen. »Was du heute kannst besorgen ...«, flötete sie. »Ich passe auf die Jungs auf.«

Doch ich nahm ihr das Telefon nicht ab. »Ich will das jetzt nicht«, protestierte ich.

Priya hob eine Augenbraue.

»Hier im Garten ist der Empfang echt schlecht.«

»Dann geh rein.«

»Vielleicht hat er gar keine Zeit.«

»Hinterlass ihm eine Nachricht.«

Widerwillig nahm ich schließlich das Handy aus Priyas Hand und scrollte durch mein Telefonbuch, bis ich Dads Nummer gefunden hatte.

Er ging nicht dran, aber das tat er nie – wahrscheinlich lag sein Handy ganz unten in seiner Tasche oder irgendwo in einem Regal. Oder er war im Büro – von Zeit zu Zeit arbeitete er noch stundenweise für seine alte Kanzlei, obwohl er mittlerweile schon Mitte sechzig war. Als das Tuten aufhörte und die Mailbox ansprang, atmete ich einmal tief durch.

»Dad?«, sagte ich dann, und meine Stimme klang ganz dünn. »Ich bin's. Ich rufe nur an, weil ...«

Abrupt brach ich ab, und Priya nickte mir aufmunternd zu.

»Ich wollte nur fragen, ob du und Barb vielleicht nächstes Wochenende zu uns kommen wollt. Ich fänd's schön, euch zu sehen, und die Jungs vermissen euch.« Erneut hielt ich inne. »Und ich dich auch«, sagte ich schnell.

Hastig beendete ich den Anruf und sah Priya an.

»Und? Fühlst du dich jetzt nicht befreiter?«, fragte sie.

Tatsächlich ging es mir wirklich besser. Ich hatte zumindest einen Anfang gemacht.

»Mein Verhältnis zu meinem Dad ist ein bisschen kompliziert«, erklärte ich. »Wobei er das wahrscheinlich nicht so sehen würde.«

Wieder hob Priya die Augenbrauen.

»Ich hab ziemlich viel in mich reingefressen, und als er dann unseren Umzug hierher kritisiert hat, ist das alles aus mir rausgeplatzt«, fuhr ich fort.

»Oh, Mist.«

»Ben hat ihm eine Mail geschrieben.«

»Doppelter Mist.«

Ich hob die Achseln. »Als ich das erfahren hab, war ich erst ziemlich sauer, aber es war richtig, dass er das gemacht hat«, gab ich zu. »Letzten Endes ist die Familie das Wichtigste.«

Priya verzog das Gesicht. »Also, ich hab im Laufe der Zeit einige extrem kaputte Familien gesehen«, erzählte sie. »Und meiner Erfahrung nach sind es auch nicht immer die Blutsverwandten, die zu dir stehen. Meine Leute haben sich ziemlich blöd verhalten, als ich Nik heiraten wollte. Es hat ihnen nicht gepasst, dass er schon mal verheiratet war. Aber Niks Eltern sind toll und unterstützen uns, wo sie können, vor allem bei den Kindern.«

Ich musste an Barb denken – daran, wie großartig sie sich von Anfang an in unsere Familie eingebracht hatte – und nickte.

»Aber wenn die Familie zusammenhält, ist das toll«, ergänzte Priya. »Und das solltest du nicht wegen irgendeines blöden Streits aufgeben.«

»Da hast du recht«, sagte ich. »Und Ben auch. Ich hoffe nur, Dad ruft zurück.«

»Ganz bestimmt«, meinte Priya. »Worüber habt ihr euch überhaupt gestritten?«

»Ach, darüber, dass wir hierhergezogen sind«, sagte

ich. »Dass ich gekündigt habe … All so was.« Ich blickte zu Oscar und Amber hinüber, die bäuchlings im Wasser lagen und sich lauthals kaputtlachten. »Er fand, dass es ein ziemlich großer und riskanter Schritt von uns war, und das stimmt. Aber da, schau: Die Jungs haben sich super eingelebt und schon Freunde gefunden, und ich auch.« Lächelnd sah ich Priya an, und sie lächelte zurück. »Ben liebt seine Arbeit … Es ist alles gut.«

»Was ist mit deinem Buch?«, fragte Priya, nahm ihr Glas Wasser vom Gartentisch und stellte es auf ihren Bauch. »Gott, ist das heiß heute.«

Ich stand auf und verstellte den Sonnenschirm so, dass sie im Schatten saß. »Nicht, dass du einen Hitzschlag bekommst«, sagte ich.

»Wechsle nicht das Thema.«

Ich setzte mich wieder. »Es läuft ziemlich schlecht«, gestand ich stöhnend. »Ich hab mir zwar einen Fall für Tessa überlegt, aber ich schaff's einfach nicht, endlich mit dem Schreiben anzufangen. Ihre Geschichte interessiert mich irgendwie nicht; diese hier reizt mich viel mehr.«

»Dann schreib doch die auf«, schlug Priya vor.

»Na ja, noch hab ich nichts, was ich aufschreiben könnte. Ich weiß nicht, was mit Violet passiert ist.«

»Ich warte immer noch darauf, dass das Archiv sich meldet«, sagte Priya. »Aber es muss doch noch was anderes geben, was wir tun können.«

»Wie gehst du denn vor, wenn du in einem Fall ermittelst?«, fragte ich.

»Wie ich vorgehe?« Erstaunt blickte Priya mich an. »Das Prozedere kennst du doch sicher, oder?«

Ich nickte. »Ja, aber wenn du darüber redest, kommen mir vielleicht neue Ideen.«

»Tja, also, das hängt natürlich alles vom Tatort ab«, begann Priya. »Wenn jemand ermordet wurde, gehen wir zuerst zu der Stelle, wo das passiert ist.« In diesem Moment fing ihr Handy an zu klingeln, und sie warf einen Blick auf das Display, bevor sie dranging. »Hallo, Schatz«, meldete sie sich. »Wir sind bei Ella. Oben beim Klippenhaus, das kennst du doch, oder? Wir sind im Garten, komm einfach ums Haus rum.«

Verwundert sah ich sie an und fragte mich, wen sie da gerade zu mir eingeladen hatte.

»Jasmine«, erklärte sie direkt. »Sie ist dieses Wochenende von der Uni nach Hause gekommen und hat uns schon im Dorf gesucht. Sie kommt vorbei.«

In diesem Augenblick raste Amber an uns vorbei in Richtung Gartenpforte. »Jaaaaaaasss«, kreischte sie.

Ich blickte mich um und schaute Jasmine entgegen, die gerade unseren Garten betrat. Sie trug ein eher schlichtes Outfit – Jeansshorts, ein schwarzes Trägertop und dazu Flipflops –, doch sie sah darin aus wie ein Filmstar.

Amber zog sie zu uns herüber. »Das ist meine Schwester«, verkündete sie stolz. »Meine älteste Schwester.«

Wir begrüßten uns freudig, und Jas umarmte Priya herzlich, so gut das mit dem Bauch im Weg ging. Während ich den beiden zuschaute und Jasmine auch ein Glas Wasser einschenkte, musste ich an das denken, was Priya über die Familie gesagt hatte.

Als Amber ihre Schwester zum Planschbecken hinüberzerren wollte, hielt Priya sie auf. »Jas, könntest du kurz auf die Kinder aufpassen? Ella und ich müssen mal eben nach nebenan.«

»Nach nebenan?«, fragte ich überrascht, während Jas nickte und direkt zu den planschenden Kindern hinüberging. »Weswegen?«

»Tatort«, erklärte Priya und hievte sich aus dem Stuhl. »Vielleicht bekommst du da Inspiration.«

»Gute Idee«, befand ich und folgte Priya, während sie vor mir ums Haus herumwatschelte und auf die Straße hinaus trat.

»Also, laut den Kollegen auf dem Revier hat der Raubüberfall vor dem Haus stattgefunden«, sagte Priya und kniff die Augen im Sonnenlicht zusammen, während sie das Nachbarhaus betrachtete. »Aber so, wie es aussieht, wurde das Haus komplett renoviert – das ist doch nicht viktorianisch, oder?«

Ich blickte ebenfalls zu dem Gebäude mit den Doppelglasfenstern und dem roten Dach hinüber, das auf einer Seite einen breiten Anbau hatte und hinten einen geräumigen Wintergarten.

»Ich schätze nicht«, sagte ich enttäuscht. »Andererseits: Wenn in meinem Haus jemand ermordet worden wäre, würde ich es wahrscheinlich auch abreißen lassen und neu bauen wollen.«

Priya nickte düster. »Das kannst du wohl laut sagen«, pflichtete sie mir bei.

»Aber egal, wie das Haus jetzt aussieht: Hier hat Edwin Forrest gewohnt«, bemerkte ich. »Mit seiner Frau, die schwanger war …«

»Die Arme«, murmelte Priya vor sich hin.

»Aber hier ist er auch gestorben«, fügte ich dann ernst hinzu.

Wir blickten die Straße entlang, als könnten wir uns dadurch besser vorstellen, was passiert war.

»Mein Freund George ist Kunsthistoriker und hat zwei Bilder gefunden«, fiel mir plötzlich wieder ein. »Eigentlich hatte ich ihn gebeten, Werke von Violet zu suchen, aber stattdessen ist er auf zwei Gemälde von Edwin Forrest gestoßen.«

»Ach, dann hat der auch gemalt?«

Ich zuckte die Achseln. »Ich glaube eher, er hat Violets Bilder signiert«, sagte ich. »Die Gemälde, die George gefunden hat, stammen nämlich meiner Meinung nach von derselben Künstlerin, die auch das Selbstporträt gemalt hat, und das war ja offensichtlich Violet.«

Nachdenklich schaute Priya mich an. »Kann man irgendwie rausfinden, ob das definitiv so ist?«

»Weiß nicht«, sagte ich ehrlich. »Aber George kommt in ein paar Tagen nach London, und ich treffe ihn dort. Wir wollen uns eins der Bilder im Original ansehen.«

»Ach, wie toll«, befand Priya. »Falls er ihr nämlich tatsächlich die Bilder geklaut hat, hätte sie dadurch ein Mordmotiv.«

»Oh.«

»Vielleicht hat Violet Edwin umgebracht und ist dann geflüchtet«, vermutete Priya. »Hat ihren Namen geändert und das Land verlassen. Vielleicht sonnt sie sich gerade jetzt irgendwo in Spanien am Strand.«

»Priya«, sagte ich in gespieltem Vorwurf und musste lachen. »Du nimmst das nicht ernst.«

Frech streckte sie mir die Zunge heraus. »Trotzdem würde sie das zu einer Verdächtigen machen«, fügte sie an.

Ich verzog das Gesicht. »Und wie würdest du ab hier weiter vorgehen?«

Priya lehnte sich gegen einen Baumstamm und fächelte sich mit der Hand Luft zu, während sie zum Nachbarhaus hinüberstarrte. »Ich würde den Weg der Bilder verfolgen«, sagte sie schließlich. »Ich denke, da war Geld mit im Spiel. Am Ende geht es immer um Geld. Oder um Sex.«

»Oder beides«, ergänzte ich und fragte mich ein weiteres Mal, ob Edwin und Violet eine Affäre gehabt hatten.

»Fahr nach London und schau, was du über die Bilder rausfinden kannst«, meinte Priya. »Ich würde ja mitkommen, aber bei der Hitze setze ich mich nicht freiwillig in den Zug.«

Mitfühlend lächelte ich ihr zu. »Keine Sorge, George versteht was davon«, sagte ich. »Du brauchst mir nur einen Termin im Archiv zu besorgen.«

»Ich maile denen gleich noch mal und mache etwas Druck«, versprach Priya.

Aus unserem Garten drang ein Schrei zu uns herüber auf die Straße, gefolgt von lautem Gelächter, und wir schauten uns bedeutungsvoll an.

»Wir sollten die arme Jasmine erlösen«, sagte ich.

»Oder aber«, entgegnete Priya, »wir gehen in den Pub, setzen uns da in den Biergarten und gönnen uns einen Gin.«

Mit einem bedauernden Blick die Straße hinunter in Richtung Pub drehten wir uns um und schlenderten zum Haus zurück.

Kapitel 33

1855

Edwin

Edwin starrte Violet an, die seinen Blick mit hoch erhobenem Kinn und glänzenden Augen erwiderte.

»Ich will dich begleiten«, sagte sie entschlossen. Sie hatte sich ihren Reisemantel um die Schultern gelegt, und zu ihren Füßen stand eine kleine Tasche. Wie einen Säugling hielt sie ein rechteckiges Paket umschlungen, das ordentlich in braunes Papier eingewickelt und verschnürt war. »Ich will mit dir nach London fahren«, wiederholte sie.

Edwin lachte leise. »Süße Vi«, sagte er, »London ist kein Ort für ein junges Mädchen wie dich.«

In Violets Augen leuchtete Trotz auf. »Ich bin nicht wie die anderen jungen Mädchen«, erwiderte sie. »Ich habe meine Bilder vollendet und will sie Mr Millais zeigen.«

Verstohlen blickte Edwin sich um. Sie standen vor Violets Eingangstor, wo jederzeit Leute vorbeikommen und sie zusammen sehen konnten.

»Es ist mir eine Freude, deine Bilder mitzunehmen«, sagte er. »Aber du kannst mich nicht begleiten. Ich habe Geschäfte zu erledigen.«

Violet stieß ein Grunzen aus. Ein unziemlicher Laut für ein so schönes Mädchen. »Befürchtest du, dass ich deinen Ruf beschmutze?«

Edwin hob ihre Reisetasche hoch und fasste Violet mit festem Griff am Handgelenk. »Komm mit«, zischte er ihr zu. Dann zog er sie – recht gewaltsam, wie er zugeben musste – hinter sich her ums Haus herum in ihren Garten, wo er sie grob auf eine Bank drückte.

»Violet«, begann er, während er vor ihr stand, »ich werde dich nicht mit nach London nehmen. Ich bin verheiratet. Außerdem: Was würde dein Vater dazu sagen? Die Gesellschaft in den Wirtshäusern der Stadt ist kein Umgang für dich.«

Violet presste ihr Paket enger an sich. »Ich kann nicht hierbleiben«, flüsterte sie, während sie Edwin über den Rand des Papiers hinweg ansah. »Frances weiß von uns.«

Mit einem Seufzer setzte Edwin sich neben sie und strich ihr das Haar aus dem Gesicht. Sie blickte aus großen Augen zu ihm auf und biss sich auf ihre rosigen Lippen. Edwin spürte, wie seine Hose bei dem Anblick enger wurde. Blieb ihm noch Zeit, sie zu nehmen? Gleich hier? Er zog seine Taschenuhr heraus und warf einen Blick darauf. Zu seinem Bedauern musste er die Frage verneinen. Er musste seinen Zug erreichen. Komme, was wolle.

»Liebste«, sagte er, »Frances weiß nicht das Geringste. Sie lebt in ihrer eigenen Welt, und ich fürchte, ihre Nerven sind sehr schwach. Also, sei unbesorgt: Sie wird dir kein Leid zufügen.«

Sanft küsste er ihre vollen Lippen, atmete ihren Duft ein, der nach Farbe und Schweiß roch, und wünschte, es gäbe noch einen späteren Zug. Über Violets Schulter hinweg sah er ihren Gärtner, der vorgab, einen Baum zu beschneiden, doch Edwin wusste, dass er sie in Wahrheit durch die Blätter hindurch beobachtete. Edwin senkte die Stimme, damit der verdrießliche Bursche ihn nicht hören konnte.

»Sie haben mein Herz gestohlen, Miss Hargreaves«, bekannte er. »Eines Tages werden wir zusammen sein. Für den Moment jedoch muss ich deine Bilder an deiner statt nach London mitnehmen.« Mit diesen Worten nahm er ihr das Paket aus den Armen, zog sie über die Bank zu sich und presste sie an sich. Konnte sie spüren, wie sehr er sie wollte? »Leider muss ich nun aufbrechen«, sagte er, und seine Stimme klang rau. »Aber ich kehre nächste Woche schon zurück. Ich hatte ohnehin die Absicht, Mr Millais aufzusuchen, dann werde ich ihm deine Bilder zeigen.«

Violets Widerstand schmolz dahin, wie Edwin zu seiner Freude feststellte. Offenbar hatte er ein Händchen für Frauen. Er strich sein Haar glatt und reckte den Hals wie ein stolzer Pfau, während er sein Krawattentuch zurechtrückte.

Violet nahm das Paket von der Bank und reichte es ihm. »Es sind zwei Bilder«, sagte sie mit zittriger Stimme. »*Knut der Große* und *Daniel in der Löwengrube*. Ich habe noch eines, aber ich denke, diese beiden sind die besten … für den Moment.«

»Gut«, entgegnete Edwin. Er steckte sich das Paket unter den Arm und erhob sich.

»Ich habe sie nicht signiert«, sagte Violet unvermittelt. »Ich dachte, vielleicht könntest du sie Mr Millais erst zeigen und sehen, ob sie ihm gefallen. Bevor du ihm sagst, dass sie nicht von einem Mann gemalt wurden, sondern …«

»Von einer Frau«, beendete Edwin den Satz und küsste

sie auf den Scheitel. »Das ist sehr klug. Ich werde deinen Wünschen entsprechen.«

Er blickte sich nicht um, als er den Garten verließ. Tatsächlich dachte er nicht einmal mehr an Violet, bis er im Zug saß. Während die Dampflok schnaufend durch das Hügelland von Sussex rollte, holte er das Paket mit den Gemälden aus dem Gepäckfach und öffnete es. Dann stellte er beide Bilder auf die gegenüberliegenden Sitze und lehnte sich zurück, um sie zu betrachten.

»Gute Arbeit«, sagte ein älterer Herr, mit dem er den Waggon teilte und der seine Zeitung beiseitegelegt hatte, um die Bilder in Augenschein zu nehmen. »Ihre Werke?«, fragte er.

Edwin schwieg, während der Zug ratternd unter einer Brücke hindurchfuhr. Dann blickte er seinen Mitfahrer an.

»Ja«, sagte er. »Die stammen von mir.«

Lächelnd erwiderte der ältere Herr seinen Blick. »Sie sind begabt«, sagte er.

Bescheiden winkte Edwin ab. »Oh, ich bin nur ein Anfänger«, gestand er. »Um ehrlich zu sein, habe ich noch nicht einmal meinen Namen unter die Bilder gesetzt.«

»Oh, das sollten Sie aber«, entgegnete der Herr. »Warten Sie, ich habe etwas zu schreiben.«

Er durchsuchte seine Reisetasche und reichte Edwin schließlich einen Fountain Pen. »Für die Signatur sollte die Tinte noch ausreichen«, verkündete er.

Edwin nahm den Fountain Pen entgegen. Dann, bevor ihm noch Zeit blieb, es sich anders zu überlegen, setzte er seinen Namen in die untere Ecke von Violets *Knut dem Großen*.

»So ist's recht«, befand sein Mitreisender. »Und nun das andere. Ah, ein Selbstporträt, wie ich sehe.«

Edwin nickte, während er auch den *Daniel in der Löwengrube* signierte.

»Man findet so wenige Modelle«, gab er zu. »Mir bleibt oft nichts übrig, als mich selbst zu malen.«

Von diesem Moment an gingen ihm die Lügen leicht über die Lippen. Sein Begleiter und er unterhielten sich über Kunst und das Malen im Allgemeinen, und Edwin wiederholte schlicht das, was Violet ihm darüber erzählt hatte, als wäre es ihm gerade erst eingefallen.

Als sie den Bahnhof an der London Bridge erreichten, war Edwin beinahe selbst davon überzeugt, ein Künstler zu sein. Mit einem fröhlichen Winken verabschiedete er sich von dem älteren Herrn, bevor er sich beschwingten Schrittes auf den Weg zu seinem Klub machte. Wie herrlich das Leben doch war.

Kapitel 34

Edwins Mietdroschke setzte ihn an der Ecke Jermyn Street ab, gerade als die Sonne unterging. Er gab dem Kutscher Trinkgeld und schlenderte dann die Straße entlang, bis er die breite Treppe zu dem imposanten Gebäude erreichte, in dem sich sein Klub befand. Guter Stimmung erklomm er die Stufen zum Eingang, um sich anschließend ein Zimmer für eine Woche reservieren zu lassen.

Er hatte sich für diesen Klub entschieden wegen dessen Ruf, wohlhabende Männer aus dem Literatur- und Kunstmilieu anzuziehen. Edwin hatte nicht gelogen, als er Violet gesagt hatte, dass er eine Vorliebe für die Kunst besaß. Ebenso wenig, wie er gelogen hatte, als er Beatrice von seiner Passion für die Musik erzählt hatte.

Er fand Gefallen an der Kunst, das entsprach der Wahrheit. Was ihn jedoch besonders reizte, war die Kunstwelt. Tatsächlich war er Millais schon begegnet, doch wenn er ehrlich war, hatte man sie einander lediglich kurz vorgestellt, und Millais würde sich sicher nur mit Mühe an ihn erinnern. Seine Behauptung gegenüber Violet, dass er sich selbst für einen Künstler halte, war ebenfalls keine Lüge gewesen, allerdings mangelte es ihm sowohl an Begabung als auch an der notwendigen Ausdauer. Seine gewählte Profession als Advokat eignete sich wesentlich besser für ihn.

Er war ein Mann der Regeln und Bestimmungen – und ein Mann, der häufig für seine Mandanten Schlupflöcher fand, um diese Regeln und Bestimmungen auf legalem Wege zu umgehen. Nichts schätzte er so sehr, wie durch List und Logik eine Verhandlung für sich zu gewinnen, und darin war er äußerst geschickt.

Seine Tätigkeit im Rechtswesen ermöglichte ihm ein gutes Leben, dennoch strebte er den Ruhm an, der nur Künstlern zuteilwurde. Er kam aus bescheidenen Verhältnissen und hatte sich seines niederen Standes zum Trotz durch harte Arbeit nach oben gekämpft – hin und wieder auch durch Lügen und Betrügereien, das musste er zugeben. Aber er war ein guter Geschäftsmann, das wusste er, und immerhin hatte Frances' Vater ihn so geschätzt, dass er ihm die Leitung des Familienunternehmens anvertraut hatte. Dennoch fühlte er sich immer noch nicht genügend anerkannt, und tief in seinem Innern war er unsicher. Im Hintergrund lauerte stets die Angst, dass eines Tages jemand kommen und aufdecken würde, dass seine Eltern nicht die angesehenen Leute waren, für die er sie ausgegeben hatte; dass sein sorgfältig aufgebautes Kartenhaus in sich zusammenfallen könnte.

Er war weder auf einem Internat gewesen, noch war er in die gleichen guten Bedingungen hineingeboren worden wie die meisten in seinem Bekanntenkreis. Stattdessen hatte er sich das Zeichnen selbst beigebracht, weil er so sein wollte wie die anderen Burschen, die Malunterricht in der Schule oder bei ihren Privatlehrern erhalten hatten. Zu seiner Überraschung hatte er sogar Gefallen daran gefunden, obgleich es ihm bedauerlicherweise an einer ansprechenden Technik mangelte. Dennoch zeichnete er gelegentlich Meeresvögel, und in der ersten Zeit seines Werbens hatte er auch Frances gezeichnet. Einmal sogar nackt, was er als sehr erotisch empfunden hatte, während es ihr schrecklich unangenehm gewesen war.

Der Gedanke an seine Frau drohte ihm die gute Stimmung zu verderben, deshalb blieb er einen Moment vor dem Eingang seines Klubs stehen, gratulierte sich erneut dafür, dass ihm eine Mitgliedschaft verliehen worden war, und ließ die wunderschöne Architektur beruhigend auf sich einwirken. Dann erst trat er mit den in Papier eingeschlagenen Bildern unterm Arm durch die Tür.

»Edwin, mein lieber Kamerad!«

Von seinem Platz am Empfangstisch aus, wo er sich gerade ins Gästebuch eintrug, drehte Edwin sich um und sah einen untersetzten Herrn mit dichtem weißem Haar auf sich zukommen.

»Laurence«, grüßte er und schüttelte dem Mann kräftig die Hand. »Es ist lange her.«

Laurence Cole gehörte zu den ältesten Mandanten von Edwins Kanzlei, ein heiterer Mensch und wohlbekannter Förderer der Kunst.

Sie tauschten einige Höflichkeiten aus, und Edwin konnte seine Freude kaum verhehlen, als Laurence ihn einlud, später mit ihm zu Abend zu essen.

»Was hast du da mitgebracht?«, fragte Laurence und deutete mit dem Kinn auf Edwins Paket, während sie gemeinsam durch den Korridor zu ihren Zimmern gingen.

Edwin lächelte in dem Bemühen, einen möglichst bescheidenen Eindruck zu machen. »Ach, nur einige Bilder«, erklärte er. »Dilettantische Malversuche von mir, um ehrlich zu sein …« Er verstummte und hoffte, Laurence würde den Köder schlucken. Er wurde nicht enttäuscht.

»Dürfte ich?«, fragte Laurence.

Edwin protestierte, allerdings nicht mit großer Vehemenz und auch nicht sehr lange. Stattdessen lud er Laurence auf einen Whisky in sein Zimmer ein. Dann, nachdem er ihnen beiden ein Glas eingeschenkt hatte, öffnete er das Paket und lehnte die Bilder gegen die Wand.

»Hier drinnen herrscht kein gutes Licht«, sagte er, während Laurence die Werke begutachtete, doch der winkte ab.

»Mein lieber Junge«, entgegnete er. »Diese Bilder sind fabelhaft. Wirklich außergewöhnlich.« Er trank einen Schluck von seinem Whisky und nahm anschließend in dem Ledersessel neben dem Kamin Platz. »Ich frage mich … hm …«

Edwin warf ihm einen Blick zu. »Du fragst dich?«

»Ich habe einen Freund, John Ruskin. Er ist Kunstkritiker. Vielleicht hast du schon von ihm gehört?«

»Natürlich. Allerdings wurden wir einander nie offiziell vorgestellt.«

»Wenn du gestattest, würde ich ihm diese Bilder gern zeigen. Ich denke, sie würden ihm gefallen. Er hat eine Vorliebe für diesen Stil, wie ich weiß.«

»O nein, keinesfalls«, lehnte Edwin ab. »Ich stehe noch ganz am Anfang und muss noch so vieles lernen.«

»Mein lieber Junge, stell dein Licht nicht unter den Scheffel. Du bist begabt. Ich denke, das könnte der Anfang von etwas Großem für dich sein.«

Edwin lächelte in sich hinein. Und nach einigen Protesten – allerdings nicht zu vielen – erlaubte er Laurence großzügig, die Bilder mitzunehmen, um sie Ruskin zu zeigen.

Anschließend verbrachte er zwei Tage in Ungewissheit. Er traf sich mit Mandanten und erledigte eine Menge Geschäftliches, doch in Gedanken war er stets bei Laurence und fragte sich, ob der bereits mit Ruskin gesprochen hatte.

Genau genommen hatte er nie die Absicht gehabt, die Bilder als seine Werke auszugeben. Er war lediglich einem spontanen Impuls gefolgt, ausgelöst durch den Herrn im Zug. Bisher hatte sein Plan nur bis zu dem Punkt gereicht, dass er Violet verführen wollte. Weiter hatte er nie gedacht, obgleich er sich flüchtig überlegt hatte, die Bilder zu verkaufen und sich den Erlös in die eigene Tasche zu stecken. Nun jedoch, da er die Urheberschaft an Violets Werken für sich beansprucht hatte, reifte in seinem Kopf ein neuer Plan: Wenn er Violet auf irgendeine Weise dazu ermuntern könnte, weitere Bilder zu malen, und er ihre Arbeiten als seine ausgäbe, würde er vielleicht zum neuen Mittelpunkt der Kunstwelt avancieren.

Er stellte sich schon die Reihe der Männer vor, die genauso sein wollten wie er, und die vielen wunderschönen Frauen, die um seine Aufmerksamkeit buhlen würden. Überall, in der ganzen Stadt, würde man ihm Respekt zollen, und Violet würde nie davon erfahren. Sie verließ Sussex nie; die Chance, dass sie eins »seiner« Bilder zu Gesicht bekommen würde, war äußerst gering.

Wie viel diese Künstler mit ihren Werken verdienten, konnte er nicht mit Gewissheit sagen – in seiner Vorstellung waren die meisten Angehörigen der Präraffaelitischen Bruderschaft Vermögende, die sich als brotlose Künstler ausgaben –, doch vielleicht konnte er sich auf diese Weise ein angenehmes zweites Einkommen erwirtschaften. Vielleicht sogar genügend, um sich dauerhaft in London einzumieten. Was den Empfang von Gästen um einiges erleichtern würde, dachte er bei sich. Während er die Treppe zum Speisezimmer hinunterging, versank er in einen lustvollen Tagtraum und bemerkte zunächst gar nicht, dass ihn jemand ansprach.

»Edwin.«

»Ach, Laurence, Verzeihung. Ich war ganz in Gedanken.«

»Nicht von Bedeutung«, entgegnete Laurence und schloss zu ihm auf, während sie das Speisezimmer betraten. »Sollen wir uns gemeinsam an einen Tisch setzen, oder erwartest du Gäste?«

»Nein, keine Gäste«, sagte Edwin und dachte, wenn Laurence das Abendessen mit ihm gemeinsam einnehmen wollte, hatte er sicher gute Nachrichten.

Sie nahmen Platz und ließen sich vom Ober Wein einschenken.

Laurence trank einen Schluck. »Exzellent«, befand er. »Also, Edwin, wie ergeht es dir in der Welt des Gesetzes?«

»Bestens«, antwortete Edwin und wünschte, Laurence würde endlich zum Kern des Gesprächs vordringen. Doch der hatte immer schon viel heiße Luft verströmt.

»Das ist ein Jammer. Ich ahne nämlich, dass der Berufsstand der Juristen bald ohne dich wird auskommen müssen«, sagte Laurence und lehnte sich mit einem äußerst selbstzufriedenen Lächeln in seinem Stuhl zurück.

Nur mit Mühe unterdrückte Edwin den Drang, über den Tisch zu fassen, Laurence an dessen Krawattentuch zu packen und sein blasiertes Gesicht gegen den Teller zu schmettern.

»Was bringt dich zu dieser Annahme?«, fragte er stattdessen höflich, während er sich vorstellte, wie die Bratensoße von Laurence' Backenbart heruntertropfte.

»Die Tatsache, mein lieber Freund, dass ich deine Bilder verkauft habe.«

Edwin, der bereits sein Weinglas auf halbem Weg zum Mund geführt hatte, hielt inne. »Verkauft?«

»Selbstverständlich nur mit deiner Zustimmung«, ergänzte Laurence.

Sprachlos starrte Edwin ihn an. Er war sich nicht sicher, welche Reaktion in einer solchen Situation die angemessene wäre.

»Mach den Mund zu, Junge«, sagte Laurence mit einem breiten Grinsen. »Weißt du tatsächlich nicht, wie gut deine Arbeiten sind?«

In gespielter Bescheidenheit senkte Edwin den Kopf. »Und … wer …?«, begann er.

»Leider war es mir nicht möglich, sie Ruskin zu zeigen«, erklärte Laurence. »Wie sich nämlich herausgestellt hat, weilt der derzeit in Italien. Aber wahrscheinlich war das ganz gut so, wenn man bedenkt, welch großzügige Summe er gerade erst an Miss Siddal ausgezahlt hat.«

Edwins Gesicht verfinsterte sich. Ihm gefiel es ganz und gar nicht, dass dieser Ruskin Elizabeth Siddal protegierte, die seiner Ansicht nach nicht mehr als eine billige Hure war.

Laurence bemerkte seine Reaktion. »Richtig«, sagte er. »Aber wie auch immer. Ich habe sie stattdessen einem Freund von Mr Ruskin gezeigt – einem gewissen Henry Hughes.«

Den Namen kannte Edwin nicht.

Laurence deutete seinen ausdruckslosen Blick korrekt. »Ein Fabrikbesitzer«, erläuterte er mit einer abwinkenden Geste, die den armen Mr Hughes und seinesgleichen herabsetzen sollte. »Sehr vermögend. Versteht ganz und gar nichts von Kunst.«

Edwin konnte sich bereits denken, worauf Laurence hinauswollte. »Also, dieser Mr Hughes …«

»Kauft, was immer ihm gefällt«, sagte Laurence und lächelte erneut. »Er hat mir dreihundert Pfund für den *Daniel* geboten.«

Wieder starrte Edwin ihn nur stumm an. Er verdiente sechshundert Pfund im Jahr, die ihm einen äußerst angenehmen Lebensstil ermöglichten. Und nun bot ihm dieser Hughes die Hälfte seines Jahreseinkommens für ein Bild?

»Ich bin sprachlos«, gestand er.

»Ja, nicht wahr?«, sagte Laurence. »Ich war auch der Meinung, dass diese Summe fast an Beleidigung grenzt. Deshalb habe ich ihn auf vierhundertfünfzig hochgehandelt.«

Edwin leerte sein Glas in einem Zug. Seine Hand zitterte. »Du hast ihn auf vierhundertfünfzig Pfund hochgehandelt?«, flüsterte er.

»In der Tat«, bestätigte Laurence. »Und da ich die Verhandlungen übernommen habe, dachte ich mir, ich verlange Provision – umgewandelt in Sachleistungen allerdings.«

»Natürlich«, stammelte Edwin. »Benötigst du meinen juristischen Rat?«

Laurence lachte leise. »Nein, Edwin«, sagte er. »Das andere Bild. Ich werde das andere Bild behalten.«

Irgendwo tief in Edwins verworrenen Gedankengängen läutete eine Alarmglocke. »Ohne Gegenleistung?«, fragte er, als sein Geschäftssinn endlich wieder einsetzte. »Das wären ja hundert Prozent Provision.«

Zumindest hatte Laurence den Anstand, beschämt auszusehen. »Ach, einen Versuch war es wert«, sagte er. »Ich gebe dir hundert dafür.«

»Zweihundert«, verlangte Edwin, während er ihnen beiden nachschenkte. Nun, da er die Fassung wiedererlangt hatte, bemerkte er zufrieden, dass seine Hand nicht mehr im Geringsten zitterte.

»Einhundertfünfzig«, erhöhte Laurence.

»Abgemacht.«

Über den Tisch hinweg gaben sie sich die Hand. In seinem Kopf begann Edwin zu rechnen. Gerade hatte er innerhalb weniger Minuten sein gesamtes Jahreseinkommen verdient. Einen kurzen Moment lang überlegte er, welchen Nutzen dieses Geld Violet bringen könnte – sie könnte Zeichenunterricht nehmen, sich Zeit zum Malen erkaufen –; dann schob er den Gedanken jedoch beiseite. Frauen und Geld, das ergab eine gefährliche Mischung.

Ungläubig sah er zu, wie Laurence eine prall gefüllte Brieftasche aus seinem Jackett zog und hundert Pfund in bar abzählte.

»Wenn es dir möglich ist, mich morgen früh zur Bank zu begleiten, erhältst du dort den Rest«, unterrichtete ihn Laurence.

Edwin nahm die Scheine und steckte sie in seine Brusttasche.

»Willst du gar nicht wissen, wo sie hängen werden?«, fragte Laurence.

Überrascht blickte Edwin ihn an. Die physischen Bilder hatte er beinahe vergessen. »Natürlich«, sagte er. »Verzeih, ich bin noch vollkommen durcheinander.«

Laurence tätschelte ihm die Hand wie ein nachsichtiger Vater. »Du wirst dich schon bald daran gewöhnt haben«, sagte er. »Mr Hughes sieht als Platz für den *Daniel* sein Büro in der Fabrik vor. Und ich dachte daran, mein Bild vielleicht hier aufzuhängen.«

Diese Vorstellung gefiel Edwin außerordentlich.

»Dadurch wirst du allerdings mehr Aufmerksamkeit erringen«, warnte Laurence ihn vor. »Könntest du noch weitere Bilder malen?«

»Gewiss«, versprach Edwin und dachte daran, wie produktiv Violet war. Er sandte ein stummes Dankgebet an einen Gott, an den er nicht glaubte – dafür, dass er nach Sussex gezogen und dort Violet begegnet war. In Kürze würde sich sein Leben von Grund auf verändern, und das hatte er alles Violet zu verdanken.

Kapitel 35

Heute

Ella

Es war seltsam, wieder zurück in London zu sein. Zwar war ich noch nicht so lange weg, und wir waren auch ein paarmal nach Brighton gefahren, so dass man uns kaum als Landeier bezeichnen konnte, aber anscheinend hatte ich mich bereits an unser ruhigeres Leben in Sussex gewöhnt.

Trotzdem war es schön, mal für mich allein zu sein, im Zug zu sitzen, ein Buch zu lesen, Kaffee zu trinken und aus dem Fenster zu schauen.

George kam nach London, um an einer der Universitäten einen Vortrag zu halten. Er hatte extra einen früheren Flug gebucht, und wir hatten vor, in diesem Privatklub vorbeizuschauen und uns Violets Gemälde im Original anzusehen. Ich hatte alle Skizzen mitgenommen, die ich gefunden hatte, und George war sehr zuversichtlich, dass er würde einschätzen können, ob das Bild im Klub vom selben Künstler beziehungsweise derselben Künstlerin stammte.

Ab der Victoria Station nahm ich den Bus und genoss es, London durch die Fenster an mir vorbeiziehen zu sehen, bis ich am Piccadilly Circus ausstieg. George und ich wollten uns in dem Café des riesigen Buchladens dort treffen, doch da er meistens zu spät kam, machte ich es mir schon mal mit einem Gebäckstück und einem weiteren Kaffee gemütlich und wartete.

Etwa zehn Minuten später rief er mich an, aufgeregt und zerknirscht. »Ich sitze hier in diesem bescheuerten Zug fest«, verkündete er. »Ich wusste, es war ein Fehler, nach Luton zu fliegen. Wo liegt dieses verdammte Luton überhaupt?«

Ich kicherte ins Telefon. »Keine Sorge«, beruhigte ich ihn, »ich kann warten.«

»Nein, meine Liebe, geh du schon vor, bezirze sie mit deinem Charme, und wir treffen uns da. Ich denke, ich brauche höchstens noch 'ne Stunde. Der Manager des Klubs ist ein Typ namens Scott irgendwas – ich leite dir gleich die Mail weiter, dann hast du alle Infos. Er weiß, dass wir kommen.«

»Okay«, entgegnete ich gelassen. »Aber sag Bescheid, falls du doch noch später kommst. Ich brauche dein fachmännisches Auge.«

Ich wartete, bis seine Mail ankam, trank meinen Kaffee aus und zog meine Strickjacke an – der Sommer lag definitiv in den letzten Zügen. Dann verließ ich den Laden durch den Hinterausgang und machte mich auf den Weg in die Jermyn Street.

Der Klub befand sich in einem weißen Gebäude, dessen Front zwei hohe Säulen schmückten. Zur wuchtigen schwarzen Eingangstür führte eine breite Treppe hinauf.

»Gott«, entfuhr es mir. Das Haus war wirklich beeindruckend. Ich fragte mich, ob Violet je hier gewesen war, doch wahrscheinlich eher nicht. Ich vermutete, dass sie den Großteil ihres Lebens in Sussex verbracht hatte, und in Etablissements wie diesem hier waren Frauen damals sicher nicht willkommen gewesen.

Wie ich schon bald feststellte, waren sie das heutzutage auch nicht.

Da die Eingangstür offen stand, ging ich direkt hinein. Drinnen sah es ein bisschen aus wie in einer Hotellobby: Auf der linken Seite des Raumes stand ein massiver Empfangstresen aus edlem Holz, hinter dem ein jungenhafter Mann vor einem Computer saß. Mir gegenüber befanden sich zwei Glastüren, durch die ich in einen Speisesaal am anderen Ende des Gebäudes blicken konnte. Rechts schien ein Barbereich zu sein und links eine Freitreppe, die von Bildern gesäumt wurde. Ein aufgeregtes Kribbeln machte sich in mir breit – gleich würde ich Violets Werk mit eigenen Augen sehen.

»Kann ich Ihnen helfen?«, fragte der Mann hinter dem Empfangstresen.

Freundlich lächelte ich ihn an. »Hallo, mein Name ist Ella Daniels. Ich habe einen Termin bei Scott Simpson. Er will mir einige Ihrer Kunstwerke zeigen.«

Der Empfangsherr musterte mich abschätzig. »Sind Sie allein?«, wollte er wissen.

»Bitte?«

»Sind Sie ohne Begleitung hier?«

Seine Frage verwirrte mich. »Oh … äh, ja«, sagte ich. »Mein Freund George Griffiths hat den Termin vereinbart, aber er wurde aufgehalten. Also bin ich erst mal allein.«

Der Mann schenkte mir ein kurzes Lächeln. »Bedauerlicherweise ist Damen der Zutritt zum Jermyn Club nur in Begleitung eines Herrn gestattet, wenn Sie also einen neuen Termin zu einem geeigneteren Zeitpunkt arrangieren würden …«

Perplex starrte ich ihn an. »Wie bitte?«, sagte ich.

»Damen ist der Zutritt nur in Begleitung eines …«, begann er erneut.

Ich schüttelte den Kopf. »Ich habe Sie durchaus verstanden«, entgegnete ich. »Ich verstehe es nur nicht.«

»Das sind die Bestimmungen unseres Klubs.«

»Könnten Sie bitte Mr Simpson holen?«, bat ich. »Wir sind verabredet.«

»Ich bin Mr Simpson«, informierte er mich. »Es tut mir leid, aber ich kann Ihnen nicht behilflich sein.« Er wandte seine Aufmerksamkeit wieder seinem Computermonitor zu. Von seiner Seite aus war unser Gespräch offensichtlich beendet. Aber ich gab nicht so leicht auf.

»Hören Sie«, sagte ich und legte die Hände auf den Tresen. »Es ist wirklich sehr wichtig, dass Sie mir dieses Gemälde zeigen – *Knut der Große*. Ich recherchiere für ein Buch.«

Ich verstummte, als ein älterer Herr durch die Glastüren trat und Mr Simpson einen Schlüssel reichte.

»Danke, Scott«, sagte er.

Mr Simpson nickte ihm zu. »Bis nächste Woche, Mr Litten, Sir.«

»Ich bin Krimiautorin«, sagte ich voller Verzweiflung. »Mein Name ist Ella Daniels, und ich muss dieses Bild wirklich unbedingt sehen …«

Der ältere Herr am Ausgang war stehen geblieben, um sich seine Jacke anzuziehen, und drehte sich zu mir um. »Ella Daniels?«, fragte er. »Oder E.J. Daniels?«

Überrascht blickte ich ihn an. »Ja«, bestätigte ich. »Das bin ich.«

»Ich lese gerade eins Ihrer Bücher«, berichtete er. »Meine Frau hat es mir empfohlen, und ich muss sagen, ich amüsiere mich außerordentlich gut.«

Damit brachte er mich zum Strahlen. Ich liebte es, wenn Leute mir sagten, dass sie meine Bücher gelesen hatten.

»Und Ihre Recherche ist für Ihren nächsten Roman?«, erkundigte er sich.

»Mehr oder weniger«, gestand ich. »Ehrlich gesagt bin ich gerade einem echten Geheimnis auf der Spur. Eigentlich sollte ich an meinem nächsten Buch arbeiten, aber solange ich diesen Fall nicht gelöst habe, kann ich mich einfach nicht konzentrieren.«

Der Mann nickte. »Scott«, sagte er dann, »ich melde Ms Daniels an.«

Mr Simpson seufzte zwar, tippte dann allerdings doch etwas in seinen Computer ein. »Ist es Mrs oder Miss?«, fragte er.

»Ms ist okay«, sagte ich und tauschte einen amüsierten Blick mit meinem Retter, während der seine Unterschrift auf einen temporären Mitgliedsausweis für mich setzte.

Er zwinkerte mir zu. »Es hat mich sehr gefreut, Sie kennenzulernen, Ms Daniels«, sagte er mit der Betonung auf »Ms«.

»Mich auch, Mr Litten«, entgegnete ich. »Vielen Dank.«

»Sie bleiben nicht hier?«, fragte Mr Simpson entsetzt.

»Oh, ich denke, Ms Daniels kommt ganz gut allein zurecht«, befand Mr Litten. »Wir sehen uns dann nächste Woche.«

Ich musste mir das Lachen verkneifen, als Mr Simpson zum Telefonhörer griff und einen Kollegen anrief, um ihn zu bitten, herzukommen und den Empfang zu besetzen, während er mich herumführen würde. Wie lustig, dass Mr Litten, der sicher mindestens siebzig war, mir Einlass in den Klub verschafft hatte, während der wesentlich jüngere Mr Simpson an den alten Traditionen festhielt.

»Hier entlang, bitte«, forderte der mich jetzt auf, öffnete die Glastüren und führte mich die breite, gewundene Treppe hinauf in einen großen, leeren Konferenzraum. Am anderen Ende dieses Zimmers, direkt über dem Tisch, hing Violets Gemälde.

»Oh«, sagte ich überrascht. »Das ist ja unser Strand.«

Auf dem Gemälde war ein attraktiver, ziemlich verwegen aussehender junger Mann abgebildet, der eine edle rote Robe und eine goldene Krone trug. Er stand knöcheltief in den Wellen, die an ebenjenen Kiesstrand schwappten, der sich am Ende des Klippenwegs unterhalb unseres Hauses befand. Der Mann hatte die Arme auf Schulterhöhe ausgebreitet, die Handflächen Richtung Horizont ausgestreckt, und er wirkte sehr nobel und stark. Es war ein prachtvolles Gemälde in leuchtenden Farben. Um die Knöchel des Mannes kräuselte sich das Wasser, und die Wolken, die sich am Himmel zusammenbrauten, sahen so echt aus, dass ich das Gefühl hatte, sie anfassen und in sie eintauchen zu können.

Und dort, in einer Ecke des Bildes, stand der Name Edwin Forrest, mit blauer Tinte in schwungvollen, kräftigen Buchstaben geschrieben.

»Wunderschön«, sagte eine Stimme hinter mir.

»George«, rief ich, drehte mich um und schlang freudig die Arme um ihn. »Du hast es endlich geschafft.«

Mr Simpson stieß einen hörbaren Seufzer der Erleichterung aus. »Ich lasse Sie dann mal allein«, sagte er. »Falls Sie irgendetwas benötigen, kommen Sie bitte an den Empfang.«

Damit wandte er sich ab und flüchtete so schnell aus dem Zimmer, dass ich kichern musste und George mich nur verwirrt ansah.

»Was war denn das?«, fragte er.

Ich winkte ab. »Ist jetzt nicht wichtig«, sagte ich, weil ich darauf brannte, endlich loszulegen. »Lass uns mal die Bilder vergleichen.«

Behutsam rollten wir all die Kunstwerke von Violet auseinander, die ich entdeckt hatte: ihre Skizzen von Edwin Forrest aus dem Schrank und das Porträt, das ich in dem Buch aus der Bibliothek gefunden hatte, Maler unbekannt. Außerdem hatte ich das gezeichnete Selbstporträt dabei und Violets Kopie von John Everett Millais' *Mariana*. Sorgfältig verteilten wir die Blätter auf dem großen Konferenztisch unter dem Gemälde.

George wechselte sofort in den Kunsthistorikermodus. Eingehend studierte er jedes Werk und machte sich Notizen in einem edlen Buch, das er aus seiner Reisetasche hervorgezaubert hatte. Er beugte sich tief über die Zeichnungen, um sie sich genauer anzusehen, dann ging er direkt zu dem Gemälde an der Wand hinüber und betrachtete es auf die gleiche Art und Weise.

Ich lief ihm hinterher und versuchte zu sehen, was er sah. Tatsächlich war das gar nicht so schwer. Ich war zwar keine Kunstexpertin, aber selbst ich konnte erkennen, dass die Skizzen und das Gemälde im selben Stil angefertigt worden waren. Die erzählerische Komponente, durch die die Zeichnungen miteinander verwoben waren, spiegelte sich auch in der Darstellung von *Knut dem Großen* wider. George hatte das Foto von *Daniel in der Löwengrube* auf seinem Tablet aufgerufen und verglich es ebenfalls mit den Skizzen.

Schließlich schob er sich seine Brille auf den Kopf, rieb sich die Nase und schaute mich mit einem breiten Grinsen an.

»Also«, verkündete er, »ich kann's zwar natürlich nicht eindeutig nachweisen, aber ich würde Haus und Hof darauf verwetten, dass all diese Arbeiten von ein und demselben Künstler stammen.«

»Violet«, sagte ich.

George zuckte die Achseln. »Entweder hat Violet den *Daniel* und den *Knut* gemalt, oder Edwin hat sämtliche dieser Skizzen hier angefertigt«, entgegnete George. »Und da auf der Zeichnung mit dem Titel *Selbstporträt* eine junge Frau abgebildet ist, würde ich mal schätzen, dass Violet unsere Künstlerin war.«

Begeistert fiel ich ihm um den Hals. »Danke«, sagte ich. »Du hast mir wirklich sehr geholfen, und ich werde beweisen, dass Violet diese Bilder gemalt hat.«

»Und wie willst du das anstellen?«, fragte George, während wir uns auf den Weg über die breite Treppe nach unten machten – zu Mr Simpsons offensichtlicher Erleichterung.

»Keine Ahnung«, gab ich zu. »Aber erst mal muss ich herausfinden, was mit Edwin und Violet passiert ist. Ich habe eine neue Freundin gefunden, Priya. Sie arbeitet bei der

Kripo und will mir Zugang zum Polizeiarchiv verschaffen, damit ich nachschauen kann, ob ich irgendwas über den Mord finde.«

»Guter Plan«, sagte George und hakte sich bei mir unter. »Okay, und jetzt, meine Liebe, schuldest du mir einen Drink …«

Kapitel 36

1855

Violet

»Wie du siehst, Liebste, habe ich alles getan, was mir möglich war.«

Ich starrte aufs Meer hinaus und blinzelte die Tränen fort. Edwin sprach immer noch, doch ich hörte ihm nicht mehr zu. Mit nur wenigen Sätzen hatte er all meine Hoffnungen und Träume zerstört. Ruskin habe keinen Gefallen an meiner Arbeit gefunden. Er wolle keine weiteren Bilder sehen und die vorhandenen nicht kaufen – ebenso wenig wolle er andere Käufer ermutigen. Es war vorbei.

»Es ist nicht vorbei«, sagte Edwin, und erst in diesem Moment bemerkte ich, dass ich laut gesprochen hatte. »Ganz und gar nicht.«

Er nahm meine Hand und zog mich in den Sand hinunter, damit ich mich neben ihn setzte. Wir befanden uns in der engen Höhle, in der wir uns das erste Mal geküsst hatten, verborgen vor dem Strand und den Häusern über uns.

»Meine Liebste«, sagte Edwin. »Ich bin Mitglied in einem Klub, kein allzu edles Etablissement, aber dort gehen Künstler, Kritiker, Autoren und ihresgleichen ein und aus.«

Ich wischte mir über die Augen und blickte ihn an, wünschte mir sehnlichst, dass er mir doch noch gute Nachrichten überbringen würde.

»Ich gehöre zu den Glücklichen, die mit einigen Mitgliedern des Komitees freundschaftlich verbunden sind.«

Erneut richtete ich meinen Blick aufs Meer hinaus. Ich hatte kein Interesse an den Hierarchien in Edwins Klub.

»Worauf ich eigentlich hinausmöchte«, fuhr Edwin rasch fort. Anscheinend spürte er, dass ich das Interesse verlor. »Ich konnte Laurence aus dem Komitee davon überzeugen, deine Bilder im Speisesalon aufzuhängen.«

Mein Blick wanderte wieder zu ihm, und in meinem Innern begann eine zarte Knospe der Hoffnung aufzublühen.

»Auf diese Weise werden sie von jedem, der im Klub speist, gesehen«, ergänzte Edwin. »Das ist so, als hättest du deine eigene Ausstellung. Und Laurence hat gesagt, wenn du noch weitere Bilder malen könntest, würde er dafür Sorge tragen, dass sie ebenfalls ausgestellt werden. Ich bin überzeugt davon, dass dies den Beginn deiner Laufbahn als Künstlerin einläuten wird.«

Glücklich schlang ich die Arme um seinen Hals und bedeckte sein Gesicht mit Küssen.

»Oh, danke, danke, danke«, rief ich unter Tränen. »Oh, Edwin, ich liebe dich.«

Voller Entsetzen wurde mir bewusst, dass ich diese Worte noch nie zuvor geäußert hatte – obgleich ich sie viele Male in Gedanken gesagt hatte. Doch Edwin lächelte mich an.

»Ich weiß«, sagte er. Zärtlich küsste er mich auf eine Stelle direkt oberhalb meiner Brüste, wo meine Haut nicht mehr vom Stoff meines Kleides bedeckt war, und ich erbebte, halb vor Wonne, halb vor Angst. Ich wusste, was er wollte. Langsam knöpfte ich mein Kleid auf und zog es bis zur Taille hinunter. Das Sonnenlicht schien hell auf meine weiße Haut, die mit Sommersprossen übersät war.

»Weiter«, sagte Edwin und stand auf, um sich seine Hosen auszuziehen. Ich wandte den Blick ab. Sein Anblick machte mich immer noch verlegen.

Mit geschlossenen Augen löste ich die Schnürung meines Korsetts und entblößte meine Brüste. Meine Handlungen beschämten mich, doch sie gaben mir auch das Gefühl, zumindest ein wenig die Zügel in der Hand zu behalten.

Edwin betrachtete mich. Ich spürte die Hitze seines Blicks auf meiner nackten Haut. Dann kniete er sich zwischen meine Beine.

»Braves Mädchen«, sagte er, während er mich nach hinten drängte, so dass ich mit dem Rücken auf dem Sand lag. Zur gleichen Zeit vergrub er bereits die Hand unter meinen Röcken. »Braves Mädchen.«

Nachher schüttelte Edwin den Sand aus seinen Hosen und gab mir einen raschen Kuss auf die Lippen. »Warte zehn Minuten«, sagte er. »Ich komme morgen wieder.«

Ohne sich noch einmal umzublicken, verließ er die Höhle, während ich mir mit den Fingern das Haar kämmte und es anschließend zu einem Dutt hochsteckte. Als ich mich langsam ankleidete, bemerkte ich, dass sich an den Innenseiten meiner Oberschenkel dunkelviolette Flecken gebildet hatten. Meiner Einschätzung nach waren inzwischen zehn Minuten vergangen, seit Edwin verschwunden war, deshalb machte ich mich auf den Weg nach Hause und dachte währenddessen die ganze Zeit über an meine Bilder.

Die niederschmetternde Enttäuschung, die ich empfunden hatte, als Edwin mir mitgeteilt hatte, dass Ruskin nicht von ihnen angetan gewesen war, hatte ein wenig nachgelassen, doch ich verspürte immer noch Ernüchterung und Kummer. Nachdem ich so lange davon geträumt hatte, als Künstlerin zu arbeiten – mir eingeredet hatte, dass ich Ruskin für mich gewinnen könnte, wenn er sich meine Werke nur einmal anschauen würde –, war ich mir nun unsicher darüber, was ich als Nächstes tun sollte. Irgendwo tief in meinem Innern jedoch begann ein Plan zu reifen. Ein Funken Entschlossenheit entzündete sich, mit dem ich allerdings in diesem Augenblick noch nichts anzufangen wusste. Ich würde in mein Atelier hinaufgehen und mir meine Arbeit ansehen, überlegte ich. Das würde mir sicher dabei helfen, meine Gedanken zu ordnen und zu entscheiden, welches Vorgehen das beste für mich sein würde.

Kapitel 37

1855

Edwin

Edwin hatte seine Reisetasche noch nicht ausgepackt, weil er es kaum hatte abwarten können, Violet zu sehen und den ersten Teil seines Plans in die Tat umzusetzen. Nun jedoch warf er seine Kleider in den Wäschekorb, bevor er in die Seitentasche seines Gepäcks griff und das Geld herausnahm, das Laurence ihm gegeben hatte. Damit setzte er sich aufs Bett und breitete die Scheine auf der Überdecke aus. In einem Anflug von Feierlaune hatte er Drinks für alle im Klub ausgegeben und sich selbst mit einer Nacht in einem erstklassigen Bordell belohnt, doch sein unerwarteter Geldsegen war durch diese Ausgaben kaum geschmälert worden.

Frances stand am Fenster des Schlafzimmers, still und ruhig wie gewöhnlich, und sah ihm zu.

»Es entzieht sich immer noch meinem Verständnis, wie du dazu gekommen bist«, sagte sie schließlich. Edwin bedachte sie mit einem verachtenden Blick; mit ihrer Ernsthaftigkeit sog sie einem jegliche Freude aus dem Gemüt.

»Durch ein Geschäft«, erklärte er. »Einen Handel. Das ist zu kompliziert, um es dir zu erläutern.«

Frances betrachtete ihn auf diese unangenehme Weise, die ihr so eigen war und ihm das Gefühl gab, sie könnte geradewegs in seine Seele blicken.

»Es ist aber nichts Ungesetzliches, hoffe ich.«

Edwin musste flüchtig daran denken, dass er seinen Namen unter Violets Bilder gesetzt hatte. Was die Urheberschaft an Kunstwerken betraf, war das Gesetz, das für gewöhnlich nur die Auswahl zwischen Schwarz und Weiß zuließ, eine Mischung aus grauen Schattierungen. Er war sich ziemlich sicher, dass seine Handlungen – wenn sie vielleicht auch nicht im Sinne der Gesetzgebung sein mochten – sämtlichen Vorschriften entsprochen hatten.

Deshalb schnalzte er angesichts von Frances' Frage missbilligend mit der Zunge. »Natürlich ist es nicht ungesetzlich«, entgegnete er, »aber der Anfang einer neuen Unternehmung. Einer großen Unternehmung.«

Unten wurde die Türglocke geläutet. Erneut schnalzte Edwin mit der Zunge. »Erwartest du Besuch?«, fragte er Frances. Sie schüttelte den Kopf.

Agnes kam halb die Treppe heraufgetrampelt.

»Mr Forrest«, brüllte sie. »Hier ist jemand für Sie, Sir. Einer von unten aus dem Dorf. Will wissen, ob Sie ihm bei einer Vertragssache helfen.«

Edwin verzog das Gesicht ob ihrer respektlosen Manieren. »Die sollten wir baldmöglichst loswerden«, sagte er und stand auf, um sich dem Besucher zu widmen. Auf dem Weg zur Tür machte er eine Handbewegung in Richtung des Geldes. »Sei so gut und sammle das ein, und dann lege es in den Tresor in meinem Studierzimmer.«

Kapitel 38

1855

Frances

Frances wartete, bis Edwin unten war, dann setzte sie sich aufs Bett und zählte die Banknoten. Es waren weit über fünfhundert Pfund. Das überraschte sie. Was hatte er getan, um zu solch einem Vermögen zu gelangen? Sie war überzeugt, dass es sich dabei um etwas handelte, von dem sie keine Kenntnis haben durfte. Er schloss häufig Geschäfte ab oder gewann eine Verhandlung und konnte es anschließend kaum erwarten, sich damit zu brüsten, ganz gleich, ob er davon ausging, dass sie die Einzelheiten verstand oder nicht – und dass sie etwas nicht verstand, kam äußerst selten vor.

Sie schob die Scheine zu einem ordentlichen Bündel zusammen und brachte sie in Edwins Studierzimmer, um sie dort in den Tresor zu legen, in dem sich unter anderem ein Sack mit weiterem Bargeld befand. Sie wollte die Banknoten zu dessen Inhalt hinzufügen, hielt jedoch inne. Verstohlen blickte sie zur Zimmertür, um sich zu vergewissern, dass Edwin nicht unbemerkt nach oben gekommen war. Dann nahm sie einige Scheine aus dem Bündel, rollte sie zusammen und steckte sie in den Ärmel ihres Kleides. Nach einem flüchtigen Moment der Überlegung zwackte sie noch einige weitere Banknoten ab und verstaute sie in ihrem anderen Ärmel, bevor sie die Tresortür zuschob und sie verriegelte. Anschließend ging sie in ihr Ankleidezimmer, schloss die Tür, zog den Tisch davor und hob das Dielenbrett an.

Die Dinge, die darunter zum Vorschein kamen, betrachtete sie inzwischen als ihr »Fluchtgepäck«. Es enthielt immer noch ihr Tagebuch, das sie in einen Stofffetzen eingewickelt hatte – darin schüttete sie ihr Herz aus und beschrieb die Einzelheiten aus ihrer Ehe mit Edwin, die sie niemals laut zu äußern wagte. Darüber hinaus nutzte sie das Buch, um ihre neue Unterschrift zu üben und ihr Leben als Florence Bennett, Witwe von Alfred, zu planen.

Auch das Buch über Schottland, den Zugfahrplan und die Beschreibung ihres Reisewegs bewahrte sie in dem Versteck auf, darüber hinaus das Bargeld und ihre letzte Errungenschaft: neue Kleider. Dafür war sie eigens nach Brighton gefahren und hatte ein schlichtes schwarzes Kleid mit hohem Kragen gekauft, außerdem eine kleine Haube, die man unterhalb des Kinns verschnürte. Zwischen dieser und ihrer üblichen Garderobe lagen Welten, und sie würde dadurch nicht nur den Eindruck erwecken, dass sie einer weit niederen Schicht angehörte als in Wahrheit, sondern auch wie eine trauernde Witwe aussehen – was genau ihrer Absicht entsprach.

Wenn sie ihre Abreise zum richtigen Zeitpunkt stattfinden ließe – während Edwin in London war – und die alten Kleider von »Frances« bei Flut am Strand ablegte, so dass es aussah, als wäre sie dort ertrunken, würde sicher niemand auf den Gedanken kommen, im Zug nach ihr zu suchen.

Liebevoll strich sie über ihren anwachsenden Bauch. Sie würde ihren Plan schon bald in die Tat umsetzen müssen.

Ihrer Einschätzung nach würde sie höchstens noch einige Wochen hierbleiben können. Sie hatte den Entschluss gefasst zu gehen, wenn Edwin das nächste Mal nach London reisen würde, und nun, da ihr Vorhaben feststand, konnte sie diesen Tag kaum erwarten. Sie wollte endlich ihr neues Leben beginnen, weit entfernt von Edwin, und sich auf die Geburt ihres Kindes vorbereiten.

Dann, dachte sie, würde sie in Sicherheit sein. Erneut drängte sie ihre Sorge um Violet Hargreaves beiseite. Sie würde die junge Frau nicht retten können, ebenso wenig wie sie die arme, verzweifelte Beatrice Sanderson vor deren tragischem Tod hatte bewahren können.

»Das liegt nicht in deiner Verantwortung«, murmelte sie sich selbst zu. »Du trägst keine Verantwortung für das Mädchen.« Aber würde sie wirklich gehen können, obwohl sie wusste, wie bösartig Edwin werden konnte? Sie würde in Sicherheit sein, ihr Kind auch, aber die arme Violet nicht. Würde sie das mit ihrem Gewissen vereinbaren können?

Kapitel 39

Heute

Ella

Der August ging in den September über, und allmählich wurden die Tage endlich kühler. Oscar hatte mit der Schule angefangen und sich sofort gut eingefügt, was er nicht zuletzt Amber zu verdanken hatte. Und Stanley krabbelte an seinem ersten Tag durch die Kita, ohne sich noch einmal nach mir umzusehen. Es dauerte nicht lange, und wir hatten einen Tagesrhythmus entwickelt: Jeden Morgen weckte ich die Jungs, zog sie an und brachte sie in die Schule beziehungsweise die Kita – manchmal kam Ben auch mit, wenn er nicht so früh zur Arbeit musste. Dann ging ich nach Hause, stieg bewaffnet mit einer Kanne Kaffee nach oben ins Dachgeschoss und kämpfte mich durch die nächsten Kapitel von Tessas fingiertem Mordfall.

So langsam fügte sich die Geschichte zusammen, aber ich wusste, dass sie nicht so gut war, wie sie hätte sein können, wenn ich ganz bei der Sache gewesen wäre. Mittags holte ich dann Stan aus der Kita ab, bevor Margaret vorbeikam, ihn übernahm und ich mich wieder an den Schreibtisch setzen konnte.

An den Nachmittagen – vorausgesetzt, ich hatte während der ersten Hälfte des Tages meine angestrebte Wortzahl erreicht – gönnte ich mir die Muße, über Violet Hargreaves' Geschichte nachzudenken. Mittlerweile hatte ich tonnenweise Texte über die Präraffaelitische Bruderschaft gelesen und herausgefunden, dass Frauen aus besser gestellten Familien nicht professionell gemalt hatten. Genau, wie ich es vermutet hatte. Zwar hatte es bei den Präraffaeliten auch einige Frauen gegeben, aber die hatten hauptsächlich Modell gestanden oder vor ihrer künstlerischen Laufbahn als Hutmacherin gearbeitet so wie Dante Gabriel Rossettis Frau, Elizabeth Siddal. Ich konnte mir nicht vorstellen, dass ein Mädchen aus Violets Gesellschaftsschicht in die Kunstszene des viktorianischen Zeitalters gepasst hätte, trotz ihres unbestreitbaren Talents.

Ich hatte endlich einen Termin im Polizeiarchiv, aber der würde ärgerlicherweise erst in der nächsten Woche stattfinden. Priya – die mittlerweile im Mutterschutz und dementsprechend unruhig und gereizt war – ging immer wieder mögliche Szenarien mit mir durch. Hatte Violet Edwin umgebracht und dessen Frau angegriffen? Hatte die Frau sich ihre Verletzungen selbst zugefügt, ihren fremdgehenden Mann getötet und anschließend die arme Vi um die Ecke gebracht? Wir betrachteten alles mehrfach von allen Seiten.

Als Ben ausnahmsweise einmal einen Samstag freihatte, weil seine Mannschaft an dem Wochenende nicht spielte, kamen Dad und Barb uns besuchen. Natürlich hatte ich mir im Vorfeld tausend Gedanken gemacht und hatte Angst, dass Dad unser Haus nicht gefallen würde und er seine Sorgen, was unseren Umzug anging, bestätigt sah. Doch tatsächlich verlief sein Besuch richtig gut. Mir fiel ein Riesenstein vom Herzen.

Wir setzten uns in den Garten und unterhielten uns, während Ben mit den Jungs Fußball spielte.

»Ben fühlt sich hier richtig wohl, oder?«, fragte Barb.

Lächelnd sah ich zu meinem Mann hinüber. »Total«, bestätigte ich. »Er liebt seinen Job. Er hat so lange davon geträumt, bei einem Fußballverein zu arbeiten, dass ihn nicht mal die unregelmäßigen Arbeitszeiten stören.«

»Und du?«, erkundigte sich Dad und blickte mich eindringlich an.

»Ich fühle mich auch sehr wohl«, sagte ich wahrheitsgemäß. »Die Jungs haben sich richtig gut eingelebt, ich hab schon eine gute Freundin gefunden, und die anderen Mütter aus der Schule sind bisher auch ganz sympathisch. Das Haus ist ein bisschen alt, ich weiß, aber es ist trotzdem wunderschön, und ich liebe diese Landschaft hier. Ich hab mich schon Jahre nicht mehr so unbeschwert und gelassen gefühlt.«

Dad griff über den Tisch und drückte meine Hand. »Dann hast du die richtige Entscheidung getroffen«, sagte er.

Ich erwiderte seinen Händedruck. »Ja, das hab ich. Also, *wir* haben das.«

»Es tut mir leid, dass ich so negativ reagiert habe.«

Liebevoll tätschelte ich seine Hand. »Du hast gesagt, was du denkst«, entgegnete ich. »Anfangs hatte ich auch Angst, dass das Risiko zu groß ist, aber ...« Mit einer ausholenden Geste schloss ich Ben, die Jungs, den Strand und das Meer ein. »Schau dir das doch mal an, Dad. Wie könnte das ein Fehler sein?«

Dad nickte. »Ich bin sehr stolz auf dich«, sagte er.

Peinlich berührt zog ich den Kopf ein, und Dad schmunzelte.

»Wie kommst du mit dem Buch voran?«

Ich verzog das Gesicht. »Es geht«, antwortete ich. »Genau genommen arbeite ich gerade an zwei Projekten gleichzeitig.«

»Hältst du das für klug?«, fragte Dad und zog die Stirn in Falten. »Hast du nicht einen Vertrag abgeschlossen und musst einen Abgabetermin einhalten?«

»Dad«, entgegnete ich warnend, genau zur gleichen Zeit, als Barb »James« in einem ähnlichen Tonfall sagte. Dad lächelte.

»Tut mir leid«, entschuldigte er sich. »Ich mache mir einfach Sorgen um dich.«

»Dann komm mit«, schlug ich spontan vor. »Komm mit und guck dir an, woran ich arbeite.«

Ich führte ihn und Barb nach oben auf den Dachboden, wo immer noch Violets Selbstporträt am Whiteboard hing, umgeben von diversen hingekritzelten Notizen.

»Das ist Violet Hargreaves«, erklärte ich. »Sie hat vor etwa hundertfünfzig Jahren hier in unserem Haus gelebt und ist spurlos verschwunden. Niemand weiß, was mit ihr passiert ist.«

In Barbs Augen leuchtete Interesse auf. »Und du versuchst das herauszufinden?«

Ich nickte. »Meine neue Freundin Priya ist bei der Kripo«, erzählte ich. »Sie hat schon ein bisschen was rausgekriegt, und nächste Woche fahre ich zum Polizeiarchiv nach Lewes, um mir dort die Kriminalakten aus der Zeit anzusehen.«

»Wie schön«, sagte Dad. »Und hast du schon irgendeine Theorie?«

»Ein paar«, antwortete ich. »Sie war Malerin, und jemand anderes hat einfach ihre Bilder signiert.« Ich berichtete kurz von dem Gemälde, das in dem Klub in London hing und von Edwin Forrest signiert worden war – der in derselben Nacht umgebracht wurde, in der Violet verschwand.

»Priya meint, dass Violet dadurch ein Motiv hatte«, fuhr ich fort. »Und damit hat sie natürlich recht. Aber in dieser besagten Nacht hat auch jemand die Frau von Edwin Forrest brutal zusammengeschlagen, und Priya sagt, es sei ungewöhnlich, dass eine Frau auf diese Art und Weise auf jemanden losgeht.«

»Ungewöhnlich«, murmelte Dad, »aber es kommt vor.«

»Wahrscheinlich schon«, sagte ich. »Doch ich kann mir einfach nicht vorstellen, dass Violet die Böse in dieser Geschichte war. Irgendwie hab ich das Gefühl, sie war das Opfer.«

»Aber dieser Forrest war derjenige, der umgebracht wurde«, merkte Dad an.

»Stimmt«, pflichtete ich ihm bei. »Und seine arme Frau wurde verletzt. Vielleicht war Violet doch eine Mörderin.«

»Mal sehen, vielleicht findest du ja im Archiv mehr heraus«, sagte Dad. »Obwohl: Haben die damals überhaupt schon ausführliche Berichte angefertigt?«

»Priya ist sich da auch nicht sicher«, erwiderte ich. »Damals stand die Polizei ja noch ganz am Anfang, also vielleicht nicht. Priya hat dem Archivar zwar gesagt, was wir suchen, aber es dauert wohl eine Weile, bis sie die entsprechenden Akten ausgegraben haben. Die sind nicht alle digitalisiert, also noch nicht. Und außerdem sind sie schon so alt, dass sie ziemlich empfindlich sind, deshalb müssen sie ganz vorsichtig damit umgehen.«

»Hast du denn vor, diese Geschichte aufzuschreiben?«, fragte Barb mit Blick auf die Notizblätter, die sich auf meinem Schreibtisch stapelten. »Das ist wirklich spannend.«

»Weiß noch nicht«, sagte ich achselzuckend. »Ich muss immer wieder daran denken und kann mich irgendwie nicht richtig auf Tessa konzentrieren. Aber momentan entspringt da ja alles noch meiner Phantasie, weil es nur wenige Fakten gibt.«

»Was sagt deine Agentin dazu?«

Ich verzog das Gesicht. »Die weiß noch nichts davon«, gab ich zu. »Ich hab ihr nur das geschickt, was ich bisher zu Tessa geschrieben habe, aber von dieser Geschichte hab ich ihr bisher nichts erzählt.«

»Ich finde, du solltest das machen«, sagte Dad. »Frag sie doch mal, was sie davon hält.«

»Echt?«, erwiderte ich, überrascht, dass er so daran interessiert war.

»Na ja, ich finde die Geschichte wirklich faszinierend«, gestand Dad. »Also werden das deine Leserinnen sicher auch tun. So, und jetzt erzähl mir noch mal, was du weißt. Von Anfang an.«

Kapitel 40

1855

Violet

Ich saß auf dem Boden meines Ateliers und betrachtete meine Interpretation der *Mariana*, studierte ausgiebig den Stil, die Farben und die Pinselführung. Ich ließ mir Zeit, bis ich schließlich aufstand, meine anderen Bilder holte und sie auf dem Boden ausbreitete. Dann nahm ich erneut Platz und sah mir auch diese Arbeiten genauer an.

»Ich bin eine gute Malerin«, sagte ich laut zu mir selbst. Ich wusste, dass ich – ungeachtet dessen, was Edwin gesagt hatte – die Begabung und die Entschlossenheit besaß, um mit meiner Kunst Geld zu verdienen. Immerhin wollte man meine Bilder in seinem Klub aufhängen. Daraus konnte ich zumindest ein wenig Trost ziehen. Ich fragte mich, ob Edwin vielleicht etwas Falsches zu Ruskin gesagt hatte; etwas, das ihn gegen meine Arbeiten eingenommen hatte, ohne dass er sie sich näher angeschaut hatte. Und Millais, dem ich so sehnlichst meine Bilder zeigen wollte, hatte Edwin gar nicht erwähnt.

»Wenn er mir doch nur erlaubt hätte, ihn zu begleiten«, murmelte ich. »Wenn ich mit Millais hätte sprechen können …«

»Warum tust du es nicht?«, fragte eine Stimme in meinem Kopf. »Fahr nach London und sprich persönlich mit Millais.«

Doch das war eine törichte Vorstellung. Töricht und gefährlich. Zwar war ich bereits viele Male gemeinsam mit meinem Vater in London gewesen, doch nie allein. Ich war noch nie allein irgendwohin gereist – nicht einmal nach Brighton –, ohne dass eine meiner zahlreichen Gouvernanten oder Vater an meiner Seite gewesen wären.

»Aber du kennst den Weg«, meldete sich die Stimme in meinem Kopf erneut zu Wort. »Du weißt, wo du über Nacht bleiben kannst und mit welchem Zug du reisen musst.«

»Aber man würde mich sicherlich aufhalten«, sagte ich laut. »Irgendjemand wird mich fragen, warum ich ohne Begleitung bin, und mich aufhalten.«

Doch was, wenn nicht?

Erfasst von einem Ausbund an Energie, stand ich erneut auf und eilte zu dem Eckschrank hinüber, in dem ich all meine Zeitungsausschnitte aufbewahrte. Ich blätterte meine Mappe durch, bis ich den Abschnitt gefunden hatte, den ich suchte. Im vergangenen Monat hatte die *Illustrated London News* einen ausführlichen Artikel über die Präraffaelitische Bruderschaft veröffentlicht, den ein Freund der Gruppe verfasst hatte. Dieser hatte darin die Orte genannt, die seine Künstlerfreunde bevorzugt aufsuchten, um über die Rolle der Kunst in der modernen Welt zu diskutieren.

Mit dem Finger fuhr ich die Zeilen entlang, bis ich auf den Namen eines Wirtshauses stieß, dem White Hawk Tavern. Dieses befand sich in Bloomsbury, einem Viertel, in dem ich mich zwar nicht auskannte, doch mit Hilfe einer Mietdroschke würde ich den Weg dorthin sicher leicht finden …

Geld. Ich würde Geld benötigen.

Natürlich besaß ich kein eigenes Vermögen, doch ich wusste, wo Vater sein Bargeld verwahrte. War es nicht seltsam, dass diese Idee sich plötzlich zu einem festen Vorhaben ausgeweitet hatte?

Behutsam rollte ich meine *Mariana* und einige meiner Zeichnungen ein und band sie mit einer Schnur zusammen. Dann lief ich nach unten in mein Schlafzimmer und packte einige Dinge für die Nacht in eine Reisetasche. Inzwischen war es beinahe elf Uhr, und ich wusste, dass um dreißig Minuten nach zwölf ein Zug nach London fuhr. Mir blieb nicht viel Zeit. Rasch eilte ich ins Speisezimmer und nahm den Spiegel herunter, der über dem Kamin hing. Dahinter befand sich ein Tresor. Ohne länger darüber nachzudenken, drehte ich an dem Rad – die Zahlenkombination setzte sich aus meinem Geburtsdatum zusammen – und öffnete die stabile Tür. Im Innern des Tresors lagen der Schmuck meiner Mutter, einige Dokumente, ein Beutel mit Münzen und mehrere Bündel Banknoten.

»Nun bist du nicht nur eine Lügnerin, sondern auch eine Diebin«, sagte ich zu mir. Dennoch griff ich zu, nahm eine Handvoll Münzen aus dem Beutel und ein Bündel Scheine aus dem Tresor und verstaute alles in meiner Reisetasche, bevor ich diese fest zuschnürte. Dann schloss ich die Tür zum Tresor wieder und machte mich auf die Suche nach Philips.

»Bitte fahren Sie mich auf dem schnellsten Wege nach Brighton«, wies ich ihn an. »Meine alte Gouvernante ist erkrankt und benötigt meine Hilfe.«

Weitere Lügen.

Philips, der gerade im Garten Karotten erntete, hob eine Augenbraue.

»Telegramm«, sagte ich verzweifelt. »Ich habe ein Telegramm erhalten.«

Philips richtete sich auf. »Stecken Sie in Schwierigkeiten, Miss Violet?«, fragte er und blickte mir geradewegs in die Augen. »Brauchen Sie Hilfe?«

Ich nahm seine Hand, die von der Gartenarbeit ganz schmutzig war.

»Nein«, sagte ich in einem überzeugenden Tonfall. »Mir geht es gut, und ich stecke nicht in Schwierigkeiten, aber ich möchte Sie nicht genauer über mein Vorhaben unterrichten, damit Sie nicht in Schwierigkeiten geraten. Es ist besser, wenn Sie nichts darüber wissen.«

Philips schaute mich so lange an, dass ich begann, mich unwohl zu fühlen und unruhig von einem Fuß auf den anderen zu treten.

»Bitte«, flehte ich.

»Brighton?«, fragte Philips.

Ich nickte. »Ja, nur nach Brighton«, sagte ich. »Nicht weit.«

Noch mehr Lügen.

»Na schön«, stimmte Philips schließlich zu. »Ich stehe in fünf Minuten vor dem Haus bereit.«

Vor Erleichterung wäre ich beinahe in Ohnmacht gefallen. Wenn wir in fünf Minuten abfuhren, würde ich den Zug in jedem Fall pünktlich erreichen. Und so kam es auch. Ich bat Philips, mich in einer Straße in der Nähe des Bahnhofs abzusetzen, wo meine Gouvernante wohnte. Dies war keine Lüge, da ich tatsächlich einmal eine Gouvernante gehabt hatte, die in dieser Straße wohnte. Ob sie dort immer noch lebte, war eine andere Angelegenheit, doch ich empfand großen Stolz darüber, dass ich wenigstens diesbezüglich die Wahrheit gesagt hatte.

»Ich kann Sie später abholen«, bot Philips an, während ich aus dem Pferdewagen stieg.

»Nicht nötig«, sagte ich. »Miss Mason hat mir bereits ein Zimmer für die Nacht hergerichtet und wird morgen für meine Rückreise sorgen.«

Philips wirkte, als wollte er widersprechen, doch in diesem Moment wurde das Pferd unruhig, und so nickte er mir nur zu und fuhr davon.

Ich wartete, bis er um die Straßenecke gebogen war, dann hob ich meine Tasche auf eine Schulter, nahm meine Röcke in die Hand und lief zum Bahnhof.

Dort drinnen herrschte dämmriges Licht, und die Luft war rauchgeschwängert, doch ich war so viele Male mit Vater hier gewesen, dass ich mir einbildete, genau zu wissen, was ich zu tun hatte. So ging ich geradewegs auf den Fahrkartenschalter zu.

»Eine Erste-Klasse-Fahrkarte nach London bitte, hin und zurück«, sagte ich mit fester Stimme.

Dann presste ich die Lippen zusammen und wartete darauf, dass der Kartenverkäufer mich fragte, warum ich ohne Begleitung reise, wohin ich führe, was ich dort vorhätte …

Stattdessen händigte er mir jedoch schlicht die Fahrkarte aus und nahm wortlos mein Geld entgegen.

»Danke«, sagte ich überrascht.

»Bahnsteig zwei«, antwortete er, ohne den Blick zu heben. »Sie sollten sich besser beeilen.«

Gehorsam eilte ich den Bahnsteig entlang zum Waggon der ersten Klasse. Der Gepäckträger half mir die Stufen hinauf und hob meine Tasche für mich in den Wagen.

»Bitte sehr, Miss«, sagte er.

Ich lächelte ihn an, als wäre es meine Gewohnheit, jeden Tag allein nach London zu reisen.

»Vielen Dank«, erwiderte ich.

Im Zug saßen nicht viele Fahrgäste, und zu meiner Erleichterung hatte ich den Waggon ganz für mich. Ich hatte kaum Platz genommen, als der Zug auch schon erzitterte und dann langsam aus dem Bahnhof rollte.

Während ich durchs Fenster die vorbeiziehende Hügellandschaft betrachtete, begann ich ein wenig zu zittern, und ich war mir immer noch nicht gänzlich sicher, was ich gerade tat. Tief in meinem Innern jedoch fühlte ich, dass mein Vorhaben richtig war. Meine Sehnsucht danach, als Künstlerin zu arbeiten, brannte so stark in mir, dass ich sie nicht mehr länger verleugnen konnte – und wenn Edwin mir nicht helfen konnte, blieb mir nichts anderes übrig, als mir selbst zu helfen.

Kapitel 41

Der Bahnhof an der London Bridge war voller Menschen, als ich dort ankam, doch mithilfe meiner neu erweckten Entschlossenheit und Courage nahm ich beherzt meine Tasche und bahnte mir ohne Schwierigkeiten einen Weg durch die Menge.

Lediglich ein einziges Mal – als ich nach draußen trat – verließ mich für einen Augenblick der Mut. Ich blieb einen Moment lang stehen und dachte daran, einfach in den Bahnhof zurückzukehren und in den nächsten Zug nach Brighton zu steigen.

Unvermittelt ertönte in meiner Nähe lautes Gelächter, und ich blickte auf. Zwei junge Frauen, die sich beieinander untergehakt hatten, gingen in einigem Abstand an mir vorbei. Sie trugen steife Röcke, wie auch Frances sie bevorzugte, und beide hatten ihr Haar am Hinterkopf zu einem adretten Dutt festgesteckt. Ungeachtet ihrer eleganten Erscheinung waren die Frauen außer sich vor Lachen über etwas, das sich meiner Kenntnis entzog. Noch während ich ihnen erstaunt zusah, krümmte sich eine der beiden vornüber.

»Nicht«, flehte sie ihre Freundin an. »Bitte bring mich nicht wieder zum Lachen. Ich schwöre, ich bekomme sonst Bauchschmerzen.«

Die andere Frau machte ein ernstes Gesicht. »So etwas würde ich niemals tun«, sagte sie.

Einen Augenblick lang schwiegen sie, dann brachen sie erneut in Gekicher aus. Ich sah ihnen nach, während sie weitergingen und die eine die andere, die vor Lachen stark schwankte, mit sich zog. Sie waren in einem ähnlichen Alter wie ich, diese beiden Mädchen, doch wie sehr musste sich ihr Leben von meinem unterscheiden, wenn sie so unbekümmert durch die Straßen Londons schlendern konnten, so ausgelassen, in so wunderschönen Kleidern … Für einen Moment überkam mich der Drang, mich auf den Gehsteig zu werfen und weinend über die schiere Ungerechtigkeit des Lebens mit den Fäusten auf den Boden zu trommeln. Doch während die jungen Frauen achtlos und immer noch prustend an einem Vagabunden vorbeigingen, der ein Stück entfernt auf einer Mauer an der Straße saß, zwang ich mich, die Fassung zu bewahren.

»Ich gehöre zu den Gesegneten«, flüsterte ich mir zu. »Ich habe Geld in meiner Tasche, einen Hut auf meinem Kopf und Essen in meinem Bauch.« Liebevoll tätschelte ich meine Reisetasche, in der meine Bilder sicher verwahrt lagen. »Und ich habe meine Begabung.«

Mit neuer Zuversicht setzte ich meinen Weg fort. Ich hatte nur eine vage Vorstellung davon, wo mein Ziel lag, doch ich dachte, ich würde einfach am Fluss entlanggehen und ihm gen Westen folgen, bis ich die Westminster Bridge erreichte. Dies würde mich meiner Einschätzung nach in die richtige Richtung führen.

Es war ein warmer Tag, und die Sonnenstrahlen drängten sich beharrlich durch den Rauch, der den Bahnhof umgab. Schon bald war mein Rücken ganz nass vom Schweiß, und meine Beine schmerzten von dem Gewicht der Tasche, die unablässig dagegen stieß. Schließlich jedoch gelangte ich zur Westminster Bridge, und nachdem ich diese überquert hatte, befand ich mich in einem Teil der Stadt, der mir vertrauter war.

Fintons Hotel, in dem ich stets gewohnt hatte, wenn ich Vater begleitet hatte, lag in der Nähe – nicht weit entfernt von der Piccadilly, in der sich die Royal Academy befand –, und ich hoffte, dass ich dort ein Zimmer bekommen könnte. Es war ein Familienhotel, und soweit ich wusste, verfügten sie über Zimmer für alleinreisende Frauen. Aus diesem Grund war ich sehr zuversichtlich, dass man mich aufnehmen würde. Dennoch verspürte ich Nervosität ob der Ungewissheit, die weiterhin bestehen blieb.

Als ich mich der Regent Street näherte, beschleunigte ich meine Schritte, und so erreichte ich schon bald den Eingang des Hotels. Ohne anzuhalten – damit ich keine Gelegenheit fand, meine Entscheidung noch einmal zu überdenken –, stieg ich die Treppe hoch und drückte die Tür auf.

Den Mann, der hinter der Rezeption stand, kannte ich. Er hatte Vater und mich viele Male empfangen. Lächelnd blickte er mich an.

»Miss Hargreaves«, grüßte er mich. »Wir haben Sie gar nicht erwartet.«

Ich atmete tief durch und staunte erneut darüber, wie leicht mir dieser Tage die Lügen über die Lippen kamen. »Ich bin sehr erfreut, Sie wiederzusehen«, sagte ich. »Wie ich annehme, haben Sie das Telegramm meines Vaters erhalten?«

Bedauernd sah der Mann mich an. »Ich habe keine Kenntnis von einem Telegramm …«, erwiderte er.

In gespielter Ergebenheit stieß ich einen Seufzer aus. »Ich befürchtete, dass das geschehen könnte«, log ich. »Mein Vater wird in Manchester aufgehalten und bat mich, eine Lieferung für ihn hier in London zu übernehmen. Er hatte vorgehabt, Ihnen ein Telegramm zu schicken und Sie zu bitten, mir ein Zimmer für die Nacht herzurichten, doch anscheinend ist ihm dies entfallen. Sie wissen ja, wie zerstreut er sein kann.« Mein Vater war nichts dergleichen, doch ich starrte dem Mann geradewegs in sein freundliches Gesicht. Sollte er es doch wagen, mir zu widersprechen.

»Gewiss, Miss Hargreaves«, entgegnete er, und ich erinnerte mich wieder daran, dass sein Name Robert war. Suchend blätterte er das dicke, in Leder gebundene Gästebuch durch und lächelte dann. »Wir haben ein freies Zimmer auf unserer Etage für Damen. Allerdings ist es nicht so groß wie Ihre gewöhnliche Suite.«

Ich zerstreute seine Bedenken mit einer abwinkenden Handbewegung. »Das macht mir nichts aus«, sagte ich unbekümmert. »Ich habe ohnehin an diesem Abend einiges zu erledigen.«

Robert hob eine Augenbraue, stellte meine Absichten jedoch nicht infrage.

Ich setzte meine Unterschrift in das Buch, das er mir zuschob, und wies ihn an, das Zimmer meinem Vater in Rechnung zu stellen. Dann folgte ich dem Gepäckträger, der mir die Tasche abnahm und sie nach oben in mein Zimmer brachte. Meine Knie zitterten so fürchterlich, dass ich schon befürchtete, das Ende der Treppe nicht zu erreichen, doch auf irgendeine Weise legte ich den Weg zurück, ohne zu Boden zu sinken.

Als der Träger meine Tasche abgestellt und das Zimmer verlassen hatte, verriegelte ich die Tür und begann meine Kleider abzulegen. Ich war schmutzig und verschwitzt von der Reise und verspürte das große Bedürfnis, mich zu waschen. Rasch goss ich Wasser in die Waschschüssel und rieb mich von oben bis unten ab. Anschließend ließ ich mich, noch in Unterwäsche, aufs Bett sinken. Mein Herz klopfte ganz schnell. Ich hatte es tatsächlich getan: Ich war in London und würde Millais aufsuchen, um ihn davon zu überzeugen, dass ich sein Interesse verdiente.

Vor Aufregung trommelte ich mit den Füßen auf die Überdecke. Dann setzte ich mich auf, zog meine Tasche zu mir und nahm behutsam meine eingerollten Arbeiten und die Mappe mit den Zeitungsausschnitten über die Präraffaelitische Bruderschaft heraus.

Natürlich bestand die Möglichkeit, dass ich nicht jeden von ihnen antreffen würde. Vielleicht würde ich sogar keinem von ihnen begegnen. Mr Ruskin würde ganz gewiss nicht dort sein, dessen war ich mir sicher. Er gehörte nicht zu den Männern, die sich in dieser Art von Etablissements aufhielten (den Gedanken, dass ich ebenso wenig zu den Frauen gehörte, die diese Art von Etablissements aufsuchten, schob ich beiseite). Doch dies war meine einzige Gelegenheit. Die musste ich ergreifen.

Vorsichtig zog ich mein liebstes Kleid an. Es war weiß und mit winzigen blauen Blüten bedruckt. Ich hatte es vom Schneider im Dorf anfertigen lassen, der es mit einem hohen Kragen, Puffärmeln, einer Taillenschnürung und einem langen, weich fallenden Rock versehen hatte. Die Reifröcke, mit denen sich manche Frauen – wie Frances – schmückten, trug ich nie.

Ich löste mein Haar und kämmte es, bevor ich es offen über meine Schultern fließen ließ. Dann setzte ich meine Haube auf, nahm meine Handschuhe und die Bilder und verließ das Zimmer.

Robert saß immer noch hinter dem Empfangstisch, als ich nach unten kam.

»Miss Hargreaves«, sagte er und erhob sich. »Kann ich Ihnen behilflich sein?«

Erneut atmete ich tief durch. »Ich werde in Bloomsbury erwartet«, antwortete ich. »Wären Sie so freundlich, mir eine Mietdroschke zu rufen?«

»Selbstverständlich, Miss«, sagte Robert.

Das ging so mühelos vonstatten, dachte ich. Warum hatte ich dies nie zuvor getan?

Robert trat vor das Hotel, und ich wartete, hielt meine Handschuhe fest umklammert, bis er den Kopf durch die Tür steckte und mir mitteilte, dass meine Droschke draußen stehe.

Als ich in den Wagen stieg, tippte sich Robert an seine Kappe, und ich lächelte ihm zu. »Vielen Dank«, sagte ich.

»Zu welchem Ziel in Bloomsbury darf ich Sie bringen?«, fragte der Kutscher, während das Pferd sich in Bewegung setzte und auf die Piccadilly zutrabte.

»Ich besuche eine Freundin in der Giles Street«, erwiderte ich. Dies war noch nicht einmal gänzlich gelogen. Das White Hawk Tavern befand sich tatsächlich in der Giles Street. »Nummer drei.«

Gewiss gab es in jeder Straße ein Haus mit der Nummer drei. Wenigstens hoffte ich das.

Der Kutscher sagte nichts, sondern trieb das Pferd weiter an. Ich lehnte mich auf meiner Bank zurück und betrachtete London durchs Fenster, während ich versuchte, meine wachsende Erregung zu zügeln.

»Wir sind da, Miss«, verkündete der Kutscher schließlich.

Weniger graziös, als es mir lieb war, kletterte ich aus der Droschke und händigte dem Kutscher etwas Geld aus. Zu meiner Erleichterung fuhr er unverzüglich weiter.

Inzwischen war es schon recht spät geworden – nach neunzehn Uhr –, doch es war immer noch hell, und die warme Luft des Tages hatte sich kaum abgekühlt. Mit einem tiefen Atemzug nahm ich meine Bilder unter den Arm, schritt ohne weiteres Zögern die Straße hinunter auf das Wirtshaus zu und schob die Tür auf.

Kapitel 42

Ich trank keinen Alkohol, doch ich war häufig genug am Albion Inn in unserem Dorf vorbeigegangen, um zu wissen, welche Art von Männern sich dort aufhielten. Arbeiter, Knechte, in früherer Zeit auch Philips, wenn er einen Tag freigehabt hatte. Seit er in eine Schlägerei geraten war, mied er das Wirtshaus allerdings. Mein Vater und auch Edwin gehörten ebenfalls nicht zu den Besuchern.

Zu meiner Erleichterung unterschied sich das White Hawk Tavern gänzlich von unserer Dorfschenke. Es schien ein vornehmeres Etablissement zu sein, und die Gäste waren vorwiegend gut gekleidete Männer – wenigstens im Schankraum. Aus dem Bereich dahinter drangen laute Rufe zu mir herüber, die nahelegten, dass sich dort eher weniger respektable Leute aufhielten.

Der Innenraum selbst war mit Holz vertäfelt, der Boden mit schwarzen und weißen Fliesen ausgelegt. Der Tresen, der sich mir gegenüber befand, bestand aus dunklem, glänzendem Mahagoni, die Armaturen aus Messing. Um mich herum standen Tische und Stühle, die aus dem gleichen Holz gefertigt waren wie die Wandverkleidung. Es roch nach Bohnerwachs, Zigarrenrauch und Malz. Eine unvertraute, aber nicht unangenehme Mischung.

Trotz der behaglichen Einrichtung und der Tatsache,

dass die Gäste keine rauen Burschen waren, wie ich es erwartet hatte, war ich mir von dem Moment meines Eintretens an bewusst, dass ich mich in diesem Milieu nicht auskannte.

Wie ich bemerkte, waren die wenigen Damen unter den Gästen ähnlich gekleidet wie ich, doch ihre Kleider waren im Bereich der Brust tiefer geschnitten. Eine der Damen, die gerade mit zwei Krügen Bier in den Händen durch den Raum ging, hielt inne, als sie mich sah.

»Verlaufen?«, fragte sie in belustigtem Tonfall.

»Nein«, entgegnete ich zögernd. »Ich hatte beabsichtigt hierherzukommen.«

Die Dame stellte die Krüge auf einen Tisch in der Nähe, an dem zwei Männer in Westen saßen, so vertieft in ein Kartenspiel, dass sie keine Notiz von ihr nahmen. Sie seufzte.

»Dann suchst du also jemanden«, sagte sie zu mir. »Und ich denke, ich weiß auch, wen.«

Ich rückte die Bilder unter meinem Arm zurecht und blickte die Frau erstaunt an. »Wen?«

»Na ja, so ein anständiges junges Mädchen wie du? Rote Haare?«, begann sie und deutete mit dem Kinn auf meine Arbeiten. »Zeichnungen?«

Ich biss mir auf die Unterlippe und fühlte mich auf einmal wie ein dummes Schulmädchen.

»Er sitzt da drüben«, sagte die Dame und deutete in eine Ecke des Raumes. »Auf seinem Stammplatz.«

»Wer?«, fragte ich erneut und hoffte auf Millais. Mich umzudrehen wagte ich nicht.

»Wer?«, fragte sie. »Wer?«, rief die Frau lachend und bedachte mich mit einem mitleidsvollen Blick. »Gabriel«, antwortete sie. »Aber erwarte nicht zu viel von ihm. Er ist gut mit Worten, wenn er will. Aber sein Herz verschenkt er nicht so leicht. Zumindest nicht an eine andere als Lizzie.«

Unwillkürlich musste ich lächeln, und ich spürte, wie mein Blut in Wallung geriet. Dante Gabriel Rossetti war hier. Hier. Im selben Raum wie ich. Und falls Millais nicht bei ihm war, wusste er sicherlich, wo ich ihn finden könnte.

»Vielen Dank für Ihre Hilfe«, sagte ich zu der Dame. »Mein Herz gehört schon einem anderen.«

Die Frau stieß ein ungläubiges Grunzen aus und trat dann beiseite, um mir den Weg freizugeben. Ich schritt auf den Tisch zu, um den sich viele junge Männer und einige Frauen gedrängt hatten. Ich versuchte, so zu wirken, als würde ich jeden Tag in Wirtshäuser gehen und mir unbekannte Künstler ansprechen. Eingehend betrachtete ich die Gruppe, suchte nach Anzeichen, ob Millais sich unter ihnen befand – ich hatte Bilder von ihm gesehen und diese so gründlich studiert, dass ich zuversichtlich war, ihn erkennen zu können –, doch er schien nicht dort zu sein.

Der Mann, auf den die Schankwirtin gedeutet hatte und bei dem es sich, wie ich demzufolge annahm, um Gabriel handelte, saß mit dem Rücken zu mir. Er trug ein Jackett aus Samt und war in eine aufgebrachte Auseinandersetzung mit dem Mann an seiner Seite verwickelt. Offenbar stritten sie um Geld.

»Es erscheint mir schlicht falsch, es wegen lächerlichen fünf Pfund aufzugeben«, sagte Gabriel verärgert.

Der andere Mann lachte auf. »Ja, du hast gut reden, Gabriel«, entgegnete er. »Aber ich habe keine fünf Pfund.«

Ich räusperte mich. »Verzeihen Sie«, sagte ich.

Niemand hörte mich.

»Verzeihen Sie«, sagte ich erneut, dieses Mal lauter. »Mr Rossetti?«

Der Mann, der neben ihm saß, versetzte ihm einen kräftigen Stoß mit dem Ellbogen. »Gabriel«, sagte er. »Gabriel.«

Gabriel verstummte und wandte sich zu mir um. In diesem Moment fiel mir auf, dass seine Hand auf dem Oberschenkel der Frau zu seiner Rechten lag und er wie beiläufig über die Innenseite ihres Beins strich. Die Frau schien ihn nicht zu beachten und führte eine Unterhaltung mit der Frau zu ihrer anderen Seite, doch ich bemerkte, dass sie schwer atmete und ihre Brust sich im Rhythmus von Gabriels Liebkosungen rasch hob und senkte.

Ich zwang mich, die Augen von Gabriels Fingern abzuwenden, und während ich spürte, dass eine tiefe Röte in meine Wangen stieg, begegneten sich unsere Blicke.

»Ich habe mich gefragt, Sir, ob Sie vielleicht Kenntnis davon hätten, wo Mr Millais sich aufhält?«

Gabriel verzog den Mund zu einem Grinsen. Er schielte ein wenig, und obgleich ich nur wenig Erfahrung mit diesen Dingen hatte, nahm ich an, dass er betrunken war.

»Millais?«, fragte er nachdenklich. »Millais …«

Geduldig wartete ich.

»Schon möglich, dass ich davon Kenntnis habe«, sagte er. »Aber aus welchem Grund sollte ich es dir verraten, Mädchen?«

Die Frau zu seiner Rechten begann zu kichern, und ich fühlte, dass meine Röte noch zunahm.

»Ich beabsichtige, ihm einige Bilder zu zeigen«, erwiderte ich und bemerkte zu meiner Verärgerung, dass meine Stimme zitterte.

»Deine Bilder?«, fragte Gabriel.

Ich biss mir auf die Unterlippe und mochte nur ungern zugeben, dass die Bilder von mir waren. Doch schließlich nickte ich.

Gabriel musterte mich von oben bis unten. »Zeig mal her«, forderte er mich auf. Er sah äußerst gut aus, doch sein funkelnder Blick und sein scharfer Tonfall machten mir Angst.

»Ich würde es vorziehen, sie Mr Millais zu zeigen«, entgegnete ich voller Wagemut. »Können Sie mir sagen, wo er sich aufhält?«

»Nein, kann ich nicht«, antwortete Gabriel.

»Du bist ein solcher Mistkerl«, ertönte eine Stimme hinter mir. Ich wandte mich um und sah, dass Millais höchstpersönlich hinter mir stand. Er bedachte Gabriel mit einem enttäuschten und doch nachsichtigen Blick.

»Es erstaunt mich nicht, dass du dich mit jedem anlegst«, sagte er zu Gabriel. »Du bist immer so derb.«

Mit einem wolfsähnlichen Grinsen nahm Gabriel wieder auf seiner Bank Platz. »Alle lieben mich«, sagte er mit der Arroganz eines Mannes, der wusste, dass er recht hatte. »Ganz gleich, wie derb ich bin, man liebt mich dennoch.«

Millais zuckte die Achseln. »Eines Tages, Gabriel, wird dein Glück dich verlassen«, entgegnete er, und zum ersten Mal schaute er mich an. Wieder färbten sich meine Wangen rot, und innerlich verwünschte ich meine helle Haut. »Wer sind Sie?«

»Sie ist eine Künstlerin«, verkündete Gabriel lachend. »Eine Künstlerin, die dir ihre Bilder zeigen will.«

Aus seinem Mund klangen die Worte »Künstlerin« und »Bilder« wie Beleidigungen, und ich zuckte zusammen.

»Sie will dem großen, wundervollen und berühmten John Everett Millais zeigen, wie hervorragend sie zeichnen kann«, fuhr er fort.

Ich senkte den Blick auf meine Füße. Diese Begegnung verlief nicht auf die Weise, wie ich es mir erhofft hatte.

Gabriel nahm einen hohen Tonfall an. »Oh, Mr Millais, darf ich Ihnen zeigen, wie begabt ich bin?«, sagte er, bevor er mit den Händen, die er in Richtung Millais ausstreckte, eine weibliche Brust andeutete. »Darf ich Ihnen zeigen, was ich für Sie tun kann, wenn Sie mir nur einen Ihrer so ungemein klugen Ratschläge geben, wie ich ein hübsches Bildchen malen kann …«

»Gabriel«, sagte ein Mann, der auf der gegenüberliegenden Seite des Tisches saß, warnend. Er hatte blonde Locken, und ich überlegte, dass es sich bei ihm um William Holman Hunt handeln könnte, einen weiteren Angehörigen der Bruderschaft. Unter anderen Umständen hätte ich große Aufregung empfunden, weil ich ihm hier begegnete, doch nun war alles verdorben, und ich bemerkte, dass es mir nichts mehr bedeutete. »Es genügt, Gabriel.«

»Sind Sie tatsächlich Künstlerin?«, fragte mich Millais.

Benommen nickte ich.

»Dürfte ich?«

Millais zog sanft an den eingerollten Bildern unter meinem Arm. Auf einmal fühlte ich mich vollkommen überwältigt, und mein Zutrauen in meine Begabung, das ohnehin bereits ins Wanken geraten war, verließ mich gänzlich. Ich spürte – wusste es mit vollkommener Gewissheit –, dass ich nicht stehen bleiben und zusehen konnte, wie Millais meine Bilder begutachtete. Ohne weiter darüber nachzudenken, drückte ich ihm meine Werke in die Hand, wandte mich um und flüchtete aus dem Wirtshaus.

Kapitel 43

Ich wusste nicht genau, wohin ich eigentlich ging. Ich stapfte die Straße entlang in die Richtung, aus der ich gekommen war. Eine Mischung von Gefühlen durchflutete mich – Ärger, Verwirrung und Scham –, und ich wünschte, ich wäre nie dieser törichten Idee gefolgt, nach London zu reisen. Ich würde zum Hotel zurückkehren, dachte ich, dann am Morgen früh aufstehen und in den ersten Zug zurück nach Sussex steigen. Und dort würde ich anschließend für immer bleiben.

Als ich die Straßenecke erreichte und mir nicht sicher war, in welche Richtung ich gehen musste, blieb ich stehen, um Atem zu schöpfen. Inzwischen hatte die Dämmerung eingesetzt, und schon bald würde der Laternenanzünder mit seiner Arbeit beginnen. Angestrengt spähte ich durch das trübe Zwielicht, in der Hoffnung, irgendetwas zu entdecken, das mir vertraut war und mir einen Hinweis darauf geben würde, welchen Weg ich einschlagen sollte.

In diesem Augenblick ertönte hinter mir ein Ruf, der mich vor Schreck zusammenzucken ließ.

»Miss!«

Vor Angst hob sich mir der Magen. Wie dumm war ich gewesen, so spät am Abend ein mir unbekanntes, nicht belebtes Viertel der Stadt aufzusuchen. Langsam entfernte ich mich von der Stimme, doch sie folgte mir.

»Miss, warten Sie«, drang es durch die Düsternis. »Ich möchte mit Ihnen über Ihre Arbeiten sprechen.«

Meine Arbeiten? Erneut blieb ich stehen, und als ich es wagte, mich umzuwenden, sah ich Millais höchstpersönlich durch den Dunst auf mich zueilen.

»So in Eile?«, fragte er, als er mich erreichte.

Ich hob die Schultern. Wachsam musterte ich ihn. Ich hegte die Befürchtung, dass ich erneut zum Opfer von Häme und Spott werden würde.

»Würden Sie mir die Freude machen, einen Kaffee mit mir zu trinken?« Er deutete mit dem Kinn ein Stück die Straße hinunter, wo ich die beleuchteten Fenster eines Kaffeehauses erkennen konnte. »Bitte?«, ergänzte er.

Schließlich nickte ich und ließ mich von ihm ins Innere des Salons führen.

Nachdem wir dort an einem Tisch in einer Ecke Platz genommen hatten, entledigte ich mich meiner Handschuhe und meiner Haube und löste mein Haar. Ich gab mir wirklich redlich Mühe, den Eindruck zu erwecken, als sei es nicht das erste Mal, dass ich mit einem berühmten Künstler Kaffee trank, doch während Millais mit dem Serviermädchen scherzte und an meiner statt Kaffee und Kuchen für mich bestellte, fühlte ich mich sehr unerfahren und unbehaglich.

»Verzeihen Sie mir«, sagte Millais, als das Serviermädchen durch die Türen in die Küche eilte. »Ich kenne noch nicht einmal Ihren Namen.«

»Violet«, entgegnete ich. »Violet Hargreaves.«

Millais nickte mir höflich zu. »Angenehm«, sagte er. »Ich bin John.«

Scheu lächelte ich ihn an.

»Das ist mir bekannt«, erwiderte ich.

John legte meine eingerollten Bilder zwischen uns auf den Tisch und berührte sie sanft mit seinen langen Fingern. »Die sind sehr gut«, befand er. »Ich vertraue darauf, dass es Ihre Arbeiten sind?«

Voller Unglauben begann ich zu zittern. Er erachtete meine Bilder als gut?

»Das sind sie«, beteuerte ich. »Mit Ausnahme der *Mariana*. Die ist von Ihnen.«

John lächelte. »Doch Sie haben ihr Ihre eigene Note verliehen«, ergänzte er.

Geschmeichelt erwiderte ich sein Lächeln, und ich spielte mit der Bastdecke, die auf dem Tisch lag, während ich überlegte, wie ich ihm am besten meine Verbindung zu Mariana erläutern könnte.

»Ich bin das Warten gewohnt«, sagte ich.

John nickte verstehend. »Auch ich kenne mich darin aus«, gestand er, und in seine Augen trat ein abwesender Ausdruck. »Meine Frau ebenso.« Er verstummte und sammelte sich. »Aus welchem Grund sind Sie zu mir gekommen?«

Die Erwähnung seiner Frau hatte mich einen flüchtigen Moment lang abgelenkt. Ich erinnerte mich daran, in der Zeitung von seiner Vermählung gelesen zu haben, doch die Einzelheiten waren mir entfallen. Blinzelnd sah ich ihn an.

»Aus welchem Grund sind Sie zu mir gekommen?«, wiederholte er.

»Ich möchte als Künstlerin arbeiten«, antwortete ich schlicht. »Und mein Freund Edwin sagte, Sie oder Mr Ruskin könnten mir diesbezüglich behilflich sein.«

John erschien verwirrt. »Edwin?«

»Edwin Forrest«, erklärte ich. »Wie ich hörte, sind Sie ebenfalls mit ihm befreundet?« Ich erzählte ihm von meiner Begegnung mit Edwin am Strand, von dessen Verbindungen zur Kunstwelt und dessen Freundschaft zu Mr Ruskin. Anschließend kam ich darauf zu sprechen, dass Edwin mit einer enttäuschenden Nachricht von Mr Ruskin aus London zurückgekehrt, es ihm jedoch nicht möglich gewesen sei, ein Treffen mit John zu arrangieren, weshalb ich mich entschlossen hätte, persönlich zu kommen. Meine Verbindung mit Edwin ließ ich selbstverständlich unerwähnt.

»Edwin Forrest?«, murmelte John, als ich Atem schöpfte. Er runzelte die Stirn. »Forrest?« Nachdenklich trank er einen Schluck seines Kaffees. »Großer Bursche? Blond? Sehr von sich eingenommen?«

Seine prägnante Beschreibung von Edwin entlockte mir ein Lächeln. »Ja«, bestätigte ich.

John nickte. »Ja, wir sind uns einmal begegnet«, sagte er. »Bei irgendeiner Veranstaltung in der Academy. Seitdem habe ich ihn allerdings nicht mehr gesehen. Und da Ruskin sich derzeit in Venedig aufhält, möchte ich bezweifeln, dass er ihn aufgesucht hat. Obgleich ich gestehen muss, dass Ruskin und ich momentan nicht miteinander sprechen.«

In diesem Augenblick fiel mir zu meinem Schrecken wieder ein, was ich über Johns Ehe gelesen hatte: Seine Braut war Effie Ruskin, die viele Jahre mit dem Kritiker verheiratet gewesen war, bevor ihre Ehe annulliert wurde. Nun erstaunte es mich nicht mehr, dass er so müde aussah. Sein Privatleben war Stadtgespräch, und Effie hatte alle möglichen Formen der Entwürdigung und intimen Anhörungen über sich ergehen lassen müssen, bevor ihre Annullierung rechtskräftig geworden war.

»Wie mir scheint, bindet Ihnen der Bursche einen Bären auf«, sagte John.

Ich schüttelte den Kopf. »Nein, so etwas würde Edwin nicht tun«, widersprach ich. »Er sagte mir, er habe Ruskin getroffen, und der könne nicht mein Förderer werden, weil er bereits einen großen Teil seines Vermögens für Lizzie Siddal ausgegeben habe.«

John stieß ein lautes Gelächter aus. »Damit hat er wohl recht«, sagte er. »Vielleicht war dieser Edwin doch in Venedig.«

»Vielleicht irren Sie sich aber auch, und Mr Ruskin hält sich in Wahrheit in London auf«, entgegnete ich, da ich mit Gewissheit wusste, dass Edwin lediglich zwei oder drei Tage fort gewesen war.

John zuckte die Schultern. »Und nun wollen Sie, dass ich Ihr Förderer werde?«, drang er direkt zum Kern meines Besuchs vor.

Röte stieg mir in die Wangen. »Ich dachte, wenn Sie meine Arbeit sähen, würden Sie mir Ihre Hilfe anbieten«, sagte ich. »Mir Ihre Unterstützung zuteilwerden lassen, mich unterrichten ...«

Mit eindringlichem Blick musterte John mich, und ich senkte beschämt die Augen.

»Sie sind von Ihren Arbeiten überzeugt«, sagte er. »Das

gefällt mir. Sie haben auch allen Grund, davon überzeugt zu sein.«

»Aber mein Vater will mich verheiraten«, erzählte ich. »Dann wäre all meine Überzeugung vergebens.«

John schwieg. Ich war mir qualvoll und deutlich der Tatsache bewusst, dass sich durch Johns nächste Äußerung – was auch immer er sagen mochte – mein Leben gänzlich verändern würde.

»Wären Sie im letzten Jahr oder zwei Jahre zuvor zu mir gekommen, hätte ich Ihnen helfen können«, sagte John mit ehrlichem Bedauern. »Ich hätte Sie unterrichten und Ihnen Ruskin vorstellen können. Doch nun ...«

»Nun ...«, flüsterte ich mit zitternder Stimme.

»Nun verfüge ich weder über genügend Geld, um Sie zu unterstützen, noch über den entsprechenden Einfluss bei Ruskin«, erklärte John. »Und mein Ansehen ist – wohlwollend ausgedrückt – erschüttert. Ich kann Ihnen nicht helfen.«

Für einen Moment schloss ich die Augen. Dann zwang ich mich zu einem Lächeln. »Möglicherweise könnte Mr Holman Hunt ...?«

Doch John schüttelte den Kopf. »Der reist in Kürze wieder ins Heilige Land zurück und wird vermutlich längere Zeit abwesend sein.«

»Mr Rossetti?« Zwar konnte ich mir nicht vorstellen, von Rossetti unterrichtet zu werden, doch wenn es meine einzige Möglichkeit wäre ...

Wieder schüttelte John den Kopf.

»Sein Vermögen fließt entweder in die Zurückzahlung seiner Schulden oder er unterstützt damit Lizzie«, sagte er und verzog ein klein wenig den Mund als Zeichen seiner Missbilligung.

»Lizzie«, wiederholte ich verächtlich, und mein Herz zog sich schmerzhaft zusammen, so sehr erfasste mich in diesem Augenblick der blanke Neid auf diese Frau, der es gelungen war, genau das Leben zu führen, nach dem ich mich sehnte.

John griff über den Tisch und legte für einen kurzen Augenblick seine Hand auf meine. »Lizzie führt ein unstetes Leben«, sagte er. »Eines, das Sie sich wirklich nicht wünschen sollten.«

Scham erfasste mich. Eilig nahm ich meine Bilder und setzte mir meine Haube wieder auf. »Ich muss gehen«, verkündete ich. »Vielen Dank für Ihre Zeit.«

John hielt mich auf, indem er mir seine Hand auf den Arm legte. »Lassen Sie uns in Verbindung bleiben«, bat er mich. Er zog einen Bleistift aus der Brusttasche seines Jacketts und notierte eine Adresse auf der Rückseite einer meiner Zeichnungen. »Übersenden Sie mir Ihre Zeichnungen, schreiben Sie mir von Ihrer Arbeit. Möglicherweise stehen die Dinge in einem Jahr oder zweien anders.«

»Meinen Sie das ehrlich?«, fragte ich, und von einem Moment auf den anderen wandelte sich meine Stimmung von Verzweiflung zu Glückseligkeit.

»Absolut ehrlich«, entgegnete John. »Warten Sie ab. Wie Mariana.«

»Mariana hat vergebens gewartet«, bemerkte ich.

Lächelnd sah John mich an. »Ihre Zeit wird kommen.«

Kapitel 44

Heute

Ella

»Ich denke, hier ist alles, was Sie brauchen«, sagte die Leiterin des Polizeiarchivs. Sie war jung und hübsch, hatte leuchtend rotes Haar und trug einen Ring in der Nase. Sie sah vollkommen anders aus, als ich es erwartet hatte. Sie gab mir ein Paar Baumwollhandschuhe und zog sich ebenfalls welche über. Dabei fiel mir auf, dass an ihren Daumen klobige Ringe aus Silber steckten. Dankbar für ihre Hilfsbereitschaft, lächelte ich sie an.

»Vielen Dank, dass Sie mir das alles rausgesucht haben, Lainey«, sagte ich. Wir saßen an einem langen Tisch in einem der kühlen Räume des neu gebauten Polizeiarchivs in Lewes, und vor uns stand eine riesige Kiste voller Bücher und Akten. Obwohl mir Recherchearbeit alles andere als fremd war, schüchterte mich die schiere Menge an Material ziemlich ein, deshalb war ich froh, dass Lainey so viel Enthusiasmus versprühte. Priya hatte eigentlich auch mitkommen wollen, doch dann war Amber krank geworden, und sie war schweren Herzens zu Hause geblieben.

Lainey hievte eins der dicken, in Leder gebundenen Bücher aus der Kiste und öffnete es an einer markierten Stelle.

»Das ist mein Job«, sagte sie mit leuchtenden Augen. »Ich liebe das. Also, schauen Sie mal hier.« Sie fuhr mit dem Finger über eine handgeschriebene Reihe von Zahlen. »Wir gehen hier bis zu den Anfängen der Polizei von Sussex zurück, aber die haben damals alles wirklich super dokumentiert.«

Blinzelnd betrachtete ich die Notizen, doch ich wurde überhaupt nicht schlau daraus.

»Man hat jedem Fall eine Nummer zugeteilt«, erklärte Lainey. »Und der Name daneben gehört zu dem Polizisten, der damals ermittelt hat – in Ihrem Fall war das Inspektor Croft. An die Handschrift gewöhnt man sich irgendwann.« Sie deutete auf eine eng beschriebene Zeile. »So, hier steht, um was für eine Art von Verbrechen es sich handelt, und daneben sind die Namen der Opfer verzeichnet. Das hier ist Ihres.«

Ich zog das Buch zu mir herüber. »Mord«, las ich laut vor. »Versuchter Mord. Und äh … was heißt das hier?«

»Vermisste Person«, sagte Lainey.

»Und da die Namen.« Angestrengt versuchte ich, die winzigen Buchstaben zu entziffern. »Edwin Forrest, Frances Forrest, William Philips, Violet Hargreaves.«

Mir stellten sich die Nackenhaare auf. Das war mein Fall.

»Das sind sie«, bestätigte ich Lainey. »Gibt es noch mehr?«

Meine Frage schien sie richtig zu begeistern. »O ja.« Sie stand auf und zog ein weiteres, sogar noch dickeres Buch aus der Kiste. Die Muskeln an ihren dünnen Armen traten hervor, so sehr musste sie sich anstrengen.

Auch bei diesem Buch waren die entsprechenden Seiten markiert – die liebe Seele hatte wirklich alles für mich vorbereitet. Sie klappte das Buch auf und brauchte beide Hände, um die schweren Seiten umzublättern.

»Polizeiberichte«, verkündete sie triumphierend. »Alles, was über Ihren Fall notiert wurde, steht hier drin.«

Ich konnte es gar nicht glauben. Mit klopfendem Herzen überprüfte ich den Namen des ermittelnden Polizisten in dem Bericht und schickte ein stummes Dankgebet an den längst verstorbenen Inspektor Croft, der tatsächlich alles so detailliert aufgeschrieben hatte.

»So, ich lasse Sie dann mal allein«, sagte Lainey. »Rufen Sie mich einfach, wenn Sie Hilfe brauchen.« Einen Moment lang schaute sie mich streng an. »Und hier drinnen ist weder Essen noch Trinken erlaubt. Die Sachen sind wahnsinnig wertvoll.«

Gerade hatte ich sie fragen wollen, wo ich hier einen Tee bekommen könnte, doch so nickte ich nur widerspruchslos. Dann richtete ich meine Aufmerksamkeit auf das Buch.

Mühsam widerstand ich der Versuchung vorauszulesen und machte mir stattdessen sorgfältig Notizen. Als ich alles abgeschrieben hatte, wandte ich mich den Zeugenaussagen zu. Die waren leider ziemlich enttäuschend – gelinde gesagt.

Die Hausdame, Agnes Hobb, hatte nichts gehört oder gesehen noch wusste sie irgendwas. Frances hatte nur ausgesagt, dass sie, ihr Mann und Violet sich vor ihrem Haus unterhalten hätten, als sie jemand von hinten überfallen habe. Man habe sie niedergeschlagen, und sie sei bewusstlos gewesen, sagte sie, insofern könne sie sich an nichts erinnern. Und der Gärtner der Familie Hargreaves, William Philips, war gestorben. *Philips verstarb drei Tage nach dem Überfall*, stand in Inspektor Crofts Handschrift dort.

Ich lehnte mich in meinem Stuhl zurück. Plötzlich überkam mich eine unerklärliche Trauer über den Tod des Gärtners, der dem Polizisten bis zu diesem Punkt noch nicht einmal eine Erwähnung wert gewesen war. Und natürlich tat es mir leid für Edwin und Frances, den anderen Opfern dieses brutalen Überfalls. Aber wo war Violet?

Ich blätterte die Berichte durch und überflog sie auf der Suche nach der Information, ob Inspektor Croft noch auf eine weitere Leiche gestoßen war, doch ich fand nichts. »Ein paar Obduktionsberichte wären jetzt toll«, murmelte ich vor mich hin und sehnte mich nach der großartigen Bürokratie der modernen Polizei.

»Es gibt einen Arztbericht«, sagte Lainey hinter mir. Ich hatte sie gar nicht kommen hören. Als sie sich herüberbeugte, um die Seiten durchzublättern, stieg mir der Geruch von Räucherstäbchen in die Nase, und ich musste an meine Studentenzeit denken.

»Hier ist er.« Sie steckte den Finger zwischen die entsprechenden Seiten und schob mir das schwere Buch wieder zu. »Also, ich dachte mir, das hier könnten Sie vielleicht gebrauchen.« Sie hielt ein Post-it hoch. »Das sind unsere Log-in-Daten für das Zeitungsarchiv«, erklärte sie. »Es könnte nicht schaden, da mal nachzuschauen, was damals darüber geschrieben wurde.«

»Super«, rief ich begeistert. »Ich gehe mir einen Tee holen ... in der Kantine«, fügte ich hinzu, als ich Laineys missbilligenden Gesichtsausdruck sah. »Danach komme ich wieder.«

Ich verbrachte den ganzen Nachmittag in Lewes. Als Nächstes las ich den Bericht des Arztes über Edwin Forrest und William Philips. Der Doktor hatte geschrieben, dass Edwin an einem Schlag auf den Kopf gestorben sei und am Fuß der Treppe gelegen habe. Frances, seine Frau, habe man auf dem oberen Treppenabsatz gefunden, was den Arzt zu der Schlussfolgerung veranlasst hatte, dass die beiden vor ihrem Angreifer geflüchtet seien und Edwin seine Frau habe beschützen wollen, woraufhin er selbst zum Opfer geworden sei. William Philips habe man bewusstlos vor dem Haus gefunden, und er sei – laut dem Doktor – an einer Hirnblutung gestorben.

Die Blutergüsse im Bereich seines Kiefers, schrieb er, *gaben mir Anlass zu der Annahme, dass ihn jemand brutal ins Gesicht schlug, woraufhin sein Kopf nach hinten geschleudert wurde und er das Bewusstsein verlor. Es besteht kein Zweifel daran, dass sein Gehirn kontinuierlich anschwoll, was letztendlich zu seinem Tode führte.*

Doch noch immer fand ich nichts über Violet – bis ich mich ins Zeitungsarchiv einloggte.

»Also ist sie einfach spurlos verschwunden?«, fragte Ben später zu Hause, während er die Ausdrucke, die ich gemacht hatte, auf dem Esstisch verteilte.

»Man hat ihren Hut gefunden«, sagte ich. »In der Nähe vom Strand. Deshalb ist man davon ausgegangen, dass sie ertrunken ist. Aber ansonsten wurde nichts mehr von ihr entdeckt.«

»Frau aus Sussex nach brutalem Überfall vermisst«, las Ben laut vor.

»Frau aus Sussex immer noch vermisst«, gab ich die Schlagzeile eines anderen Artikels wieder. »Das war eine Woche später.«

Ben griff sich ein weiteres Blatt und überflog es. »Ah, ihr Dad war nicht da, als es passiert ist«, sagte er. »Hier, hör mal, da steht, er ist nach Hause gekommen und hat Suchtrupps zusammengestellt. Gott, ist das traurig.«

»Ja, total«, pflichtete ich ihm bei. Mir lief ein Schauder über den Rücken. »Stell dir vor, du suchst die ganze Zeit nach deinem Kind und findest es nie mehr wieder.«

»Wie lange hat er denn nach ihr gesucht?«, wollte Ben wissen.

»Monate, denke ich. Wahrscheinlich sogar Jahre. Aber er ist nach Brighton gezogen und hat alles von dort aus organisiert. Irgendwo hab ich gelesen, dass er hier aus dem Haus ausgezogen ist, kurz nachdem er zurückgekommen ist und Violet verschwunden war.«

Ich stellte mir vor, wie Violets Vater allein in diesem großen Haus gewohnt hatte und seine Schritte durch die leeren Zimmer gehallt waren, wo früher seine Frau und Tochter gelebt hatten. Ich konnte es ihm nicht verdenken, dass er gegangen war.

»Und was ist mit Frances?«, fragte Ben unvermittelt. »Sie war doch die Einzige, die überlebt hat. Wusste sie nichts?«

Ich schüttelte den Kopf. »Nein, absolut gar nichts.« Ich zeigte ihm die Notizen, die ich mir zu Frances' Zeugenaussage gemacht hatte, und er sah mich enttäuscht an.

»Wie ärgerlich.« Er stand auf und ging zum Kühlschrank hinüber. »Noch was?«, fragte er und wedelte mit der Weinflasche in meine Richtung.

Ich nickte, ohne aufzublicken. Sein Hinweis zu Frances hatte mich auf eine Idee gebracht. Hastig durchwühlte ich meine Notizen, bis ich den Arztbericht fand.

»Aha«, sagte ich. »Frances war auch nach dem Überfall noch schwanger!«

Nun hatte ich Bens Interesse geweckt. Er füllte mein Glas auf und setzte sich wieder zu mir. »Frances war schwanger?«, fragte er. »Und wie ging's dann weiter? Ist sie hierher zurückgekehrt und hat das Baby hier bekommen?«

Ich zuckte die Achseln. »Davon steht hier nichts. Aber ...«

»Wenn sie ein Baby hatte, gibt es vielleicht noch Verwandte«, beendete Ben den Satz für mich. »Verwandte, nach denen du suchen kannst.«

»Ganz genau.«

Strahlend sah ich ihn an. »Ich hab mir gedacht, ich frage mal Barb«, sagte ich. »Sie arbeitet doch beim Nachlassgericht, da muss sie ständig nach Leuten forschen.«

Ben stieß sein Glas gegen meins. »Sieht so aus, als kämen wir der Sache langsam näher«, meinte er.

»Oh, da solltest du dich lieber an jemand anderen wenden«, sagte Barb am nächsten Tag, als ich sie in ihrem Büro anrief.

»Hast du vielleicht einen Kollegen oder eine Kollegin, die mir helfen könnte?«, erkundigte ich mich.

Barbs Gelächter hallte dröhnend durch die Leitung. »Nein, Schatz«, entgegnete sie. »Ruf deinen Dad an. Sobald du weißt, ob diese Frances noch lebende Verwandte hat, finde ich die auf jeden Fall, aber momentan kann dir am besten dein Vater weiterhelfen.«

Ich war ehrlich verblüfft. »Dad?«

»Er betreibt doch schon seit Jahren Ahnenforschung.

Und er liebt alles, was mit Stammbäumen und so was zu tun hat.«

»Echt?«

»Ja, und er konnte eure Ahnen schon ziemlich weit zurückverfolgen – das weißt du doch. Er hat es dir erzählt.«

Undeutlich erinnerte ich mich daran, dass Dad mich über irgendwas während des Ersten Weltkriegs zugetextet hatte und ich ihm nicht zugehört hatte. Mich überkam ein schlechtes Gewissen.

»Ich rufe ihn an«, sagte ich zu Barb.

»Ja, bitte tu das, Liebes«, entgegnete sie. »Er wird sich freuen, wenn er dir helfen kann.«

»Mach ich«, versprach ich und setzte dieses Versprechen direkt um, nachdem ich aufgelegt hatte.

Dad klang so erfreut darüber, meine Stimme zu hören, dass ich lächeln musste.

Ich erzählte ihm alles, was ich im Archiv herausgefunden hatte, und er stellte mir einen Haufen Fragen.

»Seltsam, man kann sich irgendwie nie vorstellen, dass solche schlimmen Verbrechen auch damals schon passiert sind«, sagte er, nachdem ich ihm die Einzelheiten zu dem Fall geschildert hatte. »Eigentlich dumm.« Er schwieg kurz. »Und wie kann ich dir nun helfen?«

»Also«, erwiderte ich, »die Frau aus dem Nachbarhaus – Frances –, war mit Edwin verheiratet – dem, der umgebracht wurde. Frances wurde zwar auch verletzt, aber sie ist nicht gestorben. Und sie war schwanger.«

»Ach«, sagte Dad, »das ist ja fantastisch. Nachkommen. Kein Wunder, dass du so begeistert klingst. Warte mal, ich hole mir was zu schreiben.«

Ich hörte, wie er das Telefon ablegte und anschließend auf seinem Schreibtisch herumkramte. Dann kam er wieder zurück.

»Okay, leg los«, forderte er mich auf. »Erzähl mir alles, was du über sie weißt.«

Kapitel 45

1855

Violet

Am nächsten Tag verließ ich das Hotel, belebt durch einen erholsamen Schlaf, ein herzhaftes Frühstück und meine neu geschlossene Freundschaft mit John. »John Everett Millais gefallen meine Bilder«, sagte ich wiederholt zu mir selbst, »meine Bilder.« Ich beabsichtigte, ohne Umwege zum Bahnhof London Bridge zu fahren und dort den Zug zurück nach Sussex zu nehmen.

Da ich wusste, dass am Piccadilly Circus Mietdroschken standen, ging ich die kurze Strecke vom Hotel aus zu Fuß. Als ich jedoch die Jermyn Street überquerte, blieb ich unvermittelt stehen. Hier befand sich Edwins Klub. Der Klub, in dem man ihm zufolge meine Bilder aufhängen wollte.

»Aber er hat gelogen, was seine Freundschaft mit John betrifft«, sagte eine quälende Stimme in meinem Kopf. »Und es war ebenso gelogen, dass er Ruskin aufgesucht hat …«

Andererseits hatte er auch nicht gänzlich gelogen, oder? John kannte Edwin – obgleich nur flüchtig –, und selbst er hatte eingestanden, dass Edwin mit Ruskin gesprochen haben könnte. Ich wusste nicht mehr, was ich denken oder glauben sollte.

»Geh dorthin und sieh nach«, fuhr die Stimme in meinem Kopf fort. »Geh dorthin und sieh nach, ob sich deine Bilder in dem Klub befinden.«

Einen Moment lang stand ich an der Ecke zur Jermyn Street und fragte mich, ob ich auf die Stimme hören oder Edwin vertrauen sollte. Schließlich entfernte ich mich zwar langsamen, aber entschlossenen Schrittes vom Piccadilly Circus und bog in die Jermyn Street ein.

Es bereitete mir keinerlei Mühe, das Haus zu finden, in dem der Klub untergebracht war. Es war ein auffälliges weißes Gebäude mit zwei hohen Steinsäulen am Eingang. Ohne weiter über mein Vorhaben nachzudenken, stieg ich die Treppe zum Eingang hinauf und öffnete die schwere Tür.

In der Empfangshalle saß ein Mann hinter einem großen Holztisch und war damit beschäftigt, etwas in einem Bestandsbuch zu notieren. Als ich eintrat, blickte er auf.

»Miss?«, sagte er, und ihm war anzuhören, dass er meine bloße Anwesenheit in diesen heiligen Hallen der Mannhaftigkeit infrage stellte.

»Guten Tag«, grüßte ich und versuchte erneut, ein überzeugtes Auftreten vorzutäuschen. »Mein Name ist Violet Hargreaves. Ich bin die Tochter von Marcus Hargreaves.«

In den Augen des Mannes leuchtete ein Ausdruck des Erkennens auf, doch er erwiderte nichts.

»Mein Vater und mich verbindet eine enge Freundschaft mit Edwin Forrest, den Sie meines Wissens zu Ihren Mitgliedern zählen.«

Nun war es deutlich, dass der Mann wusste, von wem ich sprach, doch noch immer schwieg er.

»Wie Mr Forrest mir gegenüber erwähnte, ließ er diesem Klub erst kürzlich zwei Gemälde als Geschenk zukommen«, fuhr ich fort und lächelte zaghaft. »Wunderschöne Gemälde.«

Der Mann nickte.

Ermutigt wagte ich mich weiter vor. »Ich habe mich gefragt, ob Sie mir erlauben würden, sie mir anzusehen?«

»Ihnen?«, sagte der Mann.

»Ja.«

»Nein.«

Ich musste daran denken, wie mein Vater reagierte, wenn ihm jemand mitteilte, dass etwas nicht möglich sei. Ich starrte den Mann mit einem eisernen Blick an.

»Nein?«

»Nein.«

Ohne ein weiteres Wort griff der Mann zu seinem Füllfederhalter und setzte seine Schreibarbeit fort. Sein geringschätziges Auftreten weckte meinen Ärger.

»Ich fürchte, Sie haben mich missverstanden«, sagte ich langsam und deutlich, als würde ich mit einem Kind sprechen. »Mein Freund Edwin Forrest ließ diesem Klub kürzlich zwei Gemälde als Geschenk zukommen. Diese Gemälde liegen mir äußerst am Herzen, da diese Werke von …«

»*Ein* Gemälde«, sagte eine Stimme hinter mir. Ich wandte mich um und sah mich einem älteren Herrn mit einem wolkengleichen weißen Backenbart gegenüber. »Nun ja, ursprünglich waren es zwei, doch das andere wurde inzwischen verpackt und …« Er zog eine Taschenuhr heraus und blickte darauf. »… ist bereits auf dem Weg nach Manchester.«

Voller Überraschung starrte ich ihn an.

»Laurence Cole«, stellte er sich vor und streckte mir seine Hand entgegen. »Ich bin bestens unterrichtet über die Bilder.«

»Ach so?«

»In der Tat«, bekräftigte er nickend. »Bitte nehmen Sie Mr Trevor hier sein Verhalten nicht übel. Einige unserer Mitglieder sind ein wenig eigentümlich, was die Anwesenheit von Frauen in unseren Räumen betrifft – er vertritt nur deren Interessen.«

Ich stieß ein verächtliches Lachen aus. »Nun, es tut sicher nicht not, dass er diese Interessen auf so unhöfliche Weise vertritt.«

Laurence lachte leise. »Sie haben Temperament, Miss …«

»Hargreaves«, sagte ich. »Violet Hargreaves.«

Laurence musterte mich. »Verwandt mit Marcus?«, erkundigte er sich.

Einen Augenblick lang zögerte ich und überlegte, ob er Vater berichten würde, dass wir uns begegnet waren, doch dann nickte ich. »Das ist mein Vater.«

Ein Lächeln zog über Laurence' Gesicht. »Vortrefflich«, sagte er. »Ganz vortrefflich. Marcus Hargreaves ist ein ehrbarer Mann.«

Ich erwiderte sein Lächeln und wünschte, er würde endlich auf das Wesentliche zu sprechen kommen.

»Und Edwin?«, fragte er. »Woher kennen Sie Edwin?«

Die bloße Erwähnung seines Namens trieb mir erneut die Röte in die Wangen. »Er ist unser Nachbar in Sussex«, entgegnete ich. »Und ein Freund.«

»Ein ebenso respektabler Mann«, befand Laurence. »Und äußerst begabt.«

»Gewiss«, sagte ich, nicht im Entferntesten an Edwins Fähigkeiten als Anwalt interessiert.

»Seine Bilder sind bemerkenswert«, fuhr Laurence fort. »Noch nicht gänzlich ausgereift natürlich, doch sie lassen Großes erwarten.«

Seine Bilder? Edwin hatte mir gegenüber nicht erwähnt, dass er jemandem seine Werke gezeigt hatte. Nicht einmal ich hatte je eine seiner Arbeiten sehen dürfen. Verwirrt blickte ich Laurence an.

»Ich zeige es Ihnen«, sagte er.

Er sah an mir vorbei zu dem Mann, der immer noch damit beschäftigt war, in sein Bestandsbuch zu schreiben.

»Ich begleite Miss Hargreaves in den Versammlungsraum«, verkündete Laurence. »Wir werden lediglich eine Viertelstunde benötigen, nicht länger. Kein Grund, sich zu echauffieren.«

Der Mann blickte nicht einmal auf. »Sollten Sie bis zur halben Stunde nicht zurück sein, werde ich Sie persönlich hinausgeleiten«, sagte er warnend.

»Gut, gut«, entgegnete Laurence, schnitt eine Grimasse in meine Richtung und brachte mich damit zum Lächeln. »Kommen Sie, Miss Hargreaves. Kommen Sie mit und bewundern Sie Edwins Bild.«

Laurence bot mir seinen Arm an, und gemeinsam stiegen wir die breite, gewundene Treppe in die zweite Etage des Klubs hinauf, wo wir einen langen Raum mit einem großen Tisch betraten. An der Wand am gegenüberliegenden Ende des Zimmers hing *Knut der Große* und versuchte, die Fluten aufzuhalten.

Ich stieß ein entsetztes Keuchen aus. »Aber …«, stammelte ich schockiert. *Das war mein Bild. Meins.* Warum glaubte dieser Mann, Edwin habe es gemalt?

»Prachtvoll, nicht wahr?«, fragte Laurence. »Doch Edwin ist sehr bescheiden. Er sagte mir, er habe seinen Namen erst im Zug auf dem Weg in die Stadt unter das Werk gesetzt.«

»Im Zug«, wiederholte ich leise. Meine Gedanken überschlugen sich. Ich trat näher an das Bild heran und sah, dass am unteren Rand Edwins Unterschrift prangte.

»Das verstehe ich nicht«, murmelte ich. Matt ließ ich mich auf einen Stuhl sinken und starrte zu dem Bild hoch. Mit einer Mischung aus Bestürzung und Stolz nahm ich wahr, dass es wundervoll aussah, wie es eingerahmt in diesem Raum an der Wand hing.

Laurence schaute mich lächelnd an. »Wie ich annehme, war Ihnen nicht bewusst, dass Edwin ein solch begnadeter Künstler ist«, sagte er. »Ich muss gestehen, es hat mich ebenso erstaunt.« Er nahm neben mir Platz. »Zunächst war er abgeneigt, mir seine Arbeiten zu zeigen«, sagte er. »Doch ich konnte ihn schließlich überzeugen. Und als er feststellte, dass ich sie sogar verkaufen konnte … nun ja, da war er äußerst überrascht.«

»Das kann ich mir vorstellen«, murmelte ich.

»Ich habe eins an einen Bekannten in Manchester verkauft, einen Fabrikanten namens Hughes. Er beabsichtigt, es in seinem Büro in seiner Fabrik aufzuhängen.«

Der Name war mir bekannt, weil mein Vater gelegentlich mit diesem Mann zusammenarbeitete. Doch dass Vater vielleicht mein Gemälde in einem Büro sehen würde, ohne zu wissen, dass es von seiner Tochter gemalt worden war, überstieg meine Vorstellung.

»Und dieses Bild?«, fragte ich. »Hat Edwin es dem Klub geschenkt?«

Laurence lachte leise.

»Du lieber Gott, nein«, sagte er. »Dieses Bild habe ich gekauft – zu einem günstigeren Preis natürlich.«

»Natürlich.«

»Ich habe es dem Klub als Leihgabe überlassen. Es wird noch eine Tafel darunter angebracht, auf der stehen wird, dass es sich bei dem Gemälde um eins aus meiner Sammlung handelt, und Edwin versprach mir, dass er mir sein nächstes Werk ebenfalls zeigen würde.«

Verwundert betrachtete ich mein Bild, bevor ich den Blick auf Laurence richtete. »Sie denken, dass Sie noch weitere verkaufen könnten?«, stammelte ich. »Weitere dieser Bilder?«

»Ganz gewiss«, erwiderte Laurence mit einem Lächeln. »Wenn man mit einer solch großen Begabung gesegnet ist wie Edwin, zahlt sich das aus. Ich bin davon überzeugt, dass ich alles verkaufen kann, was er erschafft. Diese Bilder werden einen sehr vermögenden Mann aus ihm machen.«

Abrupt erhob ich mich. »Ich muss gehen«, sagte ich. »Mein Zug fährt in Kürze ab.« Eilig nahm ich meine Tasche und floh unter den erstaunten Blicken von Laurence aus dem Salon, die Treppe hinunter und nach draußen auf die Straße.

Ich saß bereits in einer Mietdroschke, deren Pferde mich galoppierend durch die Straßen Londons gen Bahnhof zogen, als mir bewusst wurde, dass ich es versäumt hatte, Laurence eine entscheidende Frage zu stellen: wie viel die beiden Bilder eingebracht hatten.

Kapitel 46

Auf der Rückfahrt nach Brighton war es warm und unbehaglich im Zug. Ich versuchte, ein wenig zu schlafen, doch meine unaufhörlich kreisenden Gedanken ließen mich immer wieder hochschrecken. Erinnerungen tauchten in wiederkehrendem Rhythmus vor meinem geistigen Auge auf: an Millais, der mich bat, ihm zu schreiben; an Laurence, der mein Bild bewunderte; dann an Edwin, der mir sagte – mich anlog –, dass er eine Ausstellung meiner Werke in seinem Klub arrangiert habe; und schließlich an den furchtbaren Moment, als ich seinen Namen auf meinem Gemälde entdeckt hatte.

Als der Zug in Brighton einfuhr, war ich verschwitzt, müde und unsagbar wütend. Vor dem Bahnhofsgebäude blieb ich einen Moment stehen. Ich musste unbedingt mit Edwin sprechen und herausfinden, was er sich dabei gedacht hatte, als er seinen Namen unter mein Werk gesetzt hatte, doch ich wusste, dass er nicht zu Hause sein würde. Es war ein gewöhnlicher Werktag, so dass er in seiner Kanzlei beschäftigt sein würde – in Brighton. Ich kannte die Adresse oder zumindest den Namen der Straße. Wäre es verrückt, dort hinzugehen und ihn aufzusuchen?

Noch bevor ich den festen Entschluss gefasst hatte, trugen meine Beine mich bereits den Hügel hinunter in Richtung Küste und zu der Straße, in der sich Edwins Kanzlei befand.

Das Haus zu erkennen bereitete mir keinerlei Schwierigkeiten. Es war ein weißes, doppelstöckiges Gebäude mit zwei großen Erkerfenstern, am Eingang war eine Messingtafel mit Edwins Namen angebracht. Selbst verwundert darüber, wie kühn ich während der vergangenen zwei Tage geworden war, schob ich die Tür auf und betrat das Haus.

»Ich habe eine Verabredung mit Edwin Forrest«, sagte ich zu dem Mann am Empfang. Als er sich anschickte, das in Leder gebundene Buch zu öffnen, das vor ihm lag, hielt ich ihn davon ab, indem ich meine Hand auf seine legte.

»Sagen Sie ihm einfach, Violet Hargreaves sei hier«, wies ich ihn an.

Der Mann warf mir einen flüchtigen Blick zu. Dann nickte er, und auf seinem Gesicht zeichnete sich so etwas wie Erkennen ab, obwohl ich ihm nie zuvor begegnet war. Er stand auf und verschwand in einem angrenzenden Zimmer. Zu meinem Erstaunen schien er exakt das zu tun, was ich von ihm verlangt hatte.

Als er wenig später zurückkehrte, bedeutete er mir, den Raum zu betreten, aus dem er gerade gekommen war. »Er ist dort drinnen«, unterrichtete er mich.

Ich atmete einmal tief durch und ging dann entschlossenen Schrittes in Edwins Büro. Er erwartete mich gleich hinter dem Eingang, und in dem Moment, als ich eingetreten war, schloss er die Tür und packte mich am Handgelenk.

»Was tust du hier?«, zischte er. »Wie kannst du es wagen,

in meine Kanzlei zu kommen und meine Existenz zu gefährden?«

Ich entriss ihm meine Hand und starrte ihn zornig an. »Deine Existenz?«, entgegnete ich und machte mir gar nicht erst die Mühe, meine Stimme zu senken. »Und was ist mit meiner? Wie viel Geld hast du mit meinen Bildern verdient, Edwin? Wie viel?«

Edwin erblasste. »Oh«, sagte er.

»Oh«, wiederholte ich.

Seufzend ging Edwin zu seinem Schreibtisch hinüber und setzte sich dahinter. »Nimm Platz«, forderte er mich auf.

Gehorsam folgte ich seiner Anweisung.

Edwin rieb sich über die Stirn und stieß erneut einen Seufzer aus. »Wie hast du davon erfahren?«, fragte er.

»Ich bin deinem Freund Laurence begegnet«, erklärte ich. »Er hat mir mein Bild gezeigt – mit deinem Namen darauf. Und er hat mir außerdem erzählt, dass du beide Gemälde verkauft hast.«

»Aber den Preis hat er dir nicht genannt?«, erkundigte sich Edwin.

Ich schüttelte den Kopf. »Er sagte, du würdest ein Vermögen mit deiner Kunst verdienen.« Ich spie die Worte geradezu aus.

Lächelnd sah Edwin mich an. »Nicht ich, meine Liebe. Du. Du wirst ein Vermögen verdienen.«

Erneut wurde ich von diesem verstörenden, wirren Gefühl erfasst, das ich auch empfunden hatte, als ich mein Bild mit Edwins Namen gesehen hatte. Schweigend starrte ich ihn an.

Er öffnete eine Schublade in seinem Schreibtisch und nahm einen Stapel Dokumente heraus, die mit einem blauen Band zusammengehalten wurden. »Eigentlich hatte ich die Absicht, es dir erst mitzuteilen, nachdem ich sämtliche Verträge aufgesetzt hätte«, verkündete er und winkte mit den Papieren in meine Richtung. »Sie sind erst halb fertig.«

Noch immer antwortete ich nicht.

»Nach meiner Ankunft in London habe ich die Bilder in meinem Zimmer ausgepackt«, fuhr Edwin fort. »Und in dem Moment, als ich sie aufs Bett legte, klopfte Laurence an meine Tür. Er hatte meine Unterschrift im Gästebuch gesehen und kam vorbei, um mich zu begrüßen.«

»Und weiter?«, fragte ich kalt.

»Er nahm an, die Bilder stammten von mir, und ich habe es versäumt, ihn gleich zu korrigieren«, sagte Edwin. »Er begann sofort zu schwärmen, wie gut sie seien, und sagte, dass er sie sicher verkaufen könne. Er war so davon angetan, dass ich gar nicht zu Wort kam.«

»Und?«

»Am nächsten Tag hatte er bereits einen Käufer gefunden. Ich dachte gleich daran, was du mit dem Geld alles anfangen könntest – und wie bedeutend dieses Ereignis für dich sein würde. Und dann fragte ich mich, wie Laurence wohl darauf reagieren würde, wenn ich ihm sagte, dass die Bilder in Wahrheit von einer jungen Frau aus Sussex gemalt worden seien …«

Ich blickte ihm direkt in die Augen.

»Und dann habe ich gelogen«, gab Edwin zu. »Und als er mich bat, die Bilder zu signieren, tat ich es. Aber ich habe es für dich getan, Violet. Ich dachte, wir könnten vielleicht einen Handel eingehen: Du malst, und ich vertrete deine Werke in der Öffentlichkeit. Später, wenn du dich etabliert hast, kannst du dann selbst in Erscheinung treten, und wir sagen der Kunstwelt die Wahrheit. Bis zu diesem Zeitpunkt wirst du genügend verdient haben, um deinen Lebensunterhalt allein zu bestreiten.« Wieder wedelte er mit den Dokumenten. »Ich hatte beabsichtigt, einen Vertrag aufzusetzen«, sagte er. »Damit alles eine rechtliche Grundlage bekommt und du dir sicher sein kannst, dass ich nur in deinem Interesse gehandelt habe.«

»Laurence sagte mir, du hättest die Bilder bereits im Zug signiert«, entgegnete ich, da mir in diesem Moment Laurence' Version der Geschichte wieder einfiel. »Noch bevor du in London ankamst.«

Edwin lächelte. »Laurence trinkt gern ein Gläschen oder auch zwei«, erklärte er. »Er muss da etwas missverstanden haben.«

Ich spürte, wie mein Widerstand allmählich dahinschmolz. »Denkst du tatsächlich, ich könnte genug Geld verdienen, um meinen Lebensunterhalt allein zu bestreiten?«, fragte ich.

»Dessen bin ich mir sogar sicher«, antwortete Edwin.

»Für wie viel wurden meine Bilder verkauft?«

Edwin schwieg.

»Ich verstehe durchaus etwas von Geld, Edwin«, sagte ich verärgert. »Ich bin kein dummes, kleines Mädchen, auch wenn du das vielleicht denken magst.«

»Einhundert«, verkündete Edwin. »Sie wurden für einhundert Pfund verkauft.«

Ich sog die Luft ein. »Zusammen?«

Für einen Moment huschten Edwins Blicke durch den Raum, dann lächelte er.

»Nein, meine Liebste«, sagte er. »Sie wurden für je einhundert Pfund verkauft.«

Mir wurde schwindlig. »Zweihundert«, keuchte ich.

Edwin ging unvermittelt zum Geschäftlichen über. »Mein Vorschlag ist folgender«, begann er. »Ich werde als dein Vermittler fungieren. Ich werde deine Bilder Laurence und anderen Käufern zeigen und sie verkaufen. Vor den Käufern werde ich als der Künstler auftreten, aber ich werde dir das Geld geben, das wir verdienen.«

Langsam nickte ich. »Die ganze Summe?«

Edwin zog den Kopf ein.

»Ursprünglich war das meine Absicht, doch beim Aufsetzen der Verträge wurde mir bewusst, dass der Aufwand, der auf meiner Seite entsteht, so groß ist, dass ich nicht darum herumkomme, eine kleine Provision zu verlangen ...«

»Wie klein?«

»Zwanzig Prozent.«

Nachdenklich schob ich die Lippen vor. »Einverstanden«, sagte ich dann mit fester Stimme. Innerlich hingegen war ich vollkommen aufgewühlt. Mein Herz klopfte wie wild, und mir schwirrte der Kopf. Nun schien er gekommen zu sein: der Ausweg, auf den ich so lange gewartet hatte. Ich würde weiterhin malen können, würde so fortfahren können wie bisher. Selbst Vaters Plänen, mich zu verheiraten, könnte ich zunächst zustimmen; ich würde lediglich den Tag der Vermählung um ein Jahr oder länger hinauszögern müssen. In dieser Zeit könnte ich meine Arbeiten verkaufen, Geld ansparen und mich dann – wenn die Zeit reif war – der Kunstwelt zu erkennen geben.

»Und dieses Geschäft wäre tatsächlich rechtsgültig?«, fragte ich.

Edwin nickte. »Ich werde dafür Sorge tragen, dass alles vertraglich geregelt ist.«

Ich streckte die Hand über den Schreibtisch aus. »Dann ist der Handel beschlossen«, sagte ich.

Mit einem kräftigen Händedruck besiegelte Edwin unser Geschäft. Ohne meine Finger loszulassen, trat er um den Schreibtisch herum und zog mich an sich, bevor er seine Lippen auf meine drückte.

»Mein Engel«, sagte er, »wir werden ausgezeichnet zusammenarbeiten.«

Kapitel 47

Als ich endlich wieder zu Hause eintraf, war ich erschöpft. Zu meiner großen Erleichterung nahm Edwin mich auf der Rückfahrt von Brighton in seinem Wagen mit. Er werde Frances sagen, dass er mir am Bahnhof begegnet sei, meinte er, und mir angeboten habe, mich nach Hause zu begleiten. Falls sie danach fragen sollte, was sie wahrscheinlich nicht tun werde. Frances zeige dieser Tage wenig Interesse an seinem Leben, berichtete er mir.

Am Tor vor seinem Haus verabschiedete ich mich höflich von ihm, bevor ich die kurze Distanz zu unserem Haus zurücklegte. Ich konnte es kaum erwarten anzukommen, mich meiner staubigen Reisekleidung zu entledigen und anschließend zu ruhen. Es gab eine Menge Dinge zu überlegen. Edwins Angebot klang wundervoll. Vermutlich war es die einzige Chance, die ich jemals erhalten würde, um meinen Traum von einem Leben als Künstlerin umzusetzen.

Dennoch mahnte mich irgendetwas zur Vorsicht. Hatte Laurence tatsächlich missverstanden, was Edwin ihm bezüglich seiner Unterschrift auf meinen Bildern gesagt hatte, oder band Edwin mir – wie Millais es ausgedrückt hatte – einen Bären auf? Außerdem hatte ich mir meine Laufbahn als Künstlerin nicht so vorgestellt, dass ich unter dem Namen eines anderen malen würde, und ich wollte mir sicher sein, dass ich die richtige Entscheidung traf. Obgleich mir ohnehin nicht viele Möglichkeiten zur Auswahl standen, dachte ich. Im Haus herrschte Stille, als ich dort eintraf, weder Mabel noch Philips schienen anwesend zu sein. Ich löste meine Haube aus meinem Haar und hängte meinen Umhang auf. Als ich jedoch anschließend die Stufen zu meinem Zimmer hinaufsteigen wollte, hielt ich erschrocken inne. Am Fuß der Treppe standen Vaters Koffer.

Vater war daheim? Wann war er angekommen? Hatte er bemerkt, dass ich die Nacht über fort gewesen war? Hatte Philips ihm meine Lügengeschichte über meine frühere Gouvernante erzählt?

Übelkeit stieg in mir hoch, während ich voller Angst auf den Salon zuschlich, bereit für das Donnerwetter. Doch Vater war nicht dort. Auch in seinem Studierzimmer fand ich ihn nicht vor. Das war seltsam. Vielleicht hatte er erneut aufbrechen müssen, und ihm war meine Abwesenheit gar nicht aufgefallen, was ich inständig hoffte.

»Vater?«, rief ich. »Vater?«

Stille.

Schwindlig vor Erleichterung, trug ich meine Tasche nach oben und ließ sie auf mein Bett fallen. Dann zog ich meine Kleider aus, wusch mir das Gesicht und stieg anschließend die Treppe zum Dachboden hinauf.

Es war bereits spät, und ich war müde und hungrig, doch ich hatte einen Einfall für ein neues Bild gehabt – eine Szene aus *Romeo und Julia* –, und es drängte mich, unverzüglich eine Skizze davon anzufertigen, solange die Vorstellung in meinem Kopf noch so präsent war.

Ich griff mir ins Haar, um es aus dem straffen Dutt zu lösen, und keuchte überrascht auf, als ich Vater bemerkte, der mit kerzengeradem Rücken in der Mitte der Chaiselongue saß.

»Ich hätte wieder heiraten sollen«, sagte er, als hätte ich mit meinem Erscheinen lediglich einen seiner Gedankengänge unterbrochen. »Ich hätte mir eine gute Frau suchen und vielleicht noch weitere Kinder bekommen sollen. Es hätte dir sicher gutgetan, Geschwister zu haben.«

Ich trat einen Schritt auf ihn zu. »Vater«, begann ich.

»Wo warst du?«, wollte er wissen.

Ich schwieg einen Moment und überlegte, ob ich lügen sollte. »In London«, gestand ich dann. »Um mit einem Künstler über meine Arbeiten zu sprechen.«

Innerlich wappnete ich mich für einen Wutausbruch. Vater war ein guter Mensch, doch wenn man ihn verärgerte, neigte er zum Jähzorn. Da ich ihm äußerst selten Anlass zum Ärger gab, bekam ich es umso stärker zu spüren, wenn es doch vorkam.

Vater nickte. Dann blickte er mich an, und zu meinem Schrecken sah ich, dass er Tränen in den Augen hatte.

»Verzeih mir, Violet«, sagte er. »Ich fürchte, ich habe dich zu lange dir selbst überlassen, dir zu viele Freiheiten erlaubt. Durch meine Abwesenheit habe ich zugelassen, dass du dir mit deiner Malerei eine Phantasiewelt erschaffst.« Er schaute zu der Wand hinüber, an der ich meine Skizzen und Bilder aufgehängt hatte. »Doch damit ist nun Schluss.«

Verwirrung erfasste mich. Wann immer ich mir vorgestellt hatte, dass Vater meine Bilder entdeckte, hatte ich nicht erwartet, dass er auf diese Weise reagieren würde, so voller Traurigkeit.

»Ich habe deine Mutter vermisst«, fuhr er fort. »Ich habe sie sehr schmerzlich vermisst. Durch die Arbeit wurde es erträglicher, doch als der Schmerz nachließ, warst du bereits kein Kind mehr, und ich dachte, du würdest keinen Vater mehr benötigen.«

Mir entfuhr ein Schluchzen. Ich mochte mich vielleicht kaum mehr an meine Mutter erinnern, dennoch fehlte sie mir sehr, und ich hatte nie darüber nachgedacht, wie es Vater wohl damit erging. Voller Mitgefühl setzte ich mich neben ihn und nahm seine Hand.

»Vater«, sagte ich leise, »ich mag vielleicht kein Kind mehr sein, doch ich brauche dich immer noch.«

»Schluss damit«, wiederholte er und sah mich an, als würde er mich in diesem Augenblick zum ersten Mal sehen. »Es ist noch nicht zu spät, etwas zu ändern«, sagte er, »und Abbitte zu leisten.«

»Vater«, entgegnete ich, »du hast keinen Grund, Abbitte zu leisten. Du ...«

»Nicht ich«, unterbrach er mich. »Du. Du musst Abbitte leisten für diesen beschämenden Zeitvertreib. Diese Hirngespinste. Deine Phantasien von der Malerei müssen ein Ende haben. Unverzüglich.«

»Vater«, beschwor ich ihn eindringlich. »Du verstehst das nicht. Das Malen ist etwas Besonderes für mich. Ich will mein Leben damit verbringen. Ich muss einfach malen.«

Auf einmal erschien mir Edwins Plan tatsächlich wie der einzige Ausweg. Er war nicht ideal, aber ich konnte dafür sorgen, dass mein Traum sich doch noch erfüllte.

»Ich habe mir überlegt, wie ich mit dem Malen meinen Lebensunterhalt verdienen könnte«, setzte ich an.

Doch Vater hob die Hand, um mich zum Schweigen zu bringen. »Nein«, sagte er entschlossen. »Schluss damit. Das Einzige, was du tun musst, Violet, ist, mit der Malerei aufzuhören. Gänzlich. Du musst heiraten, und du musst diese albernen Vorstellungen aufgeben.«

Er stand auf und ging zu meiner Galerie hinüber. In einem plötzlichen Ausbruch von Zorn riss er eine meiner Skizzen von *Knut dem Großen* herunter. Ich zuckte zusammen, als hätte er mich geschlagen.

»Ich werde Philips anweisen, hier heraufzukommen und dieses Zimmer wieder seinem ursprünglichen Zweck zuzuführen«, verkündete er, während er weitere Bilder von der Wand riss und sie neben mich auf die Chaiselongue warf. »Ich verbiete dir, noch einmal hier heraufzukommen.«

Unvermittelt verwandelte sich meine Traurigkeit in Wut. Auf einmal war ich vollkommen außer mir.

»Dieses Zimmer war voller Gerümpel und alter Möbel«, rief ich. »Das war sein einziger Zweck.«

Vater erwiderte nichts. Stattdessen starrte er meine Skizzen für den Daniel an – die Zeichnungen von Edwin mit entblößtem Oberkörper.

»Was ist das?«, wollte er wissen. Als er sich zu mir umdrehte, war er bleich im Gesicht, und an seiner Schläfe trat eine Vene hervor. »Was um Himmels willen ist das?«

»Daddy«, sagte ich. So hatte ich ihn seit Jahren nicht genannt. In meinem Kopf überschlugen sich die Gedanken. Was sollte ich antworten? Dass Edwin ein Förderer der

Kunst war, der sich angeboten hatte, für mich Modell zu stehen? Dass er *mein* Förderer war? Dass wir uns liebten?

Vater hielt mir die Zeichnung vor das Gesicht, und ich wich angstvoll zurück.

»Du hast große Schande über mich gebracht. Aber was noch viel schlimmer ist: Du hast das Andenken an deine verstorbene Mutter beschmutzt«, stieß er zwischen zusammengebissenen Zähnen hervor. »Wie konntest du nur?« In seinen Augen loderte ein wildes Feuer auf. »Wer außer dir hat diese Bilder noch gesehen?«, fragte er, doch er wartete meine Antwort gar nicht erst ab. »Die Bediensteten«, sagte er. »Denen kann man nicht trauen. Ich muss Mr Forrest warnen.«

Erneut überkam mich Verwirrung. »Ihn warnen?«

»Ich muss ihn über deine abscheulichen Phantasien in Kenntnis setzen.« Vater spuckte die Worte beinahe aus. »Ich muss ihm gestehen, dass meine Tochter anrüchige Bilder von einem ehrenwerten, verheirateten Mann anfertigt. Welch sündige Vorstellungskraft du doch hast.«

Unter anderen Umständen hätte ich vermutlich laut gelacht, während ich auf der Chaiselongue saß, auf der ebenjener ehrenwerte, verheiratete Mann sich mir unzählige Male aufgedrängt hatte. Doch ich konnte nichts an dieser Situation entdecken, das auch nur im Entferntesten amüsant gewesen wäre.

»Er ist ein Mann des Gesetzes«, fuhr Vater fort. »Ein studierter Mann. Weiß Gott, was er denken wird, wenn ich ihm davon berichte.«

Mein Mut hatte mich vollends verlassen, und ich sank in die Kissen zurück. Ich wagte es nicht, Vater anzusehen;

wagte es nicht, an meine zerbrochenen Träume oder Edwins zerstörtes Ansehen zu denken. Von nun an würde er nicht mehr als mein Förderer auftreten können. Es war vorbei. Alles war vorbei. Ich fragte mich, wie Edwin reagieren würde, wenn Vater mit ihm spräche, und ich fürchtete bereits seinen Zorn.

»Ich sage dir, wie ich weiter vorgehen werde«, verkündete Vater. »Ich werde nach nebenan gehen und Mr Forrest über die Bilder unterrichten – besser, er erfährt es von mir als durch irgendein Gerede seiner Bediensteten. Gleichsam werde ich Philips anweisen, diese Schändlichkeiten zu zerstören und das Zimmer wieder herzurichten. Morgen werde ich dann nach London reisen, wo ich mich der Gnade von John Wallace anheimgeben und ihn darum bitten werde, es in Betracht zu ziehen, dich zur Frau zu nehmen. Ich werde ihn über die Wahrheit in Kenntnis setzen, aber ihm erklären, dass du dein Handeln zutiefst bedauerst und entschlossen bist, von nun an ein ehrenwertes Leben zu führen. Ich bin zuversichtlich, dass ihm die Aussicht darauf, ins Geschäft einzuheiraten, ein Anreiz sein wird, über dieses ...«, er warf mir einen solch angewiderten Blick zu, dass mir übel wurde, »... dieses Vergehen hinwegzusehen.«

Ich schwieg. In diesem Augenblick wurde mir deutlich bewusst – so deutlich wie noch nie zuvor –, dass ich mein Leben niemals so würde führen dürfen, wie es mir gefiel, sondern ausschließlich so, wie es meinem Vater und eines Tages auch meinem Ehemann gefallen würde. Einen flüchtigen Moment lang beneidete ich Mariana, die auf einen Ehemann wartete, der nie kam. Wenigstens war sie niemandem verpflichtet.

»Und was werde ich tun?«, fragte ich, und es gelang mir nicht, die Bosheit aus meiner Stimme zu entfernen. »Während du dich um alles kümmerst?«

Vater warf ein weiteres Bild auf das Sofa. »Du wirst hierbleiben«, sagte er. »Du wirst im Haus bleiben, und du wirst lesen, nähen oder im Garten spazieren gehen. Du wirst mit niemandem sprechen, mit Ausnahme der Bediensteten. Du wirst niemanden behelligen.« Verärgert nahm er die Skizzen von Edwin an sich. »Ich ertrage deinen Anblick nicht mehr«, sagte er. »Geh auf dein Zimmer und bleibe dort. Ich werde nun Mr Forrest aufsuchen.«

Kapitel 48

Heute

Ella

Ziellos schlenderte ich durchs Haus. »Gedankengang«, nannte Barb das. Ich würde es eher als Zeit totschlagen bezeichnen. Ich wartete darauf, dass Dad mir die Infos zu Frances' Nachkommen mailte, die er gesammelt hatte, und da ich ihn kannte, wusste ich, dass er eine Weile dafür brauchen würde. Technik war nicht so sein Ding.

Dad hatte nur zwei Tage benötigt, um die Heiratsurkunde von Frances und Edwin zu finden und auf die Geburtsurkunde ihres Sohnes Charles zu stoßen, die auf März 1856 datiert war. Die Suche nach Charles' Nachkommen hatte nur eine weitere Woche gedauert. Offensichtlich hatte Charles drei Kinder gehabt, von denen eins – die Jüngste, die auch Frances hieß – einen Sohn bekommen hatte. Dieser Sohn – also Frances' Enkel – hatte vier Kinder, die alle noch lebten.

»Dad«, hatte ich gesagt, als er mir davon erzählte, »du bist echt unglaublich.«

»Ach, das war doch nicht schwierig«, hatte er entgegnet, schien sich aber dennoch zu freuen. Es war wirklich seltsam, dachte ich, dass ich mich vor allem deshalb für Violet interessierte, weil unsere Familiengeschichte so ähnlich war, und dass die Recherche ihrer Geschichte nun meinen Dad und mich wieder enger zusammengebracht hatte.

Wir hatten zwar nie über meinen Wutanfall im Pub gesprochen, aber wir telefonierten regelmäßig. Trotzdem hatte ich Angst, dass wir nur die Risse übertünchten, doch Dad schien ehrlich an Violet interessiert zu sein, zumindest war das mein Eindruck. Ich fragte mich, ob Violets Dad auch Interesse an Violets Arbeiten gehabt hatte und wie ihr Verhältnis zueinander wohl gewesen war. Wenn er so verzweifelt nach ihr gesucht hatte, musste er seine Tochter sehr geliebt haben.

Neben meinen Gedanken über Violet hatte ich noch genug anderes zu tun, womit ich mich beschäftigen konnte, während ich auf den Stammbaum wartete, den Dad erstellt hatte. Meine Agentin hatte mir Feedback zu meiner neuen Tessa-Geschichte gegeben. Sie gefiel ihr recht gut, aber sie hatte das Gefühl, dass ich nicht mit dem Herzen dabei war. Damit hatte sie recht. Schließlich verbrachte ich immer noch die meiste Zeit damit, mich zu fragen, was wohl mit Violet passiert war. Oder ich redete mit Priya darüber.

»Es ist fast immer jemand aus dem direkten Umfeld«, erzählte mir meine neue Freundin, nachdem ich sie über die Einzelheiten des Verbrechens aufgeklärt hatte. »Die Leute haben oft Angst vor Fremden, aber damit liegen sie falsch. Man sollte sich eher vor denjenigen fürchten, die einem besonders nahestehen.«

Mich schauderte. »Aber da gab es keinen«, sagte ich. »Nur Violets Dad. Und der war nicht da, als es passiert ist, und dann hat er sein ganzes Leben lang versucht, seine Tochter zu finden. Er kann nicht der Angreifer gewesen sein.«

»Vielleicht war es dann doch ein Fremder«, gab Priya zu. »Es kommt zwar nicht so oft vor, aber natürlich gibt es das auch. Ein Einbrecher, der überrascht wurde. Oder einer, der psychisch krank war, vielleicht? Edwin war doch Anwalt, oder? Manche Leute sind nachtragend. Vielleicht ist er irgendwem auf die Füße getreten, und derjenige wollte sich rächen.«

Es war ziemlich frustrierend, alles immer und immer wieder durchzukauen, aber da die Ereignisse schon vor so langer Zeit stattgefunden hatten, gab es nun mal keine einfache Methode, mehr darüber herauszufinden.

Und so wartete ich nun darauf, von Dad zu erfahren, wo sich Frances' noch lebende Verwandtschaft aufhielt, und langsam wurde ich ungeduldig.

Während ich meinen »Gedankengang« durchs Haus fortsetzte, hielt ich mein Handy fest umklammert, damit ich es auf jeden Fall mitbekommen würde, wenn eine Nachricht einging, und schließlich fand ich mich oben in meinem Arbeitszimmer wieder. Es war still im Haus. Die Jungs waren in der Schule und Kita, und Ben musste arbeiten. Lustlos hockte ich mich auf die Fensterbank, schaute aufs Meer hinaus und sah einem winzigen Rennboot dabei zu, wie es geräuschlos über die Wellen hüpfte. Erneut blickte ich auf das Display meines Handys. Nichts.

»Wir haben Frances gefunden«, sagte ich laut und stellte mir vor, dass ich mit Violet sprach. Wobei mir durchaus bewusst war, wie albern ich mich aufführte. »Dad schickt mir gerade eine E-Mail.« Ich wedelte mit meinem Telefon durch die Luft, weil mir plötzlich ein Gedanke kam. »Weißt du überhaupt, was eine E-Mail ist, Violet?«

Schweigen schlug mir entgegen. *Klar.* Ich rutschte von der Fensterbank und ging zu meinem Whiteboard hinüber. Neben Violets Selbstporträt hatte ich die Namen der Opfer geschrieben – Violet Hargreaves, Frances Forrest, Edwin Forrest, William Philips – und notiert, was mit ihnen passiert war: vermisst, verletzt, ermordet, ermordet. Doch ihre Namen anzustarren half mir auch nicht weiter.

Seufzend schlenderte ich auf den Wandschrank zu, in dem ich die Bilder gefunden hatte, und zog die Tür auf. Inzwischen hatte ich den Schrank komplett ausgeräumt. Soweit ich das beurteilen konnte, war sonst nichts mehr darin gewesen, das Violet gehört hatte. Auf den Regalbrettern lagerten nun nur noch meine eigenen Sachen.

Plötzlich vibrierte mein Handy in der linken Hand. Vor lauter Schreck zuckte ich zusammen und ließ es fallen. Es purzelte über den Teppich, mit dem der Schrank ausgelegt war, und verschwand in der hintersten Ecke, wo die Dachschräge auf den Boden traf.

»Mist«, murmelte ich und hockte mich auf alle viere. Da unten war es ziemlich staubig, ich musste wirklich mal den Staubsauger hier raufbringen.

In der dunklen Ecke tastete ich nach meinem Telefon. Als ich es fand und die Finger darum schloss, spürte ich jedoch etwas anderes, das offensichtlich unter dem Teppich steckte. Ich zog mein Handy heraus, legte mich dann auf den Bauch und reckte mich noch weiter in den Schrank hinein. Schließlich bekam ich eine Ecke des Teppichs zu fassen, riss ihn hoch und stieß auf ein in Leder gebundenes Notizbuch. Es war mit einem Schloss versehen, und zwischen die Seiten hatte jemand Blätter aus Papier gesteckt.

Neugierig nahm ich es heraus, hockte mich auf den Boden und wischte mir den Staub von den Knien. Dann sah ich mir das Buch genauer an. Die Seiten waren an den Ecken schon vergilbt, aber ich konnte nicht nachschauen, was darauf geschrieben stand, weil ich das Buch nicht öffnen konnte.

Ächzend stemmte ich mich vom Boden hoch und ging mit dem Buch zu meinem Schreibtisch hinüber. Dort schnappte ich mir eine Büroklammer, steckte sie in den Verschluss und bewegte sie hin und her. Mit einem triumphierenden Grinsen sah ich zu, wie der Verschluss aufsprang. Bei meinem Fundstück handelte es sich um ein Tagebuch, so viel stand fest. Die vorderen Seiten waren mit einer sauberen Handschrift beschrieben, und hinten entdeckte ich Notizen, Zahlenreihen und Namenslisten.

»Ist das dein Tagebuch, Violet?«, fragte ich laut. So langsam hatte ich sie echt nicht mehr alle, jetzt redete ich schon das zweite Mal mit einem Menschen, der seit über hundertfünfzig Jahren tot war. Im Zimmer herrschte weiterhin Stille, trotzdem klopfte mein Herz schneller. Vielleicht enthielt dieses Tagebuch ja all die Antworten auf meine Fragen.

Ich lehnte mich auf meinem Schreibtischstuhl zurück, schlug die erste Seite auf und begann zu lesen.

Und in genau dieser Position fand Ben mich Stunden später vor, als die Schatten immer länger wurden und das Lachen der Jungs, die mit Margaret unten waren, die Treppe heraufdrang.

Ich zuckte heftig zusammen, als Ben hereinkam, so vertieft war ich in das Tagebuch.

Besorgt schaute mein Mann mich an. »Weinst du?«

Ich fasste mir ins Gesicht und stellte fest, dass meine Wangen ganz feucht waren. Mir war gar nicht aufgefallen, dass mir beim Lesen die Tränen gekommen waren. »Ach, Ben«, sagte ich weinerlich. »Es ist so traurig.«

Ben hockte sich auf die Kante des Schreibtischs und nahm meine Hand. »Was ist denn passiert?«, fragte er. »Ist was mit deinem Dad? Geht's ihm gut?«

Blinzelnd sah ich ihn an. »Nicht *ich* bin traurig«, klärte ich ihn auf. »Ich hab Frances' Tagebuch gefunden.«

Ben klappte die Kinnlade herunter. »Hier?«, fragte er ungläubig. »Wieso war das denn hier?«

»Keine Ahnung«, gab ich zurück, und es war mir auch egal. Viel wichtiger war, dass ich es gefunden und gelesen hatte.

»Ben, du musst dir das unbedingt durchlesen«, sagte ich. »Edwin Forrest war ein richtig widerlicher, brutaler Kerl.«

»Erzähl mir mehr.«

»Edwin hat Frances jahrelang geschlagen«, berichtete ich. »Einmal sogar so heftig, dass sie ihr Baby verloren hat – und genau das hat er auch damit bezweckt.«

Geräuschvoll stieß Ben den Atem aus. »Also war Frances doch nicht schwanger?«, fragte er. »Ich dachte, du hättest das in dem Polizeibericht gelesen? Und was sind das dann für Verwandte, die dein Dad gefunden hat?«

»Oh, nein, nein, sie war schwanger«, erklärte ich, und mir fiel ein, dass ich noch gar nicht Dads E-Mail gelesen hatte. Die Mail, wegen der ich mein Handy hatte fallen lassen, so dass ich überhaupt erst auf das Tagebuch gestoßen war. »Frances hatte vorher eine Fehlgeburt durch Edwins

Schuld. Soweit ich das beurteilen kann, hat sie, als ihr klar wurde, dass sie wieder schwanger war, ihm nichts davon erzählt und stattdessen geplant abzuhauen. Sie hatte schon alles organisiert.«

»Mutige Frau«, merkte Ben an. »War bestimmt nicht leicht damals als alleinerziehende Mutter. Fast unmöglich, könnte ich mir vorstellen.«

»Sie war wirklich beeindruckend«, sagte ich voller Bewunderung. »Hier, schau mal.« Ich schlug das Tagebuch ganz hinten auf und zeigte Ben die Notizen.

»Sie hat sich eine komplette Vorgeschichte für ihr neues Leben ausgedacht – einen neuen Namen und all so was. Sie hat sogar ihre neue Unterschrift geübt. Und hier ist auch ein Zugfahrplan, Karten und so weiter. Anscheinend wollte sie nach Schottland.«

Ben blätterte die Seiten durch und schüttelte staunend den Kopf über die vielen Details, die darauf standen. »Wenn sie das alles geplant hat, muss es wirklich schlimm gewesen sein.«

»Sie musste ja auch an ihr Baby denken«, sagte ich. Für mich war das ganz eindeutig: Ich würde auch alles tun, damit es meinen Jungs gut ging. »Sie musste ihr Kind schützen.«

»Aber sie ist dann doch nicht nach Schottland gegangen, sondern in Sussex geblieben, nachdem ihr Mann tot war«, stellte Ben fest. »Und was hat Violet mit alldem zu tun?«

»Na ja, das ist ziemlich skandalös«, warnte ich ihn vor.

Bens Augen begannen zu leuchten. »Erzähl.«

»Also, Edwin hat anscheinend nichts anbrennen lassen – der hatte was mit Prostituierten, irgendwelchen Frauen in

London, wenn er geschäftlich dort war …« Ich machte eine Kunstpause. »Und mit Violet.«

»Aha«, rief Ben triumphierend. »Wie ich es gesagt habe.«

Stirnrunzelnd sah ich ihn an. »Also, ich glaube, ich war diejenige, die darauf gekommen ist«, entgegnete ich. »Aber ich fand die Theorie ein bisschen langweilig.«

»Ab und an ist das Leben nun mal langweilig«, sagte Ben. »Aber dann wusste Frances von der Affäre?«

»Mehr oder weniger«, antwortete ich. »Frances war sich nicht ganz sicher, was zwischen Violet und ihrem Mann lief, aber sie hat sich wirklich viele Gedanken gemacht.«

»War sie sauer?«

»Nein, ich meine, sie hat sich viele Gedanken um Violet gemacht«, sagte ich. »Sie war ziemlich besorgt. Violet war um einiges jünger als sie, erst achtzehn, und so, wie es in dem Tagebuch klingt, hatte Frances so etwas wie Muttergefühle ihr gegenüber.«

»Wie rührend«, befand Ben.

Nachdenklich schaute ich auf das Tagebuch. »Wenn ich diese Geschichte schreiben würde, würden sich die beiden Frauen zusammentun, um Edwin umzubringen, und dann würden sie es wie einen Unfall aussehen lassen …«, überlegte ich.

»Und denkst du, es könnte wirklich so passiert sein?«

Ich zuckte die Achseln. »Ich kann mir nicht vorstellen, dass Frances irgendwen hätte umbringen können. Sie kommt mir so …«, ich suchte nach dem richtigen Wort, »… so lieb vor.«

Ben hatte mittlerweile die letzte Seite der Tagebucheinträge aufgeschlagen. »Hast du das bis zum Ende gelesen?«, fragte er und rieb sich die Nase, während er konzentriert in das Buch starrte.

Ich schüttelte den Kopf. »So weit bin ich nicht gekommen«, entgegnete ich. »Wieso?«

»Frances dachte, ihr Baby wäre gestorben«, erklärte Ben. »Deshalb ist sie nicht weggegangen – sie dachte, sie wäre nicht mehr schwanger.«

»Aber das Kind hat den Überfall überlebt«, sagte ich. »Der kleine Charles war noch am Leben.«

Ich lehnte mich zu Ben hinüber, um zu sehen, was er gerade las. In diesem Moment kam mir ein Gedanke. »Vielleicht war ja auch Violet schwanger«, überlegte ich. »Vielleicht hat Frances ihr ihren Fluchtplan überlassen, deswegen ist ihr Tagebuch auch hier in unserem Haus – also, in Violets Haus. Vielleicht konnte Violet flüchten, und wir sollten besser nach *ihren* Nachkommen suchen. Na ja, oder eher nach Nachkommen dieser Florence Bennett.«

Ich schwieg kurz. »Ach nein, warte mal. Dad hat doch Frances Forrests Nachkommen gefunden. Gott, ist das wirr.«

Ben schaute mich an. »Wenn du das schreiben würdest – wenn es eine Geschichte von Tessa wäre –, wie würde es weitergehen?«

Ich dachte einen Augenblick nach. »Also, wenn das meine Geschichte wäre«, sagte ich langsam, weil ich die Handlung ausarbeitete, während ich sprach, »hätte ich Frances flüchten lassen. Nach Schottland, kurz vor dem Mord.« Ich starrte auf mein Whiteboard, ohne es wirklich wahrzunehmen. »Und dann würde Violet – die weiß, dass Frances weggelaufen ist und einen falschen Namen angenommen hat – ihre Chance erkennen und Frances' alte Identität annehmen, nach dem Überfall. Vielleicht war sie auch schwanger. Als ehrbare Witwe Frances Forrest hätte sie ihr Kind behalten können, ohne in Schande leben zu müssen. Vielleicht ist Violet deshalb spurlos verschwunden.«

Beeindruckt sah Ben mich an. »Du bist echt gut in so was«, sagte er.

Ich lachte. »Könntest du das bitte auch meiner Agentin sagen?«

»Jederzeit«, gab Ben zurück und küsste mich. »Also haben Violet und Frances unter einer Decke gesteckt.«

»Schöner Ausdruck in dem Zusammenhang.«

Doch Ben ging gar nicht darauf ein. »Sie haben unter einer Decke gesteckt, Frances ist geflüchtet, und in dem ganzen Chaos nach dem Überfall hat Violet allen erzählt, dass sie Frances ist?«

»So würde ich es schreiben. Wobei ich noch nicht weiß, wie man das Problem umgehen könnte, dass Violet ja auch ihren Vater davon überzeugen müsste, dass sie Frances ist ...«

Ben verzog das Gesicht. »Also, wenn deine Theorie stimmen würde, wären diese Verwandten, die dein Dad gefunden hat, in Wirklichkeit Violets Nachkommen – nicht die von Frances?«

»Genau«, bestätigte ich und scrollte durch das E-Mail-Programm auf meinem Handy, um Vaters Mail zu finden.

»Genial«, sagte Ben. »Rätsel gelöst. Komm, das feiern wir mit einem Glas Wein.«

Lachend folgte ich ihm die Treppe hinunter.

Kapitel 49

Von: ggriffiths@unimail.com
An: elladaniels@writemail.com

Ich war gestern bei einem Abendessen mit diversen anderen alten verstaubten Akademikern (diese Veranstaltungen sind tatsächlich viel spaßiger, als sie klingen), und dabei bin ich mit einer Historikerin ins Gespräch gekommen, die sich ausgiebig mit den Industriellen des 19. Jahrhunderts beschäftigt hat. Sie war total interessiert, als ich ihr von deinem mysteriösen Fall erzählt habe, und kennt tatsächlich deinen Marcus Hargreaves. Sie hat gemeint, ich solle dir doch ihre Kontaktdaten weiterleiten, vielleicht könne sie dir helfen. Also mache ich das hiermit.

Gx

»Es ist so nett von Ihnen, dass Sie sich die Zeit nehmen, sich mit mir zu treffen«, sagte ich, während Georges neue Freundin Louisa mich durch den Flur zu ihrem Büro führte. »Das weiß ich wirklich sehr zu schätzen.«

»Oh, das mache ich sehr gern«, entgegnete sie, bat mich in ihr Büro und rückte mir einen Stuhl zurecht. »Außerdem muss ich zugeben, dass meine Einladung nicht ganz uneigennützig ist. Ich hab mich schon immer gefragt, was damals genau bei Marcus Hargreaves passiert ist.«

Ich setzte mich auf den Stuhl und blickte mich um. Das Büro befand sich in Canterbury in einem modernen Trakt des Universitätsgebäudes. Die Wände wurden von prall gefüllten Bücherregalen gesäumt, und vor dem Fenster stand ein wuchtiger Holzschreibtisch mit einem Riesenstapel Papier darauf, hinter dem Louisa nun Platz nahm.

»Marcus Hargreaves war ein ziemlich interessanter Mensch«, fuhr sie fort. »Er gehörte zur ersten Generation, die nach der industriellen Revolution in Großbritannien aufwuchs. Er hat ein Vermögen mit dem Verkauf von Maschinen in die Kolonien verdient – hauptsächlich in die Karibik – und an Fabriken hier im Land.«

Ich nickte. Das wusste ich alles schon, aber ich hörte Louisa gerne zu. Sie hatte so eine lockere, interessante Art zu sprechen, und ich konnte mir vorstellen, dass ihre Vorlesungen bei den Studenten sehr beliebt waren.

»Er hat diverse wohltätige Projekte mit seinem Geld unterstützt«, sagte sie. »Waisenhäuser, Krankenhäuser und so was.«

»Ich hab eine Schule gefunden, die er gegründet hat«, berichtete ich.

»Genau.« Louisa sah mich so freundlich an, dass ich mir wie ihre Lieblingsschülerin vorkam.

»Aber dann lief es nicht mehr so gut für ihn«, fuhr sie fort.

»Weil seine Tochter verschwunden ist?«

»Na ja, eigentlich schon vorher«, erklärte sie, bevor sie aufstand, zu einem der Regale hinüberging und ein Buch herauszog. »Über sein Privatleben wurde nicht viel geschrieben – die meisten Historiker aus der Zeit haben sich eher auf seine Geschäfte fokussiert oder auf seine Wohltätigkeit«, sagte sie. »Aber hier und da bin ich auch auf den einen oder anderen Satz zu seiner Familie gestoßen.«

Auf ihrem Kopf thronte eine Brille, die sie sich nun auf die Nase setzte, um etwas auf der Seite zu lesen, die sie in dem Buch aufgeschlagen hatte.

»Hier zum Beispiel«, sagte sie schließlich und gab mir das Buch.

»Seine Frau ist gestorben«, erwähnte ich und überflog die Seite, bis ich ihren Namen entdeckte. »Ich habe den Eintrag ihres Todesdatums gesehen. Und danach hat er seine Tochter, Violet, weggeschickt.«

Louisa nickte und zog ein weiteres Buch aus dem Regal. »Aber eigentlich wollte er sie gar nicht wegschicken«, erzählte sie.

Blinzelnd schaute ich sie an. »Nicht?«

»In diesem Buch wird ausführlich beschrieben, wie seine Frau gestorben ist«, sagte Louisa. »Sie können es gerne mitnehmen, wenn Sie möchten.«

»Vielen Dank«, entgegnete ich, ehrlich erfreut darüber, dass sie mir eins ihrer Bücher anvertraute. Allerdings konnte ich auf keinen Fall so lange warten, bis ich es gelesen hatte. Ich wollte unbedingt jetzt wissen, was passiert war. »Wohin wurde Violet geschickt?«

»Zur Schwester ihrer Mutter«, klärte Louisa mich auf, bevor sie sich wieder an ihren Schreibtisch setzte und ihr Kinn auf ihre Hand aufstützte. »Marcus wollte sie eigentlich bei sich haben, aber anscheinend hat man ihm gesagt, dass das nicht gehe, weil ein Mädchen von einer Frau aufgezogen werden müsse, und dass er sich nicht allein um sie kümmern könne. Es gibt Briefwechsel zwischen ihm und anderen Familienmitgliedern, die ihm schreiben, dass es nicht gut wäre, wenn seine Tochter bei ihm zu Hause bliebe.«

»Also hat er sie zu ihrer Tante geschickt«, sagte ich, erneut verblüfft darüber, wie ähnlich Violets und mein Leben verlaufen waren, obwohl uns mehr als ein Jahrhundert trennte. »Aber sie ist zurückgekehrt?«

»Ja, weil der Mann ihrer Tante nach Indien entsandt wurde«, antwortete Louisa. »Die Familie ist dorthin ausgewandert, und laut den Aufzeichnungen wollten sie Violet sogar mitnehmen. Ihr Name steht auf den Reisedokumenten.«

»Indien.« Hörbar stieß ich den Atem aus. »Wieso ist sie nicht mitgegangen?«

»Marcus wollte das nicht«, sagte Louisa. »Er hat sie zurück nach Sussex geholt und eine Gouvernante eingestellt, die sich um sie kümmern sollte.«

»Weil er sie bei sich haben wollte«, murmelte ich. »Also hatten sie doch eine gute Beziehung.«

Lächelnd blickte Louisa mich an. »Da bin ich mir nicht so sicher«, warf sie ein. »Für Violet muss es ganz schön einsam gewesen sein. Marcus war viel unterwegs, manchmal wochenlang nicht zu Hause. Sie hat sich bestimmt allein gefühlt und sich wahrscheinlich zu Tode gelangweilt, könnte ich mir vorstellen.«

»Aber sie hat gemalt«, erzählte ich, und plötzlich wurde mir klar, warum Violet eine so große Leidenschaft für die

Kunst entwickelt hatte. »Wahrscheinlich war das ihr einziges Vergnügen. Die arme Violet. Und der arme Marcus.«

Ich musste an die Sache zwischen Violet und Edwin Forrest denken. Ein älterer, offensichtlich recht attraktiver Mann, wie man auf Violets Zeichnungen von ihm sehen konnte; sicher charmant und witzig ... Kein Wunder, dass sie sich in ihn verliebt hatte. Vielleicht kam auch ein Vaterkomplex hinzu. Sie musste sehr verletzlich und allein gewesen sein. Gott sei Dank hatte ich meinen tollen Ben gefunden, sonst wäre es mir vielleicht genauso ergangen wie ihr.

»Was wissen Sie denn über Violets Verschwinden?«, fragte ich Louisa.

»Leider nicht viel«, entgegnete sie. »In einigen Texten über Marcus Hargreaves wird es zwar erwähnt, aber nicht näher beschrieben. Deshalb habe ich mich auch oft gefragt, was genau passiert ist. Wahrscheinlich wissen Sie da mehr als ich.«

»Violet ist an irgendeinem Abend 1855 verschwunden«, begann ich. »Zur gleichen Zeit wurde ihr Nachbar Edwin Forrest bei einem Überfall ermordet. Ich vermute, dass sie mit ihm eine Affäre hatte. Gleichzeitig kam ein Mann namens William Philips zu Tode, der für die Familie Hargreaves gearbeitet hat. Und Edwins Frau Frances wurde ebenfalls angegriffen. Ja, und Violet ist, wie gesagt, verschwunden.«

»Du meine Güte«, entfuhr es Louisa. »Mir war gar nicht bewusst, dass auch noch andere Leute in ihr Verschwinden verwickelt waren.«

Ich hob die Schultern. »Es gibt keine Beweise dafür, dass das alles miteinander zusammenhing«, gab ich zu. »Aber ich denke, es wird so gewesen sein. So viele schlimme Ereignisse an einem Tag? Ich glaube ja, dass es alles mit Edwin Forrest zu tun hat. Der scheint ein ziemlich dubioser Typ gewesen zu sein.«

»Und haben Sie irgendwelche Theorien, was mit Violet passiert sein könnte?«, fragte Louisa.

Ich schüttelte den Kopf. »Nicht so richtig«, sagte ich. »Damals ist man davon ausgegangen, dass sie ertrunken ist. Man hat ihren Hut am Strand gefunden. Aber vielleicht hat sie ihren Tod nur vorgetäuscht und ist einfach abgehauen.«

Louisa verzog das Gesicht. »Hätte sie das ihrem Vater angetan?«, fragte sie. »Es ist ja eine Sache, wenn man sich zu Hause langweilt, aber seinem Vater das Herz zu brechen?«

»Sie meinen, das wäre zu grausam?«

»Na ja, ich weiß zumindest, dass Marcus sehr engagiert nach Violet gesucht hat«, sagte Louisa. »Er hat viel Zeit und Geld investiert, um sie zu finden. Und er ist nie über den Verlust hinweggekommen.«

»Wie traurig«, sagte ich. Bisher hatte ich mir kaum Gedanken über Marcus gemacht, abgesehen davon, dass ich ihn für einen herzlosen, kalten Vater hielt, der seine Tochter weggeschickt hatte. Doch nun musste ich meine Meinung revidieren.

»Er hat sogar jedes Jahr den Vorfall nachstellen lassen, um zu sehen, ob sich nicht vielleicht doch jemand an irgendwas erinnert. Die Aussagen wurden dann aufgezeichnet, was damals noch recht neu war, glaube ich«, erzählte Louisa. »Aber im Laufe der Jahre haben die Leute das Interesse verloren.«

Lächerlicherweise war ich auf einmal den Tränen nah. Diese Geschichte war einfach so traurig. »Er hat sie wirklich geliebt«, flüsterte ich. »Er war ein guter Vater.«

»Das denke ich auch«, sagte Louisa. »Distanziert vielleicht, aber nicht grausam.«

Ich zwinkerte heftig, um mich vom Weinen abzuhalten.

»Frances Forrest war schwanger«, berichtete ich dann, und meine Stimme zitterte. »Ich habe Nachforschungen zu ihren Nachkommen anstellen lassen. Okay, jetzt wird's ein bisschen kompliziert, aber sie hat geplant, ihren Mann zu verlassen, deshalb hab ich überlegt, ob sie vielleicht schon vor dem Überfall gegangen ist und Violet anschließend ihre Identität angenommen hat.«

»Dann wäre in Wahrheit Frances verschwunden und nicht Violet?«

»Die Theorie ist ziemlich verrückt, aber man weiß ja nie«, sagte ich.

»Halten Sie mich auf jeden Fall auf dem Laufenden«, bat Louisa. »Diese Geschichte ist wirklich faszinierend.«

Nachdem ich mich ausgiebig bei ihr dafür bedankt hatte, dass sie Markus in meiner Vorstellung hatte lebendig werden lassen, und sie mir das Versprechen abgenommen hatte, dass ich sie über sämtliche neuen Erkenntnisse informieren würde, ging ich zu meinem Auto zurück. Ich konnte nicht aufhören, an Marcus zu denken, der verhindert hatte, dass seine Tochter das Land verließ, und dann, als sie verschwunden war, ein Leben lang nach ihr gesucht hatte.

»Er wollte sie nicht wegschicken«, sagte ich laut zu mir, während ich mich hinters Steuer setzte. »Er hat nur gedacht, dass es das Beste für sie wäre.«

Aus einem spontanen Impuls heraus nahm ich mein Handy aus der Tasche und scrollte mein Adressbuch durch, bis ich die Nummer meiner Tante Sally gefunden hatte.

»Sal?«, sagte ich, als sie dranging. »Hier ist Ella. Du, sag mal, könnte ich vielleicht kurz bei dir vorbeikommen?«

Kapitel 50

Sally wohnte nicht weit entfernt von dem Ort, in dem ich aufgewachsen war. Ungefähr auf halbem Weg zwischen dem Haus meines Dads und unserem neuen Wohnort. Von Canterbury aus war es gut zu erreichen, und ich hatte das Gefühl, nicht mal gelogen zu haben, als ich Sally gesagt hatte, ich sei in der Nähe.

»Es ist so schön, dich zu sehen, Ella«, begrüßte mich meine Tante bei meiner Ankunft. »Ich will alles über euer neues Zuhause wissen.« Sie reichte mir eine Tasse Tee und hielt kurz inne, um mich anzuschauen. »Du siehst deiner Mum so ähnlich«, sagte sie, wie immer, wenn wir uns trafen.

»Mittlerweile bin ich aber älter als sie«, merkte ich an. Das war ein seltsamer Gedanke, und er löste ein ebenso seltsames Gefühl in mir aus.

Sally drückte meinen Arm. »Sie wäre so stolz auf dich gewesen«, sagte sie.

Sally war die ältere Schwester von Dad, und sie sahen sich ziemlich ähnlich. Ich hatte zwei ältere Cousins, die Zwillinge Stephen und Simon, die beide Wissenschaftler waren und wenig mit mir gemeinsam hatten. Obwohl ich Sally und meinen Onkel Bill wahnsinnig lieb hatte, hätte ich mir absolut nicht vorstellen können, in ihrer Familie aufzuwachsen.

Nachdem ich Fotos von Simons gerade geborener Tochter bewundert und Sally Bilder von unserem Haus und den Jungs gezeigt hatte, begann ich: »Um ehrlich zu sein, wollte ich mit dir über Mum reden. Also, mehr oder weniger.«

Stirnrunzelnd blickte Sally mich an. »Worüber denn?«

Ich atmete einmal tief durch. »Also eigentlich über ihre Beerdigung.«

»Mhm, worum geht es?«

»Kann sein, dass ich das nicht mehr richtig in Erinnerung habe«, fuhr ich fort. »Ich war ja noch ziemlich klein und sehr traurig, aber ich hab ein Gespräch mitbekommen, und darüber wollte ich mit dir reden.«

Sally wirkte besorgt. »Oh, Schatz«, entgegnete sie, »hast du etwa gehört, was dein Dad zu mir gesagt hat?«

Ich presste die Lippen zusammen und nickte.

»Du hast gehört, dass er mich gebeten hat, mich um dich zu kümmern, stimmt's?«

Wieder nickte ich.

Sally seufzte. »Weißt du was, ich hatte immer so ein Gefühl, dass du in der Nähe warst. Nach dem Unfall hast du deinen Dad nicht mehr aus den Augen gelassen, deshalb dachte ich mir schon, dass du irgendwo bist und uns beobachtest. Ich hatte nur gehofft, dass du nichts von unserem Gespräch mitbekommen hast.«

»Ich saß auf der Treppe«, erzählte ich ihr. »Ich hatte ganz vergessen, dass ich immer auf Dad aufgepasst hab. Als ich wieder in die Vorschule musste, hatte ich solche Angst, dass er auch stirbt.«

Sallys Augen füllten sich mit Tränen, und sie griff nach

meiner Hand. »Und er hat sich Sorgen gemacht, dass er dir nicht das geben kann, was du brauchst«, sagte sie. »Er dachte, du brauchst eine Mutter und er könnte dich nicht richtig unterstützen. Deshalb hat er mich gebeten, dich zu mir zu nehmen.«

»Und du hast abgelehnt.« Nun stand ich selbst kurz davor, in Tränen auszubrechen.

»Ja, das habe ich«, gab Sally zu. »Aber nicht, weil ich dich nicht aufnehmen wollte. Ich hätte dich sofort zu uns genommen. Du warst so ein süßes kleines Mädchen, und ich hatte dich sehr lieb.« Sie lächelte mich an. »Hab ich immer noch.«

»Wieso dann?«

»Weil dein Dad dich bei sich haben wollte, Schatz. Er hat es sich nur nicht zugetraut, sich ganz allein um ein kleines Mädchen zu kümmern. Er hat deine Mum vermisst und getrauert, und er wusste in dem Moment einfach nicht, was das Beste für euch beide wäre. Aber natürlich wollte er, dass du bei ihm bleibst.«

»Ich hatte solche Angst, dass er mich wegschickt«, sagte ich und konnte die Tränen nicht mehr zurückhalten. »Ich hatte Angst, dass ich irgendwas falsch mache und er mich dann nicht mehr bei sich haben will.«

Sally zog mich an sich, und ich schluchzte in ihre Schulter.

»Er hätte dich niemals weggeschickt, du Dummerchen«, sagte sie leise.

Als ich mich so weit beruhigt hatte, dass ich meinen Tee trinken und die Kekse essen konnte, die Sally mir anbot, sah sie mich prüfend an.

»Ich hab gehört, du und dein Dad hattet Streit?«, begann sie.

Ich verdrehte die Augen. »Barb?«, fragte ich. Sie und Sally waren gute Freundinnen.

Wenig überraschend nickte Sally. »Und ich hab da so ein Gefühl, dass dieser Streit mit dem zusammenhängt, was du mir gerade erzählt hast«, fuhr sie fort. Liebevoll tätschelte sie mein Knie. »Du musst mit ihm sprechen, Liebes. Du kannst nicht so tun, als wäre das alles nie passiert, und hoffen, dass es sich schon von allein regelt. Sag ihm, was du damals mitbekommen hast. Er wird das wissen wollen.«

Sie hatte recht, das wusste ich. Ja, ich musste mit Dad reden. Ich wollte nicht, dass unser Verhältnis angespannt blieb. Mir fiel wieder Marcus Hargreaves ein, der so lange nach Violet gesucht hatte, und ich dachte daran, wie sehr Violet ihn vermisst haben musste, wenn er bei der Arbeit gewesen war. Ich war so dankbar, dass das Schicksal es gut mit mir gemeint hatte und ich so viele Jahrzehnte später geboren worden war, in einer Zeit, in der man meinen Dad dazu ermutigt hatte, sich um mich zu kümmern. Und ich war froh, dass er Sally gehabt hatte – und meine Großeltern natürlich und später Barb –, die ihm dabei geholfen hatten, Arbeit und Kindererziehung unter einen Hut zu bekommen. Wie anders hätte Violets Leben verlaufen können. Und wie anders war mein Leben gewesen.

Kapitel 51

Ich betrachtete das verblasste Foto einer zierlichen Frau mit glattem grauschwarzem Haar und verspürte eine wahnsinnige Enttäuschung. Wer immer das war, es war ganz sicher nicht Violet.

Ich blickte zu meinem Dad hinüber und schüttelte kaum merklich den Kopf.

»Ist sie nicht die Frau, nach der Sie suchen?«, fragte Winnie Flood, Frances' Urenkelin.

Ich lächelte ihr zu. »Sie ist sogar genau die Frau, nach der wir suchen«, sagte ich und merkte selbst, wie seltsam das klang. »Es ist nur: Ich hatte gehofft, sie wäre es nicht.«

Als ich meinem Dad von unserer Theorie erzählt hatte, dass Violet Frances' Identität angenommen haben könnte, war ich wirklich davon überzeugt gewesen. Da er sich so darüber gefreut hatte, dass er Frances' Nachkommen gefunden hatte, und ich immer noch mit ihm über den Vorfall bei Mums Beerdigung sprechen wollte, hatte ich ihn spontan eingeladen, mit mir zusammen zu Winnie Flood zu fahren, die in Eastbourne lebte. Sie war vierundsiebzig und verwitwet, und ich hatte sie mir als kleine Oma vorgestellt, die mitten im Sommer in einen dicken Wintermantel eingehüllt auf der Promenade saß.

»Du bist ja ziemlich engagiert bei der Sache«, hatte Dad gesagt, als wir die ruhigen Straßen von Heron Green verließen und er sich mit seinem Audi (einem Ruhestandsgeschenk, das er sich gegönnt hatte) mühelos in den Verkehr Richtung Brighton einfädelte. Er liebte es, Auto zu fahren.

Ich warf ihm einen Seitenblick zu, weil ich mich fragte, ob er mich mit seiner Äußerung kritisieren wollte, doch er lächelte.

»Hast du doch vor, diese Geschichte zu schreiben, wie Barb es vorgeschlagen hat?«

»Ich kämpfe die ganze Zeit dagegen an«, gab ich zu. »Ich bemühe mich wirklich, an meinem eigentlichen Manuskript zu arbeiten, aber diese Geschichte lässt mich einfach nicht los.«

»Erzähl mal, was du noch herausgefunden hast.«

»Violet war offensichtlich in Edwin Forrest verliebt«, berichtete ich. »Und er hat tatsächlich seinen Namen unter ihre Arbeit gesetzt, aber ich weiß nicht, ob mit ihrem Einverständnis oder nicht.«

»Davon hat sie doch sicher nichts gewusst. Warum sollte sie dem freiwillig zugestimmt haben?«, fragte Dad.

»Vielleicht war das eine Möglichkeit für sie, mit ihren Bildern Geld zu verdienen«, schlug ich vor. »Oder sie wollte die Kunstwelt täuschen? Um dann später aufzuzeigen, welchen Stand die Frauen damals in der Gesellschaft hatten? Dafür könnte es tausend Gründe gegeben haben.«

»Oder aber er hat sie übervorteilt und sich durch ihr Talent das Geld dann in die eigene Tasche gesteckt«, überlegte Dad.

»Seit wann bist du denn so zynisch, Dad?«, fragte ich.

Mein Vater schwieg kurz, während er den Wagen in den Kreisverkehr lenkte und auf die Eastbourne Road abbog.

»Das ist wirklich traurig«, sagte er dann. »Dass sie keine öffentliche Anerkennung für ihre Arbeit bekommen hat – was auch immer der Grund dafür war. Es muss schlimm sein, für etwas zu brennen und es dann nicht machen zu dürfen. Man vergisst leicht, wie wenige Möglichkeiten die Leute damals hatten, entweder aufgrund ihrer sozialen Herkunft oder ihres Geschlechts oder ihrer finanziellen Situation. Wir haben sehr viele Freiheiten heutzutage.«

Ich nickte, beeindruckt von seinem Verständnis für Violets Welt. Eine Weile schwiegen wir, während wir durch die Hügellandschaft von Sussex fuhren, vorbei an der Universität von Brighton und den gewundenen Umrissen des neuen Fußballstadions, in dem Bens Mannschaft spielte. Ich war mir nicht sicher, ob ich Dad sagen sollte, dass mich an Violets Geschichte noch etwas anderes interessierte als nur die rätselhaften Zusammenhänge.

»Violets Mum ist übrigens auch gestorben«, sagte ich irgendwann. »Als Violet fünf war. Sie ist bei der Geburt von Violets Bruder gestorben, der auch nicht überlebt hat. Ich glaube, das ist mit ein Grund, warum mich diese Geschichte so fasziniert. Unsere Leben sind sich einfach so ähnlich, obwohl sie vor so langer Zeit gelebt hat.«

»Mhm«, sagte mein Dad.

Ich wartete darauf, dass er weitersprechen würde, doch das tat er nicht. Deshalb lehnte ich mich in meinem Sitz zurück und betrachtete durch den Seitenspiegel die Landschaft, die an mir vorbeirauschte.

»Vermisst du sie noch?«, fragte ich schließlich. Es war seltsam, aber diese Frage hatte ich ihm tatsächlich noch nie gestellt.

Dad schwieg so lange, dass ich schon dachte, er würde mir gar nicht darauf antworten.

»Am Anfang«, sagte er dann, »habe ich sie in jeder Minute vermisst. Irgendwann habe ich mich dann daran gewöhnt, dass sie nicht mehr da ist, aber es hat trotzdem noch wehgetan. Ich habe mein Leben irgendwie um diesen Schmerz herum arrangiert.« Er überholte ein Wohnmobil. »Stell dir vor, du hättest einen wunderschönen Garten, und dann gräbt jemand direkt in der Mitte ein Loch«, fuhr er fort. »Mit der Zeit lernst du wahrscheinlich, um das Loch herumzugehen, aber gefallen wird es dir trotzdem nicht. Als ich dann Barb kennenlernte, wurde alles anders. Natürlich fehlt mir deine Mum immer noch, und ich frage mich, was für ein Mensch sie jetzt wäre. Ich muss auch oft daran denken, wie sehr sie sich darüber gefreut hätte, dass du Ben und die Jungs hast. Aber Barb hat mir geholfen, eine Brücke über das Loch zu bauen, das deine Mum und Billy hinterlassen haben.«

Dad hatte den Blick zwar starr auf die Straße gerichtet, doch ich konnte die ungeweinten Tränen in seinen Augen funkeln sehen.

»Mir fehlt sie auch«, gestand ich. Immer noch auf den Verkehr konzentriert, griff Dad nach meiner Hand und drückte sie kurz, was mir ein gerührtes Lächeln entlockte. Inzwischen fuhren wir auf Eastbourne zu, wo die hübschen Dörfer von ausgedehnten Wiesen und breiten Kreisverkehren abgelöst wurden.

»Dad«, sagte ich, den Blick ebenfalls nach vorn gerichtet, »als Violets Mutter gestorben ist, hat ihr Vater sie zu Verwandten geschickt.«

»Der arme Kerl«, entgegnete Dad. »Er hat sie sicher schrecklich vermisst.«

Ich atmete einmal tief durch. »Als Mummy gestorben ist … also, auf der Beerdigung … hab ich gehört, wie du Sally gebeten hast, mich zu sich zu nehmen.«

Mein Vater atmete hörbar ein. »O ja, das weiß ich noch«, sagte er. »Ich hab sie regelrecht angefleht. Gott, ich stand wirklich neben mir.«

Ich hatte Angst, dass meine Stimme versagen würde, deshalb antwortete ich nicht.

»Und das hast du gehört? Heiliger Bimbam!«

Obwohl mir gar nicht danach zumute war, musste ich über diesen Ausdruck lächeln, den er so oft in meiner Kindheit und Jugend benutzt hatte.

»Sagst du mir mal, wo ich jetzt lang muss?«

Ich sah auf meinem Handy nach. »Winnie meinte, wir sollen den Schildern Richtung Jachthafen folgen«, erklärte ich. »Am nächsten Kreisel links ab.«

Dad setzte den linken Blinker, und ich ärgerte mich darüber, dass ich diese Gelegenheit, mit ihm über den Vorfall bei der Beerdigung zu sprechen, verpasst hatte. Doch ich hatte ihn unterschätzt.

»Ich weiß nicht mehr viel aus der Zeit«, gab er zu. »Ich kann mich auch kaum noch an die Beerdigung erinnern. Aber mir ging es ziemlich schlecht damals. Ich dachte, ich wäre nicht in der Lage, mich um dich zu kümmern. Du warst so ein tolles kleines Mädchen und hast so schlimm gelitten. Ich wusste einfach nicht, wie ich dir jemals helfen sollte – ich konnte ja nicht mal mir selbst helfen. Deshalb habe ich Sally gefragt, ob sie dich zu sich nehmen könnte.«

»Aber sie hat abgelehnt«, entgegnete ich. »Allerdings nicht, weil sie mich nicht wollte.«

Dad lachte. Er lachte tatsächlich. »Natürlich nicht, weil sie dich nicht wollte«, sagte er. »Sie wusste nur, wie sehr ich dich geliebt habe und dass ich das bald selbst merken würde. Und noch mehr als das: Sie wusste, dass ich dich brauchte. Wie hätte ich auch ohne dich leben sollen, hm? Du warst doch mein Ein und Alles.«

Ich schloss die Augen.

»Etwa drei Wochen nachdem deine Mum gestorben ist, bin ich aufgewacht«, fuhr Dad fort. »Ich war nicht mehr wie betäubt, was einerseits schlimm war, weil ich plötzlich spüren konnte, wie weh es tat, dass deine Mum und dein Bruder nicht mehr da waren. Das war fast unerträglich. Aber andererseits war es auch gut, weil ich endlich gemerkt habe, wie sehr ich dich geliebt habe.«

»Da vorne über die Kreuzung«, leitete ich ihn an, und ich spürte, dass mir nun doch eine Träne über die Wange lief.

»Eines Tages bist du zu mir gekommen, und deine Haare waren ganz verknotet«, sagte Dad. »Du hast mir deine Bürste und ein Haargummi gegeben, dich hingesetzt und dann darauf gewartet, dass ich dir die Knoten entferne – so wie deine Mum es immer getan hat. Ich hatte keine Ahnung, wie man das macht, und fast hätte ich dir gesagt, dass du mich in Ruhe lassen sollst. Aber dann habe ich dich angesehen, wie du da gesessen und darauf vertraut hast, dass ich alles wieder in Ordnung bringe, und da wusste ich, dass ich es zumindest versuchen muss.«

»Hier links«, sagte ich. »Hausnummer 56.«

Dad drosselte die Geschwindigkeit, um abzubiegen. »Ich habe mir sogar ein Buch aus der Bibliothek ausgeliehen«, erzählte er. »Das ist Nummer 40, also parke ich mal besser hier.«

Er lenkte den Wagen geschickt rückwärts in eine winzige Parklücke.

»Ein Buch?«, fragte ich mit zittriger Stimme. Ich bückte mich, um meine Tasche aus dem Fußraum zu nehmen, und wischte schnell die Träne weg, bevor Dad sie bemerkte.

»Ein Buch über Frisuren.« Er lachte leise. »Das mit dem Zöpfeflechten habe ich trotzdem nie hinbekommen.«

»Dad«, unterbrach ich ihn, »ich hab meine ganze Kindheit und Jugend lang gedacht, dass du mich wegschickst, wenn ich nicht brav bin.«

Dad sah mich an und runzelte sorgenvoll die Stirn.

»Deshalb hab ich nie irgendwas angestellt«, erklärte ich. »Wirklich nie. Weil ich Angst hatte.«

»Oh, Ella«, sagte Dad. »Das hast du also neulich im Pub gemeint.«

Ich lächelte matt. »Ja. Ich dachte immer, wenn ich irgendwas mache, das du nicht toll findest, willst du nichts mehr mit mir zu tun haben. Und ich wusste ja selbst, dass es ein wenig riskant war, nach Sussex zu ziehen, und ich wusste auch, dass du dir Sorgen machen würdest. Und dann dachte ich, wenn ich es trotzdem mache, wärst du sauer und … keine Ahnung … würdest den Kontakt zu mir abbrechen oder so was.«

Dad schwieg einen Moment. Dann drehte er sich in seinem Sitz zu mir um und nahm meine Hände in seine. »Ella«, sagte er, »egal, was du tust: Nichts wird jemals dazu führen, dass ich dich nicht mehr liebe. Ich gebe ja zu, dass ich ein kleiner Angsthase bin, und mir ist auch bewusst, dass das mit dem Tod deiner Mum zusammenhängt. Ich sehe überall Gefahren lauern, und ich weiß, dir geht's genauso. So sind wir zwei nun mal.« Kleinlaut lächelte ich ihn an, aber er war noch nicht fertig. »Wenn du also beschließen solltest, den Mount Everest zu besteigen oder Zirkusartistin zu werden oder nach Australien zu ziehen, würde ich mir natürlich schreckliche Sorgen machen, aber trotzdem würde ich immer noch dein Dad bleiben. So leicht wirst du mich nicht los.«

Wieder konnte ich nicht sprechen. Dad hatte gerade Ängste zerstreut, an denen ich dreißig Jahre lang festgehalten hatte.

»Ich hab Angst vor Spinnen«, schaffte ich es irgendwann zu sagen. »Deswegen ist Australien schon mal raus. Und große Höhen sind auch nichts für mich. Ich denke, ich beschränke mich erst mal weiter darauf, in Sussex Romane zu schreiben.«

Einen Augenblick lang sahen Dad und ich uns lächelnd an, dann stellte er den Motor ab.

»Sollen wir dann mal reingehen und endlich deinen Fall lösen?«, fragte er.

»Ja, los.«

Als Dad aus dem Auto ausgestiegen war und neben mir auf dem Bürgersteig stehen blieb, umarmte ich ihn. Er wuschelte mir durchs Haar, wie er es schon so viele Male getan hatte, und ich duckte mich weg, wie ich es schon so viele Male getan hatte. In diesem Moment wurde mir klar, dass – während ich mir Sorgen gemacht hatte, dass mein Dad aufhören könnte, mich zu lieben – er nur versucht hatte, mit allem klarzukommen. Und dabei hatte er mir die ganze Zeit über seine Liebe gezeigt, auf seine Weise.

»Wir haben das gar nicht so schlecht hinbekommen, oder?«, fragte er.

»Nein, wir haben das sogar sehr gut hinbekommen«, korrigierte ich ihn. Dann blickte ich erneut auf die Adresse in meiner Hand und hielt überrascht inne.

»Wir sind da«, sagte ich. »Glaube ich zumindest.«

Das Haus, in dem Winnie Flood wohnte, sah vollkommen anders aus, als ich es mir vorgestellt hatte. Wir standen vor einem neu gebauten Wohnblock mit Glasfront. Neben und vor uns befand sich der Jachthafen, in dem Reihe um Reihe wunderschöne Boote sanft auf dem Wasser schaukelten.

»Gott, hier sieht's ja aus wie in St. Tropez«, sagte Dad. »So mondän hatte ich Eastbourne gar nicht in Erinnerung.«

Grinsend drückte ich auf die Klingel der Wohnung Nummer 56.

Und wenn schon Winnie Floods Wohnhaus vollkommen anders aussehen mochte, als ich es erwartet hatte, so überraschte Winnie selbst mich noch mehr. Sie war keine kleine Oma mit Dauerwelle. Stattdessen hatte sie sich ihr silberblondes Haar zu einem glatten Bob schneiden lassen und trug ein blau-weiß gestreiftes maritimes T-Shirt, eine knöchellange Chinohose und – wie ich verblüfft feststellte – Converse-Schuhe.

»Mein Mann und ich waren oft segeln«, erzählte sie, während sie für uns drei Tee kochte. »Als er vor drei Jahren gestorben ist, habe ich bemerkt, dass ich nicht mehr auf dem Wasser sein mag, aber das Meer zumindest in meiner Nähe haben möchte. Also habe ich unser Haus und das Boot verkauft und mir stattdessen diese Wohnung hier gekauft.«

Trotz der Tatsache, dass sie sich wohnlich verkleinert hatte, verfügte Winnie über einen Schatz an Familienandenken. Sie hatte eine riesige Hutschachtel voller Dokumente und Bilder herausgeholt und den Inhalt auf der Glasplatte ihres Esstischs ausgebreitet.

»Ich habe drei ältere Brüder«, sagte sie. »Einer wohnt noch hier vor Ort, aber die anderen beiden sind nach Australien ausgewandert. Die haben sich nie für die Familiengeschichte interessiert.«

Das war der Moment gewesen, als Winnie mir das Foto von Frances gegeben hatte, und mir klar geworden war, dass wir mit unserer Theorie falschgelegen hatten.

»Frances war meine Urgroßmutter«, erklärte Winnie. »Ich habe sie natürlich nie kennengelernt, aber meinen Großvater Charles leider auch nicht. Meine Mutter hat mich erst sehr spät bekommen – ich glaube, es war selbst für sie eine Überraschung.«

Dad nahm mir das Foto aus der Hand. »Wissen Sie irgendetwas über sie?«

»Ein wenig«, entgegnete Winnie. »Sie hat einige Dokumente hinterlassen. Und ich weiß, dass ihr Mann starb, bevor Charles geboren wurde.«

Obwohl es mir etwas unangenehm war, Winnie darüber aufzuklären, wie ihr Urgroßvater zu Tode gekommen war, erzählte ich ihr von dem Überfall und erwähnte auch, dass Violet am selben Abend verschwunden war. Dann holte ich Frances' Tagebuch heraus.

»Das hier habe ich gefunden«, sagte ich. »Es ist Frances' Tagebuch. Sie schreibt darin, dass sie vorhatte, ihren Mann zu verlassen.« Ich fasste kurz für Winnie zusammen, was ich gelesen hatte – über Edwins Gewaltausbrüche und Frances' Schwangerschaft. »Und da sich Frances so sicher war, dass sie ihr Baby verloren hatte, haben wir überlegt, ob Violet vielleicht ihre Identität gestohlen hat«, ergänzte ich. »Nachdem Frances nach Schottland abgereist ist.«

Gedankenvoll blickte Winnie in die Ferne. »Ich bin mir ziemlich sicher, dass irgendjemand mal nach Schottland gegangen ist.« Sie fing an, in der Hutschachtel zu kramen. »Ah, hier.« Sie zog ein Bündel Briefe heraus, das mit einer vergilbten Schnur zusammengehalten wurde. »Ich wusste doch, dass ich irgendwo Schottland gelesen hatte«, sagte sie. »Frances hat an jemanden dort Briefe geschrieben.«

Aufregung erfasste mich, aber ich konnte mich gerade noch davon abhalten, eine Siegerfaust zu machen. »Dann ist Violet also doch geflohen«, sagte ich. »Frances hat ihr ihren Plan weitergegeben – und ihr das Tagebuch überlassen –, und sie ist tatsächlich abgereist. Das freut mich so ...«

Doch Dad schüttelte den Kopf. Winnie hatte inzwischen die Schnur gelöst, und Dad war damit beschäftigt, die Briefe durchzusehen.

»Die sind alle wieder zurückgekommen«, sagte er. »Das sind Briefe *von* Frances, nicht *an* sie. Und sie sind lediglich an ›Florence Bennet, North Berwick‹ adressiert – also hat sie nur eine ungefähre Adresse angegeben.«

»Und deshalb sind sie nie angekommen«, murmelte ich, ziemlich enttäuscht. Es kam mir so vor, als würde mir Violet jedes Mal, wenn ich dachte, ich hätte sie gefunden, wieder entwischen. Ich nahm einen der Umschläge vom Stapel und öffnete ihn.

Liebe Florence,
ich habe keinerlei Kenntnisse darüber, wo du dich aufhältst. Ich vertraue darauf, dass du in der Zeit, in der ich unpässlich war, in North Berwick angekommen bist und dich inzwischen dort niedergelassen hast. Bitte antworte mir postwendend.
Deine Schwester Polly

»Polly?«, fragte ich.

»Vielleicht auch ein Deckname«, vermutete Winnie. »So wie Florence. Die Briefe stammen auf jeden Fall von Frances – die Handschrift ist dieselbe wie in dem Tagebuch.«

»Und vielleicht hatte Frances geplant, sich für Violets Schwester auszugeben«, überlegte ich. »Was für clevere, mutige Frauen die beiden waren.«

»Aber es sieht nicht so aus, als hätte Violet es bis nach North Berwick geschafft«, merkte Dad an. »Hier sind Dutzende von Briefen, und die kamen alle zurück.«

»Lesen Sie sie doch«, ermunterte uns Winnie. »Na los.«

Und so saßen Dad und ich in Winnies modernem Apartment mit den riesigen Fenstern und gefliesten Böden und tauchten erneut in Frances' Leben ein.

Sie hatte Violet – beziehungsweise Florence – über ein

Jahrzehnt lang geschrieben. Zuerst hatte sie erklärt, dass sie noch in Sussex bleiben werde, bis Violet ihr bestätigt habe, dass sie in North Berwick angekommen sei. Im Laufe der Zeit waren ihre Briefe offener geworden und hatten sich nicht mehr so auf die Reiseorganisation bezogen, sondern stattdessen Neuigkeiten über den »Gentleman von nebenan« enthalten, »der seine Tochter so schrecklich vermisst«, dass er das Haus verschlossen hatte und weggezogen war.

»Das ist Violets Dad«, sagte ich. »Frances wollte Violet anscheinend auf dem Laufenden halten. Das beweist doch, dass Florence Violet ist.«

»Ja, das denke ich auch«, pflichtete Dad mir bei. »Oder zumindest beweist es, dass Frances davon ausging, dass es sich bei Florence um Violet handelte. Hier, schau mal, in diesem Brief schreibt sie ihr, dass sie nicht mehr länger schweigen könne und dem Herrn von nebenan sagen wolle, wo Florence sich aufhalte.«

»Gott, das muss furchtbar für Frances gewesen sein, die ganze Zeit zuzuschauen, wie Marcus verzweifelt nach seiner Tochter sucht, während sie wusste, dass Violet vermutlich in Schottland war«, sagte ich. »Wobei sie da ja offensichtlich nicht war.«

Ich las noch einige Briefe, bis ich schließlich einen fand, in dem stand, dass Marcus nach North Berwick gefahren war.

»Oh, hör mal«, sagte ich zu Dad und las die Stelle laut vor. »›Wie mir scheint, hast du dich doch nicht in North Berwick niedergelassen. Der Gentleman von nebenan unternahm vergangenen Monat eine Reise dorthin, und obgleich ich ihn gebeten hatte, dich aufzusuchen, traf er dich weder dort an, noch schien dort jemand von dir gehört zu haben …‹«

Ich stieß einen Seufzer aus. Das brachte mich wirklich nicht weiter.

In der Zwischenzeit war Dad auf einen Brief gestoßen, in dem Frances schrieb, dass Violets Vater verstorben sei.

»Das ist alles so traurig«, meinte Dad. »Wie es aussieht, ist Violet nie in North Berwick angekommen. Soweit ich mich erinnere, ist das ein ganz kleines Nest, und selbst wenn Frances nicht die genaue Adresse hatte, hätten ihre Briefe Violet irgendwann erreicht.«

»Also müssen wir weitersuchen«, sagte ich und fragte mich, wie um alles in der Welt wir von hier aus weiter vorgehen sollten.

»Ich fürchte, ja.«

Kapitel 52

1855

Edwin

Edwin stand auf der Treppe und blickte durchs Fenster auf den Strand hinunter, als er die Türglocke hörte, gefolgt von gedämpften Stimmen im Erdgeschoss.

Er beachtete die Geräusche nicht weiter. Frances hielt sich unten auf, sie konnte sich um den Besuch kümmern. Doch gerade als er sich umwandte und nach oben in sein Schlafzimmer gehen wollte, rief Frances nach ihm.

»Mr Hargreaves ist hier«, unterrichtete sie ihn. »Er bittet darum, mit dir zu sprechen.«

Innerlich stieß Edwin einen Seufzer aus. Ihm war ganz und gar nicht danach, Freundlichkeit vorzutäuschen. Nichtsdestotrotz musste er sich die guten Beziehungen zu den Nachbarn erhalten. So stapfte er schwerfällig die Treppe hinunter.

Agnes führte ihn stumm – und wie immer mit mürrischem Gesicht – in den Salon, wo Mr Hargreaves am Kamin stand. Seinen Hut hatte er abgesetzt und hielt ihn in der Hand.

»Edwin«, sagte er in einem übertrieben heiteren Tonfall.

»Marcus«, begrüßte ihn Edwin und schüttelte ihm die Hand. »Nehmen Sie doch Platz. Was führt Sie zu mir?«

Marcus schwieg einen Moment, und Edwin fiel auf, wie fest sein Nachbar die Krempe seines Huts umklammerte.

Ihm lief ein leiser Schauder über den Rücken. Hatte Marcus etwa bemerkt, dass Edwin und Violet ein engeres Verhältnis zueinander unterhielten, als es die Schicklichkeit erlaubte?

»Ich fürchte, ich habe Ihnen etwas ... nun ja, recht Unappetitliches mitzuteilen.«

Unmerklich sog Edwin die Luft ein. »Nur zu.«

»Wie es scheint, hat meine Tochter Violet eine ... äh ... Faszination für Sie entwickelt.«

Edwin atmete auf. Dann lächelte er. »Ach, nur eine harmlose Jungmädchenschwärmerei also.«

Marcus runzelte die Stirn. »Ich wünschte, es wäre harmlos«, sagte er und ließ seinen Hut in den Händen kreisen. »Sie müssen wissen, dass Violet Gefallen an der Kunst gefunden hat.«

»Ja, davon erzählte sie mir«, entgegnete Edwin.

»Nun, wie ich zu meiner Schande entdeckte, verfolgt sie dieses Interesse für die Kunst ein wenig ... eifriger, als es angemessen wäre.«

»Fahren Sie fort.«

Marcus schien verzweifelt. »Sie hat Sie gemalt«, gestand er. »Ich fand Skizzen von Ihnen, die sie angefertigt hat.« Er senkte die Stimme. »Zeichnungen, auf denen Sie beinahe nackt zu sehen sind. Ohne Hemd.«

Edwin zwang sich, schockiert auszusehen. »Gütiger Himmel«, sagte er. »Über welch lebhafte Vorstellungskraft sie verfügen muss.« Er schüttelte den Kopf. »Marcus, mein lieber Freund«, fügte er dann hinzu. »Bitte grämen Sie sich nicht deswegen, und seien Sie versichert, dass dies keinerlei Auswirkungen auf unsere Freundschaft haben wird.«

Auf einmal wirkte Marcus sehr müde. Erschöpft strich

er sich über den Nasenrücken. »Ach, Edwin«, sagte er, »ich weiß mir keinen Rat mehr. Ich befürchte, das alles ist meine Schuld. Ich hätte erneut heiraten sollen. Ein Mädchen braucht eine Mutter. Dazu war ich oft auf Reisen, und Violet war ohne Führung. Auf diese Weise konnte sie ihrer Vorstellungskraft freien Lauf lassen.«

»Ich bitte Sie, Marcus«, entgegnete Edwin. Allmählich begann er sich unbehaglich zu fühlen. Gefühlsbezeugungen missfielen ihm ohnehin, aber ganz besonders, wenn sie von Männern stammten. »Bewahren Sie Ruhe. Wo befinden sich diese Bilder nun?«

»Ich habe Philips, unseren Gärtner, angewiesen, sie zu vernichten. Nicht nur die Bilder von Ihnen, sondern Violets gesamte Arbeiten. Ich möchte dieses Interesse im Keim ersticken, bevor es gänzlich außer Kontrolle gerät.«

Blankes Entsetzen erfasste Edwin. »Waren es viele Bilder?«

»In der Tat«, bestätigte Marcus. »Keine solch anrüchigen wie die von Ihnen. Doch es ist offensichtlich, dass Violet viel Zeit mit der Malerei verbracht hat. Zeit, die sie sinnvoller hätte nutzen können.«

»Marcus«, begann Edwin, »bitte sorgen Sie sich nicht. Ich hege keinerlei Groll gegen Sie oder Violet. Auch muss ich gestehen, dass dies nicht das erste Mal ist, dass eine junge Frau mir … sagen wir … zugetan ist. Frances wird Ihnen das bestätigen. Ich fürchte, ich bin ein naiver Mann, und von Zeit zu Zeit schlagen meine Bemühungen, jungen Menschen zu helfen, bedauerlicherweise fehl. Nichtsdestotrotz gebe ich weiterhin mein Bestes.«

Unsicher lächelte Marcus ihn an, und Edwin fuhr fort.

»Frances und ich – sowie jeder, der mich kennt – wissen, dass ich nichts unternehme, um ein solches Verhalten zu ermuntern. Ihre Violet ist schlicht ein junges Mädchen mit einer ausgeprägten Vorstellungskraft, dem zu viel Zeit zur Verfügung steht, und mir ist kein Schaden dadurch entstanden.« Er lächelte Marcus in einer – wie er hoffte – aufmunternden Weise an, doch in seinem Kopf überschlugen sich die Gedanken. War es möglich, einige von Violets Bildern zu bewahren? Könnte er diesen Philips aufhalten, bevor der sie zerstörte? Irgendwie musste er Marcus loswerden. »Eine Sorge bleibt mir jedoch«, sagte er. »Kann man diesem Philips trauen?«

»In welcher Hinsicht?«, fragte Marcus.

»Nun, in diesem Moment haben lediglich Sie, Violet und ich Kenntnis von diesen Bildern. Korrekt?«, log Edwin und dachte an Laurence, den alten Herrn im Zug und den Käufer in Yorkshire …

»Ja«, entgegnete Marcus. »Und Philips natürlich. Obgleich der sie noch nicht gesehen hat.«

»Ich hege nur die Befürchtung, dass er plaudern könnte«, sagte Edwin. »Sie wissen, wie die Dienerschaft sein kann. Doch ich bin ein Mann mit einem gewissen Ansehen in dieser Gegend, und ich bin besorgt hinsichtlich des Schadens, der meinem Ruf durch derlei Geschwätz entstehen könnte.«

Marcus erbleichte. »In der Tat«, erwiderte er. »Daran hatte ich nicht gedacht.«

»Oh, sorgen Sie sich nicht«, sagte Edwin und stand auf. »Mir ist gerade ein Gedanke gekommen. Bleiben Sie hier, mein Freund. Ich werde Frances bitten, Ihnen Gesellschaft zu leisten. Und bitte, genehmigen Sie sich einen Drink zur Beruhigung. Ich werde in der Zwischenzeit zu Ihnen hinübergehen, um mit diesem Philips zu sprechen und ihm begreiflich zu machen, wie bedeutend es ist, über diese Angelegenheit Stillschweigen zu bewahren.«

Marcus wirkte erleichtert darüber, dass sich jemand anderes der Sache annahm. »Das scheint mir ein guter Einfall zu sein«, befand er. »Sofern es Ihnen keine Umstände bereitet?«

Edwin tätschelte ihm die Schulter. »Selbstverständlich nicht«, sagte er. »Nun nehmen Sie doch Platz. Ich werde in Kürze wieder zurück sein.«

Er fand Frances in der Küche vor, wo sie mit Agnes im Gespräch war.

»Marcus ist aufgewühlt«, erklärte er und setzte sie knapp über den Vorfall in Kenntnis. Den resignierten Blick, mit dem sie ihn bedachte, als er von den Bildern erzählte, die Violet von ihm angefertigt hatte, beachtete er nicht. »Ich werde zu ihm hinübergehen und versuchen, einige Dinge in Ordnung zu bringen. Wärst du so gut und würdest dich zu ihm setzen und ihn beruhigen?«

»Natürlich«, sagte Frances und stieß einen Seufzer aus. Dennoch erschien sie ihm nicht so aufgebracht zu sein, wie er es erwartet hätte. Vielleicht, dachte er, hatte sie endlich verstanden, dass er schlicht ein Mann mit Bedürfnissen war und sie, solange er stets zu ihr nach Hause kam, nichts zu befürchten hatte.

Mit einem Lächeln auf den Lippen machte er sich auf den Weg nach nebenan zum Haus der Familie Hargreaves und hoffte, dass er Violet nicht begegnen würde.

Das Glück war ihm hold. Als er das Haus umrundete und in den Garten ging, weil er Philips dort vermutete, traf er diesen tatsächlich dort an. Er war damit beschäftigt, die Gemüsebeete umzugraben, und seine Stirn war schweißbedeckt.

Vorsichtig schritt Edwin über den Rasen – schließlich wollte er seine Hosen nicht beschmutzen – und näherte sich dem Gärtner. »Guten Tag«, sagte er freundlich.

Philips unterbrach seine Arbeit und richtete sich auf. Dann stützte er sich auf seinem Spaten ab und wischte sich die Stirn trocken, erwiderte jedoch nichts.

»Wie es scheint, befinden wir uns in einer heiklen Situation«, fuhr Edwin im selben Tonfall fort. »Wie Mr Hargreaves mir erklärte, stieß er auf einige …«, er schwieg kurz, »… unschickliche Zeichnungen von mir, die sich im Besitz seiner Tochter befanden.« Er hüstelte leise. »Des Weiteren berichtete er mir, er habe Sie gebeten, diese und alle anderen von Vi… Miss Hargreaves angefertigten Bildern zu zerstören.«

Philips nickte.

»Mein Lieber«, sagte Edwin vertraulich, »ich habe mich gefragt, ob ich Sie wohl darum bitten könnte, einige dieser Bilder für mich beiseitezulegen. Insbesondere das …«

»Mr Hargreaves hat mich angewiesen, sie zu zerstören«, entgegnete Philips und setzte seine Arbeit fort.

Dieses anmaßende Verhalten erregte Edwins Zorn. Er packte den Gärtner am Arm und spürte dessen harte Muskeln unter seinen Fingern.

»Nehmen Sie die Hände weg«, zischte Philips ihm durch zusammengebissene Zähne zu.

Doch Edwin ließ ihn nicht los. In einer einzigen geschickten Bewegung drehte Philips seinen Arm aus Edwins Griff und umklammerte dessen Handgelenk.

»Ich weiß, was Sie Violet angetan haben«, sagte er. »Und dafür werden Sie bezahlen.«

Einen Moment lang starrten sie einander nur an. Philips mochte zwar kleiner sein als Edwin, doch er war eindeutig der Stärkere. Nichtsdestotrotz wusste Edwin, dass der Gärtner das Risiko, ihn zu schlagen, nicht eingehen würde. Er würde nicht nur seine Arbeit, sondern auch sein Zuhause verlieren, und Edwin hatte so eine Ahnung, dass der junge Mann selbst ein Auge auf Violet geworfen hatte – sie verlassen zu müssen würde er gewiss nicht riskieren.

»Sie sind Abschaum«, sagte Philips und ließ Edwins Handgelenk los. »Und Sie kommen zu spät. Die Bilder sind längst vernichtet. Jedes einzelne. Und darüber bin ich froh.« Trotzig starrte er Edwin in die Augen, und dann spuckte er ihm ins Gesicht.

Blitzschnell holte Edwin aus und schlug mit dem Handrücken zu. Doch Philips zuckte nicht einmal zurück. Stattdessen wischte er sich schlicht das Blut von der Nase, drehte Edwin den Rücken zu und grub weiter.

Kapitel 53

1855

Frances

Frances stand am Fenster ihres Schlafzimmers und blickte Mr Hargreaves nach, der auf die Kirche zuging. Er suche Vergebung, hatte er zu ihr gesagt, ihr jedoch keine Gründe dafür genannt. Edwin war noch nicht zurückgekehrt. Einen Moment lang fragte sich Frances, was er wohl gerade tat, und zu ihrer Erleichterung bemerkte sie, dass die Antwort darauf für sie nicht mehr von Belang war. Es war an der Zeit zu gehen, dachte sie. Zeit, mit ihrem neuen Leben an einem anderen Ort zu beginnen. Gedankenverloren schaute sie einem Schwarm Stare zu, der sich auf dem Dach von Marcus Hargreaves' Haus niederließ und sich wenig später wie eine Einheit in den Himmel erhob, nur um gleich darauf erneut auf dem Dach zu landen.

»Sie bereiten sich auf ihre Abreise vor«, sagte sie laut, als die Erkenntnis sie erreichte. »Das sollte ich auch tun.« Sie fasste den Entschluss, ihre Flucht einmal zu proben, Zeiten und Orte zu überprüfen und sicherzustellen, dass sie alles hatte, was sie brauchte. Erst dann würde sie bereit sein zu gehen.

In diesem Moment wurde die Haustür zugeschlagen, und sie zuckte erschrocken zusammen. Sie konnte hören, wie Edwin mit schweren Schritten auf den Salon zustapfte.

»Frances!«, rief er. »Komm hier herunter.«

Als Frances das Feuer in seiner Stimme bemerkte, begann sie zu zittern. Vielleicht war es doch von Belang, was Edwin tat. Jeder Schritt die Treppe hinunter fühlte sich an, als würde sie eine Stunde dafür benötigen, und doch dauerte es nicht lang genug.

Edwin schenkte sich gerade einen Whisky ein. Seine Augen funkelten, als Frances das Zimmer betrat, und sie spürte, wie das Grauen seine kalten Finger über ihre Wirbelsäule wandern ließ.

»Weißt du, was mir unbegreiflich ist?«, fragte Edwin in einem vorgetäuscht freundlichen Tonfall, als würden sie gerade eine harmlose Konversation führen. »Ich frage mich die ganze Zeit über, warum die Frau, die ich liebe, mir so etwas Verachtungswürdiges antun sollte.«

Einen Augenblick lang war sich Frances nicht sicher, auf wen er sich bezog, als er von der Frau sprach, die er liebte. Sprach er von Violet? Dann jedoch wurde ihr mit Schrecken bewusst, dass er sie gemeint hatte. Sie verschränkte die Finger ineinander, um sie vom Zittern abzuhalten.

»Warum solltest du dir eine solche Geschichte über mich ausdenken?«, fuhr Edwin fort. »Warum solltest du solch niederträchtige Lügen über mich verbreiten?«

»Edwin«, sagte Frances und hatte Mühe, ihre Stimme ruhig zu halten. »Liebster, ich verstehe nicht, wovon du sprichst.«

Edwin trank einen Schluck Whisky und trat einen Schritt auf sie zu. Instinktiv wich Frances zurück und hasste sich – und auch ihn – im selben Moment dafür. Sie dachte an ihr Kind und versuchte einen Weg zu finden, Edwin zu beruhigen, doch in ihrem Kopf herrschte Leere.

»Mr Hargreaves unterliegt dem Eindruck, dass zwischen seiner Tochter und mir ein unschickliches Verhältnis besteht«, sagte er.

Überraschung erfasste Frances. Mr Hargreaves war ihr reuevoll und beschämt erschienen, und sie hatte keine lauten Stimmen gehört, als er mit Edwin gesprochen hatte – ein anderes Verhalten, als sie es von einem Vater, der die Ehre seiner Tochter verteidigte, erwarten würde.

»Hast du ihm davon erzählt?« Mit einer schnellen Bewegung schlug Edwin ihr ins Gesicht, dann packte er sie am Handgelenk. Trotz des Schmerzes wagte Frances es nicht, sich ihm zu entziehen, dafür kannte sie ihn zu gut.

»Ich weiß wirklich nicht, wovon du sprichst«, wiederholte sie mit leiser, ruhiger Stimme. Sie fühlte, dass Blut aus ihrer Nase tropfte, doch sie wischte es nicht fort.

»Hast. Du. Es. Ihm. Gesagt?« Gewaltsam zerrte Edwin sie zu sich, und sie spürte, wie ihr Handgelenk knackste. Rasch biss sie sich auf die Innenseite ihrer Wange, um nicht aufzuschreien.

Offensichtlich hatte Edwin es dennoch bemerkt. Er verzog den Mund zu einem seltsamen Lächeln und verdrehte ihr erneut brutal den Arm. Diesmal konnte sie nicht verhindern, dass sie einen Schrei ausstieß, als sie fühlte, wie der Knochen brach. Ihr wurde schwarz vor Augen, und sie glaubte, ohnmächtig zu werden. Dann jedoch ließ Edwin sie los, und sie sackte zu Boden. Hart kam sie auf den Dielen auf und umklammerte ihr schmerzendes Handgelenk. Voller Abscheu blickte Edwin auf sie herab.

»Ist es ein Wunder, dass ich mir mein Vergnügen woanders suche, wenn du mir gegenüber so illoyal bist?«

Also stimmte es. Die Ungerechtigkeit seines Verhaltens brachte Frances innerlich zum Beben, doch sie würde ihm nicht widersprechen.

»Es ist mir wirklich unbegreiflich, warum ich dich geheiratet habe«, sagte Edwin. Er ließ sich auf einem der Gobelinstühle vor dem Kamin nieder und starrte sie finster an, während sie in dieser entwürdigenden Position auf dem Boden saß. Ihr Handgelenk schwoll sofort an und verfärbte sich dunkelblau.

»Mein Leben könnte vollkommen sein, wenn es dich nicht gäbe«, fügte er hinzu.

Unbeholfen stemmte Frances sich auf ihrer gesunden Hand hoch, bis sie stand.

»Meines ebenso«, entgegnete sie.

Verwundert sah Edwin sie an. In den zehn Jahren ihrer Ehe hatte Frances ihm nie widersprochen. Nicht ein einziges Mal.

»Und der Grund, warum du mich geheiratet hast«, sprach sie weiter, und in ihrer Stimme schwang deutlich der Zorn mit, den sie für gewöhnlich verbarg, »war der, dass du die Kanzlei meines Vaters übernehmen konntest, als er in den Ruhestand ging, da ich keine Brüder habe. Du hast mich geheiratet, weil du ohne mich, ohne das Vermögen meiner Familie und die Zustimmung meines Vaters für immer ein niederer Angestellter in der Kanzlei eines anderen geblieben wärest.« Sie ging damit zu weit, dessen war sie sich bewusst. Doch aus irgendeinem Grund war sie nicht in der Lage, sich zu zügeln. Es war, als wäre ein Damm in ihrem Innern gebrochen. Edwin stand inzwischen vor ihr, dunkelrot im Gesicht vor blanker Wut. Dennoch hob Frances stolz ihr Kinn und blickte ihm geradewegs in die Augen. »Du hast mich geheiratet, weil ich die erste Frau war, die die Dummheit besaß, deinen Antrag anzunehmen.«

Hart traf Edwins Handrücken auf ihren Wangenknochen. Frances taumelte nach hinten. Ihr Fuß verfing sich in dem Läufer, der auf dem Boden lag. Vor Schmerz schrie sie auf, als ihr gebrochenes Handgelenk gegen den Kamin prallte. Edwin kam auf sie zu, ragte drohend über ihr auf, ein schiefes Grinsen in seinem attraktiven Gesicht.

Er spielte mit dem Siegelring, der an seinem kleinen Finger steckte und den er – so vermutete es Frances – aus dem Pfandhaus hatte, da er keiner noblen Familie entstammte, die ihm das Schmuckstück hätte vererben können. Der Ring hatte in Frances' Haut geschnitten, als Edwin sie im Gesicht getroffen hatte.

»Ich gehe aus«, verkündete er. »Ich werde nach dem Doktor schicken lassen, damit er sich um deine Hand kümmert. Und wir sollten diesen Läufer entfernen, er ist eindeutig eine Gefahr.«

Frances versuchte sich aufzusetzen, aber es gelang ihr nicht. Sie holte tief Luft und versuchte es erneut, diesmal mit Erfolg. Im nächsten Moment jedoch verschwamm das Zimmer vor ihren Augen, und sie legte sich seitlich auf den Boden zurück. Blut lief ihr übers Gesicht, aber ihr fehlte die Kraft, es fortzuwischen. Edwin bemerkte es ebenfalls. Er wandte sich zum Gehen, überlegte es sich dann jedoch anders.

»Geh dich waschen«, sagte er. »Du siehst furchtbar aus. Ach, und Frances? Sprich nie wieder auf diese Weise mit mir.« Rücksichtslos trat er sie in den Bauch, bevor er das Zimmer verließ, ohne sich noch einmal umzudrehen.

Frances blieb allein zurück, ausgestreckt auf dem Boden, und während ihr Bauch von Krämpfen geschüttelt wurde, erlaubte sie es sich endlich zu weinen.

Kapitel 54

1855

Violet

Ich lag auf meinem Bett und starrte nach oben zur Decke. Seit Vater zwei Tage zuvor meine Bilder gefunden hatte, hatte ich mit niemandem gesprochen. Ich war schlicht zu Bett gegangen und dort geblieben. Mir fehlte die Kraft, mich anzukleiden oder hinunterzugehen, und ich fragte mich, ob ich jemals wieder dazu in der Lage wäre.

Ein Klopfen an der Tür ließ mich hochschrecken.

»Geh fort«, rief ich und vergrub den Kopf in mein Kissen.

Im nächsten Moment trat Mabel ins Zimmer, mit einem Tablett, auf dem sich Rührei und Toast befanden.

»Ich sagte, du sollst gehen«, wiederholte ich.

»Unfug«, entgegnete Mabel. Sie stellte das Tablett am Ende meines Bettes ab, eilte zum Fenster hinüber und riss die Vorhänge auf. Rasch verbarg ich meine Augen vor dem hellen Sonnenlicht, das in den Raum hineindrang.

»Ihr Vater ist nach Brighton gereist«, unterrichtete mich Mabel. »Und Philips bittet Sie, nach oben auf den Dachboden zu kommen.«

Ich setzte mich auf und spähte verstohlen zu dem Tablett hinüber. Auf einmal wurde mir bewusst, wie hungrig ich war. »Ich will nicht nach oben gehen«, sagte ich.

»Na, na, Miss«, entgegnete Mabel, öffnete die Türen

meines Kleiderschranks und nahm ein Kleid heraus, »denken Sie, Philips würde Sie nach oben bitten, wenn er Ihnen Kummer bereiten wollte?«

Ich nahm mir eine Scheibe Toast und schüttelte den Kopf.

»Sehen Sie. Und nun stehen Sie auf und gehen zu ihm.« Mabel legte das Kleid aufs Bett. »Ich komme in fünfzehn Minuten wieder«, verkündete sie.

Ich war nach zehn Minuten bereit. Aufgeregt, da ich nicht wusste, was mich dort oben erwartete, stieg ich die Stufen zum Dachboden hinauf.

Das Zimmer war nicht mehr in dem Zustand, in dem ich es zurückgelassen hatte. Die Wand am hinteren Ende war mit dunkelroter Tapete bedeckt. Meine Staffelei war zerlegt und lag in einem Haufen aus Holzstücken neben der Tür. Meine Bilder konnte ich nirgendwo entdecken, und die Chaiselongue stand unter dem Fenster, wo sich zuvor meine Staffelei befunden hatte. Ich stieß einen Laut der Verzweiflung aus, woraufhin Philips, der vor der Wand kniete und im unteren Bereich die Tapete anbrachte, sich umwandte. Als er mich erblickte, sprang er auf die Füße und lächelte mich breit an.

»Es besteht kein Anlass, so guter Stimmung zu sein«, sagte ich wenig höflich.

»Oh, warten Sie ab«, erwiderte Philips. Er nahm meine Hand und führte mich zu der Wand hinüber. Es roch nach Tapetenleim. »Sehen Sie den Unterschied?«, fragte er.

»All meine Bilder sind verschwunden.«

»Nein. Oder ja, aber abgesehen davon … Schauen Sie genau hin.«

Ich betrachtete die Wand. Dann sah ich zu den Fenstern hinauf und richtete den Blick anschließend erneut auf die Wand. Ich war vollkommen verwirrt.

»Was haben Sie mit dem kleinen Fenster angestellt?«, fragte ich. »Wo ist es geblieben?«

Philips wirkte, als würde er jeden Moment vor Begeisterung zerbersten.

»Hinter der Wand«, erklärte er und tätschelte die Tapete. »Hier.«

Ich hob die Schultern. »Und welchem Zweck dient das?«, fragte ich.

»Dem Zweck«, entgegnete Philips, »dass sich all Ihre Bilder ebenfalls dort befinden.«

Allmählich begann sich ein Lächeln auf meinem Gesicht abzuzeichnen, als mir die Erkenntnis kam. »Sie haben eine neue Wand eingezogen«, sagte ich.

»Zuerst«, erwiderte Philips, »hatte ich überlegt, schlicht die Nische zuzumauern und Ihre Bilder dort zu lassen, damit Sie sie eines Tages wieder herausholen können.«

Ich nickte.

»Dann jedoch«, fuhr er fort, »dachte ich, es wäre nützlicher, wenn Sie ein Versteck hätten.«

Er fasste sich an die Lippe, und erst in diesem Moment bemerkte ich, dass sein Mund geschwollen war und seine Nase geblutet hatte.

Ich streckte die Hand aus, doch er wich zurück.

»Es ist nicht schlimm«, sagte er. »Hier, schauen Sie.« Er rückte die Chaiselongue von der Wand ab und beugte sich hinunter.

»Es gibt eine kleine Tür.« Er tastete die Wand ab, bis er

gefunden hatte, wonach er suchte. »Sie müssen sie nur an dieser Stelle eindrücken, dann sollte sie sich öffnen.«

Vorsichtig drückte er gegen die Wand, und tatsächlich sprang eine Luke auf. Sie war schmal, nicht mehr als dreißig Zentimeter hoch, und befand sich direkt über dem Boden.

»Ich passe hindurch«, sagte Philips. »Also sollte Ihnen das ebenso gelingen. Probieren Sie es mal.«

Fragend blickte ich ihn an, und er nickte mir zu. »Probieren Sie es«, sagte er erneut.

Zögernd kniete ich mich auf den Boden und wand mich durch die schmale Öffnung hindurch. Der Raum dahinter war klein – man konnte ihn eher als Schrank bezeichnen. Er war etwa einen Meter achtzig breit, vielleicht ein wenig breiter, und eng. Ich versuchte, die Arme ganz auszustrecken, doch es gelang mir nicht. Die Tiefe maß nicht einmal einen Meter, schätzte ich. Die Decke befand sich dagegen auf der üblichen Höhe, so dass ich mühelos aufrecht stehen konnte. Und eine Seite des Verstecks schloss mit dem kleinen Fenster ab.

»Was halten Sie davon?«, fragte Philips, während er durch die Öffnung kroch. Er musste seine breiten Schultern drehen, um hineinzugelangen.

Schließlich richtete er sich auf und wischte sich den Staub von den Oberschenkeln. Der Raum bot so wenig Platz, dass wir sehr nah beieinanderstanden.

»Es ist wundervoll«, befand ich. »Und ebenso verwirrend. War das tatsächlich Teil meines Ateliers?«

Strahlend sah Philips mich an. »Ich habe lediglich die Nische zugemauert«, erklärte er. »Aber es fällt nicht auf, wissen Sie? Die Nische auf der anderen Seite ist bereits verdeckt – ich denke, dahinter befinden sich Rohrleitungen –, und da ich die Wandfarbe verändert habe … Vermutlich ist das der Grund, warum es Ihnen so anders erscheint.«

Voller Staunen blickte ich mich um. »Ein verborgener Raum. Wie eine Geheimkammer.«

Philips schaute mich besorgt an. »Ich weiß, dass Sie in einige Schwierigkeiten geraten sind«, gestand er. »Und ich weiß auch, dass Mr Forrest zu Wutausbrüchen neigt.« Erneut berührte er seine Lippe.

Entsetzt begriff ich, was geschehen war. »Hat Edwin Ihnen das angetan?«, fragte ich.

»Mir ist es lieber, er schlägt mich als Sie«, entgegnete Philips. »Denken Sie, dass er seine Frau ebenfalls misshandelt?«

»Nein, das kann ich mir nicht vorstellen«, sagte ich. Entgegen jeglicher Vernunft hatte ich das Gefühl, Edwin vor Philips verteidigen zu müssen. »Es ist nur ein einziges Mal geschehen, und ich denke, er hatte keinen guten Tag, und dann habe ich seinen Ärger erregt …«

Philips blickte mich so voller Zweifel an, dass ich verstummte.

»Ohnehin«, sagte ich dann, »ist das nicht mehr von Belang. Nun schauen Sie sich diese Kammer an.«

Doch Philips ließ seinen Blick auf mich gerichtet. »Wie ich sagte, hatte ich zunächst nur die Absicht, Ihre Bilder zu verbergen, damit Sie sie eines Tages herausholen können. Dann jedoch kam mir der Gedanke, dass Sie vielleicht selbst einen Ort brauchen könnten, an dem Sie sich verstecken können.«

Sein listiger Blick verursachte mir Unbehagen.

»Meine Bilder befinden sich also …«

»Dort«, sagte Philips und deutete auf eine Ecke. »Ich habe mich daran erinnert, dass Sie sagten, die Farbe gehöre beim Ausrollen nach außen«, fuhr er fort. »Und ich habe sie abseits des Fensters verstaut, damit sie nicht verblassen – an diese Stelle dringt keine Sonne, das habe ich überprüft. Und Ihre Farben sind ebenfalls hier.«

In der gegenüberliegenden Ecke befanden sich meine Palette, meine Pinsel und Farbtuben, ordentlich in Kisten aufgestapelt.

Erleichtert atmete ich auf. All meine Werke lagen dort – mit Ausnahme meiner Variante der *Mariana* und einiger Skizzen von Edwin, die ich bereits in dem Wandschrank auf der anderen Seite des Zimmers verborgen hatte. Doch ich entschied mich, diese Bilder zunächst einmal unerwähnt zu lassen.

»Ich werde ein paar Rahmen und Ihre Staffelei verbrennen«, fuhr Philips fort, »damit Ihr Vater glaubt, ich hätte alles zerstört. Und ich sagte Mr Forrest, dass ich dies bereits getan hätte. Er wollte einige der Bilder haben.«

»So?« Ich fragte mich, ob Edwin die Bilder hatte bewahren wollen, um sie für die Galerie in seinem Klub zu verwenden. Vielleicht war dies seine Art, mir zu helfen – so wie Philips es getan hatte.

»Doch Sie haben ihm keins der Bilder überlassen?«, fragte ich.

»Nein«, sagte Philips. »Ich wollte verhindern, dass er Ihre Werke in die Finger bekommt.«

Einen flüchtigen Augenblick lang flammte Zorn in mir

auf, weil Philips diese Entscheidung an meiner statt getroffen hatte.

»Jedenfalls sind Ihre Bilder nun in Sicherheit«, fuhr er fort. »Nichtsdestotrotz sollten Sie besser nicht mehr hierherkommen.«

»Aus welchem Grund?«

»Ich denke, Sie sollten diese Kammer lediglich nutzen, wenn es notwendig ist. Wenn Sie sich zu häufig hier aufhalten, fällt dieses Versteck möglicherweise irgendwann auf. Und wenn Sie die Luke zu oft öffnen, werden die Angeln irgendwann sichtbar.«

»Sie haben wirklich alles sorgsam durchdacht«, sagte ich. »Und all dies haben Sie mir zuliebe getan?«

Philips senkte den Blick auf seine Füße. »Ich verstehe nicht viel von Kunst«, gestand er, »doch ich erkenne, dass Ihre Bilder gut sind, und ich weiß, wie Ihre Augen leuchten, wenn Sie malen. Es ist schlicht ungerecht.« Als er den Blick hob, lächelte er erneut. »Und mir sind Ungerechtigkeiten zuwider.«

Ich trat einen Schritt auf ihn zu und ergriff seine Hand. »Vielen Dank«, sagte ich.

Sein Lächeln verbreiterte sich.

»Philips«, fügte ich an, »ich weiß nicht, was ich ohne Sie getan hätte. Sie waren mir immer ein guter Freund.«

Ein wenig beschämt stieß er mich mit seinem Ellbogen an. Ich stellte mich auf die Zehenspitzen und gab ihm einen Kuss auf die Wange. Dann – da es Edwin gefiel, wenn ich meine Zuneigung auf diese Weise ausdrückte – legte ich die Hand um seinen Hinterkopf und zog ihn zu mir herunter, bis Philips' Lippen auf meine trafen. Für einen Moment erwiderte er den Kuss, bevor er unvermittelt den Kopf zurückriss.

»Nein, Violet«, sagte er. »Ich bin nicht wie er. Ich habe Ihnen nicht geholfen, damit Sie ...« Er wandte den Blick ab, und ich spürte, dass meine Wangen vor Scham zu glühen begannen. »Ich habe das getan, weil Sie es verdienen.«

»Verzeihen Sie«, flüsterte ich.

Philips schüttelte den Kopf. »Bitte entschuldigen Sie sich nicht«, entgegnete er. »Nicht mir gegenüber. Mir gegenüber brauchen Sie das niemals zu tun.«

»Was Edwin betrifft ...«, setzte ich an, da ich das Gefühl hatte, mich Philips gegenüber erklären zu müssen, diesem guten Mann, der stets so freundlich zu mir gewesen war, während niemand sonst mir Beachtung geschenkt hatte.

Doch dieser verzog das Gesicht. »Er ist kein guter Mensch«, sagte er. »Violet, ich weiß, Sie glauben, dass Sie ihn lieben oder dergleichen, aber er ist nicht der richtige Umgang für Sie.«

»Er ist nicht so ein schlechter Mensch, wie Sie denken«, erwiderte ich, doch noch während ich die Worte aussprach, wurde mir bewusst, wie hohl sie klangen. Philips hatte vollkommen recht mit seiner Einschätzung hinsichtlich Edwin: Er hatte mich geschlagen und sich mir aufgedrängt, und wahrscheinlich tat er Frances das Gleiche an.

Ich lehnte mich gegen die Wand. Dann ließ ich mich nach unten auf den Boden gleiten, setzte mich dorthin und verbarg das Gesicht in den Händen. »Oh, ich war solch eine Närrin«, klagte ich. »Eine selbstsüchtige, dumme Närrin.«

Philips nahm neben mir Platz. »Er hat Sie geködert«, erklärte er sanft. »Er hat die Gabe, Menschen mit Worten für sich zu gewinnen. Und wie mir scheint, missfällt es ihm, wenn man sich ihm widersetzt. Ihnen blieb gar keine andere Wahl.«

»Aber er ist verheiratet«, entgegnete ich verzweifelt. »Er ist verheiratet, und seine Frau hat mir geraten, mich von ihm fernzuhalten, doch ich habe nicht auf sie gehört.«

»Violet, Sie tragen keine Schuld an alldem«, beharrte Philips.

Ich verzog den Mund. »An einigen Dingen schon«, widersprach ich ihm. »Ich habe mich so danach gesehnt, als Künstlerin zu arbeiten, dass ich alles getan habe, was er von mir verlangt hat.«

»Einiges«, räumte Philips ein. »Aber nicht alles.«

»Er hat meine Bilder signiert«, erzählte ich ihm. »Er hat sie signiert und verkauft.«

Entsetzt blickte Philips mich an. »Und das hat er Ihnen so freimütig gesagt?«

»Ich habe es selbst herausgefunden.«

»Was haben Sie nun vor?«, fragte Philips.

Ich schüttelte den Kopf. »Ich weiß es nicht«, gab ich zu. »Edwin aus dem Weg gehen? Frances um Verzeihung bitten? Heiraten?«

»Aber hören Sie nicht auf zu malen«, sagte Philips. »Versprechen Sie mir das?«

Lächelnd sah ich ihn an. »Versprochen.«

Erneut stieß er mich behutsam mit dem Ellbogen an. »Ich weiß, Sie fühlen sich, als wären Sie ganz allein auf der Welt und als gäbe es niemanden, der auf Sie achtgibt«, sagte er. »Doch das stimmt nicht.«

Ich könnte Philips heiraten und mit ihm ein neues Leben

beginnen, irgendwo weitab von hier, dachte ich. Doch zur gleichen Zeit war ich mir auch der Tatsache bewusst, dass dies niemals möglich wäre.

»Ich werde Ihnen immer dankbar für Ihre Hilfe sein, bis an mein Lebensende«, versprach ich. »Vermutlich noch darüber hinaus.«

Philips legte den Arm um meine Schultern und drückte mir einen Kuss auf die Schläfe.

»Gut«, sagte er. »Und nun kommen Sie, wagen wir uns wieder nach draußen.«

Kapitel 55

1855

Frances

15. September 1855

Edwin ist seit einer Woche in London, und ich habe nichts von ihm gehört. Doch ich bin weder traurig darüber noch vermisse ich ihn. In den letzten Tagen habe ich mich ausschließlich im Haus aufgehalten und gewartet, dass meine Wundmale verblassen und die Schwellung an meiner Lippe schwindet. Agnes hat mich mit solcher Fürsorge und Güte umsorgt, dass ich es zunächst kaum ertragen konnte. Es ist so lange her, seit mich jemand aus einem anderen Grund als Ärger berührt hat, dass ihre freundliche Zuwendung beinahe schmerzhaft für mich ist.

Ich hatte keine Blutungen, und die Krämpfe in meinem Bauch haben sich gelegt. Dennoch weiß ich tief in meinem Herzen, dass mein Kind nicht mehr am Leben ist. Auch dieses Kind hat Edwin mir genommen. Agnes hat mich gefragt, wie weit fortgeschritten meine Schwangerschaft gewesen sei, und als ich es ihr gesagt hatte, wirkte sie betrübt. Mir ist bewusst, was sie denkt: dass ich inzwischen Bewegungen spüren müsste. Sie glaubt ebenfalls, dass mein Kind tot ist, obgleich sie es nicht offen ausspricht …

Frances blickte von ihrem Tagebuch auf, als es an der Tür läutete. Der Glockenton hallte durch das stille Haus. Sie hörte, wie Agnes zur Haustür stapfte, dann ertönten gedämpfte Stimmen. Wenig später klopfte es an der Tür des Salons, in dem Frances saß.

»Es ist Miss Hargreaves, Madam«, berichtete Agnes. »Ich sagte ihr, dass Sie keinen Besuch empfangen würden, doch sie war sehr beharrlich.«

Frances erhob sich. Selbst nach einer Woche verursachte ihr jede Bewegung noch Schmerzen, doch sie zwang sich zu einem Lächeln. »Natürlich, Agnes«, sagte sie mit klopfendem Herzen.

Violet trat ein, schlich durch die Tür wie eine Katze. Als sie Frances sah, weiteten sich ihre Augen vor Entsetzen, und eine Träne lief ihr über die Wange.

»Ich bin gekommen, um Sie um Verzeihung zu bitten«, erklärte sie. Dünn war sie geworden und blass, selbst ihr leuchtend rotes Haar wirkte stumpf. »Ich war so töricht und habe unverzeihliche Entscheidungen getroffen, und ich schäme mich so.« Ihre Stimme begann zu zittern, und Frances wurde von einer Welle des Mitgefühls erfasst.

»Setzen Sie sich«, forderte sie ihre Besucherin auf und deutete auf das Sofa. Als Violet ihrer Einladung folgte, ließ Frances sich neben ihr nieder, ganz behutsam, bevor sie der jungen Frau ein Taschentuch reichte. Dankbar nahm Violet es entgegen und betupfte ihre feuchten Augen damit. Für einen kurzen Moment breitete sich eine unbehagliche Stille zwischen ihnen aus, während Frances darüber nachdachte, was sie antworten sollte.

»Ich kenne Edwins Charakter«, sagte sie schließlich. »Glauben Sie mir, ich kenne ihn wirklich gut. Deshalb kann ich mir vorstellen, dass Ihnen kaum eine Wahl blieb.«

Violet streckte die Hand aus und berührte vorsichtig, kaum merklich, die Prellung an Frances Wangenknochen. »Das war er«, sagte sie, und es klang mehr wie eine Feststellung denn wie eine Frage.

Einen Augenblick lang schauten sie einander schweigend an, dann schob Frances ihren Ärmel hoch und zeigte Violet ihr bandagiertes Handgelenk.

»Ich habe ihm Widerworte gegeben«, erzählte sie. »Das gefiel ihm ganz und gar nicht.«

Fassungslos schüttelte Violet den Kopf. »Ich dachte«, begann sie, »Edwin sagte … Ich habe mich in ihm getäuscht.«

Frances sah zu, wie Violet sämtliche Fäden miteinander verknüpfte.

»Sie haben versucht, mich zu warnen«, murmelte sie. »Ich dachte, Sie wollten mir sagen, dass ich mich von Ihrem Mann fernhalten solle, doch in Wahrheit haben Sie sich Sorgen um mich gemacht. Sie haben versucht, mir Ihre Befürchtungen zu vermitteln, und ich habe Ihnen keine Beachtung geschenkt.«

Voller Anteilnahme griff Frances nach ihrer Hand. »Ich hätte mich deutlicher ausdrücken sollen«, entgegnete sie. »Aber ich hatte Angst.«

Violet nickte verstehend.

»Ich war so mit mir selbst beschäftigt, dass ich mir nicht erlaubt habe, Sie anzuhören.«

Frances erhob sich und sog vor Schmerzen leise den Atem ein, während sie zur Tür ging. »Das ist nun nicht mehr von Belang«, sagte sie. »Ich werde Agnes bitten, uns Tee zu bringen.«

So seltsam es auch sein mochte: Sie war beinahe froh darüber, dass Violet zu Besuch gekommen war. Erst in diesem Moment wurde ihr bewusst, wie viel Mut die junge Frau dafür aufgebracht haben musste, und sie fragte sich, ob sie trotz ihrer seltsamen Verbindung Freundinnen werden könnten. Doch es war unwahrscheinlich – wer wusste schon, was als Nächstes passieren würde. Frances hatte Zweifel daran, dass Mr Hargreaves seiner Tochter erlauben würde, ihr halbwildes Leben fortzuführen. Und wenn sie ehrlich war, hatte Frances noch nicht gänzlich entschieden, was sie tun würde. Nun, da sie kein Kind mehr hatte, war ihr Bedürfnis, von hier fortzugehen, weniger dringlich, doch die Vorstellung, hierzubleiben, jagte ihr weiterhin Angst ein. Sie bat Agnes, ihnen Tee zu bringen, bevor sie in den Salon zurückkehrte und sich erneut zu Violet setzte.

»Wo ist Ihr Vater?«, erkundigte sie sich.

Violet biss sich auf ihre Unterlippe. »In Manchester«, antwortete sie. »Doch seit dem ... Vorfall hat er nicht mehr mit mir gesprochen.« Sie schaute Frances aus ihren glänzenden grauen Augen an, und ihr Blick war klar und fest. »Löst es auch Wut in Ihnen aus?«, fragte sie. »So machtlos zu sein?«

Frances dachte einen Augenblick nach. »Was meinen Zorn am meisten erregt«, sagte sie, »ist, dass es uns nicht gestattet ist, zornig zu werden.«

Ein mattes Lächeln umspielte Violets Lippen. »Seit Vaters Abreise gehe ich immer wieder hinaus in den Garten und schreie«, gestand sie.

»Sie schreien?«, fragte Frances.

»Ganz laut.«

»Und fühlen Sie sich danach besser?«

Violet entfuhr ein leises Kichern. »Nein, nicht im Geringsten«, gestand sie.

Nun war es an Frances zu lachen. Ihr gefiel dieses Mädchen, trotz der ungewöhnlichen Umstände, die sie zusammengeführt hatten.

»Schauen Sie uns an«, sagte sie, »wie wir dem Willen der Männer ausgeliefert sind. Ich bin gezwungen, auf die Rückkehr eines Mannes zu warten, der mich schlägt, und Sie warten auf Ihren Vater.«

»So wie Mariana«, murmelte Violet.

Frances war verwirrt. »Wer ist sie?«

»Eine Figur aus *Maß für Maß* von Shakespeare«, erklärte Violet. »Und Tennyson hat ein Gedicht über sie geschrieben. Sie sollte heiraten, doch das Schiff, auf dem sich ihre Aussteuer befand, kenterte, und so wartete sie vergeblich auf ihren Ehemann.« Einen flüchtigen Moment lang wirkte sie beschämt. »Es gibt ein Bild von ihr, das von John Everett Millais gemalt wurde«, fuhr sie dann fort. »Ich habe eine Kopie davon angefertigt, jedoch ihr Gesicht verändert. Statt ihres zu kopieren, habe ich mein eigenes eingefügt.«

»Ihr eigenes?«, erkundigte sich Frances erstaunt.

Violet nickte.

»Welch kluger Einfall«, befand Frances, und sie meinte es ehrlich. Sie beneidete Violet um deren Kreativität. »Ihre Begabung könnte Ihnen ein freies Leben ermöglichen«, überlegte sie.

Doch Violet schüttelte den Kopf. »Vater will eine Ehe für

mich arrangieren«, erzählte sie. »In dieser Woche wird er einem seiner Geschäftspartner meine Hand anbieten. Ich bin mir sicher, dass er einwilligen wird. Vaters Unternehmen macht mich zu einer guten Partie, selbst wenn ich allein keine Heirat wert wäre.« Ihr Tonfall war von Satz zu Satz verärgerter und bitterer geworden. »Und ich werde ebenfalls in diese Verbindung einwilligen, so bald als möglich, denn …« Sie verstummte und wandte den Blick von Frances ab, während ihre blassen Wangen sich rot verfärbten.

»Denn …«, ermunterte Frances sie weiterzusprechen, obwohl sie bereits wusste, was Violet sagen würde.

»Denn ich glaube, ich erwarte ein Kind«, beendete sie den Satz.

Frances wurde von Kummer und Freude zugleich erfasst. »Wenn Gott eine Tür schließt, öffnet er eine andere«, sagte sie leise.

Ausdruckslos blickte Violet sie an. »Die Türen sind alle verschlossen«, entgegnete sie dann mit schriller Stimme. »Ich werde John Wallace heiraten, den wahren Vater meines Kindes verschweigen und niemals wieder malen.«

Doch Frances hörte ihr kaum zu. »Violet«, unterbrach sie die junge Frau. »Wären Sie so gut, mir mein Tagebuch zu geben? Es liegt dort auf dem Sekretär.«

Violet bedachte sie mit einem verwunderten Blick, stand jedoch folgsam auf und reichte Frances das Tagebuch. Frances legte es in ihren Schoß und strich liebevoll über den braunen Ledereinband. Dann schaute sie Violet an.

»Ich bereite schon seit einiger Zeit meine Flucht von hier vor«, erklärte sie.

Entsetzt schlug Violet sich die Hand vor den Mund. »Flucht?«, fragte sie. »Wohin beabsichtigen Sie zu gehen?«

Frances lächelte. »Nach Schottland«, sagte sie. »Ich dachte, das sei weit genug von hier entfernt.«

Da Violet immer noch verwirrt schien, fuhr Frances mit ihrer Erklärung fort.

»Ich habe Geld. Eine recht hohe Summe sogar«, berichtete sie. »In diesem Tagebuch habe ich all die Einzelheiten notiert: Abfahrzeiten der Züge, Landkarten, eine Familiengeschichte, um nicht aufzufallen …«

»Und das haben Sie ganz allein vorbereitet?«, wollte Violet wissen.

Frances nickte und gab Violet das Tagebuch. »Schauen Sie es sich an. Das meiste habe ich auf den letzten Seiten notiert. Dort finden Sie auch einen Fahrplan, und ich habe herausgefunden, wann Sie hier abreisen müssten, um den richtigen Zug in Brighton zu erreichen.«

»Wann ich abreisen müsste?«, wiederholte Violet, und endlich zeichnete sich Erkenntnis auf ihrem hübschen, blassen Gesicht ab. »Oh, nein, Mrs Forrest, das ist Ihr Plan.«

»Aber Sie brauchen ihn viel nötiger als ich«, erwiderte Frances. »Sie müssen an Ihre Zukunft denken. Und an Ihr Kind.« Ihre Stimme brach kaum merklich, als Sie von dem Kind sprach, doch sie glaubte nicht, dass es Violet – die das Tagebuch durchblätterte – aufgefallen war.

»Ich könnte den Gedanken nicht ertragen, dass Sie in einer unglücklichen Ehe gefangen wären«, ereiferte sich Frances. »Dass Sie Ihre Kreativität unterdrücken und Ihre Begabung verbergen müssten. Sie würden verkümmern.«

Violet hob den Blick. »Kommen Sie mit mir«, sagte sie.

Doch Frances schüttelte den Kopf. »Zwei Frauen, die allein reisen, würden zu viel Aufmerksamkeit erregen.«

»Dann kommen Sie nach.« In Violets graue Augen trat neues Leben, während sie ihren Plan weiter ausarbeitete. »Ich könnte zuerst abreisen, schon bald, in den nächsten Tagen vielleicht, und mich dort einrichten«, überlegte sie, und ihre Worte überschlugen sich geradezu. »Ich werde allen meine Geschichte – Ihre Geschichte – erzählen und mir ein Haus suchen. Dann, wenn ich mich dort niedergelassen habe, schreibe ich Ihnen einen Brief, und Sie können nachkommen. Sie könnten dort sein, wenn das Kind kommt.« Mit weit aufgerissenen Augen schaute sie Frances an. »Ich habe solche Angst«, gestand sie. »Ich fürchte mich davor, allein zu sein. Deshalb brauche ich Sie.«

Frances verspürte ein überwältigendes Gefühl der Erleichterung. Dies wäre tatsächlich eine Möglichkeit. Auf diese Weise würde sie nicht bis ans Ende ihrer Tage mit Edwin zusammenleben und sich vor seinen Fäusten und kalten Worten fürchten müssen. Stattdessen könnte sie sich ein neues Leben aufbauen, eine neue Familie aus den Ruinen ihrer alten entstehen lassen.

»Sie könnten meine Schwester sein, die zu mir kommt, um mir mit dem Kind zu helfen«, fügte Violet an.

»Schwestern?«, sagte Frances und blickte voller Zweifel an sich hinunter, betrachtete ihre gerundete Figur und anschließend Violets feingliedrige, hochgewachsene Gestalt.

»Mit unterschiedlichen Müttern«, erwiderte Violet, die ihren Blick bemerkt hatte, sachlich. »Sollte jemand die Unverfrorenheit besitzen zu fragen.«

Frances lachte. »Wie Sie sehen, kommen die Lügen

einem ganz leicht über die Lippen«, sagte sie. Dann schwieg sie einen Augenblick. »Ich habe keine Familie, niemanden, der mich vermissen würde oder den ich vermissen würde. Sie jedoch haben Ihren Vater, Violet. Was würde aus ihm werden?«

Schuldbewusst nagte Violet an ihrer Unterlippe. In diesem Moment wirkte sie sehr jung.

»Wann erwarten Sie Ihren Vater zurück?«, erkundigte Frances sich.

Violet hob die Schultern. »Bis zu seiner Ankunft könnten noch Wochen vergehen«, antwortete sie. »Häufig verbringt er einen ganzen Monat in Manchester. Er sagt, die Reise sei so strapaziös, dass er Zeit brauche, um sich zu erholen.«

»Dann bleibt Ihnen noch eine Weile, bevor Sie eine Entscheidung fällen müssen«, sagte Frances. »Nehmen Sie das Tagebuch an sich und lesen Sie sich meine Notizen durch. Schauen Sie, was Sie davon halten. Und, Violet, denken Sie gründlich darüber nach, was es für Ihren Vater bedeuten würde, wenn Sie ihn verließen.«

Violet nickte und schloss behutsam das Tagebuch. »Ich werde mir alles ansehen und Ihr Buch hüten wie einen Schatz«, versprach sie und stand auf. »Vielen Dank, Mrs Forrest.«

Frances erhob sich ebenfalls, nur langsamer. »Ach, bitte«, entgegnete sie, »sag Frances zu mir. Wenn wir ohnehin Schwestern werden ...«

Violet lächelte sie an, bevor sie Frances zu deren großer Überraschung ein wenig unbeholfen umarmte.

»Vielen Dank«, flüsterte die junge Frau in Frances' Haar hinein.

Kapitel 56

1855

Violet

Während der darauffolgenden Tage las ich Frances' Tagebuch wieder und wieder durch. Ich schrieb Listen mit Gründen, warum ich gehen sollte, und welche mit Gründen, warum ich bleiben sollte. Dann verbrannte ich sie. Ich schrieb meinem Vater einen Brief, in dem ich ihm erklärte, dass ich das Gefühl hatte, am Tag, als meine Mutter starb, beide Eltern verloren zu haben. Dann verbrannte ich auch diesen. Ich weinte aus Mitgefühl für Frances, als ich ihre Beschreibungen der Momente las, in denen Edwin sie geschlagen hatte, und ich fühlte mich schuldig, weil ich sie, wenn ich ihr Geld nähme und ihre Pläne in die Tat umsetzte, Edwins Gnade überlassen würde. Schließlich machte ich mich auf die Suche nach Philips. Ich fand ihn in der Speisekammer, wo er ein Brett anbrachte.

»Sind Sie gerade beschäftigt?«, fragte ich.

»Ja«, nuschelte er, da zwischen seinen Lippen Nägel steckten.

Trotz seiner Antwort blieb ich stehen und fuhr unruhig mit dem Zeh über einen Riss im Boden.

»Sie sind immer noch hier?«, sagte Philips erstaunt.

»Ja«, ahmte ich ihn nach.

Philips nahm die Nägel aus seinem Mund und lächelte mir ergeben zu. Dann stapfte er durch die Hintertür in den Garten hinaus, und ich folgte ihm bis zu einem Baum, der am anderen Ende des Rasens stand. Dort ließ Philips sich ins Gras fallen, und ich setzte bereits an, es ihm gleichzutun, als ein Gedanke mich innehalten ließ. Zwar war ich mir noch nicht sicher, was ich hinsichtlich dieses Kindes empfand – falls ich tatsächlich eins bekam –, doch ich wollte ihm auf keinen Fall schaden. Aus diesem Grund setzte ich mich in einer wesentlich zurückhaltenderen Manier auf den Boden, als ich es gewöhnlich tat.

»Ich befinde mich in einer recht heiklen Lage«, erzählte ich Philips.

»Wann befinden Sie sich nicht in einer heiklen Lage?«, entgegnete er voller Zuneigung.

Langsam schüttelte ich den Kopf, und seine Augen weiteten sich, als ihn die Erkenntnis erfasste.

»Heikle Lage«, wiederholte er. »Ich verstehe.« Er schwieg einen Moment. »Was haben Sie nun vor?«, fragte er dann.

»Hm«, sagte ich seufzend. »Ich könnte John Wallace heiraten, vorgeben, das Kind wäre von ihm, und ein ehrbares Leben führen.«

»Heiraten Sie mich«, beeilte Philips sich unvermittelt zu sagen. »Heiraten Sie nicht Wallace, heiraten Sie mich.«

Tatsächlich war ich versucht, seinen Antrag anzunehmen. Doch Vater würde auch diese Wahl missbilligen, und da ich wusste, welche Abscheu Philips gegenüber Edwin empfand, war ich mir nicht sicher, ob er in der Lage wäre, das Kind so zu lieben, wie ein Vater es tun sollte.

Ich ergriff seine Hände. »William«, sagte ich. »Lieber, guter William. Ich wünschte, ich könnte Sie heiraten, aber Sie wissen, dass das nicht geht.«

»Ja, das weiß ich«, bestätigte er. »Aber zusammen könnte es uns gelingen.«

Ich schüttelte den Kopf. »Es ist sehr lieb von Ihnen, mir dieses Angebot zu machen«, sagte ich. »Aber nein.«

Er hob die Schultern. »Was werden Sie dann tun«, fragte er, »falls Sie nicht heiraten?«

Ich holte tief Luft. »Ich könnte davonlaufen.«

Philips stieß ein Grunzen aus. »Wohin wollen Sie gehen? Und was würden Sie dort tun?«

Stolz überkam mich, weil Frances so gute Vorkehrungen getroffen und ihren Plan so gründlich ausgearbeitet hatte. »Ich habe ein wenig Geld und einen Zufluchtsort«, entgegnete ich. »Nur würde ich es nicht über mich bringen, Vater zu verlassen. Außer mir hat er doch niemanden.«

Stirnrunzelnd blickte Philips mich an. »Dann gehen Sie nicht«, sagte er schlicht. »Es wäre ohnehin verrückt. Eine Frau ganz allein. Mit einem Kind zu versorgen …« Er verstummte. »Es würde Ihrem Vater das Herz brechen, Violet«, fügte er dann hinzu.

Natürlich hatte er damit recht. Vater mochte starre Vorstellungen haben und hin und wieder aufbrausend sein, doch er liebte mich. Frances' Tagebuch fest umklammert, stieg ich kurz darauf die Stufen zu meinem ehemaligen Atelier hinauf und legte das Buch in den Eckschrank, in dem ich auch meine Variante der *Mariana* versteckt hatte. Dann blieb ich einen Moment in der Mitte des Raumes stehen und stellte mir vor, ein Leben ohne die Kunst zu führen.

Doch das konnte ich nicht. Ich konnte mir kein Leben vorstellen, in dem ich nicht malen durfte. Und dieser Gedanke gab mir Hoffnung. Ich könnte John Wallace heiraten und weiterhin malen – natürlich. Und was das Kind betraf, so bestand immer noch die Möglichkeit, dass ich überhaupt nicht schwanger war. Ich hatte keine Gewissheit und würde sie wahrscheinlich auch in den nächsten Wochen nicht bekommen.

Als ich an diesem Abend ins Bett ging, war ich fest entschlossen zu bleiben. Ich würde mich mit Vater versöhnen, dachte ich, während ich mein Nachthemd überzog, und ich würde mich um eine gute Ehe bemühen. Ich würde eine pflichtbewusste, treue Ehefrau sein, und wenn ich dafür heimlich malen musste, sollte es so sein. Als ich langsam in den Schlaf hinüberglitt, war ich erfüllt von Frieden und Erleichterung. Es würde alles gut werden.

Dann jedoch geschahen zwei Dinge, die dazu führten, dass ich meine Entscheidung noch einmal überdachte. Der erste Grund dafür, dass ich meine Meinung änderte, war die Übelkeit. Als ich am nächsten Morgen aufwachte, blieb ich noch einen Moment liegen und genoss die tief stehende Herbstsonne, die ihre warmen Strahlen durch das Fenster meines Schlafzimmers sandte. Als ich mich jedoch aufsetzte, erfasste mich eine Welle furchtbarer Übelkeit. Rasch tastete ich nach dem Nachttopf unter meinem Bett und übergab mich anschließend mehrere Male unter starken Magenkrämpfen in die Schüssel.

Etwa eine Viertelstunde später fand Mabel mich bleich und schweißbedeckt auf der Bettkante sitzend vor, immer noch über den Topf gekrümmt, und in diesem Augenblick hatte ich das Gefühl, dass ich mich noch nie so darüber gefreut hatte, jemanden zu sehen.

»Oh, Mabel«, stöhnte ich.

Sie nahm mir den Topf ab und strich mir das Haar zurück, das an meiner feuchten Stirn klebte. »Ingwer«, sagte sie. »Meine Schwester schwört darauf. Sie leidet auch furchtbar, wenn sie …« Abrupt verstummte sie, und ich war ihr dankbar, dass sie den Gedanken, der uns beiden durch den Kopf ging, nicht laut äußerte.

»Sind Sie in der Lage, sich anzukleiden?«, fragte sie. Ich nickte, und plötzlich überkam mich ein unerklärlich starkes Hungergefühl.

»Das Frühstück ist bereits fertig«, verkündete Mabel. Sie schwieg einen Augenblick. »Und es ist ein Brief von Ihrem Vater angekommen.«

Dies war der zweite Grund, warum ich meinen ursprünglichen Entschluss änderte.

Meine liebe Violet, stand in dem Brief. *Ich schreibe dir mit guten Neuigkeiten. Inzwischen konnte ich ein ausführliches Gespräch mit John Wallace führen, und dieser hat eingewilligt, dich zu heiraten. Violet, mir ist bewusst, dass dies nicht deinen Wünschen entspricht, doch wir müssen praktisch denken. Ohne einen guten Ehemann an deiner Seite wärest du nicht abgesichert, und mein Geschäft müsste irgendwann verkauft werden. Auf diese Weise habe ich die Gewissheit, dass du versorgst sein wirst, wenn ich eines Tages nicht mehr da bin.*

Wallace ist ein guter Mann mit einem wohltätigen Charakter, und ich weiß, dass er für dich sorgen wird.

Es folgte ein Abschnitt über seine Geschäfte in Manchester, und dann …

Wir werden in Kürze aus Manchester abreisen und erwarten, innerhalb einer Woche bei dir in Sussex einzutreffen. Ich habe an Reverend Mapplethorpe geschrieben, um anzufragen, ob deine Vermählung am darauffolgenden Wochenende stattfinden kann. Ich denke, unter den gegebenen Umständen ist es am besten, alles so bald wie möglich zu vollziehen.

Erneut wurde ich von Übelkeit erfasst. Ich saß allein an dem langen Esstisch, an dem ich viele Mahlzeiten gemeinsam mit Vater eingenommen hatte. Ich stellte mir vor, wie ich in zwanzig Jahren immer noch hier sitzen würde, John Wallace gegenüber, und in diesem Moment wusste ich mit absoluter Gewissheit, dass ich das nicht tun konnte.

Entschlossen trank ich meinen Kaffee aus und stand auf. Ich würde unverzüglich zu Frances hinübergehen und unser Vorhaben in Angriff nehmen. Rasch durchquerte ich den Eingangsbereich und hielt nicht einmal inne, um meinen Hut und meine Handschuhe mitzunehmen.

Draußen im Vorgarten traf ich auf Philips.

»Tun Sie das nicht, Violet«, sagte er, als ich an ihm vorbeieilte, doch ich beachtete ihn gar nicht. Stattdessen stapfte ich den Weg zu Frances' Haus hinauf und klopfte laut an die Tür, während ich die ganze Zeit über Philips' Blick auf mir spürte. Agnes ließ mich herein und führte mich auf die sonnige Terrasse hinaus, wo Frances gerade beim Frühstück saß. Als sie mich sah, stand sie sofort auf, den Blick voller Hoffnung.

Ich nahm ihre Hand. »Ich habe mich entschieden«, verkündete ich mit fester Stimme. »Ich werde von hier fortgehen.«

Kapitel 57

1855

Frances

Violet und Frances lachten, während sie zur Eingangstür gingen.

»Ich bin mir nur nicht sicher, ob ich eine Florence bin«, sagte Violet.

»Ich werde dich Flo rufen«, entgegnete Frances und kicherte wie ein kleines Mädchen.

»Vermutlich fühle ich mich dann nicht angesprochen«, erwiderte Violet und hakte sich bei Frances unter. »Ich glaube, wir werden wunderbare Schwestern sein«, sagte sie. »Florence und Polly.«

Frances fühlte sich, als hätte sich ihr Leben vollkommen gewandelt: von Verzweiflung hin zu Hoffnung. Zwar war sie immer noch schrecklich traurig über den Verlust ihres Kindes, doch ihre Freundschaft mit Violet hatte ihr die Aussicht auf eine gute Zukunft vermittelt, eine Zukunft, die sie planen konnte. Sie sahen einander jeden Tag, um die Einzelheiten für Violets Flucht zu besprechen und zu überlegen, auf welche Weise Frances so bald wie möglich nachkommen konnte, und inzwischen waren sie beinahe so weit, ihre Pläne in die Tat umzusetzen.

Frances öffnete die Eingangstür, um Violet hinauszulassen.

»Gütiger Himmel«, rief sie aus. »Es ist ja bereits dunkel. Ich habe gar nicht bemerkt, dass es so spät geworden ist.«

»Das liegt daran, dass du unaufhörlich redest«, zog Violet sie auf.

Wieder lachten sie, bis Frances vor Schreck ein Keuchen ausstieß, als plötzlich eine Gestalt aus der Dunkelheit auftauchte.

»Oh, welch nette Gesellschaft«, sagte eine Stimme.

Frances gefror das Blut in den Adern, und sie spürte, wie Violet neben ihr erstarrte.

Edwin.

Er kam schwungvollen Schritts den Gartenweg hinauf, seine Reisetasche in der Hand, die er vor Frances' Füße fallen ließ. »Was tut sie hier?«, zischte er.

Angewidert von seinem nach Whisky riechenden Atem, wich Frances zurück. »Miss Hargreaves kam auf einen kurzen Besuch vorbei«, stammelte sie.

»Ihr Huren«, sagte Edwin kalt. »Spinnt ihr eure Intrigen gegen mich?«

Frances gab sich Mühe, ein erstauntes Lachen vorzutäuschen. »Intrigen?«, fragte sie in einem arglosen Tonfall. »Ach, Edwin, warum um Himmels willen sollte ich Intrigen gegen dich spinnen? Außerdem kennst du mich: Selbst wenn ich wollte, könnte ich mir keinerlei List ausdenken – schließlich ist mein Verstand nicht halb so schnell wie deiner.«

Aus dem Augenwinkel nahm sie wahr, dass Violet ihr einen kurzen, fragenden Blick zuwarf, und sie hoffte, ihre Freundin verstand, dass sie versuchte, Edwin zu beschwichtigen.

»Da hast du recht«, entgegnete der mit einem hämischen Grinsen. »Du bist eine der dümmsten Frauen, die mir je begegnet sind.«

Frances senkte den Blick, nahm seine Kränkungen widerstandslos hin, doch er war noch nicht fertig.

»Dumm«, sagte er. »So dumm, dass du alles glaubst, was man dir erzählt.«

Frances zwang sich zu einem Lächeln. »Edwin, du bist der einzige Mensch, dessen Meinung ich schätze.«

Violet wirkte ängstlich und zornig zur selben Zeit. Eine gefährliche Mischung, dachte Frances.

»Sprich nicht auf diese Weise mit ihr«, sagte Violet.

»Still«, raunte Frances ihr hektisch zu, doch es war zu spät. Edwin sah abrupt in Violets Richtung.

»Ich werde mit meiner Frau so sprechen, wie es mir passt«, entgegnete er. »Für wen hältst du dich, dass du mir sagen kannst, was ich zu tun habe?«

Violet setzte zu einer Erwiderung an, und Frances ergriff schnell ihren Arm, um sie davon abzuhalten, alles noch schlimmer zu machen.

»Geh«, sagte sie leise zu Violet. »Geh nach Hause.«

Sie sah zu, wie Violet versuchte, sich an Edwin vorbeizudrücken, als der blitzschnell die Hand ausstreckte und Violet ins Haar griff.

Violet schrie auf, als Edwin ihr langes Haar um seine Faust schlang. Dann zog er sie mit einem Ruck zu sich. Brutal riss er Violets Kopf nach hinten, bis sie mit dem Rücken auf seinem Arm lag.

»Was hast du ihr erzählt?«, knurrte er ihr ins Ohr.

»Nichts«, beteuerte Violet. Sie begann zu weinen.

Frances fühlte sich hilflos. Sie wollte nichts mehr, als Violet aus Edwins Griff zu befreien, doch sie hatte so viel Angst vor ihrem Mann, dass sie wie gelähmt war. »Edwin«, sagte sie mit zitternder Stimme. »Lass Miss Hargreaves' Haar los.«

Statt einer Antwort zog Edwin Violet erneut gewaltsam nach hinten. Diesmal schrie Frances ebenfalls auf.

»Lassen Sie sie los.« Philips kam mit großen Schritten den Weg herauf.

»Oh, schau mal, Violet«, flötete Edwin. »Da kommt dein Ritter in goldener Rüstung, um deine Ehre zu retten. Ein wenig zu spät dafür.« Dennoch ließ er Violets Haar los.

Immer noch bebend vor Angst, breitete Frances die Arme aus, und Violet warf sich an ihre Brust. Frances küsste sie auf die Schläfe.

»Alles gut«, raunte sie. »Philips wird dafür sorgen, dass alles in Ordnung kommt.«

Doch sie war sich dessen nicht so sicher, wie sie vorgab. Frances kannte dieses Funkeln in Edwins Augen nur zu gut, es signalisierte ihr, dass er den Punkt überschritten hatte, an dem die Konsequenzen seiner Handlungen für ihn noch von Bedeutung waren, und sie hatte Angst um Philips.

»Es ist bereits spät«, sagte der Gärtner. »Wir sind alle müde. Ich schlage vor, Sie gehen jetzt hinein, und wir sprechen morgen über diesen Vorfall?«

Unwillkürlich sackte Frances in sich zusammen und drückte Violet noch fester an sich. Edwin missfiel es schon unter günstigeren Umständen, wenn man ihm sagte, was er zu tun und zu lassen hatte.

Voller Abscheu starrte er den Gärtner an. Frances ertappte sich dabei, dass sie die beiden Männer miteinander verglich. Philips mochte zwar kleiner sein als Edwin, aber er war jünger und stärker. In einem Kampf wäre er Edwin sicher überlegen, dachte sie.

Wie es schien, kam Edwin zu dem gleichen Schluss. »Sie haben recht«, sagte er. »Ich bitte um Verzeihung. Ich hatte einen arbeitsreichen Tag und vielleicht ein Glas Whisky zu viel. Ich entschuldige mich für mein Verhalten.«

Er streckte Philips die Hand entgegen, doch als der seine wachsame Haltung aufgab und ebenfalls die Hand ausstreckte, schlug Edwin zu. Er versetzte Philips einen Hieb direkt unter dessen Kinn. Der Kopf des Gärtners flog zurück, er verdrehte die Augen, und seine Knie knickten ein. Mit einem dumpfen Geräusch kam er auf dem Boden auf, und aus seiner Nase rann ein dünner Strahl aus Blut.

Violets Schrei fuhr durch die nächtliche Stille.

Nun wird sicher jemand kommen, dachte Frances voller Verzweiflung. Nun wird sicher jemand kommen und uns helfen.

»Du hast ihn umgebracht«, rief Violet klagend. »Du hast ihn umgebracht.«

Auf einmal wurde Frances von einer ruhigen Entschlossenheit erfüllt. Sie brachte ihren Mund an Violets Ohr. »Violet, hör mir zu«, flüsterte sie eilig. »Ich kann Edwin ablenken. Du musst gehen, verstehst du mich? Du musst nach Hause gehen und dich dort verstecken. Wenn Edwin erfährt, dass dein Vater abwesend ist, kommt er vielleicht auf den Gedanken, nach dir zu suchen. Sobald der Morgen anbricht, nimm mein Geld und mein Tagebuch und flieh – so, wie wir es geplant haben. Schick mir eine Nachricht, wenn du in Sicherheit bist.«

Violet hatte zwar aufgehört zu schreien, klammerte sich jedoch immer noch an Frances.

Edwin hatte sich über Philips gebeugt, doch in diesem Moment wandte er sich zu den Frauen um.

»Ihr Huren«, zischte er erneut. »Warum quält ihr mich so?«

»Geh.« Frances gab Violet einen so kräftigen Schubs, dass die junge Frau den Halt verlor und zu Boden fiel. Schwer atmend zog Frances sie hoch und versetzte ihr einen weiteren Stoß. »Geh«, wiederholte sie. »Geh.« Sie sah, dass Violet am Bein blutete, doch die Wunde schien nicht schlimm zu sein.

»Ja, geh«, rief Edwin, »lauf heim zu Daddy.«

Violet stolperte den Weg hinunter und verschwand in der Dunkelheit. Frances wappnete sich innerlich, als Edwin auf sie zugeschwankt kam, und sie versuchte, nicht zu Philips leblosem Körper hinüberzuschauen.

»Meine geliebte Frau«, sagte Edwin. »Hast du mir das Messer noch tiefer in den Rücken gerammt? Hast du bei den Nachbarn Lügen über mich verbreitet?« Speichel sammelte sich in seinen Mundwinkeln.

Frances blickte ihm in die Augen, die voller Hass waren, dann drehte sie sich abrupt um und flüchtete ins Haus. Doch Edwin war zu schnell. Als Frances panisch vor sich hin murmelnd die Treppe hinaufrannte, nahm er die Verfolgung auf. Er packte sie genau in dem Moment, als sie die letzte Stufe erreichte, und zog ihr Bein nach hinten. Mit einem dumpfen Geräusch kam sie auf dem Treppenabsatz auf und prallte hart mit dem Kopf gegen das Geländer.

Benommen lag sie einen Augenblick reglos am Boden.

Drohend wie eine dämonische Kreatur aus einem Schauermärchen ragte Edwin vor ihr auf und nahm ihr die Sicht, während er im Licht stand. Frances versuchte, sich an der Brüstung hochzuziehen, doch Edwin trat ihr aufs Bein.

»Bleib liegen, Frau«, sagte er und begann seinen Gürtel zu lösen. »Du gehörst mir, und es täte dir gut, dich mal wieder daran zu erinnern.«

In Frances' Bein pochte es, ihr Kopf schmerzte, und ihr linkes Auge war zugeschwollen. Ich werde sterben, dachte sie in der deutlichen Gewissheit, dass niemand kommen und ihr helfen würde. Selbst wenn jemand Geräusche hören sollte, würde er rasch das Weite suchen. In die Angelegenheiten zwischen einem Mann und seiner Frau griff man besser nicht ein.

Edwin stand immer noch vor ihr. Doch auf einmal wurde Frances von Zorn erfasst. Sie fürchtete sich schon zu lange vor ihm.

Als Edwin seine Hosen herunterschob, erkannte Frances ihre Chance. Unvermittelt trat sie mit ihrem gesunden Bein nach hinten aus. Alles in allem war es lediglich ein schwacher Versuch, doch sie hatte keine Kraft mehr. Ihr Fuß erreichte Edwin nicht einmal. Doch die plötzliche Bewegung überraschte ihn. Er machte einen Schritt nach hinten – von der obersten Treppenstufe – und kippte wie eine gefällte Eiche im Wald die Treppe hinunter.

Frances hörte, wie er auf dem gefliesten Boden des Eingangsbereichs aufkam. Dann kroch die Dunkelheit von allen Seiten auf sie zu.

Ich bin so müde, dachte sie. Erschöpft schloss sie die Augen und schlief ein.

Kapitel 58

1855

Violet

Ich lief schneller und schneller, hob meine Röcke und lief durch unseren Vorgarten. Der Wind wehte mir den Hut vom Kopf und wirbelte ihn durch die Nacht, doch ich blieb nicht stehen. Stattdessen rannte ich ins Haus und die Treppen hinauf. Mein Bein blutete stark, doch ich hatte zu viel Angst, um dem Beachtung zu schenken.

Im Haus war es still und dunkel. Mabel war schon vor Stunden nach Hause gegangen, und Philips … Mir entfuhr ein Schluchzer. Ich konnte jetzt nicht an ihn denken.

Erschöpft kroch ich die Stufen zum Dachboden hinauf und legte mich dort einen Moment auf den Boden, um Atem zu schöpfen. Ein Geräusch, das von draußen ertönte, ließ mich vor Schreck zusammenzucken. Wenn Edwin tatsächlich hier herüberkam, wusste er, wo er mich finden würde. Ich musste mich verstecken.

»Mir kam der Gedanke, dass Sie vielleicht selbst einen Ort brauchen könnten, an dem Sie sich verstecken können«, hatte Philips gesagt.

Wimmernd stemmte ich mich hoch, krabbelte über den Boden zur Wand hinüber und schlüpfte hinter die Chaiselongue.

Mit dem Po schob ich das Sofa ein Stück nach hinten, um ein wenig mehr Raum zu haben, dann tastete ich, leise schnaufend, nach dem verdeckten Brett. Doch meine Hände zitterten so stark, dass ich es nicht öffnen konnte.

»Komm, Violet«, sagte ich laut. Von unten ertönte erneut ein Geräusch, und mir entfuhr ein Keuchen. In diesem Moment löste sich das Brett. Einen flüchtigen Augenblick lang dachte ich an Frances' Tagebuch, das in dem Schrank auf der anderen Seite des Zimmers lag, doch mittlerweile konnte ich Stimmen hören und wusste, dass ich mich verstecken musste.

Rasch legte ich mich auf den Bauch und schlängelte mich rückwärts durch den Spalt. Dann versuchte ich, die Chaiselongue wieder an ihre vorherige Position zu ziehen, doch ich konnte sie nicht bewegen. Schließlich gab ich es auf – ich würde mein Versteck ohnehin beim ersten Sonnenstrahl wieder verlassen.

Erneut schob ich mich rückwärts und klappte das Brett nach oben. Mit einem Klicken schnappte die Verriegelung zu.

In dem schmalen Raum herrschte tiefe Dunkelheit, und das einzige Geräusch, das ich hören konnte, war mein eigener Atem. Während meine Augen sich langsam an die Dunkelheit gewöhnten, tastete ich mich vor und kauerte mich erschöpft in eine Ecke. Ich musste an Frances denken und hoffte, sie war in Sicherheit. Edwin hatte offenbar getrunken, vielleicht hatte er das Bewusstsein verloren, noch bevor er seine Wut an seiner Frau auslassen konnte.

»Bald ist es vorbei«, sagte ich laut in die Dunkelheit hinein. »Noch diese Nacht, dann werde ich frei sein.«

Irgendwann musste ich eingeschlafen sein, denn als ich wach wurde, durstig und mit schmerzenden Gliedern, kroch bereits das kalte graue Licht der Dämmerung durch das kleine Fenster herein.

Mein Bein fühlte sich ganz heiß an und tat fürchterlich weh. Vorsichtig rollte ich meinen Strumpf hinunter, um es zu untersuchen. Feurige Röte hatte sich um die Wunde herum ausgebreitet, und die Haut spannte und glänzte. Da ich es nicht über mich bringen konnte, den Strumpf wieder nach oben zu rollen, zog ich ihn aus, und den anderen ebenso, bevor ich beide in die Ecke warf. Dann legte ich mich auf den Bauch und drückte gegen das Brett. Doch es bewegte sich nicht.

»Seltsam«, sagte ich laut. Ich versuchte mich daran zu erinnern, wie Philips es von innen geöffnet hatte, doch es fiel mir nicht ein. Warum hatte ich nicht besser aufgepasst?

»Denk nach, Violet«, forderte ich mich selbst auf. Irgendwo an der Seite befand sich ein Schnappverschluss. Ich hatte das Brett nach innen drücken müssen, um ihn zu öffnen. Also würde ich von dieser Seite aus daran ziehen müssen, damit er aufsprang ... Doch die Tür schloss direkt mit der Wand ab. Ich versuchte, die Fingernägel hinter die Kanten zu bohren, aber sie brachen ab, und nach einigen erfolglosen Versuchen begannen meine Finger zu bluten.

Mir brach der Schweiß aus. Ich wusste, dass es mir nicht helfen würde, in Panik auszubrechen, doch ich konnte es nicht verhindern. Würde ich für immer hier eingesperrt bleiben? Philips und ich waren die Einzigen, die dieses Versteck kannten. Vater würde erst in einer Woche zurückkehren, und Mabel käme gar nicht auf den Gedanken, mich hier oben zu suchen. Ich schob mich zu dem kleinen Fenster vor. Es war schmal, nicht breiter als mein Kopf. Ich spähte hinaus. Hier oben würde mich niemand sehen. Außerdem regnete es. Einen Moment schaute ich zu, wie das Wasser an der Scheibe hinunterfloss.

Ich könnte das Fenster einschlagen, dachte ich. Und um Hilfe rufen. Vielleicht hört mich jemand, der auf den Klippen spazieren geht. Ich blickte mich um. Philips hatte meine Malutensilien ordentlich aufgestapelt, doch darunter befand sich nichts, das ich hätte verwenden können. Stattdessen nahm ich meinen Schuh, schlang meinen Strumpf um meine Hand, um sie zu schützen, und schlug den Schuh gegen die Scheibe. Doch es war sinnlos. Das Fenster war so schmal, dass ich es nicht brechen konnte.

Mir blieb nichts anderes übrig, als zu warten. Ich zog mein Tuch von den Schultern und wandelte es zu einem Kopfkissen um. Dann legte ich mich erneut in die Ecke und schloss die Augen.

Kapitel 59

1855

Frances

»Mrs Forrest.« Die Stimme drang wie aus sehr weiter Ferne zu ihr. »Mrs Forrest.«

Frances öffnete die Augen, schloss sie jedoch gleich wieder, als das Licht darauf traf und sie unwillkürlich zusammenzuckte.

»Mrs Forrest.« Jemand griff nach ihrer Hand. »Können Sie mich hören? Drücken Sie meine Finger.«

Frances drückte zu. Dann öffnete sie erneut die Augen. Sie lag zu Hause in ihrem Bett. Es war Tag, doch draußen prasselte der Regen gegen die Fenster. Bei der Person, die ihre Hand hielt, handelte es sich um einen Doktor in einem eleganten schwarzen Anzug. Hinter ihm stand Agnes mit einem Glas Wasser in der Hand.

»Ah, guten Tag«, sagte der Arzt. »Wir dachten schon, Sie würden uns für immer verlassen.«

Frances fuhr sich mit der Zunge über ihren trockenen Mund, woraufhin Agnes ihr das Glas an die Lippen setzte. Gierig trank sie das Wasser.

»Vorsichtig«, sagte Agnes. »Nicht, dass Ihnen übel wird.«

Frances schloss erneut die Augen.

Als sie wieder aufwachte, war der Doktor gegangen, der Regen hatte aufgehört, und die Schmerzen in ihren Kopf hatten nachgelassen. Einen Augenblick lang blieb sie reglos liegen und erspürte ihre Verletzungen. Ihr Bein war offensichtlich bandagiert und ihr Auge zugeschwollen.

In diesem Moment wurde die Tür geöffnet, und Agnes trat ins Zimmer, einen Stapel Leinenwäsche auf dem Arm. »Oh, Sie sind wach«, sagte sie und verzog den Mund zu einem seltenen Lächeln. Sie legte die Wäsche ab und kam zu Frances herüber.

»Setzen Sie sich«, krächzte Frances. »Bitte sagen Sie mir: Was ist geschehen?«

Sie meinte, seit Edwin zurückgekehrt und gestürzt war – und Philips umgebracht hatte –, doch Agnes missverstand sie.

»Oh, Sie erinnern sich nicht mehr? Das habe ich auch dem Doktor gesagt. Ich sagte, sie wird sich nicht erinnern, nach einem solch fürchterlichen Schlag gegen den Kopf.«

Frances wollte sie schon korrigieren, doch irgendwo aus den Tiefen ihres schmerzenden Kopfes tauchte der Gedanke auf, dass es besser wäre, wenn alle glaubten, sie habe ihr Gedächtnis verloren.

»Sie wurden überfallen«, erzählte Agnes. »Jemand ist hier eingebrochen.« Ihre dunklen Augen suchten nach einem Zeichen des Erinnerns in Frances' Gesicht.

»Jemand ist eingebrochen?«, wiederholte Frances.

»Madam, Ihr Ehemann ...« Agnes verstummte. Dann nahm sie Frances' Hand. »Mr Forrest war aus London zurückgekehrt. Ich fürchte, der Angreifer hat ihn die Treppe hinuntergestoßen. Er ist tot, Madam.«

Blinzelnd sah Frances sie an. »Tot?«, sagte sie, doch sie begriff noch nicht, was es bedeutete.

Agnes presste die Lippen zusammen. »William Philips,

der Gärtner der Nachbarn, wurde auch überfallen«, berichtete sie. »Vor Ihrer Haustür. Er hat überlebt, aber nur knapp. Der Doktor glaubt nicht, dass er die Nacht übersteht.«

Frances' Augen füllten sich mit Tränen. »Er ist ein guter Mann«, sagte sie.

»Leider habe ich noch mehr schlechte Nachrichten«, fuhr Agnes fort. »Es betrifft Miss Hargreaves.«

Frances wappnete sich innerlich.

»Sie ist verschwunden. Niemand hat sie gesehen.«

Ein Glücksgefühl erfasste Frances. Gut gemacht, Violet, dachte sie. Und laut sagte sie: »Du meine Güte. Sucht man nach ihr?«

»Sie haben zwei Tage geschlafen«, antwortete Agnes. »Inzwischen hat man das ganze Dorf und den Strand nach ihr abgesucht. Man hat ihren Hut am Rand der Klippen gefunden – es wird vermutet, dass sie ertrunken ist. Aber es fehlt jede Spur von ihr. Der Doktor hat ihren Vater benachrichtigt.«

»Die arme Violet«, murmelte Frances, doch im Stillen dachte sie nur daran, wie mutig ihre Freundin war.

Es klopfte an der Tür, und gleich darauf steckte der Arzt seinen Kopf herein. »Ah«, sagte er lächelnd, »Sie sehen wesentlich besser aus.« Er trat ins Zimmer und zog sich einen Stuhl an Frances' Bett. »Hat Agnes Sie über alles informiert?«, erkundigte er sich und runzelte sorgenvoll die Stirn.

Frances nickte.

»Ich möchte Ihnen mein tiefstes Bedauern zum Tode Ihres Mannes ausdrücken, meine Liebe.«

In gespieltem Kummer senkte Frances den Blick.

»Aber er wird ja weiterleben«, fuhr der Doktor fort.

Entsetzt sah Frances ihn an. Agnes griff erneut nach ihrer Hand.

»Sie weiß es noch nicht«, erklärte sie dem Arzt.

»Frances«, sagte der, »ich denke, Sie erwarten ein Kind.«

In Frances' Kopf überschlugen sich die Gedanken. »Aber … ich dachte … ich bin doch gestürzt …«, stammelte sie.

»Ihr Kind ist offenbar sehr robust«, entgegnete der Doktor. »Gratulation, meine Liebe.«

Frances war ganz erschöpft von all den Neuigkeiten – den guten wie den schlechten. Doch als sie die Hand auf ihren Bauch legte, spürte sie Trost.

»Ich bin sehr müde«, sagte sie. »Ich sollte schlafen.«

Kapitel 60

1855

Violet

Ich malte. Inzwischen verbrachte ich den zweiten Tag in meinem Versteck. Am ersten Tag hatte ich die meiste Zeit des Nachmittags über geschlafen und war dann orientierungslos und verwirrt im Dunkeln aufgewacht. Um den Überblick über die verstreichende Zeit zu behalten, hatte ich einen Pinsel aus einer der Kisten in der Ecke genommen und einen Strich an die Wand gemalt, um meinen ersten Tag zu markieren. Ich war zuversichtlich, dass Vater mich finden würde, sobald er zurückkäme, doch ich war mir nicht sicher, zu welchem Zeitpunkt seine Rückkehr erfolgen würde.

Gedankenvoll strich ich über das Ende des schmalen Pinsels. Ob ich das Brett damit aufhebeln könnte? Ich hockte mich auf die Knie und versuchte, den Pinsel in den Spalt zwischen der Kante des Bretts und der Wand zu stecken. Doch so schmal der Pinsel auch sein mochte: Er war immer noch zu breit. Ich musste ihn irgendwie abfeilen. Ich verbrachte eine Weile damit, ihn über die rauen Kanten der Backsteine zu reiben, die das Fenster umgaben, und riss mir dabei die Fingerknöchel auf. Nun passte der Pinsel zwar in den Spalt, doch in dem Moment, als ich Druck auf ihn ausübte, brach er entzwei.

Erschöpft setzte ich mich auf den Boden und lehnte

mich mit dem Rücken gegen das Brett. Ich war mit meinem Latein am Ende. Ich hatte sämtliche Methoden, die mir eingefallen waren, ausprobiert, um die Luke – und das Fenster – zu öffnen, doch nichts hatte funktioniert. Mir blieb nichts anderes übrig, als auf Vater zu warten. Und dieser Gedanke hatte mich auf einen anderen Einfall gebracht. Ich hatte meine Farben und eine hohe, leere Wand zur Verfügung. Und so nahm ich mir einen Bleistift und begann zu zeichnen.

Inzwischen hatte ich beinahe die Hälfte der Wand mit einer überlebensgroßen Darstellung von mir als Mariana bemalt. Ich musste aus dem Gedächtnis heraus malen, da ich kein Bild hatte, das ich hätte kopieren können, doch das bereitete mir keine Schwierigkeiten.

Ich hatte Marianas Zimmer in die graue Zelle umgewandelt, in der ich gefangen saß. An der Stelle von Marianas hohen Bleiglasfenstern befand sich nun eine schmale, von Backsteinen umrahmte Scheibe, und statt der Näharbeit, die Mariana abgelegt hatte, lagen dort Pinsel und Farbtuben. Und wie bei meiner vorherigen Variante beabsichtigte ich auch diesmal, meiner Heldin mein rundes Gesicht und rotes Haar zu verleihen.

Meine Tage und Nächte begannen, einem festen Ablauf zu folgen, so seltsam sich das auch anhören mochte. Ich hatte mich eines Großteils meiner Kleider entledigt, um sie als Schlafunterlage zu nutzen, und trug nur noch meinen Unterrock. Jeden Tag malte ich einen weiteren Strich an die Wand neben dem Fenster, auf die ich außerdem eine Sonne und einen Mond gemalt hatte.

Inzwischen verspürte ich keinen Hunger mehr, doch

war schwach und müde und konnte lediglich eine kurze Weile malen, bevor ich mich ausruhen musste. Ich verbrachte immer mehr Zeit damit zu schlafen, und nachdem mir bewusst geworden war, dass mich die Hilferufe und das Klopfen gegen die Wand so erschöpften, dass ich beinahe ohnmächtig wurde, hatte ich diese Befreiungsversuche ebenfalls eingestellt.

Vater wird kommen, dachte ich. Doch im Haus blieb es still. Ich hörte keinerlei Geräusche, die seine Rückkehr ankündigten.

Am Abend meines dritten Tages in dem Versteck beendete ich meine *Mariana*. Sie war gigantisch; ich musste mich auf die Kiste mit meinen Farben stellen, um oben heranzureichen. Die Farben leuchteten in der untergehenden Sonne, und ich fand, dass dies das beste Werk war, das ich je geschaffen hatte, obgleich ich mir dessen nicht sicher sein konnte. Mittlerweile fiel mir das Denken schwer, und meine Gedanken sprangen hin und her, einige drehten sich um die Wirklichkeit, andere muteten eher fantastisch an. Manchmal wusste ich nicht einmal, ob ich wach war oder träumte.

Erneut überwältigten mich die Müdigkeit und – zum ersten Mal, was mich selbst erstaunte – ein Gefühl der Hoffnungslosigkeit. Ich war sehr schwach und befürchtete, dass Vater mich nicht rechtzeitig finden würde. Ich legte mich in meine Ecke und schlief ein.

Als ich einige Stunden später aufwachte, fühlte ich mich nicht erholt. Zu kraftlos, um aufzustehen, richtete ich lediglich mein »Bett« und schlief wieder ein.

Das nächste Mal wachte ich auf, als Tageslicht den Raum

füllte, und diesmal hatte ich genügend Energie, um einen Pinsel in meiner zitternden Hand zu halten. Ich setzte mich auf – zum Stehen fühlte ich mich immer noch nicht in der Lage – und schrieb in zittrigen Buchstaben *Violet Hargreaves* über der nutzlosen Luke an die Wand, die meiner *Mariana* gegenüberlag.

Erschöpft von der Anstrengung, legte ich einen Moment lang meine Stirn gegen die kalten Steine und schlief in dieser Haltung ein. Als ich erneut wach wurde, hob ich die Hand mit dem Pinsel und schrieb *Edwin*. Da mir die Worte nicht einfielen, mit denen ich hätte erklären können, was er getan hatte, strich ich stattdessen seinen Namen durch. Dann schrieb ich *Frances* und schließlich *Tut leid*.

Mit dem Pinsel in der Hand kroch ich über den Boden zu dem Nest hinüber, dass ich mir aus meinen Kleidern gebaut hatte. Ich war unsagbar müde. Ich legte mich hin und rollte mich ein. Mein Kopf schmerzte, und meine Augen brannten, obwohl ich sie geschlossen hatte.

Und dann war der Schmerz plötzlich verschwunden. Ich spürte Arme um mich herum und nahm einen vertrauten Geruch wahr – einen Duft, den ich viele Jahre nicht mehr gerochen hatte.

»Mamá«, sagte ich. Meine Mutter küsste mich und strich mir übers Haar, wie sie es getan hatte, als ich noch ganz klein gewesen war.

»Schh, mein Liebling«, sagte sie. »Schh. Dir kann nun nichts mehr geschehen. Schlaf ein.«

Eine überwältigende Freude erfüllte mich. Die ganze Zeit über hatte ich auf Vater gewartet, und nun war Mamá gekommen. Ich versuchte meine Mutter zu erkennen, doch sie wurde von einem grellen Licht umhüllt.

»Schh«, sagte Mamá erneut. »Nun schlaf.«

Und ich schlief ein.

Kapitel 61

Heute

Ella

Ich wusste nicht mehr, was ich machen sollte. All meine Versuche, Violet zu finden, waren im Sande verlaufen. Sie war nicht in Schottland und hatte auch nicht die Identität von Frances Forrest angenommen. So langsam kam ich zu dem Schluss, dass sie vielleicht doch ertrunken war, und ich hatte sogar einen ganzen Nachmittag damit verbracht, mir völlig unverständliche Gezeitenstromkarten anzusehen, um herauszufinden, wo ein Mensch, der unsere Klippen hinuntergestürzt war, angespült werden würde. Doch das war mir einfach nicht möglich. Dennoch konnte ich das Gefühl, dass ich dazu bestimmt war, diese Geschichte zu schreiben, nicht abschütteln. Mein Tessa-Manuskript lag bei meiner Lektorin, doch ich wusste, dass es nicht sehr gut war. Wie sollte es das auch sein, nachdem ich ihm so wenig Aufmerksamkeit gewidmet hatte.

Als der Herbst in den Winter überging und das Wetter schlechter wurde, gab ich mir redlich Mühe, mein Rätsel um das Klippenhaus abzuhaken, aber ich schaffte es einfach nicht. Selbst als Ben und ich die Entscheidung trafen, unser Haus in London zu verkaufen und unserem Vermieter ein geradezu lächerliches Kaufangebot für unser Haus in Sussex machten – das er überraschenderweise sofort annahm –, konnte mich das nicht ablenken.

»Ich kann's immer noch nicht fassen, dass er nicht mehr Geld verlangt hat«, erzählte ich Priya eines Novembertages. Ich war bei ihr zu Besuch – am nächsten Tag würde sie ins Krankenhaus gehen, um ihre Zwillinge zu bekommen, und ich sollte ihr eigentlich bei den Vorbereitungen helfen. Stattdessen saßen wir jedoch auf dem Sofa und aßen die Schokoladenstückchen aus einem der Adventskalender, die ich bereits für die Jungs gekauft hatte.

»Er hat gesagt, das Haus wäre ihm die ganze Zeit über ein Klotz am Bein gewesen. Er hätte seit Jahren Probleme gehabt, Mieter dafür zu finden, und wir würden ihm einen großen Gefallen tun.«

»Tja, da ist er selbst schuld«, sagte Priya und drückte das Schokoladenstückchen aus der Tür Nummer fünfzehn. »Er wird es noch bereuen, wenn ihr erst das Bad renoviert habt und dieses orange Klo losgeworden seid.«

»Hm, weiß noch nicht«, entgegnete ich. »Irgendwie finde ich es mittlerweile ganz schön.«

Priya warf mir einen finsteren Blick zu. »Keine Scherze, bitte«, sagte sie. »Ich bin nicht in der Stimmung für Witze.«

»Nervös wegen morgen?«

»Panisch«, erwiderte sie. »Erzähl mir irgendwas, das mich ablenkt, damit ich nicht die ganze Zeit daran denken muss, dass diese Babys in ein paar Stunden aus mir rauskommen.«

»Ich hab mal nach Meldungen über nicht identifizierte Leichen gesucht, die hier in Sussex an den Strand gespült wurden«, erzählte ich ihr.

Stirnrunzelnd sah sie mich an. »Violet?«, fragte sie. »Immer noch?«

»Ich muss sie einfach finden, Priya«, gestand ich.

»Ella«, sagte sie in einem ergebenen Tonfall, »ich hab so viele Fälle gehabt, bei denen am Ende nicht das rausgekommen ist, was ich gerne gehabt hätte. Ich musste Leute laufen lassen, die definitiv schuldig waren. Und ich habe Hinterbliebene gesehen, die nie herausfinden werden, was mit ihren Lieben passiert ist. Wenn du nicht damit abschließt, frisst dich das irgendwann auf.«

»Aber ich kann sie nicht vergessen«, gab ich zurück.

»Ich weiß, du fühlst dich mit ihr verbunden, und das kann ich gut verstehen«, entgegnete Priya. »Aber ihr Vater hat sein ganzes Leben damit verbracht, sie zu suchen, und hat sie nie gefunden. Vielleicht ist deine Suche genauso fruchtlos.«

Ich lehnte den Kopf zurück und gab Priya mit einer Handbewegung zu verstehen, dass sie mir den Adventskalender herüberreichen sollte. »Du hast ja recht«, stimmte ich ihr zu. »Und ich weiß das auch, aber irgendwie kann ich sie nicht aufgeben.«

Priya stieß hörbar den Atem aus und schlang die Arme um ihren Bauch, als eins der Babys sie trat. Ich legte meine Hand auf ihre Kugel und strahlte, als ich die Bewegungen darin spürte.

»Aber du bist doch Autorin«, überlegte Priya. »Warum schreibst du nicht dein eigenes Ende für Violet.«

»Ich soll mir was ausdenken, meinst du?«

»Wieso nicht? Wenn du nicht rausfindest, was in Wirklichkeit mit ihr passiert ist, und nicht zur Ruhe kommst, solange du es nicht weißt, warum erfindest du dann nicht was?«

»Hm, das wäre mal eine Idee«, sagte ich, war jedoch nicht so recht überzeugt.

»So kannst du jedenfalls nicht weitermachen«, befand Priya. »Die ganze Zeit über rumsuchen und rumsuchen. Irgendwann drehst du durch. Und dein Familienleben leidet auch darunter.«

Ich musste daran denken, dass ich am letzten Wochenende nicht mit Ben und den Kindern an den Strand gefahren war, weil ich mich lieber mit nicht identifizierten Leichen und Gezeitenströmen befasst hatte, und ich fragte mich, ob an Priyas Bemerkung nicht doch etwas dran war.

»Okay«, sagte ich schließlich. »Ich erfinde ein eigenes Ende.«

Doch selbst das funktionierte nicht, weil das, was ich mir ausdachte, jedes Mal mit den realen Ereignissen kollidierte. Ich dachte darüber nach, wie ich Violets Geschichte gerne enden lassen würde. Ich stellte mir vor, dass sie Heron Green verlassen hatte und nach London geflohen war, wo sie ihren Namen änderte und eine erfolgreiche Malerin wurde. Doch George hatte alle möglichen Werke von nicht sehr bekannten Künstlern untersucht, die von den Präraffaeliten beeinflusst worden waren, und keins davon hatte zu den Bildern gepasst, die erwiesenermaßen von Violet stammten. Anscheinend hatte sie mit dem Malen aufgehört, nachdem sie verschwunden war. Oder falls sie doch weitergemalt hatte, war sie einfach nicht erfolgreich gewesen.

Ein paar Tage nachdem Priya ihre Babys zur Welt gebracht hatte, saß ich in meinem Arbeitszimmer und trommelte mit den Fingern auf die Platte meines Schreibtischs. Einer der beiden Zwillinge hatte alle überrascht, weil er sich als Junge herausgestellt hatte – sehr zu Niks Begeisterung –, und die Mädchen waren ganz vernarrt in ihre neuen Geschwister, Nina und Arun. Priya war bereits wieder zu Hause und meisterte die neue Situation richtig toll. Ich hatte vor, später bei ihr vorbeizuschauen, doch zuerst wollte ich noch mal das neue Ende für Violets Geschichte in Angriff nehmen.

Genervt von meinen bisherigen schwachen Versuchen, drehte ich meinen Stuhl herum und starrte durchs Fenster aufs Meer hinaus. Es war ein trüber Tag, und das Wasser sah dunkelgrau aus.

»Wo bist du, Vi?«, fragte ich laut.

Von seinem Platz an der Wand aus gab Dumbledore ein leises Schnarchen von sich. Seit dem Moment, als er es geschafft hatte, allein die Treppen rauf- und runterzugehen, hatte er sich angewöhnt, bei mir im Arbeitszimmer zu schlafen. Ich hatte ihn gerne hier bei mir, wenn ich allein im Haus war, und ihm gefiel vermutlich das Sonnenlicht, das an dieser Stelle auf den Boden traf – an der Geheimwand entlang, wie wir sie scherzhaft nannten –, denn dort rollte er sich immer zusammen. Irgendwann hatte ich ihm eine Decke auf den Boden gelegt, und obwohl die tief stehende Wintersonne seinen Platz derzeit nicht erreichte, legte er sich weiter dorthin.

Lächelnd betrachtete ich ihn und wandte mich dann wieder meiner Arbeit zu. Vielleicht brauchte Violet auch kein Happy End. Obwohl ich sie so gernhatte und verzweifelt hoffte, dass für sie vielleicht doch alles gut ausgegangen war, konnte ich einfach nicht ignorieren, dass sämtliche Beweise auf ein tragisches Ende hindeuteten.

»Ich kriege das hin«, murmelte ich vor mich hin. »Ich habe genügend Thriller gelesen, mit genügend Polizisten gesprochen und genügend Geschichten geschrieben, um mir ein plausibles Ende auszudenken.«

Erfüllt mit neuer Energie, wischte ich schwungvoll mein Whiteboard sauber. Zeit, das Wer, Wo und Wann herauszuarbeiten.

Ich wusste, dass Edwin Forrest ein fieser Charakter gewesen war, der zu Gewaltausbrüchen neigte, und dass Frances und Violet sich auf irgendeine Art verbündet hatten – so seltsam das auch klang. Der Hausangestellte William Philips musste Violet gut gekannt haben, da er viele Jahre für ihren Vater gearbeitet hatte, also war er vielleicht so etwas wie ihr Beschützer gewesen.

Ich verbrachte den ganzen Tag in meinem Büro, starrte auf meine Tafel und versuchte verschiedene Szenarien zu entwickeln, basierend auf dem, was ich über Verbrechen, häusliche Gewalt und Mord wusste.

Worüber ich immer wieder stolperte, war die Tatsache, dass William Philips draußen vor dem Haus des Ehepaars Forrest gefunden worden war, während Edwin Forrest drinnen am Fuß der Treppe gelegen hatte und Frances oben auf dem Treppenabsatz.

»Warst du es?«, fragte ich, während ich die Kopie des Fotos von Frances anblickte, die Winnie mir gegeben hatte. »Hast du dich gewehrt und ihn die Treppe hinuntergestoßen, damit er aufhört?«

Ich stellte mir vor, wie die vier – Violet, Frances, William und Edwin – sich draußen vor dem Haus der Forrests aufgehalten hatten. An dem Tag hatte es geregnet, also hatten sie sicher nicht miteinander geplaudert und waren auch nicht im Garten gewesen. Sie mussten auf dem Weg ins oder aus dem Haus gewesen sein. Vielleicht war Violet am Haus vorbeigegangen und hatte einen Streit oder Kampf zwischen Frances und Edwin mitbekommen. Vielleicht hatte Frances versucht, Edwin aus dem Haus zu werfen?

Was auch immer der Grund für die Auseinandersetzung gewesen war, ich stellte mir vor, dass Violet den Weg zum Haus hinaufrannte, um einzugreifen. Vielleicht war William Philips auf die gleiche Weise in die Sache hineingeraten? Edwin war brutal gewesen, das wusste ich. Vielleicht hatte er Violet geschlagen, und William Philips war ihr zu Hilfe geeilt?

Ich tigerte durchs Arbeitszimmer, und Dumbledore, der dachte, das sei ein Spiel, sprang mir zwischen den Füßen herum.

»Es kommt also zu einem Kampf zwischen Frances und Edwin«, sagte ich laut. »Violet versucht, Edwin zu beruhigen, und der schlägt sie. Was würde sie dann tun? Er ist gewalttätig und wahrscheinlich wütend. Hat er sie schon mal geschlagen? Hat sie Angst vor ihm? Würde sie wegrennen?« Ich starrte aus dem Fenster auf die raue See hinaus. »Wohin? An den Strand?« Ich schüttelte den Kopf. Bei so einem Wetter würde sie sicher nicht an den Strand gehen; viel zu windig und zu hoher Wellengang. »Sie würde nach Hause gehen«, sagte ich zu Dumbledore. »Sie würde nach Hause flüchten und sich in Sicherheit bringen.«

Der Hund kläffte zustimmend. Oder vielleicht auch nur, weil er spielen wollte. Ich beugte mich zu ihm hinunter und streichelte ihm den Kopf, woraufhin er einige Sekunden lang wie wild durch den Raum lief. Dann sprang er zu seiner Decke hinüber und rollte sich wieder vor der Wand zusammen.

Ich starrte ihn an.

»Sie wollte sich in Sicherheit bringen«, wiederholte ich, langsamer diesmal. »Vielleicht hat sie sich hier oben sicher gefühlt, wo sie ihre Bilder gemalt hat.«

Ich blickte mich zu dem Wandschrank hinter mir um. Im Notfall hätte sie sich dort hineinquetschen können. Allerdings hätte sie sich nicht lange darin verstecken können – jemand, der nach ihr suchte, hätte sie irgendwann dort gefunden.

Mein Blick glitt hinüber zu der Geheimwand, und ich fragte mich, ob ich mit dem verrückten Einfall, der mir gerade durch den Kopf ging, nicht vielleicht sogar richtiglag.

Behutsam zog ich die Decke mit dem müden Dumbledore darauf von der Wand weg. Wieso schlief er so gerne hier? Ich ließ die Hand über die Stelle gleiten, vor der er sich immer zusammenrollte. Sie fühlte sich wärmer an als der Rest der Wand. Bedeutete das irgendwas, oder hatte Dumbledore die Stelle nur mit seinem Körper angewärmt?

Ich ließ mich auf den Boden nieder und fuhr mit der Hand dort, wo die Wand auf die Dielenbretter traf, über die Backsteine, um herauszufinden, ob an Dumbledores bevorzugtem Schlafplatz irgendetwas anders war. Die Wand war tapeziert worden, doch ganz unten ertastete ich einen leichten Unterschied. An den meisten Stellen fühlte es sich rau an, doch Dumbledores Platz war glatter.

»Mummy?«

Erschrocken zuckte ich zusammen, als Oscar plötzlich neben mir auftauchte. Ich hatte gar nicht gemerkt, dass es schon so spät war. »Hallo, mein Schatz«, begrüßte ich ihn. »Wie war's in der Schule?«

»Ich brauche das Tablet«, sagte er. »Kann ich es mir nehmen?«

»Jetzt nicht«, entgegnete ich, leicht verärgert über die Störung. »Nach dem Essen.«

»Ich brauche es nur ganz kurz«, sagte er mit einem Lächeln, das mich offensichtlich überzeugen sollte. »Wieso sitzt du auf dem Boden?«

»Ich hab was nachgeschaut. Magst du mir helfen?«

»Kann ich dann danach das Tablet haben?«

»Nein, erst nach dem Essen. Also, hilfst du mir jetzt?«

Oscar warf mir einen herausfordernden Blick zu. »Ich helfe nur, wenn ich das Tablet bekomme.«

»Nein«, sagte ich erneut.

»Aber ...«, begann Oscar.

»Nein.«

»Du lässt mich ja nicht mal ausreden.«

»Nein.«

Wütend trat Oscar direkt neben mir gegen die Wand. »Ich hasse dieses Haus«, rief er. »Es ist doof. Doofes Haus.«

Er schwang sein Bein zurück und trat mit einer Wucht, die eines David Beckhams würdig gewesen wäre, gegen die Wand. Und sein Fuß ging direkt durch.

»Mummy!«, rief er voller Panik und hüpfte auf dem freien Fuß auf und ab.

»Oscar!«, rief ich und hielt ihn fest, damit er auf seinem einen Fuß nicht das Gleichgewicht verlor.

»Tut mir leid«, jammerte er. »Bist du böse?«

Ohne ihn loszulassen, stand ich auf und gab ihm einen Kuss auf den Kopf. »Ehrlich gesagt, nein«, sagte ich. »Du hast nämlich genau das gefunden, was ich gesucht habe, du schlaues Kind.«

Oscar sah mich verdattert an, während ich behutsam versuchte, seinen Fuß aus der Wand zu ziehen. Dank seines klobigen Schuhs steckte er jedoch richtig fest.

»Zieh den Fuß aus deinem Schuh«, forderte ich ihn auf.

»Geht nicht«, sagte Oscar weinerlich. »Hilf mir!«

Ich hatte Mühe, mir das Lachen zu verkneifen, während ich mich bückte, um in das Loch zu greifen, das er verursacht hatte, und den Klettverschluss an seinem Schuh zu lösen.

»Jetzt zieh den Fuß raus«, sagte ich. »Wackle ein bisschen hin und her, wenn es nicht anders geht.«

Oscar befolgte meine Anweisung und schaffte es, seinen Fuß zu befreien. Sein Schuh blieb allerdings halb in der Wand stecken. Verlegen sah mein Sohn mich an.

»Tut mir leid, Mummy«, sagte er.

»Du sollst nicht gegen Wände treten«, entgegnete ich und gab mir Mühe, möglichst streng auszusehen, während ich innerlich vor Aufregung fast platzte. »Aber vielleicht hast du dadurch das Rätsel gelöst.«

Kapitel 62

Oscar sah immer noch so aus, als könnte er nicht verstehen, was eigentlich los war. Ich nahm ihn in den Arm.

»Ist Daddy auch da?«, fragte ich.

Oscar nickte. »Er ist in der Küche bei Margaret.«

»Könntest du dann mal runterlaufen und Daddy erzählen, was passiert ist? Aber zieh am besten auch den anderen Schuh aus, bevor du die Treppe runtergehst. Und sag Daddy, dass er hochkommen soll.«

Oscar schlüpfte aus dem Schuh, ohne sich die Mühe zu machen, den Klettverschluss zu lösen, und sauste davon – sicher froh, so glimpflich davongekommen zu sein.

Ich zog an seinem anderen Schuh, der immer noch in der Wand steckte, doch er bewegte sich keinen Zentimeter. Ich zerrte noch heftiger daran, dann schlug ich dagegen. Mit einem schleifenden Geräusch verschwand der Schuh hinter der Wand und ging in einer Wolke aus Staub unter.

»Was ist denn los?«, fragte Ben, der in diesem Moment hereinkam.

»Schau mal«, sagte ich. »Oscar hat gegen die Wand getreten.«

»Er hat was?« Ben stieß einen missbilligenden Laut aus.

»Nein, nein, ist nicht schlimm – schau mal, was passiert ist.«

Ben hockte sich neben mich und betrachtete das Loch. »Ich wusste doch, dass die Wand hohl ist«, sagte er triumphierend.

»Oscars Schuh ist da durchgefallen«, berichtete ich. »Sollen wir die Wand noch weiter einschlagen, um ihn rauszuholen?« Bittend sah ich ihn an und hoffte inständig, dass er Ja sagen würde, damit wir sehen konnten, was sich hinter der Wand verbarg. Mein Bauchgefühl sagte mir, dass wir dort die Antwort auf die Frage finden würden, was mit Violet passiert war.

Ben stand auf.

»Wo willst du hin?«, fragte ich.

»Wir brauchen einen Hammer«, entgegnete er.

Innerhalb einer Minute war er wieder zurück.

»Die Jungs gucken einen Weihnachtsfilm«, informierte er mich. »Ich hab Margaret gesagt, dass wir in deinem Arbeitszimmer was Interessantes gefunden haben. Sie kümmert sich ums Abendessen.«

»Super.«

Gemeinsam machten wir uns an die Arbeit. Ben schlug mit dem Hammer gegen die Kanten des Lochs, das Oscars Schuh hinterlassen hatte, und vergrößerte es auf diese Weise Stück für Stück, während ich die Tapete ringsum entfernte. Schließlich kam eine schmale rechteckige Öffnung zum Vorschein.

»Ich hatte mich gefragt, warum Dumbledore immer an derselben Stelle schläft«, erklärte ich Ben. »Ich konnte fühlen, dass die Wand hier anders ist, aber ich wusste nicht, warum. Deshalb hab ich hier unten gesessen, als Oscar reinkam.«

»Ich denke, der Rest der Wand besteht aus Stein«, sagte Ben. »Aber dieser Teil hier ist aus Holz, wahrscheinlich gefällt die Stelle Dumbledore deshalb so gut. Es ist sicher wärmer hier. Schau mal, das war mal eine kleine Luke – da hinten sind Angeln –, und die ist ziemlich morsch, darum ist Oscars Fuß direkt durchgegangen. Hätte er die Wand ein Stückchen weiter rechts oder höher getroffen, hätte er sich nur die Zehen angeschlagen. Durchgekommen wäre er nicht.«

Er griff in das nun wesentlich größere Loch und holte Oscars Schuh heraus. Ich wischte die Holzstückchen mit dem Arm beiseite, bevor wir uns beide auf den Boden legten und durch die Öffnung blickten.

»Was würdest du machen, wenn uns jetzt jemand von drinnen anstarren würde«, fragte ich, nur halb im Scherz. Tatsächlich sträubten sich mir gerade die Nackenhaare, und Ben schauderte.

Blinzelnd starrte ich in die spärlich beleuchtete Vertiefung und konnte kaum fassen, was da allmählich vor meinen Augen zu erkennen war, als sie sich an das Dämmerlicht gewöhnten.

»Ich kann irgendein Bild sehen«, sagte ich. »Zumindest glaube ich das.« Wirklich erkennen konnte ich nur Umrisse und blasse Farben.

Erstaunt blickte Ben mich an. »Wo?«

»Na, da.« Ich zeigte in das Loch hinein. »Siehst du die Farben an der Wand?«

»Ich kann überhaupt nichts sehen«, gab Ben zurück.

»Ich passe da durch«, verkündete ich und war selbst überrascht über meinen Mut. »Ich krieche hinein.«

»Nein, das machst du nicht«, protestierte Ben. »Was, wenn du nicht wieder rauskannst?«

»Angsthase«, entgegnete ich.

Ben runzelte die Stirn. »Das klang mal ganz anders«, sagte er. »Aber jetzt ernsthaft: Was, wenn das Ganze nicht stabil ist? Oder die komplette Wand runterkommt?«

»Die steht jetzt seit über einem Jahrhundert hier«, merkte ich an. »Das Haus wird ja wohl nicht plötzlich zusammenbrechen, nur weil ein kleiner Junge gegen eine Wand getreten hat. Was, wenn dieses Loch da was mit Violet zu tun hat? Vielleicht ist das die Antwort, nach der ich die ganze Zeit gesucht habe.«

Ben schüttelte sich erneut. »Na schön«, sagte er schließlich. »Aber sei vorsichtig.«

Mit klopfendem Herzen legte ich mich auf den Bauch und quetschte mich durch die Öffnung. Sie war recht eng, doch mit ein bisschen Drehen und Winden schaffte ich es auf die andere Seite. Dort richtete ich mich auf und wischte mir den Staub von der Jeans.

»O. Mein. Gott«, stieß ich atemlos hervor. Das war unglaublich. Der Raum war winzig – offensichtlich hatte sich hier mal ein Kamin befunden –, aber die Wand gegenüber dem Loch, durch das ich mich gerade geschlängelt hatte, war komplett und wunderschön bemalt. Ich war wie hypnotisiert. Das war Violets Werk, daran bestand kein Zweifel. Es handelte sich um eine weitere, eine riesige Kopie der *Mariana*, doch sie hatte erneut einige Details geändert. Auch diese Mariana hatte Violets Aussehen, aber das Zimmer, in dem sie wartete, war nun diese kleine Zelle hier.

Im Hintergrund, wo im Original eine brennende Kerze

stand, schimmerte ein seltsam sphärisch anmutendes Licht. Ich kniff die Augen zusammen. Es hatte fast die Gestalt einer Frau. Und zu Violets Füßen befanden sich statt des ursprünglichen Herbstlaubs zusammengeknüllte Papierbögen.

»Ella«, rief Ben von draußen. »Ella?«

»Ben«, rief ich zurück. »Das musst du dir ansehen.«

»Ich passe garantiert nicht da durch. Meine Schultern sind zu breit«, sagte er.

Ich stieß ein amüsiertes Grunzen aus. »Also, wenn mein Hintern da durchpasst, sind deine Schultern ein Kinderspiel«, entgegnete ich. »Komm.«

Ein Rumsen ertönte, gefolgt von einem Knurren, und im nächsten Moment tauchte Bens Kopf in dem kleinen Raum auf. Zentimeter für Zentimeter wand er sich durch die Öffnung, unter viel Gezeter und Gefluche, doch schließlich richtete er sich zu seiner vollen Größe auf und starrte auf die Wand.

»Holla, die Waldfee«, sagte er. »Das ist ja Violet.«

»Das ist Violet hier drinnen«, erklärte ich. »Eingesperrt in diesem winzigen Zimmer. Ich hab schon gedacht, dass sie vielleicht in der besagten Nacht vor Edwin Forrest geflüchtet ist. Glaubst du, sie hat sich hier versteckt?«

Ben blickte sich um. »Vielleicht«, meinte er dann. »Wobei ich mir nicht vorstellen kann, dass jemand freiwillig hier drinnen bleibt.«

Ich ging zu einer Ecke hinüber, wo ich einige Kisten und zusammengerollte Leinwände entdeckt hatte. »Das sind Malutensilien«, sagte ich, zog eins der Bilder heraus und untersuchte es. »Ich rolle das lieber nicht aus, sonst zerbröselt es noch, aber es sieht definitiv wie ein Gemälde von Violet aus. Vielleicht war das hier gar kein Versteck, sondern eine Art Atelier für sie, ein heiliger Ort.«

Doch Ben schüttelte den Kopf. »Das glaube ich nicht«, entgegnete er. »Schau mal.« Er deutete auf die gegenüberliegende Wand – auf eine Stelle direkt über dem Loch, durch das wir gekrochen waren –, wo in zittriger Handschrift *Violet Hargreaves* stand. Auch der Name *Edwin* war an die Wand geschrieben und mit einem dicken schwarzen Strich durchkreuzt worden, und schließlich, ganz unten, entdeckte ich die Worte *Tut leid Frances*.

Ich schlug die Hand vor den Mund. »O Gott«, flüsterte ich.

Ben war zur anderen Ecke hinübergegangen, in der ein Haufen steifer und verblasster Lumpen lag. Er kniete sich daneben und zog das oberste Stück Stoff beiseite. Erschrocken zuckte ich zusammen, als er ruckartig zurückwich, fluchte und den Stofffetzen fallen ließ.

»Was ist denn da?«, fragte ich, doch eigentlich wusste ich es schon. Meine schlimmsten Befürchtungen, meine schrecklichsten Theorien wurden in diesem Moment wahr. »Ist es Violet? Ist Violet hier?«

Ben schlang die Arme um mich. Er zitterte. »Ich denke schon«, antwortete er.

»Ich will sie sehen«, sagte ich.

»Nein.«

»Ich will sie sehen.«

Ben wusste, wann er sich geschlagen geben musste. Zusammen gingen wir zu der Ecke hinüber und hockten uns neben den Kleiderhaufen.

»Bereit?«, fragte Ben.

Ich nickte und ballte die Hände zu Fäusten, um sie vom Zittern abzuhalten. Ben zog den obersten Lumpen beiseite. Natürlich befand sich darunter nur ein Skelett. Es war überraschend klein und lag in der Embryonalstellung da.

»Oh«, presste ich hervor. »Oh, die arme Kleine.«

»Wir dürfen sie nicht berühren«, warnte Ben. »Ich schätze, das ist so was wie ein Tatort hier.«

Ich bedeckte Violets Überreste wieder mit dem Stück Stoff.

»Wir haben dich gefunden«, sagte ich in den Raum hinein. »Und wir werden uns um dich kümmern.«

»Komm«, forderte Ben mich auf, »lass uns hier rausgehen. Und du solltest vielleicht Priya anrufen. Sie weiß sicher, was zu tun ist.«

Ächzend quetschte er sich wieder durch die Luke, und ich folgte ihm.

»Ich kann's immer noch nicht glauben, dass sie die ganze Zeit über hier war«, sagte ich schaudernd, während wir die Treppe hinunterstiegen. »Denkst du, sie hat sich versehentlich eingesperrt? Wahrscheinlich, oder? Wie furchtbar, in dem winzigen Raum da gefangen zu sein und nicht wieder rauszukönnen.«

»Vielleicht hat sie die Luke nicht mehr aufbekommen«, überlegte Ben. Er sah blass und geschockt aus, und ich vermutete, dass ich ihm da in nichts nachstand. »Oder Edwin Forrest hat sie eingesperrt.«

Mir wurde übel. »Die arme Violet«, flüsterte ich. »Und der arme Marcus. Warum hat er nicht das Haus abgesucht, bevor er ausgezogen ist?«

»Wahrscheinlich hat er das«, meinte Ben. »Aber selbst wenn er sämtliche Räume überprüft hat, warum hätte er in irgendwelchen Schränken nachschauen sollen? Und wenn er einige Tage oder auch Wochen nach ihrem Verschwinden ausgezogen ist, war sie da vermutlich eh schon tot.«

Ich verzog das Gesicht. Das wahre Leben war definitiv seltsamer – und auch grausamer –, als es sich irgendjemand in seiner Phantasie ausdenken könnte. »Er hat sie überall gesucht, dabei war sie die ganze Zeit über hier«, sagte ich.

Die Jungs saßen beim Abendessen in der Küche, zusammen mit Margaret, die unser staubiges Erscheinungsbild mit einer erhobenen Augenbraue quittierte. Stumm formte ich mit den Lippen die Worte »Erkläre es dir gleich« über die Köpfe der Kinder hinweg, nahm mein Handy und ging damit in den Flur hinaus, weit genug entfernt von allen Kinderohren. Draußen scrollte ich durch mein Telefonbuch, bis ich endlich auf Priyas Nummer stieß.

»Ich hab sie gefunden«, sagte ich, als Priya dranging. »Ich hab Violet gefunden.«

Kapitel 63

Ich konnte nicht aufhören zu zittern und war den Tränen nah, als ich Priya von unserem Fund berichtete. Gleichzeitig verspürte ich jedoch auch eine Art Zufriedenheit. Die Vorstellung, dass die arme Violet einhundertfünfzig Jahre dort hinter der Wand gelegen hatte, war schrecklich. Trotzdem war ich froh und erleichtert, dass wir sie gefunden hatten.

»Du meine Güte«, sagte Priya. »Hättest du sie nicht finden können, bevor ich die beiden Zwerge bekommen hab? Jetzt sitze ich hier auf dem Sofa fest.«

Ich brachte sogar ein leises Kichern zustande. »Du hättest gar nicht durch das Loch in der Wand gepasst«, entgegnete ich. »Aber könntest du vielleicht irgendwen anrufen? Muss die Polizei herkommen?«

»Ich fürchte schon«, antwortete Priya. »Rührt erst mal nichts an. Ich kümmere mich darum und schicke jemanden zu euch.« Sie schwieg kurz. »Könntest du mir Fotos schicken?«

»Ja«, sagte ich dann, »wir sollten wahrscheinlich welche machen. Ich schicke Ben rauf.«

Folgsam ging Ben wenig später nach oben und fotografierte alles, während ich Margaret erzählte, was passiert war.

»Sie lag die ganze Zeit da oben?«, fragte sie perplex. »Wie furchtbar.«

»Umso mehr bin ich froh, dass wir sie endlich gefunden haben«, sagte ich.

Margaret zog sich mit den Jungs ins Wohnzimmer zurück, wo sie ihren Film zu Ende schauten, während Ben und ich durch die Küche tigerten und auf die Polizei warteten.

»Alles okay?«, fragte Ben irgendwann, und ich nickte.

»Erstaunlicherweise ja«, entgegnete ich. »Solange ich nicht darüber nachdenke, was für eine Angst sie gehabt haben muss.«

Ben verzog das Gesicht. »Ja, das muss schlimm gewesen sein«, pflichtete er mir bei. »Ich hoffe nur, dass sie freiwillig da drin war und nicht von Edwin eingesperrt wurde.«

Mir fiel wieder ein, dass Violet *Edwin* an die Wand ihres Gefängnisses geschrieben und dann den Namen durchgestrichen hatte, und ich konnte nichts gegen den Gedanken machen, dass Edwin sich seinen Tod wahrscheinlich selbst zuzuschreiben hatte, ganz egal, wer ihn umgebracht hatte. Mittlerweile war ich mir ziemlich sicher, dass es Frances gewesen war.

Es machte mich ein wenig nervös, dass ich nicht wusste, wie die Polizei auf unseren Fund reagieren würde, doch meine Sorgen wurden gleich bei deren Ankunft zerstreut. Sie kamen zu zweit: ein älterer Mann mit ergrauendem Haar und einem frechen Funkeln in den Augen und eine junge, enthusiastische Frau namens Joely.

»Also, Sie wohnen gerade mal ein paar Monate hier und klären ein Verbrechen auf, das den Leute hier aus der Gegend seit hundertfünfzig Jahren Rätsel aufgibt«, sagte die junge Polizistin und warf mir über ihre Schulter ein Lächeln zu, während wir die Treppe zum Dachgeschoss hinaufstiegen. »Mein Kollege Trev hier hat mir die ganzen Geschichten erzählt.«

»Na ja, eigentlich hat Oscar, unser Sohn, sie gefunden«, entgegnete ich. »Oscar mit seinen Trotzanfällen.«

Ich zeigte den beiden das Loch in der Wand, und Trev nickte.

»Haben Sie irgendetwas angefasst?«

»Nur die alten Kleider, unter denen die Überreste liegen«, sagte ich. »Wir haben sie aber wieder darübergelegt.«

Ich merkte, dass ich die Kammer nicht mehr betreten wollte, deshalb kroch Ben vor den Polizisten durch das Loch. Doch sie blieben nicht lange in dem kleinen Raum.

»Also, es besteht wohl kein Zweifel daran, dass die Überreste sehr, sehr alt sind«, sagte Joely, nachdem sie sich rückwärts wieder durch die Öffnung in der Wand geschoben hatte. »Ich denke, wir können es uns sparen, Sie für eine Befragung aufs Revier mitzunehmen.«

Stattdessen rief sie bei der Gerichtsmedizinerin an – einer elegant gekleideten Frau namens Maeve Gregory, die noch in derselben Stunde eintraf.

Während wir darauf warteten, dass sie die Straße heraufgefahren kam, rief ich Dad an, um ihn ebenfalls ins Bild zu setzen. Margaret ging nach Hause, um ihr eigenes Abendessen zuzubereiten, und Ben kochte Tee für die Polizisten.

»Mein Gott«, sagte Dad. »Sie war die ganze Zeit da drinnen?«

»Das ist so traurig«, antwortete ich. »Sie war so nah, direkt hinter der Wand.«

»Und wie sieht's bei euch aus? Habt ihr viel Trubel?«, fragte Dad. »Brauchst du Hilfe?«

»Oh, das wäre ganz toll«, sagte ich erleichtert. Ich hatte irgendwie das Gefühl, dass Polizisten, Gerichtsmediziner und Leichen sich nicht mit zwei kleinen Jungs vertrugen, die im Wohnzimmer Weihnachtsfilme schauten.

Dad und Barb waren sofort damit einverstanden, zu uns zu kommen und die Jungs über Nacht mit zu sich zu nehmen. Ich war froh, dass die Kinder bald nicht mehr im Haus sein würden. Ich wollte nicht, dass sie da waren, wenn die Polizei – machte das überhaupt die Polizei, oder kam dafür ein Bestatter? – Violets Leichnam hinaustragen würde. Stan war begeistert von der Aussicht, bei seinen Großeltern zu übernachten. Oscar reagierte dagegen etwas verhaltener.

»Ist das wegen der Frau auf dem Bild?«, wollte er wissen. Ich war erschrocken und wieder mal beeindruckt, wie viel er von den Dingen, die sich um ihn herum abspielten, mitbekam, obwohl er immer so wirkte, als würde ihn das alles nicht interessieren.

»Ja, mehr oder weniger«, gab ich zu. »Aber du brauchst keine Angst zu haben. Sie hat einfach vor langer Zeit mal hier gewohnt und ein Bild an die Wand gemalt.«

Oscar beobachtete mich genau. »Ist ihr was Schlimmes passiert?«

Ich zog ihn an mich und strich ihm übers Haar. »Sie ist gestorben«, erzählte ich ihm. »Und keiner wusste, dass sie gestorben ist. Alle haben sich gefragt, wohin sie verschwunden ist. Aber jetzt wissen wir Bescheid und werden dafür sorgen, dass auch alle anderen erfahren, was mit ihr passiert ist.«

Nachdem die Jungs das Haus verlassen hatten und Maeve mit ihrer Untersuchung der Leiche fertig war, ging alles sehr schnell.

»Dürfen wir die Mauer noch ein bisschen weiter einreißen?«, fragte der ältere Polizist.

Innerlich wand ich mich, als ich mir vorstellte, wie viel Dreck sie dabei hinterlassen würden, aber gleichzeitig wusste ich, dass es dadurch viel leichter werden würde, Violet und ihre Bilder aus der Kammer zu holen.

Also räumte ich meine Notizbücher und meinen Laptop beiseite, um sie vor dem Ziegelstaub zu bewahren. Dann trafen noch mehr Polizisten ein, begleitet von einigen Männern, die keine Uniform trugen, dafür aber riesige Vorschlaghammer. Gespannt sahen wir zu, wie sie ein noch größeres Loch in die Wand schlugen, so dass ein Spezialistenteam von der University of Sussex, das Maeve gerufen hatte, hindurchpassen würde.

Als dieses Team endlich vorfuhr, wurde es draußen schon dunkel, und ich schlief vor Müdigkeit fast ein. Es stellte sich heraus, dass die Bezeichnung »Team« etwas hochgegriffen war, da sie lediglich zu dritt waren: ein forensischer Anthropologe namens Dr. Davies, der aussah wie der jüngere und nerdigere Bruder von Steve Carell, und zwei überdrehte Doktoranden.

Sie waren völlig aus dem Häuschen angesichts unserer Entdeckung und verbrachten über eine Stunde in der Kammer, schossen Fotos und nahmen Proben von den Lumpen, in die Violet eingewickelt war. Schließlich legten sie ihr Skelett vorsichtig auf ein Brett, schoben das Brett in einen Sack und trugen sie durch das Loch und die Treppe hinunter.

»Passen Sie gut auf sie auf«, sagte ich, als sie das Brett hinten in ihrem Kleintransporter verstauten.

Dr. Davies sah mich lächelnd an und schob sich sein schlaff herunterhängendes Haar aus der Stirn. »Das tun wir immer«, entgegnete er, und ich glaubte ihm.

Und so waren auf einmal nur noch Ben und ich im Haus. Keine Polizisten, keine Kinder und keine Violet. Immer noch ein wenig geschockt setzten wir uns aufs Sofa und schauten die Nachrichten – ich erwartete schon halb, einen Bericht über unsere Geschichte zu sehen, was natürlich nicht passierte.

»Noch nicht«, sagte Ben. »Aber das wird die Leute interessieren. Du musst diese Geschichte aufschreiben, Ella.«

Und genau das tat ich.

Kapitel 64

Heute – sechs Monate später

Ella

Ich blickte aufs Meer hinaus und genoss die warmen Strahlen der Frühlingssonne, die nach einem gefühlt ewig dauernden Winter endlich wieder hervorkam. Der Wind wehte mir durchs Haar, und ich schob mir eine vorwitzige Strähne hinters Ohr, bevor ich mein Kleid glatt strich, an der Stelle, wo sich mein Bauch wölbte. So langsam bekam ich eine ganz schöne Kugel, jetzt, da die Hälfte meiner Schwangerschaft herum war, und obwohl ich zuerst ziemlich überrascht gewesen war, als ich festgestellt hatte, dass ich ein Kind erwartete, hatte ich mich ziemlich schnell an den Gedanken gewöhnt, dass wir bald zu fünft sein würden. Erst letzte Woche hatten Ben und ich erfahren, dass unser Neuankömmling ein Mädchen war, und beschlossen, sie Violet zu nennen.

Ich lächelte, als ich spürte, dass sich das Baby in meinem Innern bewegte. »Hallo, kleine Violet«, flüsterte ich. »Du wirst nach einer ganz besonderen Frau benannt.«

Ich blickte auf meine Uhr. Uns blieben noch ein paar Minuten, bis wir gehen mussten. Heute war ein ganz besonderer Tag: Heute würden wir Violet auf dem Dorffriedhof begraben, neben ihren Eltern und ihrem kleinen Bruder.

Die Spezialisten hatten eine Weile gebraucht, bis sie hatten bestätigen können, dass es sich bei dem Skelett, das wir in der Kammer auf unserem Dachboden gefunden hatten, tatsächlich um die sterblichen Überreste von Violet handelte.

Dr. Davies und seine eifrigen Studenten hatten eine Menge Tests durchgeführt. Sie hatten DNA-Proben genommen und die Knochen untersucht und waren sich schließlich einig geworden, dass das Alter des Skeletts mit dem Zeitpunkt im Jahr 1855 übereinstimmte, als Violet verschwunden war. Darüber hinaus hatten sie in Violets Bauch winzige Knochen gefunden, was ihnen gezeigt hatte, dass Violet schwanger gewesen war. Genau, wie ich es vermutet hatte, obwohl ich gleichzeitig gehofft hatte, ich würde falschliegen. Dadurch wurde die ganze Geschichte nur noch trauriger, fand ich.

Während Dr. Davies seine Untersuchungen durchgeführt hatte, hatte Dad sich daran gemacht, noch lebende Verwandte von Violet aufzuspüren, und stieß auf Nachkommen von Violets Tante – der Tante, die sich nach dem Tod ihrer Mutter eine Weile um sie gekümmert hatte. Ab diesem Punkt übernahm Barb und machte die Adressen ausfindig. Wie sich herausstellte, handelte es sich bei Violets nächsten Verwandten um eine Familie, die in Australien lebte.

Barb rief bei einem der Familienmitglieder an, und ich stieß einen Seufzer der Erleichterung aus, als ich feststellte, dass dieser Verwandte ein enthusiastischer Lehrer namens Karl Rivers war, der alles Britische liebte und sich für Geschichte begeisterte.

Er hatte sich sofort bereit erklärt, einen DNA-Test machen zu lassen, und war schon am nächsten Tag zur Polizeistation in seinem Ort gegangen, wo man ihm eine Probe entnahm. Diese schickte die australische Polizei dann an Dr. Davies, und anschließend mussten wir warten. Es hatte Wochen gedauert, bis die Ergebnisse vorgelegen hatten, doch schließlich hatten wir die Bestätigung bekommen, dass es sich bei unserem Fund um Violet handelte.

Da ich mir schon Sorgen gemacht hatte, dass wir nie eine offizielle Bestätigung dafür bekommen würden, war ich wirklich dankbar für die Anstrengungen, die alle unternommen hatten, um den Beweis zu erbringen. Ich hatte Karl Fotos von Violets Bildern gemailt und ihm erzählt, was wir über ihr rätselhaftes Verschwinden wussten. Später mailte er mir den Link zu einem Artikel, der drüben in Darwin in der Lokalzeitung erschienen war und von seiner britischen Vorfahrin und seiner Rolle bei der DNA-Analyse berichtete. Leider konnte er nicht nach England kommen, um an dem Begräbnis teilzunehmen, da das Datum mitten im Schuljahr lag, aber ich hatte ihm versprochen, ihm anschließend eine ausführliche Mail zu schreiben und ihm alles zu erzählen.

Das Baby in mir bewegte sich erneut und riss mich aus meinen Tagträumen. »Na, dann komm«, sagte ich zu meinem Bauch. »Gehen wir.«

Der Gedenkgottesdienst für Violet – konnte man so lange nach ihrem Tod wirklich von einer Beerdigung sprechen? Ich fand schon, denn genau das war es ja – markierte zugleich das Ende und den Anfang der Geschichte, dachte ich, während ich zum Haus zurückschlenderte. Violet war zwar gestorben, aber ihr künstlerisches Ansehen begann gerade erst zu wachsen.

Am Tag, nachdem Dr. Davies und sein Team Violet mitgenommen hatten, waren Ben und ich auf den Dachboden hinaufgegangen und hatten vorsichtig die Bilder auseinandergerollt, die wir in der Kammer gefunden hatten. Es waren viele – keins davon so fantastisch wie die riesige *Mariana* –, aber jedes erzählte seine eigene Geschichte.

»Man kann richtig sehen, wie sie sich immer weiter verbessert hat«, sagte ich zu Ben. »Stell dir mal vor, wie gut sie geworden wäre, wenn sie die Chance gehabt hätte, weiter zu malen.«

Wir betraten noch einmal das Versteck, dessen Eingang nun viel größer war, und betrachteten das Wandbild.

»Es ist echt beeindruckend«, befand ich. »Was passiert wohl damit?«

»Hm, es hat ja nichts mit dem Fall zu tun«, überlegte Ben. »Ich schätze, es bleibt einfach da.«

Aber ich wollte, dass es jeder sehen konnte. Ich konnte den Gedanken nicht ertragen, dass Violets Arbeit noch länger ignoriert wurde – und sei es auch nur für eine weitere Minute –, nachdem sie so lange verborgen gewesen war. Deshalb fotografierte ich die Gemälde und das Wandbild und schickte die Fotos an George. Er setzte sich buchstäblich in den nächsten Flieger und kam kurz darauf bei uns an, begierig, das Bild zu sehen.

»Das ist erstaunlich«, sagte er, als ich ihm stolz Violets Werk zeigte. »Absolut erstaunlich.«

Ganz behutsam berührte er die Wand. »Mit den Raumbedingungen haben wir Glück gehabt«, bemerkte er. »Es gibt so gut wie keine Schädigungen durch Umwelteinflüsse.«

»Und was machen wir damit?«, fragte ich. »Können wir es erhalten?«

George warf mir einen Blick über die Schulter zu. »Ich denke, dazu sind wir sogar verpflichtet«, sagte er.

Es war nicht einfach, herauszufinden, wie wir das Bild aus dem Haus bekommen könnten – besonders, da ich zu dem Zeitpunkt unter Übelkeit litt, was ich allerdings auf die Aufregung und den Stress schob. Es dauerte noch einige Wochen, bis ich erfuhr, dass ich schwanger war.

Währenddessen arbeitete George von seinem Büro in St. Andrews aus fieberhaft an einem Plan. Er kontaktierte jeden Experten für viktorianische Kunst, den er kannte. Er schrieb einen Artikel über Violet für ein Fachmagazin, woraufhin ein Fotograf zu uns nach Hause kam und tausend Bilder von dem Wandbild machte, das noch immer niemand angerührt hatte. Wir waren alle erstaunt und begeistert darüber, wie gut der Artikel ankam.

Schließlich kam eine Kuratorin zu uns, die in einer Londoner Galerie für die viktorianische Ausstellung verantwortlich war. Sie war viel jünger und moderner, als ich es erwartet hätte, trug elegante Schuhe und hatte sich das dunkle Haar zu einem glatten Bob schneiden lassen. Ihre Augen leuchteten, als ich sie nach oben führte.

»Oh«, flüsterte sie. »Oh mein Gott.«

Ich konnte mir schon vorstellen, wie sie sich ihre Zukunft ausmalte, als die Frau, die Violet Hargreaves entdeckte hatte.

»Können wir es transportieren?«, fragte ich, schroffer als ich es beabsichtigt hatte. »Ich will, dass die Leute es sich ansehen können. Und dass die Welt von ihr erfährt.«

»Ja, das können wir«, sagte die Kuratorin. »Auf jeden Fall.«

Es dauerte eine ganze Woche, bis ein Team aus Restauratoren, Künstlern und Handwerkern die Mauer abgetragen hatte. Sie schlangen dicke Taue um die Wand und ließen sie dann mithilfe eines Krans und starken Drahtseilen auf den Boden herab. Die Jungs sahen fasziniert zu, wie der Lkw den Rasen zerfurchte, Männer in fluoreszierenden Jacken sich irgendetwas zuriefen und die Mauer sich Zentimeter für Zentimeter weiter in Richtung Boden bewegte. Das Loch, das sie in der Wand hinterließ, wurde mit einer Plane abgedeckt, die traurig im Meereswind flatterte. Zum Glück war die Tate Gallery für die Kosten aufgekommen, die der Wiederaufbau der Dachgeschosswand verschlungen hatte, sonst wäre es ein ziemlich kalter Winter geworden.

Violets Ausstellung würde kommenden September in der Tate eröffnet werden. Die BBC drehte bereits eine Dokumentation über Violet, und nächste Woche würde das Filmteam hierherkommen, um in unserem Haus zu drehen. Ich hatte so schnell geschrieben wie noch nie in meinem Leben und meiner entzückten Agentin meine Version von Violets Geschichte gemailt. Im Verlag arbeitete man bereits auf Hochtouren daran, das Buch zeitgleich zur Ausstellungseröffnung herauszubringen, und es gab schon Gespräche über eine Verfilmung. Die würde *Downton Abbey* Konkurrenz machen, hatte meine Agentin gesagt, als sie mich besucht und sich das Haus angesehen hatte.

»Das wird ein Megahit, Ella«, hatte sie gesagt, während sie meine Fotos vom Wandbild betrachtet und anschließend die wiederaufgebaute Mauer begutachtet hatte. »Das wird richtig groß. Und wir werden darauf drängen, dass die Rolle von Violet mit einem Star besetzt wird. Die Rothaarige aus *Doctor Who* zum Beispiel, die wäre perfekt.«

Aber das eigentlich Wichtige in meinem Leben, dachte ich – auch wenn ich den großzügigen Vorschuss mehr als gut gebrauchen konnte und nichts gegen einen Anschub meiner Karriere hatte –, waren Ben, die Jungs, das Baby in meinem Bauch und Violet.

In Bens Job lief es super, die Jungs hatten sich gut eingelebt und waren glücklich, und ich hatte ein wenig Bammel vor der Geburt, nach dem, was mit Stan passiert war, doch im Krankenhaus in Brighton kümmerte man sich sehr gut um mich, und mein Arzt hatte mir versichert, dass ich in guten Händen sei. Und was Violet betraf, so würde sie endlich die Anerkennung bekommen, nach der sie sich immer gesehnt hatte, wenn auch leider einhundertfünfzig Jahre zu spät.

Wie bereits zu erwarten gewesen war, hatte sich Priya durch die Geburt ihrer Zwillinge nicht bremsen lassen. Sie hatte all die Möglichkeiten mit mir durchgesprochen, was mit Violet passiert sein könnte, und wir hatten uns schließlich darauf geeinigt, dass vor dem Haus eine Auseinandersetzung stattgefunden hatte – wahrscheinlich ein Kampf zwischen Edwin und dem Gärtner William Philips.

Priya überlegte, dass Violet und Frances den Streit mitbekommen hatten und in unterschiedliche Richtungen vor der drohenden Gewalt geflohen waren. Violet war nach Hause gelaufen und hatte sich versteckt (das hofften wir zumindest; ich konnte den Gedanken, dass jemand sie absichtlich eingesperrt hatte, immer noch nicht ertragen), und Frances hatte sich in ihr Haus geflüchtet, wo Edwin auf sie losgegangen war.

Natürlich wussten wir immer noch nicht, ob sie Edwin die Treppe hinuntergestoßen hatte oder ob er gestürzt war. Aber das war mir auch egal. Für mich war Frances eine Heldin, und dass Edwin ein Verbrecher war, wusste ich ja definitiv. Ich wollte, dass publik wurde, welchen Anteil er an Violets Tod gehabt hatte, dass er ihre Bilder gestohlen und Frances geschlagen hatte. Und heute würde Violet endlich sanft zur Ruhe gebettet werden, in einem richtigen Grab mit Grabstein, das die Leute besuchen konnten und auf dem sie Blumen niederlegen konnten.

Nachdem das Loch in der Wand zugemauert worden war, hatte ich wieder angefangen, im Dachgeschoss zu arbeiten. Manche Leute fragten mich, ob das nicht unheimlich sei, weil ich doch wisse, dass Violets Leiche dort gelegen habe und Violet dort gestorben sei, doch mir machte es überhaupt nichts aus. Im Gegenteil: Der Raum strahlte etwas zutiefst Friedliches aus.

»Bereit?« Ben legte seinen Arm um meine Schultern, und ich wandte mich ihm zu, um ihn zu küssen.

»Bereit«, gab ich zurück. »Ich brauchte nur mal einen kurzen Moment für mich.«

Ben nickte verständnisvoll. »Das wundert mich nicht«, sagte er. »Es war ja auch ein ziemlich turbulentes Jahr.«

Arm in Arm gingen wir durch den Garten auf das Haus zu. Die Jungs warteten zusammen mit Barb und Dad an der Küchentür, sehr chic in ihren kleinen Chinohosen und blauen Hemden.

»Winnie Flood fährt direkt zur Kirche«, informierte mich Ben. »Sie kommt aber anschließend noch mit zu uns. Zusammen mit ihrer Tochter.«

»Ich freue mich so, dass sie kommen konnte«, sagte ich. »Das ist ja auch Frances' Geschichte, deshalb gehört ihre Familie genauso dazu.«

»So, dann mal los, Kugelchen«, trieb Ben mich an. Er winkte den Jungs zu, und Stan kam sofort auf ihn zugerannt.

Ich blieb noch einen Augenblick stehen und schaute meiner Familie nach, während sie durch das Gartentor ging. Dann blickte ich hoch zu dem Fenster im Dachgeschoss, hinter dem ich vor all den Monaten eine Gestalt wahrgenommen hatte. Für einen Moment glaubte ich wieder, dort oben eine Frau stehen zu sehen. Beim nächsten Wimpernschlag jedoch war sie verschwunden.

ENDE

Dank

Ein Riesendankeschön an meine liebe Freundin Becky Knowles.

Als wir eines Tages durch eine Ausstellung von Bildern der Präraffaelitischen Bruderschaft schlenderten, sinnierte sie, wie das Leben wohl zur damaligen Zeit für eine Künstlerin ausgesehen haben mochte, und trug so unbeabsichtigt zur Geburt von Violet Hargreaves bei.

Außerdem möchte ich mich bei meiner Lektorin Victoria Oundjian für ihre Hilfe und Unterstützung bedanken und wünsche ihr ganz viel Erfolg in ihrer neuen Position. Und wie immer: ein großes Dankeschön an das Team bei HQ Digital, meine Familie, FreundInnen und alle meine LeserInnen.